魅丽文化

一梦星河

扶桑知我——著

上

百花洲文艺出版社
BAIHUAZHOU LITERATURE AND ART PRESS

图书在版编目（CIP）数据

一梦星河．上 / 扶桑知我著．-- 南昌 ：百花洲文艺出版社，2022.7
ISBN 978-7-5500-4721-1

Ⅰ．①一… Ⅱ．①扶… Ⅲ．①长篇小说－中国－当代 Ⅳ．① I247.5

中国版本图书馆 CIP 数据核字（2022）第 080296 号

一梦星河．上
Yi Meng Xinghe .Shang
扶桑知我 著

出 版 人　章华荣
出版统筹　曾英姿
责任编辑　蔡央扬
特约编辑　吴小波　艾　晨
封面绘制　与　荷
封面设计　李　娟
出版发行　百花洲文艺出版社
社　　址　南昌市红谷滩区世贸路 898 号博能中心 A 座 20 楼
邮　　编　330038
经　　销　全国新华书店
印　　刷　湖南天闻新华印务有限公司
开　　本　880mm×1230mm　1/32　印张 11
版　　次　2022 年 9 月第 1 版第 1 次印刷
字　　数　384 千字
书　　号　ISBN 978-7-5500-4721-1
定　　价　46.80 元

赣版权登字　05-2022-87

网址 http：//www.bhzwy.com
图书若有印装错误，影响阅读，可向承印厂联系调换。

目录

第一章
是爱情啊

“咔嗒咔嗒——”宋栀栀修长的手指在键盘上灵活地敲着，刚打下文字，又按了删除键，写下的内容被删除。

她坐在电脑前，看着空荡荡的电脑文档，托着腮叹了一口气。

她正在写新小说的开头，但写了好些天，始终没有灵感。

呆坐在电脑屏幕前许久后，宋栀栀决定出门去散散心。

她给自己的男朋友江影拨了个电话，不久之后，江影开车送她去郊外看风景。

看着窗外飞逝的景致，宋栀栀将脑袋靠在座椅上，小声地抱怨道：“写小说真的是太难了。”

江影把着方向盘，双眸直视前方，问她道：“怎么？”

“我写了个反派，可是我觉得我把他写太惨了。但反派就是用来被消灭的呀，我怎么会觉得他很惨呢？”宋栀栀自言自语，“对于一本书来说，设定一个最终会被正义的主人公消灭的反派是性价比最高也最不会出错的方式，但是……”

江影的车开过秋日的原野，远处的风在晴空下鼓荡起金色的麦浪。

他问：“但是？”

“我觉得不太应该，我不应该把一个人的人生写成这样。”宋栀栀启唇，小声地说道。

此时，他们路过郊外一个巨大的广告牌，广告牌上宣传的是一种最新研发的沉浸式梦境科技产品。

江影把车停了下来。他仰头望着那广告牌，问宋栀栀：“你要试试这个吗？”

这种沉浸式梦境能够有效激发灵感，但在梦境里什么都有可能发生，旨在发掘脑海深处从来没有显露过的灵感。

宋栀栀眯起眼睛看着江影说道："我觉得这玩意儿真实度太高了……"

她是小说作者，想象力本来就丰富，一般人可能就梦到日常生活美梦成真之类的，她会梦见什么还真的不一定。

江影的面庞在阳光下显得白皙俊美，他扭过头来看着宋栀栀，伸出手，抚摸了一下她眉心那点天生的朱砂痣，语气还是一如既往地平静："我陪你去。"

宋栀栀"哎呀"了一声："这是我的梦呀！"

在梦里，她或许会忘了江影，万一让他有了不好的体验怎么办？

"没关系。"江影挠了挠她的掌心，"如果能帮助你找到灵感，我愿意。"

宋栀栀思来想去，觉得目前没有丝毫思路的她只能用这个方法了，于是她点了点头。

次日，江影去公司购买这款产品。

"是要买两份吗？你们要一同进入梦境，但是你们很有可能把对方忘记哦！"工作人员提醒道。

"好。"江影回答。

"梦境的内容由产生梦境的人决定，您可以认为产生梦境的人便是梦境世界里的神，所以在梦境中发生什么都不奇怪。"工作人员继续说道。

"嗯。"江影接过手中的发票。

"本产品开启梦境需要载体，请问您选择用什么？"工作人员问道。

江影把一个天鹅绒的黑色匣子递了过去，内里躺着一颗红色的琉璃珠，光芒流转，很是好看。

"这颗红色琉璃珠一看便品质上乘、价值不菲，成为载体使用过便会破碎，请问您确定要用这个吗？"工作人员有些好奇。

江影点了点头。

沉浸式梦境的开启内容很快注入这颗红色琉璃珠内，江影带着它回到了家中。

家里的宋栀栀还坐在一片空白的文档前抓耳挠腮，身上穿着粉色的兔子脑袋睡衣，手边放着一份炸鸡与一杯奶茶。

江影走上前去，把她的奶茶收走了："不太健康。"

宋栀栀马上跳起来伸手准备去够，但江影已经把一颗红色琉璃珠塞到了她的手上。

这枚红色琉璃珠入手温润，宋栀栀一愣。

在触到它的一瞬间，她感到精神有些恍惚。

此时江影冷冰冰的声音适时地在她耳边响起:“这是沉浸式梦境的载体。”

“我们现在就去——”宋栀栀说着说着脑袋靠在了江影的胸膛上，还没来得及说完这句话，便闭上了双眼。

因为沉浸式梦境的作用，江影亦是意识模糊。他抱着宋栀栀，一同睡了过去，沉入梦境之中。

宋栀栀的脑海里，所有现实里的线索，她与江影、未动笔的小说与现实世界、她眉心那点天生的朱砂痣，还有那枚启动梦境的红色琉璃珠，都成了她梦境里灵感的线索，交错着编织出了一个瑰丽奇幻的世界。

片刻之后——

宋栀栀坐在电脑桌前睁开了双眼，手边的炸鸡和奶茶还在，而江影已经不知所终。

她已经进入了自己的潜意识之内，现在的她除去没有了关于江影的记忆，并没有感觉到什么异常。窗外阳光灿烂，照耀在屋内的木质地板上，栀子花带着淡淡的香气，这是一个安静祥和的下午。

身为小说作者的宋栀栀正处在自己的梦境深处，已经忘记了自己还有个男朋友江影。

但是她记得他的名字。

宋栀栀挠了挠头，拿起手边的奶茶，吸了一口，看着面前空白的电脑文档，只记得自己还有一本写了基础设定与部分大纲但迟迟没有将开头写出来的小说。

她的脑海深处出现了一个名字——江影。

“江影”这个名字不错，就让他当这本书的反派吧。宋栀栀在心里想。

她如此想着，手指在键盘上飞快地敲动。她很快写下了这本书的开头，灵感如同潮水一般涌出——

当最后一道锁链没入江影的膝盖时，他终究是跪了下来。

头顶悬着一柄煌煌宝剑，耀目刺眼，直将那剑影下的身躯压得喘不过气。

江影全身上下的经脉、骨骼已被九千多道封魔咒刻入髓，竟也无法完全摧毁他的力量。

灵祇神教利用江影这柄利刃带走无数宿敌的项上人头，今日终受了反噬。

玄魄山脉界西，灵祇圣城，血月当空，魔气撕裂天空。

江影挣破封魔咒的束缚，荡平灵祇神教，城池倾覆，脚下无边大地下沉为墟渊。

至此，江影取代灵祇神教，成为此界中人最惧怕的存在。

那一天，世界即将崩塌。

宋栀栀吸了一口奶茶，将杯子底部的珍珠给吸了上来。

她以反派江影的崛起，奠定了这本书黑暗压抑的基调。

按照套路，在这之后，主人公会在灾难劫数中成长，最终战胜江影，还修真界平安。

宋栀栀知道，只要自己写的反派足够邪恶强大，便能抓住读者的心，主人公最终取得胜利的时候就会更加酣畅淋漓。

在写下这段文字之前，她花费了很多笔墨讲述江影被命运所弃的悲惨身世，正是有着这样的过去，他才黑化得够彻底，再没有洗白的可能。

她也曾想过把反派写得如此悲惨是不是不太好，但是方才她想通了，设定一个反派是保证一本书完整度的最好办法，她只能如此写。

但就在宋栀栀准备打字，将剧情继续写下去时，不知从何处涌来一股强大的力量，从四面八方拉扯着她往某个方向而去。

宋栀栀惊住了，在电脑桌上乱扒拉，但没能阻止这股力量将她拽走。

在一片混乱中，她将桌上的炸鸡和奶茶捞过来，塞到怀里。

下一刻，她消失在桌前，只剩下电脑屏幕荧荧发亮，待续写的文档上闪烁着光标。

宋栀栀眼前一黑，往前踉跄了一下，猛地回过神来。

她此刻身处灵祇圣城最高的祭天台上方，江影正是在这里当面杀死了灵祇神教教首，接管圣城。

脚下是残破的城墙，千尺祭天台下，是一片黑色的火海，焚烧着灵祇神教中人的衣摆。

而宋栀栀的面前，站着一位高大俊美的男子，曳地的衣袍仿佛水墨流淌过破碎的阶梯。

江影脚下行刑的羲和剑沾染了血迹，此时的他正低头把玩着手中一柄柳叶小刃，墨色碎发从额前落下些许。

宋栀栀瞪大眼望着他，总觉得眼前的人有些眼熟。

就仿佛是……仿佛是她自己写的人物活了过来。

下一瞬，江影注意到了凭空出现在自己面前的人。

他抬眼，双眸是幽暗的红，仿佛被剥夺了光辉的红色宝石。

宋栀栀呼吸一窒，在视线触及江影眼眸的一瞬间，她仿佛陷入无尽的泥沼中，脱身不得。

他的眼睛极好看，是形状完美的凤目，摄人心魄，微垂着眼时，长睫掩去光芒，仿佛深邃的旋涡。

江影有着靡丽惑人、如妖似魅的吸引力。

宋栀栀的目光定格在他左眼之下的泪痣上，她怀疑自己是写小说写傻了，眼前居然出现了书里的大反派本人。

她以为自己在做梦，伸出手戳了一下江影苍白的手背。

竟然是真的！他的手背冰凉。

宋栀栀转身，准备跑。

下一刻，她的屁股就挨了结结实实的一脚。

她直接被踹下了祭天台。

虽然是在梦中，但被踹了一脚的触感是真的。

乱石掠过宋栀栀的身体，将她的右臂剐出一道血痕。

“嗷嗷嗷！”宋栀栀一见到血就哇哇乱叫，险些要抱不住手里的奶茶。

宋栀栀下落的速度很慢。

江影用力量笼罩了整座城，布下法阵，让城中一切动作的速度变得缓慢无比。

所以宋栀栀一时半会儿摔不死，但她马上就要成为圣城毁灭的炮灰。

她一边在空中翻了个身，保持着仰面向上的姿势往下慢慢飘，一边抬眸看了看血色黄昏之中江影的侧颜。

风声猎猎，墨发掠过他苍白的脸颊，他仿佛是无情的神在俯瞰众生。

他的神情漠然，眼神空洞，藏在袖下的苍白指尖微微动了动。

宋栀栀身后的大地已经开始崩塌，所有人都在下坠。

她喝了一口奶茶，悟了。

以她看言情小说，顺便写言情小说多年的经验来推测——

她这回啊，拿的是救赎“黑化”反派的剧本。

她“穿书”了，她肯定是女主，然后用爱与温柔感化江影。

没准江影在看她第一眼的时候就已经一见钟情。宋栀栀如是想。

这不是她自恋，这叫套路，书上都是这么写的。

宋栀栀发现自己的手机屏幕还亮着。

她低头看，手机屏幕是码字软件的界面，还停留在最后一句。

身为言情作者的宋栀栀“恋爱脑”基因直接启动了。

她舔了舔嘴角，灵机一动，直接续写——

那一天，世界即将崩塌。

江影爱上了宋栀栀。

宋栀栀忍不住捂嘴，直接为这绝美的爱情流泪。

下一刻，手机振动了一下，屏幕上闪过警告的红字——

注意，偏离人设警告！

已检测到偏离人设关键词：爱。

宋栀栀眼睁睁地看着刚刚打下的字顷刻间全部消失不见。

情况不妙，她下坠的速度陡然加快，失重的感觉充斥胸膛。

而此时，站在祭天台上的江影垂眸看着那黑暗火海中一抹鲜艳的粉色——那是宋栀栀的兔子睡衣。

他钉在原地的脚极不情愿地动了动，被不知名的力量牵引着，纵身往下一跃。

一瞬间，控制整座圣城的禁锢解除，宋栀栀即将落地的那一刻，江影长臂一伸，捞住了她的身子。

她感觉到一股刺骨的寒冷自江影揽着自己的手臂，透过毛茸茸的睡衣，传到自己的肌肤表面。

她全身上下起了鸡皮疙瘩，像有一股冰冷的气流从她全身穿过。

宋栀栀下意识地伸臂乱甩，试图将沉默不言的江影推开。

他眸中隐忍的怒火仿佛山石下岩浆的暗流。

宋栀栀在他倾身而上之前，掏出了手机，试图再重新写一次。

江影抬手一挥，宋栀栀的手机飞了。

哦，她要去软件商城给这码字软件分五期打个五星好评。

纤密的睫毛扫过宋栀栀的耳背，很痒。她打了个哆嗦，江影的气息极其冷冽，像锋锐的刀。

他的长指攀上宋栀栀的下巴，仿佛游蛇。

“你是谁？”他问，声音似摄人心魂的妖，沙哑惑人。

宋栀栀心想：我是你妈。没有骂人的意思。

没等她回答，江影眸光一闪，进入了她的精神世界。

宋栀栀醒来的时候，正仰躺在白玉雕刻、以碧色天蚕丝绢铺就的床上，身边还躺着一人。

昨日发生的事太过离奇，以至于她怀疑自己还在做梦。

但搭在她腰上的手是真实的。

宋栀栀扭头看江影，想到了他这张绝美近妖的脸昨夜在贴近她时微微皱起的眉。

昨日昏过去后，江影的意识进入了她的精神世界，想要将她的来历盘查清楚，但却一无所获。

她觉得自己很有必要跑，这书里的剧情貌似不是她能够完全控制的，觉得自己受了侮辱的江影醒过来非杀了她不可。

宋栀栀抬手，小心翼翼地将江影搭在自己腰上的手臂移开。

江影苍白如玉的肌肤在昏暗的光线中白得有些透明，甚至可以看到他手臂上，以古老玄奥的文字深深镌刻的黑色封魔咒。

刻下封魔咒的时候，以透骨小匕，撕裂肌肤，一寸一寸地刻下。

这封魔咒文如呼吸般亮起又暗淡，没入江影线条完美的手臂血肉之下，消失不见。

“密恐”的宋栀栀甩开了他的手臂。

她麻利地起床，抬起沉重的脚，试图跑路。

结果刚踏出第一步，兔子睡衣屁股上的白色毛绒球便被一只手揪住了。

她被江影揪着尾巴拽回床上，跌坐在柔软的丝绢上，摔了个屁股蹲儿。

他赤着的胸膛上，坠着一枚艳丽得晃眼的红色琉璃珠，流转着迷离的光。

江影长睫一掀，抬眸打量着宋栀栀。

这是他第一次将目光聚焦在她的脸上。

宋栀栀将双手放在身侧做乖巧状，朝江影眨巴了一下眼睛。

她放在身侧的手偷偷往口袋里掏，她的手机不知道什么时候又回来了。

江影的目光在她的脸上一寸寸地掠过，如刀剑。

纵使宋栀栀再迟钝，也感觉到了果决的杀意。

她面前的光线一暗，江影倾身而上，高大的身影笼罩住了她。

宋栀栀的屁股在床沿挪了挪，疯狂地往外躲。

她被这迫人的气息包围着，手脚发软。

原来真的有人光凭气息就能够把人的腿吓软。

江影不断逼近，宋栀栀不断往一旁退。

直至退无可退，她没注意，一屁股跌坐到了地上。

灵祇神教的房间地板用玉石铺就，冰冷坚硬。

宋栀栀结结实实地摔了个屁股蹲儿，却没有感觉到疼痛。

她疑惑地挠头，看到江影猛地跳了一下眉尾。

这不对劲。

好像哪里出了问题。

宋栀栀跌坐在地上，下巴被江影抬起，被迫与他对视。

她不太喜欢江影的眼睛，即便他的眸很好看，暗红幽深，却充满危险，像迷雾里的沼泽。

蓦地，她的下巴便被贴上了一柄小巧精致的柳叶小刃。

这是江影的武器，名为“冥昭”，虽然看起来小小一枚，但上面缠绕着无数亡魂。

宋栀栀觉得冥昭之上，又要多她一条亡魂。

在江影气场的压迫下，她甚至没有办法动一下，只能任人宰割。

冥昭描摹着她的下颌线，而后锋刃划过脖颈脆弱的肌肤，微微下陷，但刀刃未划破肌肤。

往下按一分，便血溅三尺，刀下之人当场身死。

宋栀栀唇瓣微颤，心底涌起巨大的恐惧。

她没有瘫软在地，全凭江影擎着她下巴的手撑着。

宋栀栀想，听说恐怖片里很多炮灰都是被吓死的，这冥昭还没捅她一刀，她可能就先被吓死了。

在宋栀栀怕到极致的时候，江影眸中闪过一抹异样光芒。

他手上力道松了些许，拇指按住宋栀栀颤抖的唇。

“莫怕。”他的语调僵硬。

宋栀栀更怕了。

江影亲口跟她说不要怕，这不是更可怕吗？！

救命！

宋栀栀觉得自己应该吓晕过去了，但她没有，她的心理承受力何时这么强大了？

江影眸中异色更深，宋栀栀心中紧绷着的那根弦断了，浑身力道松懈。

她还是没有被吓晕过去。

为什么要让她清醒着承受这一切？

江影瞳孔骤缩，这冥昭看起来只是一柄乌黑的柳叶刀，但它没入血肉时的滋味只有死人才知道。

宋栀栀并没感觉到痛，冥昭最终从她脖颈间移开了。

一个黑色的图腾不知何时浮现在宋栀栀白皙的右手手腕内侧。

这图腾妖冶绮丽，形状诡异，如一只微睁的眼，就连线条都仿佛是悬着一口游丝之气勾勒出的。

伤口治好了，宋栀栀的心情也慢慢地平静下来。

江影松开了她。

宋栀栀低头看自己被江影翻开的手腕内侧，与图腾上微睁的眼睛对视。

“怎么会这样？！”宋栀栀崩溃了。

她身为这本书的作者，书里出现的所有奇形怪状的东西都是她聪明的小脑瓜想出来的。

所以这图腾她当然认得出来是什么。

“锁灵咒，我怎么会中这玩意儿？”宋栀栀心想这真的是离谱。

江影一只手撑着下巴，半靠在榻上，垂眸看着宋栀栀，纤密的睫毛投下阴影，神情莫名。

“我身上有。”江影半抬眼皮说道。

早年江影还被灵祇神教控制时，因他体质特殊，对蛊毒咒法无比敏感，神教便在他身上施放许多不同种的尚在实验中的咒法。

这锁灵咒便是其中之一，严格来说算是半成品。

灵祇神教害怕江影反噬，用封魔咒文控制他还不够，还想要研究出能够将他与施咒者性命绑定的咒法。

简而言之，灵祇神教想要研究出只要施咒者死去，受咒者就会一同死去，但受咒者死去，不会影响到施咒者的咒法，如此一来，江影若要杀伤教中之人，自己也会死。

但是他们的研究失败了，这咒法最终呈现的效果最多只能达到身受咒文的双方交换身体上的负面感受，生命强行绑定在一起而已。

江影死，另一人也会死；另一个人死，江影也会死。

这咒法性价比太低，灵祇神教没打算触发江影身上的锁灵咒，就这么让它在江影身上存在着，谁也不知道它的触发方式。

宋栀栀也不知道，她就这么随手一写以体现江影这反派真的很惨，谁知道这玩意儿怎么触发。

但现在她知道了。毕竟咒文要以“交换精神世界”这种方式触发，也并不罕见。

宋栀栀猜想，方才她是真的要被吓死了，过度恐惧也是会死的。而因为有锁灵咒存在，江影也感受到了宋栀栀的“差点吓死”，所以他才勉勉强强地叫她不要怕。

宋栀栀很少受伤，毕竟现代社会很和平，医疗技术也高，平时她穿毛衣的时候被静电电一下都要嗷一声。

如果被砍一刀是“痛”，到宋栀栀身上就是“好痛、好痛，要痛死了！救命啊”。

宋栀栀将方才的诡异事件顺了一遍下来，这才明白是怎么一回事。

她意识到了一件无比重要的事情，江影是要被她写死的，现在他俩已经锁死了，她岂不是要跟着他一起死？

“这事怎么办啊？”宋栀栀知道现在江影不能对她怎么样，他连吓都不敢吓她，毕竟她真的能被吓死，于是她的态度嚣张起来。

宋栀栀拖过一旁的凳子，坐到江影面前。江影一言不发，他心中存着的疑惑其实比宋栀栀的更多。但他心中最大的疑问就是到底怎么才能摆脱宋栀栀，只能想办法先将锁灵咒解开。

宋栀栀端坐在凳子上，盯着江影瞧，目光在他半露的胸膛上掠过。她也在想一样的问题，江影现在这么嚣张，一定想不到再过百年，他就要去“领盒饭”了，在他死之前，她要想办法将锁灵咒给解了，然后赶紧把他写死。

江影抬头，血色的眸撞上宋栀栀故作乖巧的目光。

“你血厚防高，我细皮嫩肉，这锁灵咒咱们绑着肯定是你吃亏对吧！”宋栀栀舔了舔干涩的嘴角，与他讲道理，“要不你出工我监工，咱们想办法把这咒给解了？”

江影轻嗤。

过了许久，久到宋栀栀歪头快要睡着的时候，他才闷闷地“嗯”了一声。

好屈辱。

宋栀栀朝江影伸出小拇指，极为幼稚地跟江影说：“来，拉一下。”

宋栀栀知道江影最烦这个，但她现在没啥耐心玩什么“你爱我，我爱你”的救赎游戏。

见识到江影有多变态的宋栀栀只想赶紧把咒解了，然后给他一拳。

刚好江影碰巧想得跟她差不多。

宋栀栀的小拇指不断地靠过来。

江影苍白的手指极不情愿地动了动，与她的碰到一起。

暂时安全了的宋栀栀发现自己可以写剧情的手机屏幕亮了。

码字软件里的文字多了一段，是用第三人称的视角客观地描述了方才所有的事。

江影与宋栀栀约定，一同想办法解咒。

最后一行便是刚刚发生的事。

宋栀栀心想这玩意儿还挺好，不用自己码字，解放双手。

她研究了一下自己的手机，只能打开码字软件，连小游戏都不能玩。

宋栀栀没事可干，开始整理衣服，注意到自己的睡衣帽子上的兔子耳朵被江影拽了一只下来。

她有点生气，正大光明地瞪了一眼江影。

江影低头把玩着手中记录年月时间的铜制月轮，根本没给她半个眼神。

单方面挑衅没得到回应的宋栀栀“哎”了一声，试图引起江影的注意。

她一边低头试图把自己睡衣帽子上的兔子耳朵接回去，一边装作漫不经心地问：“所以——如果我受了伤，你就会很疼？”

江影：“……”

他紧抿着唇，抿成一条危险的弧线。

江影起身，原本收敛了的气息铺陈开，令宋栀栀肝胆欲裂的杀气又笼罩在她身侧。

在危险边缘大鹏展翅的宋栀栀感觉到周身发凉，赶紧捂住了自己的嘴。

江影将手中的月轮抛到宋栀栀面前，径直走到前厅，推开房门。

宋栀栀第一次见到坠成墟渊之后的灵祇圣城的模样。

门外便是悬崖——这屋子可能是城中唯一完好的建筑了。

一轮血色残月当空，发着奄奄一息的光。

就连这一丝月光都快要消失。

宋栀栀面前的铜制月轮骨碌碌地转着，最终停留在“朔月日”上。

这夜，便是每月必逢的无月无星的朔月日。

宋栀栀忽然想起了什么。

她一只手按在桌上，指尖掐得发白。

“你……”她对江影说道。

四肢百骸顿时传来剧痛，流过她身体里每一寸地方，仿佛有千万只长着锋利口器的虫在她体内一寸一寸地啃噬。

江影斜倚在房间门口，门大开着，有风吹来，将墟渊深处的风荧蝶蝶翅上的磷光吹来，落在他的肩头。

风荧蝶的蝶翅狭长轻盈，浑身似笼着微光，看似美丽，实则是战争与毁灭的代名词。

昨夜灵祇圣城被毁，自然吸引了无数风荧蝶。

江影承认，这是他过得最舒服的一个朔月日。

他抬手，一只闪着淡蓝色微光的风荧蝶落在他的指尖，吮吸上面干涸的血迹。

这画面美丽妖异，但房间里的宋栀栀无心欣赏。

她伸出手，想要动一动，找到这遍布全身上下的痛感的来源。

然而她失败了，每一寸骨骼、每一块肌肤，似乎都有无数的毒虫在啃噬。

宋栀栀曾经亲手写下文字，来描述此时的痛感。

她用的是“疼痛万分，生不如死，仿佛全身的力气被抽空”这样的语句。

但她现在知道了，她的描述过于苍白，远不及这真实痛感的万分之一。

她描写江影的时候，给他加了一个弱点，那就是每逢朔月日，天上无月无星时，他身上的蛊毒便会发作。

此蛊名为“朔月蛊”，极为暴烈，是灵祇神教当初在江影身上实验的许多蛊毒中，最终留存下来的最厉害的一个，发作时浑身疼痛，失去全身力量，无法缓解。

宋栀栀写这玩意儿的时候，也没想这么多，冒出灵感就加进去了。

一来反派总是要有些弱点的，不然那么强怎么打死；二来江影正是因为受此蛊毒困扰，付诸行动想办法解蛊，才会与主人公们有所交集。

宋栀栀自认为这设定有理有据，没有比这更完美的设定了……

才怪。

现在的她要替江影承受这痛苦。

朔月蛊带来的疼痛江影能忍得了，宋栀栀却不一定。

在剧烈的疼痛下，她的手无力地垂了下去。

原本倚靠在门边的江影手指忽然抽动了一下，指尖的风荧蝶受惊飞远。

江影能够非常清晰地感觉到自己身体里生命力的流逝。

替他承受朔月蛊疼痛的宋栀栀，已经痛到极致，快要痛死了。

不久之前，她还险些被他吓死。

江影伤过很多人，但如宋栀栀一般孱弱的，他还是第一次见。

江影眼眸微垂，终究还是在同生共死的威胁下走向了宋栀栀。

他的手从宋栀栀的耳侧掠过，将快要晕过去的她抱了起来，掌心拢着微微亮起的法术光芒，光芒流过她的身体。

这是止痛的法术，虽对朔月蛊暴烈的疼痛没有太大效果，但也聊胜于无。

意识模糊的宋栀栀被他抱在怀里，仿佛抓住了救命稻草。

她扭过头，张开嘴一口咬住了江影的肩头，下了狠劲，却连个牙印都没留下。

“松口。”江影的声音仿佛锋利的刀擦过她耳侧，冷冽无情。

“不——”宋栀栀含混不清地应了一声。她感觉还是很痛，她受不了。

江影站直了身子，就这么抱着她，直到她没了力气自己松了口。

他手上力道一松，将宋栀栀给丢回床上。

“要疼多久？”她试图聊天，转移注意力。

“等太阳出来。”江影歪着头，露出弧线优美的修长脖颈，擦拭肩头上方才宋栀栀留下的口水。

宋栀栀躺床上哼哼唧唧了一晚上，第二天才好。

一想到每逢朔月日都会这样，宋栀栀就头皮发麻。

与江影绑定的锁灵咒，她就在文中随口提了一嘴，至于怎么解咒还没找到办法。

但她知道朔月蛊是可以解的，这是主线设定之一。

宋栀栀受不了这疼痛，觉得还是先跟江影商量一下，想办法把朔月蛊给解了。

“江影？”她仰面躺在床上，歪过头唤了一声这书里的大反派。

江影没有回答她，只低头把玩手里的冥昭。

“你知道解朔月蛊的办法吗？”恢复元气的宋栀栀从床上翻身坐起来。

江影假装没听到。他确实有解朔月蛊的计划，但现在受苦的人是宋栀栀，又不是他，所以他不打算解了。

见江影不理她，宋栀栀气呼呼地从口袋里摸出手机。

手机里的小说竟然已经自动写到她醒来之后的剧情了。

“江影，你想办法把朔月蛊解了好不好？”宋栀栀眨了眨眼，问道。

她知道江影懒得跟自己多说话。

在说完这句话之后，趁江影还没有反应过来的时候，宋栀栀马上在手机里写下剧情——

“江影，你想办法把朔月蛊解了好不好？”宋栀栀泪眼婆娑，清丽无双的脸上滑落泪珠，对江影这魔头哀求道。

江影看着她的泪眼，很是心疼，怜惜地拭去她脸颊上的泪珠，只能答应她，说了一声：“好。”

这码字软件又开始自作主张删除偏离人设的关键词——

江影看着她的泪眼，感觉很疼。他拭去她脸颊上的泪珠，只能答应她，说了一声：“好。”

宋栀栀拿远了手机，却见江影猛地闭上双眼，眉头微皱，似乎承受了什么重创。

她很快就明白了。根据改后的剧情，她的泪眼很疼，等于江影的眼睛疼了。

歪打正着，摆了他一道。

江影还未从双眼那莫名的剧痛中缓解过来，便伸出手，冰凉的指尖在宋栀栀面颊上极为敷衍地搓了两下。

他说了一声："好。"

宋栀栀马上说道："是你自己答应的。"

江影的目光微闪，幽深的红眸里闪过情绪莫名的光芒。

这种令他感到奇怪的事情，又发生了。

在祭天台上……也是如此。

待江影眼睛的疼痛过去，宋栀栀已经将手机给收了起来。

她从床上爬下来，准备跟着江影出发离开墟渊去找解朔月蛊的办法。

宋栀栀已经确认自己还有通过写剧情的方式来影响书中人言行的能力。

但也不是完全能，似乎没办法控制超出人物已定性格范围的事。

比如，她面前这个大魔头、大反派，在她已写的设定里，江影就是没有心的。

他曾亲手剖开胸膛，取出自己的心，将它藏在了一个谁也不知道的地方。

正是因为没有心，大部分能够对人造成伤害的东西都对他无用，所以他才如此强大，难以战胜。

至于这颗心到底藏到了哪里，宋栀栀也想不出来。既然跟主线没太大关系，在写设定的时候她也就糊弄过去，没细写。

所以，小说里情啊爱啊心啊之类的词语，跟江影都无关，这也是正常的，就算是身为作者的宋栀栀自己也没办法强行无视这个客观事实。

她究竟能改变多少剧情，还要再找个机会研究一下。

宋栀栀盯着江影的胸口，正大光明地思考了很久。

她根本不会掩饰自己的目光，江影不动声色地把胸前坠着的一颗红色琉璃珠藏入衣内。

"灵祇神教的人都功力尽失，奔逃四散了。"他说出的话轻描淡写，"朔月蛊解蛊之法口耳相传，无书籍记载，共有长澹地界沈家、大衍阁、星罗谷三家势力与灵祇神教交好，有知晓信息的可能。"

江影基本的信用还是有的，既然亲口答应了宋栀栀，便不会食言。

"沈家。"宋栀栀回答得无比笃定。

线索就在沈家，这是她亲自在小说设定里写的。

宋栀栀只是写好了这本小说大致的设定与主要人物。

男主人公沈昼是沈家天赋卓绝的后辈，她原本计划让江影与沈昼因调查朔月蛊解蛊之法而产生交集与矛盾，具体怎么操作还没想好，反正她写的小说没啥人看，瞎写写就完事。

“去沈家！”宋栀栀强调了一遍。

江影的长睫慵懒地一掀：“好，去星罗谷。”

宋栀栀气得在原地跺脚。

“真的在沈家。”宋栀栀扯住江影的衣摆，试图拦住他一意孤行要往外走的步伐。

“知道得这么清楚，你是灵祇神教的人？”江影的脚步顿了一下。

“灵祇神教的人都在城池倾覆时奔逃了，我怎么可能会是灵祇神教的人，我就是个无辜路过的普通人。你看我修炼过吗？我连飞都不会飞，灵祇神教看我这么废第一个把我踢出去。你好过分啊，江影，居然污蔑我是过世宗门的人，你好无情啊！你这个人。”

她跟在江影身后，小声地抱怨。

江影听力极佳，把宋栀栀的碎碎念全部听入耳中。

他停下步子。

宋栀栀低头闷声地走着，一头撞上他的后背。

江影领着她，走出了这屋子。这里本是灵祇神教教内一处不起眼之地，是他本来的居所。

现在整座灵祇圣城崩塌，独留下这屋子没有被破坏，擎着这方寸之地的是一座细长陡峭的悬崖。

屋外黑风猎猎，风荧蝶妖冶的身影在迷雾中穿梭，除他们脚下的土地，目光所及之处皆是一片虚空。

这是墟渊，灵祇圣城被摧毁崩塌之后，便成为这般孤寂恐怖的模样。

宋栀栀站在江影身后，没敢往脚下的无尽深渊看去。

她抬眸，看到了风荧蝶幽蓝色的光芒划过，一片死寂的黑暗中，她看到了一个模糊的巨大影子。

她瞪大眼，忍不住惊叫出声。

墟渊无尽的黑暗中，映入宋栀栀眼帘的，是一尊巨大的骷髅神像。

这原本是一位神明垂眸用慈悲目光望向众生的形象，祥和安静。

但这女神像原本的血肉肌肤不知为何被尽数削去，只余下一尊巨大的骷髅，有百丈高，动作慈悲圣洁，而形象可怖，更添诡异感。

宋栀栀知道这变成骷髅的神像是谁。

灵祇神教众人信奉神明“灵祇”，他们相信自己修行的使用灵气的功法是神明灵祇传授的。

利用虚无缥缈的神鬼信仰来凝聚人心、使人臣服的手段固然愚蠢可笑，但效果出奇地好，灵祇神教利用这个神明形象，迅速扩张，成为此界最为强大的势力。

这盛极一时的势力已经被江影连根拔起，他取代了灵祇神教，成为令人恐惧的存在。

宋栀栀只看了一眼骷髅神像，便不敢再看。她有些害怕，下意识地朝身边唯一的活人贴近了一些。

江影没理她，将掠过身侧的风荧蝶揪了一只下来。

不甘被俘、扑棱挣扎着的幽蓝色蝴蝶朝江影露出藏在迷幻外表下的凶恶口器。

江影指尖亮起法术光芒，将这只风荧蝶作为载体，记录下自己的声音。

“墟渊江影，三日内拜访长澹沈家山庄。”他的声音仿佛恶魔的低语。

他苍白的手指一松，这只记录了江影声音的风荧蝶消失在虚空中，往长澹地界而去。

悬崖前的虚空中出现一个法阵的轮廓，江影踏步迈入其中。

“上来。”他将宋栀栀拉到了法阵中央。

宋栀栀满眼期待地朝江影眨了眨眼：“我是不是要跟你一起去长澹沈家山庄？”

江影侧过头，无视她仿佛幼犬一般亮晶晶的眼眸：“不要跟着我。”

“什——”宋栀栀还未反应过来，周身便一阵天旋地转，传送法阵启动。

她感觉自己像被塞到滚筒洗衣机里甩干的伤心小熊。

在混乱中，她抓紧了江影的手臂，防止自己被甩飞。

宋栀栀栽进江影的怀里，在他的胸膛前探出一个脑袋。

她在他耳边大声地质问道：“为——什么不能跟着你？”

江影一只手将她的脸颊拨开，瞬息间冥昭已经贴到了她的下巴处，冰冷无情。

“你知道有多少人想杀了我吗？”江影顿了顿，“以及与我有联系的所有人。”

“他们杀死你，轻而易举。”他看着宋栀栀惊恐的神色，满意地将冥昭收了起来。

传送完毕，两人落在长澹地界外的界碑附近。

江影等着看仿佛年糕一般粘在自己身上的宋栀栀什么时候才肯滑下来。

宋栀栀松开了抱住江影脖颈的手。

她抬眸望了一眼慢条斯理整理衣服上褶皱的江影。

江影说得对，她虽然莫名其妙因为锁灵咒跟江影有了同生共死的关系，但不要暴露自己跟他的关系是没错的。

“那我怎么办？去干吗？”宋栀栀跟在他身后一路走着，很是担忧，“男孩子出门在外一定要保护好自己，你要是被沈家山庄的人乱拳打死怎么办？我还要不要活了？”

江影：“……”

他望向前方不时有车队入内的城池：“你也去沈家山庄，别离我太远，用普通人的身份混进去找线索，我未必就能直接从沈家人口中问出有用的信息。”

“为何不能？”宋栀栀问，心想江影也太菜了。

“一把刀，可以剖开他们身上每一寸经脉血肉，但没办法剖开人心中所思所想。”江影勉强地跟她解释，“沈家人知晓此蛊是我的弱点，我若去问，他们必定至死也不肯说出真正的解蛊之法。”

宋栀栀一惊：“你要杀了他们？”

“得到解蛊之法他们便没有活着的必要了。”江影说。

宋栀栀瞪大眼，看着江影的背影，心中思忖他会有如此打算也不奇怪。她在写书时本也打算用这种方法让江影与男主人公一方产生矛盾，只是没来得及写而已。

但现在她“穿书”了，这世界成真了，江影跟她暂且还是一条船上的人。

所以……江影不能杀，不能让男主人公沈昼记恨上他。

宋栀栀一拍自己的脑门儿，天知道她一开始写沈昼设定的时候，给他套了多少层主人公光环，跟他对着干没啥好下场。

“能不能……”宋栀栀还未说完，便被江影打断了。

“不能。”他说。

宋栀栀去摸自己口袋里的手机，心想我有的是办法让你能。

结果冷不防被江影握住了手腕，她握着手机的手被从口袋里拽了出来。

江影早觉得不对劲了，现在他抓到一个机会，当然不会放过。

宋栀栀眼睁睁看着自己可以写剧情的手机被江影从手中抽走。

救命，她手机里还有小说的设定和之前已经写好的背景剧情，被江影发现她就是把他搞得那么惨甚至准备把他写得更惨的幕后黑手，他估计能气得拉上她一起跳崖自杀。

江影看着从宋栀栀这里没收来的小东西——它躺在掌心，亮着微微的光，似乎是某种法宝。

但宋栀栀身上一丝法力也无，如何能催动这法宝？

除了一片朦胧的白光，江影没有在手机上发现任何多余的信息。

宋栀栀暗中观察他的神情，竟然还是面瘫，没有什么表情。

她松了口气，才知道这手机里小说的内容只有身为作者的她才能看到。

书中人是不能妄窥天机的。

“没什么奇特的——”宋栀栀踮起脚来，试图去够江影手中自己的手机，“还我，不然我现在就去踹从城里跑出来的小黄狗一脚，让它咬我一口。”

——痛死你这个坏东西。

江影抬手将宋栀栀的手机拢入宽大的袍袖中，抬眸看了一眼在两个人身边跑过的一只无辜的小黄狗。

他抬了抬下巴，慢条斯理地道：“你去。”

宋栀栀是威胁他的，当然不会去，她气得在原地跺了两下脚。

“进城。”江影领着她走。

宋栀栀闹脾气，扯住他的袖子，就是不走：“城里人太多了。”

“等我进去杀几个就少了。”江影懒得跟她废话，直接拦腰抱起宋栀栀，离地半寸，半拖半抱地往前走。

宋栀栀揪了一把自己衣服上垂下的毛绒球：“我还穿的睡衣，我要买一套——不，买十套新衣服，不然怎么见人？”

她没受过这委屈，穿着睡衣在大街上招摇过市。

江影低头看了一眼宋栀栀的少了只兔子耳朵的衣服——他拽坏的。

长澹沈家山庄家大业大，她如此奇装异服容易被当成乞丐，这样子很难混入庄内。

“买。”他只说了一个字。

叽叽喳喳还在吵着的宋栀栀立即闭嘴。

“买”这个字实在太迷人了，让她可以跟江影暂时和解一天。

江影用了易容法术，与宋栀栀一起走入市集中。

在成衣铺里，宋栀栀换了衣服出来。

江影从未来过这种市集中热闹的地方，用了易容法术的他冷着脸坐在一堆轻纱软帛中，并不起眼。

他抬眸看镜子前自恋地转圈圈的宋栀栀。

宋栀栀生得好看，巴掌大的面庞清丽甜美，眉心有一点殷红的朱砂痣，多了几分婉约温柔。

她的一双杏眸澄澈明净，似乎闪着星光，当她定睛用这一双亮晶晶的眸望向某一人的时候，很容易让人联想到幼嫩乖巧的小狗。

宋栀栀将宽大的白纱袖子朝他甩了甩："好看吗？好看吗？"

江影侧过头，移开目光，没有回答她。

宋栀栀觉得他实在不懂欣赏。

逛了一圈下来，她把江影的钱当冥币花，没想着省钱，买了很多东西。

宋栀栀沉浸在这全新的世界中，险些都要忘记跟在自己身边的是修真界最可怕的江影。

直到江影伸手将一个外表巴掌大小，内有三丈空间的小巧储物袋递了过来——今日买的所有东西都装在里面。

宋栀栀低头看他的手腕，又想到了在他苍白的肌肤下，骨骼表面文刻的封魔咒文。

她将那锦囊模样的储物袋接了过来，两个人指尖相触的时候，江影的指尖是凉的。

江影整个人，浑身上下都没有什么属于正常人的温暖。

但宋栀栀知道，只有在靠得很近很近的时候，才能感受到属于他的些许温度。

宋栀栀的脸倏地红了。她猛地拍了一下自己的脑袋，心想她又在想些什么奇奇怪怪的东西。

江影瞥了一眼她微红的侧脸，往前走的步子停了下来。

前方那一整片山川与建在山间的古宅，便是长澹地界声名威望排列在各大势力前列的沈家山庄了。

宋栀栀见江影似乎有要走的意思，有些不知所措，连忙拽住他的衣服袖子问道："你这就走了？"

江影将她拽着自己袖口的手拉下来："是。"

宋栀栀指了指自己："那我呢，我被人打了怎么办？"

江影半掀眼帘望了她一眼："若有要事，我在。"

说罢，他的身影在原地宛如散开的墨色般，没入虚空中，不见踪影。

宋栀栀站在原地想了想，寻思着江影定然是怕她这个猪队友拖他后腿，这才忙不迭地离开。

气死了，他居然瞧不起她这个作者，她一定要靠自己找出些线索来，让江影对她刮目相看。

宋栀栀如此打算着，走到沈家山庄庄外，便见侧门处已经排起了长龙，似乎有什么事。

她连忙跑了上去，看看到底发生了什么。

凑近一看，她恍然大悟。沈家山庄竟是在招工，这才聚集了这么多人来应聘。

沈家山庄是长澹地界最庞大的势力之一，庄内沈氏本家人，加上开宗立派收的弟子与长老、客卿，上上下下的修士加起来至少有上万人。

这么一个庞大势力的运转，需要人力来维持，因此沈家山庄来来去去的人员甚多。

此界因战灵气稀薄，大部分人因为天生经脉资质不高，无法吸收稀有的灵气，便无法修炼。

在灵祇神教与七宗十二派一战前，此界灵气无比丰沛，是头猪都能变成灵猪，但今不如昔，修炼已经成为一件稀罕事。

沈家山庄中修士的数量甚多，但普通人也不少。

这些普通人基本上都是打工人，做一些修士懒得做的琐碎小事。

宋栀栀心想打工是不可能打工的，她怎么可能进去给他们扫地。

要是江影没有把她可以码字的手机收走就好了……宋栀栀想。

她如此想着，手上便多了金属的触感。

宋栀栀惊了，连忙看向自己的掌心，自己的手机竟然……又回到了她的手上。

她瞬间悟了。这手机就是她码字魂的象征，不管黑恶势力（指江影）如何打击，都没办法让她停止码字。

呜呜呜，她真的是个好作者，就连落到这般田地，都没想过停止码字。

宋栀栀陷入自我感动。

宋栀栀猫在一旁打开码字软件，浏览已经写好的剧情——

江影与宋栀栀离开了墟渊，来到长澹地界。

江影带着宋栀栀去成衣铺买了衣服。

江影觉得宋栀栀穿那套白色的最好看。

之后，他道别离开，宋栀栀一人在沈家山庄外注意到有许多人聚集在侧门附近。

宋栀栀的目光定格在“江影觉得宋栀栀穿那套白色的最好看”这句话上，心想小伙子藏得挺深，刚才试衣服的时候除了付钱，他理都没理她。

她决定下次跟江影见面的时候拿这句话嘲笑他。

宋栀栀开始试验自己究竟能写出怎样的剧情。

她打字："宋栀栀来到沈家山庄，甚至不需要江影的帮助，便自己一个人找到了朔月蛊的解蛊之法。江影知道后直呼了不起，极为佩服，并且将宋栀栀认作'大姐大'。"

码字软件上开始闪烁红字："注意！不符合客观规律，已自动收回无效文字。"

宋栀栀方才写下的所有字全部消失。

她大致了解了继续写这本小说的规则了。她不仅不能偏离人设，而且写剧情也要符合客观规律，不能一蹴而就，乱写一气。

比如，解开朔月蛊，要完成这件事中间要付出许多努力，不能轻描淡写一句话就糊弄过去。

宋栀栀挠挠头。看来她妄想通过作者的身份作弊是不行了，还是要一步一步来。

她想了想，这朔月蛊的解蛊之法虽然口耳相传，但关于它的信息难免会有文字信息留存下来。

更何况，她之后还要想办法解开这恼人的锁灵咒。长澹沈家庄与灵祇神教关系不浅，功法秘籍也多由灵祇神教功法改编而来，这里的藏书定然有不少信息。

宋栀栀决定自己先潜入沈家山庄的藏书楼中一探究竟。

她在手机里写下："宋栀栀来到沈家山庄应聘，管家见她模样乖巧，又孤身一人，很是可怜，便将她留了下来，派她到庄中藏书楼做些整理书籍的差事，每月给她一百万灵石当工资。"

手机屏幕闪过警告文字："已按修真界物价水平修改工资数额。"

宋栀栀眼看着一百万灵石的工资变成一百块灵石，气得想把手机砸了。

她穿的这条裙子就不止一百块灵石了，打工人真的惨。

她站起身来，正准备过去找沈家山庄的管家面试，一扭头便看到有个白面八字胡、管家模样的人站在自己身后。

"这位姑娘，我见你孤身一人，很是可怜，模样也乖巧，我沈家山庄正在招工，你可有意愿前来？"他手里拿着一本记录人员名字的簿子，热情地问道。

"我……"宋栀栀还未反应过来，管家便继续说了下去。

"工作也不十分繁重，不过是到我山庄中的藏书楼里做些整理书籍的差事，每月的报酬是一百块灵石。”管家介绍。

宋栀栀写下的剧情马上成真了。

她晕晕忽忽地被领进沈家山庄中，走过山石小径，来到一处清幽的小院。

院中已零零散散站了几个人，一个样貌清秀、身材瘦高的男子坐在小院中央的石桌后，模样懒散。

他的面前放着一个镏金的圆盘，黑底描金，用金线勾勒了人体经脉的脉络，一眼看去，有些像星象图之类的玩意儿。

“为了防止不法之徒混进庄中，保证山庄安全，来往人员都要测一测法力修为，确定没有修为才能入内。”那在外招人的管家将宋栀栀引至石桌前，“宋姑娘，你来测测吧！”

宋栀栀知道此界中影响修仙之人天赋的便是天生的经脉。人体全身上下十二处经脉关窍有概率与天地灵气产生感应，能够与天地灵气沟通的经脉关窍越多，便代表天赋越高，虽后天修炼能够强行打通经脉，但终究不及天生。

此界中，十二处经脉关窍能够全通、拥有绝品天赋的只有两个人，一人是江影，另一人便是男主人公沈昼。

宋栀栀见了那可以测试修为的镏金圆盘，很是感兴趣。

她虽然不是这个世界的人，但万一她也有什么修炼的天赋之类的，到时候把江影吊起来打岂不是特别爽？

宋栀栀朝管家点了点头，走上前去。

排在她前面的一位小伙子已经测试完毕，镏金圆盘上象征经脉关窍的金色光点只亮起来两个。能够与灵气产生感应的经脉关窍低于三处，便基本上跟修炼说拜拜。

宋栀栀心道一声：你这菜鸡，不如看我的。

她一只手按在镏金圆盘上，自信满满。

什么事也没有发生，一个金色光点也没有亮起。

宋栀栀：怎会如此？

在石桌上都快睡着的修士直接瞪大眼，他从业三十余年没见过这样的。

宋栀栀不敢相信，这再怎么样亮一两个总是要的吧，这么不给面子？

“没灵气了？”这修士嘟囔了一声，将镏金圆盘翻过来，从底部抠出两个跟电池差不多大的小小灵石，又换了一对新的上去，还是没有反应。宋栀栀一脸无辜地收回手——不好意思，菜到你们了，很抱歉。

“宋姑娘你……”管家与那修士交换了一下眼神，看向宋栀栀的目光变得无比同情，“世人皆言这天通十二脉极为罕见，但这世上好歹有一两人拥有如此天赋，但像你这……这……‘一窍不通’的我们是真没见过。”

宋栀栀差点被自己的口水呛到：“您这是夸我还是骂我呀？”

在登记完名字之后，管家领着宋栀栀去沈家山庄的藏书楼。来到青竹山下，他停住了步伐：“宋姑娘自己上去便可。”

管家塞给宋栀栀一张藏书楼的简略地图。

“虽然有庄中长老布下的法术维持藏书楼运转，但难免有错漏之处，宋姑娘的工作便是整理一下放错地方的书籍，随意扫些尘灰。”管家交代道。

宋栀栀抱着地图，点了点头，目送管家离开，一人来到藏书楼。

这是一处极大的建筑，地图中标注明晰的不过十之二三，想来是不想让她这个外人知道那么多信息。

宋栀栀循着地图，到藏书楼外一处连接着主楼的院子里。

院子不大，只有两间房，屋内已积满灰尘，应当是之前管理藏书楼的人住的地方，现在藏书楼可以自行运转，便不需要人了。

宋栀栀将东西放下，随便收拾了一番。

她坐到床上，觉得床很硬，被面太粗糙，非常不舒服。

她得先想办法搞套新的被褥来。

于是她用力一脚踹上了墙根。

按照约定，三日内来到沈家山庄的江影此时正走进庄内主殿之中，沈家用了最高规格的礼仪来迎接他。

沈家家主沈珉躬身跟在他身后，替他拿着刚脱下的大氅，却眼见着他原本端正的步伐忽然歪了一下。

江影眉尾一挑。

“江道友，如何了？”沈珉被吓了一跳，连忙直起身子问道。

江影的薄唇紧抿，忍了下来，冷淡地应了一声：“无事。”

而在藏书楼的宋栀栀见江影没马上出现，寻思着方才她那一脚是不是踹得不够疼。

于是她抬手，一口咬上了自己的手背。

“江道友……今晚庄内备了盛宴招待，在下亦邀请了水月谷、赤炎宗的几位掌门长老一同迎接您，在下现在领您去主——”

沈珉眼看着江影眉头微微一皱，他话音未落，江影人已消失。

宋栀栀松口，看到自己手背上一圈整齐的牙印。

此时似乎有一道极为寒冷的风刮过她的身侧。

宋栀栀寻思着自己就算再怎么柔弱，也当不上“弱不禁风”这四个字，但她确确实实被这阵风刮倒了。

宋栀栀的细腰被江影一揽，力道带得她仰面扑倒在床上。

江影已来到她身边，一只手撑在她耳侧，居高临下地看着她。

墨色长发从他肩头滑落，落在宋栀栀脸颊上，宋栀栀顿感很痒。

宋栀栀“哎”了一声，目光触及江影这日的装束与打扮，双眼登时放光。

“你今日怎穿得如此好看？”宋栀栀上上下下打量他。

江影穿了件黑色长袍，将浑身上下包裹得极严实，袖口与衣摆处，有金线织就的暗纹。他的墨发被齐整地绾起，用一支墨玉似的发簪束起，禁欲又贵气。

他的脸是宋栀栀见过的最完美的，长眉斜飞入鬓，凤眼微眯，含着些薄薄的怒。

宋栀栀察觉到哪里不对，朝江影乖巧地眨了眨眼。

江影没有说话，在看到只有宋栀栀一人在房间里时，他便已知晓到底是怎么一回事，她根本没遇到什么危险。

宋栀栀朝他亮出自己被咬出了一圈牙印的手背：“我自己咬的。”

她抬起自己的脚：“我自己撞的。”

“何事？”江影问，语气淡淡的。

宋栀栀想，自己要拜托江影帮她买床被子，肯定是要卖一下乖的。

“想你了。”宋栀栀扯着他的袖子摇了摇，小声地说道。

江影将袖子从她手中抽出来，等会儿他还要回去沈家主殿那里，这衣服不能被她弄皱。

他没回话，起身准备走。

宋栀栀见江影似乎真生气了，连忙支棱起来，唤道：“别走。”

江影姑且敷衍她一下：“今晚有事，晚些再来。”

宋栀栀：我随口一说，你怎么就当真了？

她将身边那又老又破的被子扯过来：“来的时候帮我带床被褥，最好舒服点的，你房间里那样的就挺好。”

江影算是明白了，宋栀栀如此大费周章叫他过来，就是想叫他做这事。

宋栀栀坐在床边上，见他要走，连忙跳下来提醒他：“要记得带，不然我晚上会睡不着觉的。”

没想到她的脚刚落地，便觉得有些怪怪的。

江影放在身侧的手又抽动了一下，身子微晃，明显是在忍耐疼痛。

“哎呀，好像脚崴了，刚刚踹墙根的时候用太大力了。”宋栀栀低头查看自己的脚踝。

江影大步走回来，把她按回床上：“不要动。”

痛觉不在宋栀栀身上，她下手也就没轻没重，没想到会把自己弄伤。

“那不动了吧！”她说，躺在床上看着江影，模样很乖，看起来很听话的样子。

宋栀栀能有什么坏心眼呢？她只是想让江影给她买床被子罢了。

江影移开了目光，没看她的脸。

宋栀栀感觉自己脸上有一阵风刮过，转瞬间，他已经消失。

在离开的同一时刻，一个小巧的金属物件被江影丢到宋栀栀手边。

宋栀栀好奇地将江影丢过来的金属物件拾起来仔细研究，发现是一个传音球，小巧可爱，可以随身携带。

她将传音球放在嘴边，“喂喂”了两声。

宋栀栀的声音通过传音球清晰地传入江影耳中。

江影假装没听见，继续做自己的事。

此时的江影已回到沈家主殿外，沈珉领着一众长老还在灯火通明的大殿外等他。

见江影回来了，沈珉连忙迎上去问道：“江道友，不知此番前来，所为何事？”

江影正欲答话，宋栀栀的声音再次通过传音球传入他耳中。

“江影？”她躺在床上，试探性地开口问。

见对面没有应答，宋栀栀以为江影单方面掐断了联系。

于是她将传音球放到嘴边，“超级无敌”小声地说道：“江影你这个坏东西，听到没？坏东西。”

一道清晰的、咬牙切齿的声音从传音球中响起：“闭嘴。”

宋栀栀吓得手里的传音球都飞了。

“闭嘴……闭嘴什么？”沈珉被江影骂了一句，一脸蒙。

传闻江影此人性格阴晴不定，难以揣测，没想到竟是真的。

江影随沈珉一道走进主殿中，开门见山地问道：“沈家与灵祇神教素有渊源，你说我来，所为何事？”

“江道友，天地良心，我沈家山庄与灵祇神教有交情的时候可要往上数好几代了，现在根本没有来往了。”沈珉一听，登时慌了。

江影与灵祇神教之仇不共戴天，这是不争的事实，现在谁还敢跟灵祇神教扯上关系？

“祖上好几代？”江影坐至殿中主位之上，俯视着殿中数十位在长澹地界素有名望的修士，“你沈珉的妻子，便是灵祇神教的弟子。”

沈珉一听，手在袍袖里攥紧，他没想到江影连此事都知晓。

“夫人为与我成婚，已脱离灵祇神教许久，我与她相识的时候，也并不知晓她是灵祇神教的弟子。”沈珉解释道。

“江道友若是为寻仇而来，我沈家山庄也难以抵挡。”他长叹一声，“这命，我沈家认了。”

在接到江影来信的时候，他已经做好了赴死的准备。

江影修长的手指在颊边滑过，没有正眼看沈珉，只低眉敛眸，举起酒杯。

酒还未入口，江影便察觉到这酒中有毒。

沈家当真是费尽心思想置他于死地，不仅仅是沈家，此界中大部分势力都是如此想的。

他不动声色地饮下，沈珉的脸色变得难看。

“酒不错……”江影道，“以七心叶、断魂散、问心丹入酒，沈家主费心了。”

他口中列的三个名字，皆是沈珉在酒中下的毒物，毒性极强。

“江道友……”沈珉被他这句话吓得肝胆俱裂，连筷子都要握不稳了。

“今日就在沈家山庄歇下了。”江影道。

沈珉不知道江影的来意，但直觉应当与灵祇神教有关。

但他又怎能让江影如愿？

就算江影将他杀了，他也不可能对江影说出有关灵祇神教的一分一毫的。

沈珉知道这也是自己的筹码，在江影得到他想要的东西之前，沈家暂时还是安全的。

“是。”沈珉低头，唤了门中弟子过来，领着江影离开。

客人已经离去，独留下主殿中的沈珉与庄中长老大眼瞪小眼。

“当真是阎王上门……”沈珉捏着眉心，哀叹道。

“家主，此事如何解决？”一位白须老人忧心忡忡地问道。

“还能如何办？只能将这煞神供着，此界中除了那几位久不出世的老祖，还有谁是他的对手？他来我沈家，算是我沈氏倒霉。”沈珉无奈地道，“给无相宗传个口信，看看能不能叫醒他们宗门里那闭关修炼了近千年的师祖前来解我沈家危局。”

“家主，那灵祇神教？”那老人继续问道。

“什么灵祇神教？我沈氏与它半分关系也无。”沈珉目光闪烁，含糊其词。

此时，一只悬停在主殿房梁上的风荧蝶，躲过所有人的视线，晃晃悠悠地从窗户飞了出去。

沈家给江影准备的住处比宋栀栀那个破院子好了不是一丁半点儿。

江影回房之后，这才想起宋栀栀交代自己的事情。

他一刻钟前还在沈家主殿上与人对峙，剑拔弩张暗流涌动，一刻钟后竟然在想宋栀栀今晚上要盖什么被子。真的是见鬼了。

江影神色冷峻，将自己床上的被褥随便一卷，拿了起来。

他正打算走，又想起了什么，回身在房间里的药柜上搜寻。

装满灵药的瓶瓶罐罐碰撞，发出清脆的声响。

沈家是修仙世家，房间里常备日常所需的灵药。

江影挑了一瓶出来，收入怀中，身影便消失不见。

而此时的宋栀栀正坐在椅子上，抱着自己的手机，看方才主殿上的实况转播。

当手机上出现“沈珉闭嘴不言，没有承认自己与灵祇神教的关系”之时，宋栀栀气得一拍大腿。

沈珉真的坏，分明早就与灵祇神教有联系。

事情果真如江影所言，沈家并不愿说出真相。

手机里的文字继续记录着接下来的情况。

江影拿起酒杯，欲饮，酒里有毒。

宋栀栀急死了，眼睁睁看着书里写江影喝了下去。

幸好没什么事，她又放心了。

直到江影离开，小说的视角还停留在沈家主殿中。

宋栀栀不但能够看到沈珉与庄中长老的对话，甚至还可以知道沈珉的心理活动——

等所有宾客散去，沈珉一人孤零零地坐在主殿中。他暗自思忖着，此事应当与沈夫人——那位曾经的灵祇神教弟子商量一番。他正如此想着，自主殿的描金屏风之后，已出现一位女子人影。

然后……然后便没有下文了。

宋栀栀急得直拍桌子，心想：这小说怎么不继续记录了？

而此时，她身后一阵熟悉的寒风刮过。

她坐直了身子，知道是江影来了。

江影将一床被褥丢到了宋栀栀的床上。

她忙将手机塞进怀里，双脚垂在床边晃荡着。

她托腮看着他，那只冷不防崴了的脚被江影捉住了。

宋栀栀感觉到脚背上传来了冰凉的触感。

她抬眸望去，看到江影将一个白瓷瓶打开，将不知名的药物洒在她的脚踝上。

这治疗外伤的灵药是沈家长老精心炼制的，效果极佳，在外面可以卖上上千灵石的价格，用来治宋栀栀的小伤当然不在话下。

“你今天怎如此好心？”宋栀栀问他。

“影响到我了。”江影将灵药均匀地涂抹开，“我劝你最好安分些。”

“我今天就在房间里一动也没有动，这还不安分吗？”宋栀栀是真心诚意没想给江影添堵。

毕竟她才不想当猪队友。

被误会了的宋栀栀想踹他一脚，但脚踝被江影握住，动弹不得。

江影没有回答她，专心上药。

月光自窗外洒进，银辉落在他的肩头，将他的侧脸描摹出迷离的轮廓。

宋栀栀眨了眨眼，愣住了。

她承认，认真给她上药的江影确实……有几分魅力——即便他只是为了他自己不痛。

江影没有跟她搭话，沉默了很久。

宋栀栀打破这寂静：“理我！”

江影还是没有说话。

“沈珉有事瞒着你，他夫人肯定知道些内情。”宋栀栀提高了嗓音说道。

江影涂药的手一顿：“我已知晓。”

宋栀栀想江影肯定在装高手，她也是开了上帝视角才知道这事的。

“再拖下去，又是朔月日了。”宋栀栀一想起那感觉，便头皮发麻，“解蛊之法还没找到。”

“忍忍。”江影随口说道。

宋栀栀气死了，这哪里是能够忍得了的？

她算是明白了，江影虽然迫于她写的剧情答应她，但实际上痛的不是他，所以他定然是在消极怠工，假装在查，实则“摸鱼”。

男人果然靠不住，还要靠她自己。

江影上完了药，宋栀栀朝他挥挥手说道：“我要睡觉了，你是不是可以回去了？”

她将被子拉到自己下巴处，催促江影离开。

江影也懒得留在这里，临走时只留下了一句话：“若无急事，不要找我。”

宋栀栀确认他走了，这才猫进被窝里，把手机打开。

就挺奇怪的，她一个成年人玩个手机居然跟小学生一样躲被窝里偷偷玩。

手机屏幕亮起光芒，宋栀栀看到小说里的剧情已经接着写下去了——

沈夫人自屏风后走出，来到沈珉身后，轻抚他的脊背，似在安慰着什么。

“夫人，江影没有得到他想要的答案，便不会离开，这该如何是好？”沈珉对那面容依旧年轻貌美的沈夫人段天月说道，面色愁苦。

“灵祇神教已被江影所毁，当真可恨，但他也未完全脱离灵祇神教的掌控。”段天月柔声说道，“他的体质特殊，是与昼儿一般天赋绝佳的天通十二脉，因此教中曾以他的身体试验了许多蛊毒咒术。他既然会来寻到与灵祇神教有关的势力中来，想必是体内还有棘手的蛊毒咒术未解。”

“夫……夫人……这灵祇神教，竟然如此？”沈珉不敢置信，他只知江影暗杀了与灵祇神教敌对的势力的首脑，却不知其中内情

“若非灵祇神教已然覆灭，我亦不敢妄议是非，江影确实曾受灵祇神教所迫不错，但他已经疯了，有传言说他已经剖出了自己的心，已然是无心无情之人，此事确实不假。”段天月摇头叹口气说道，“与灵祇神教有交情的势力不少，但他为何能如此准确地找上我们，着实有些奇怪。”

宋栀栀看着手机屏幕上冒出来的一大串文字，露出了身为幕后黑手的得意笑容。

想不到吧，本作者亲自出手了。

她将手机页面往下拉，继续“追更”——

“夫人……要不我们还是将他要的东西给他，以博得一线生机，不然……等到他耐心耗尽，弄个鱼死网破便不好了。”沈珉想了想，还是觉得应该要妥协。

“他想要的东西，我已放在一处极为安全稳妥的地方，我们若妥协，失去了利用价值，第一个死的便是沈家。”段天月咬唇说道，“他会来寻解蛊之法，定然是已受蛊毒困扰，这些日子他在咱们这里耗着，且细心观察，到时与无相宗派来的长老一道想办法控制他，或许能趁他虚弱之时，将他擒拿也说不定。”

“如此，倒也可以。”沈珉沉吟片刻，觉得段天月说得有道理。

剧情写到这里便再没有继续写下去了，想来后面都是些无关紧要的信息了。

宋栀栀将手机按灭，想了想，决定还是按照原计划，翌日去沈家收藏书

籍的藏书楼中看看，应能寻得蛛丝马迹。

次日，宋栀栀早早起了床，刚打开门便看到门外有个食盒，食盒下有个小小的法阵光芒闪烁，这应当是沈家山庄给庄中人准备的伙食，由法阵自动传送到门口，也免去了跑腿的时间。

宋栀栀打开这份“外卖”，随意吃了两口粥与小菜，觉得不大好吃，但好歹没毒。

她吃饱喝足，这才抱着地图，往藏书楼走去。

宋栀栀的目标当然不是这简陋地图上已经标注出来的地方，能够给外人看的地方，肯定没有有用的信息。

她循着地图，来到藏书楼的二层东面的一个书柜面前，地图上标注，这书柜后面是一片迷雾，但从外面看，书柜后面仍是藏书楼的内部。

宋栀栀假装扫着书架上的灰，身边时不时有借阅书籍的沈家人经过，但这些修士都无视了她这个普通人的存在。

趁四周无人，宋栀栀蹲下身子，一只手按在那书柜上。

一阵天旋地转，宋栀栀往前踉跄了一下，险些扑倒在地。

她抬眸环顾四周，只见自己周围是由无数木质书柜围成的迷宫。这里应当是用机关术打造的迷雾法阵，防止外人进入，窥探秘密。

宋栀栀知道这里不可能有人了。

她早已知道这天定会有困难，于是昨晚便做好了应对计划。

她从口袋里掏出了手机。

第二章
相见恨晚

宋栀栀低头看到手机上小说的更新内容——

次日，宋栀栀来到了沈家藏书楼二楼一处不起眼的书柜前，书柜上有一隐藏空间，她轻轻一触书柜，便跌了进去。

宋栀栀浏览了一下内容，飞快地打字——

这沈家藏书楼东侧隐藏空间内有一法阵，由无数木质书柜环绕而成，而此阵名为……

她紧紧盯着手机屏幕上的文字，眼见着这黑色的汉字逐字显现——

此阵名为七星迷雾阵，是沈家长老文海得意之作，以机关术为基础，用不同组合的书柜组成迷雾法阵，若不知解阵之法，贸然入内便不得出，活生生耗死在内。

七星迷雾阵的解阵之法只有沈氏族人才知晓。自东南角找到一处有红漆纹饰的书柜，触摸书柜上倒数第二层从左往右数的第十二本书——此乃沈氏家训，便可进入此阵阵眼中，在阵眼处排布书柜走向，才可寻得真正的解阵之法。

宋栀栀得到了自己想要的答案，将手机往怀里一揣，找到了书中指示的书柜。

她将沈氏家训抽出，转眼间已然来到七星迷雾阵的阵眼处，这小说倒不会骗人。

她看到自己面前有一案几，厚重朴实，案几上排列着许多不同的铜制方块。

这错综复杂的铜制方块把中心处的一颗红色棋子团团围住，一头是入口，一头是出口。

宋栀栀来到木桌前，发现这玩意儿就是复杂一些的华容道，只需要移动铜制方块，便能够控制七星迷雾阵中的书柜移动，给自己开出一条出口来。

若不知内情，贸然进入，这阵里根本就没有出口，非得等沈家人来解救不可。

宋栀栀坐在木桌边，花了半个时辰，将困住中间红色棋子的铜制方块阵给解开了。

当最后一块拦路的铜制方块被移开，宋栀栀身后传来沉闷的声响，呛人的灰尘让她忍不住打了好几个喷嚏。

宋栀栀拿袖子掩住口鼻，看到前方是一间昏暗的藏书室，四面的窗子都被封上，一丝阳光也洒不进来，唯有从穹顶垂下的巨大吊灯里散发出明亮的光芒。

宋栀栀一个一个书柜搜寻过去，寻找着自己想要的信息。

她将一本书籍打开，是灵祇神教内部人员的记录，书里的信息终于让她瞪大了眼睛。

“段天月，灵祇神教教首座下七大护法之一，三百年前离开灵祇神教，嫁与长澹沈珉为妻。”

宋栀栀一开始给段天月设置的身份是灵祇神教中人，但还没来得及给她设置具体身份，没想到来到了真实的书中世界，段天月的身份竟如此牛，在灵祇神教内身份这么高。

宋栀栀看着这行字，心怦怦地跳，仿佛发现了什么惊天秘密。

她哆嗦着手拍了拍自己的胸脯，告诉自己她是作者，不能被书里的纸片人吓到。

宋栀栀准备将这本书籍放回书架上，顺便往上面扫点灰，假装没人来过。

但当她抬头踮脚，望向书柜的时候，却看到了一双隔着书柜在另一侧望着她的眼睛。

宋栀栀瞪大眼，险些不能呼吸。她大大地喘了口气，暂时停止运转的思维才重新上线。

看书柜后那一人的眼睛与装束，此人正是段天月。

她被发现了。

书柜后的段天月看到宋栀栀显然也愣了，冷声喝道：“何人？”

宋栀栀听到了脚步声，段天月正从另一侧绕过来。

她慌得手机都要拿不稳了，但她还是以极快的速度在屏幕上打字。

宋栀栀要段天月放过她，而且还要……

她还要接近段天月，获取她想要知道的信息——

宋栀栀隔着书柜，被段天月发现了，此时段天月正朝她走来。

她很慌，但段天月走近她的时候，却朝她伸出了手："身上一丝法力也无，你是如何进来的？"

宋栀栀小声地解释自己是来沈家藏书楼帮忙整理书籍的，无意闯入了这里。

"一介凡人，竟也能解开七星迷雾阵？"段天月大为震惊，但宋栀栀确实是个普通人，还是一丁点儿修炼天赋也没有的那种。她思忖片刻，被这年轻貌美还机智的小姑娘所折服，决定将她收在身边当个……

宋栀栀抓了抓脑袋，当个侍女不行，她不可能伺候人，当个弟子也不行，她根本不能修炼。

要当个什么才可以接近段天月呢？

眼见着段天月离得越来越近，宋栀栀的手抖得越来越厉害。她必须把剧情安排好，不然段天月非杀了她这个闯入者不可。

她灵机一动，在手机屏幕里接着写下："决定将她收在身边当个干女儿。"

此时，瘫软地坐在书柜边地上的宋栀栀抬起头来，看到段天月朝自己伸出手来，说道："身上一丝法力也无，你是如何进来的？"

宋栀栀长吁了一口气。她看着段天月柔和淡雅的面容，将自己准备的说辞说给段天月听。

段天月看着她，扑哧一笑，笑容温柔："我见你有些聪明才智，真是可惜，全身经脉没有一处关窍是通的……"

宋栀栀：别骂了，再骂孩子要哭了。

"我见你面善，要不我就将你收作干女儿如何？我们日常也可讨论法阵之道，当年文海设计这七星迷雾阵时，我也参与了研究，能解出这法阵，也算你厉害了。"段天月掩唇一笑。

宋栀栀就这么看着自己写下的剧情成真，迷迷糊糊地被段天月带回了她居住的天月阁。

宋栀栀看到段天月的书房里，挂着许多法阵图纸，颇为复杂，看来这沈家夫人确实是喜欢法阵之道。

"你叫宋栀栀？"段天月问道。

"是的。"宋栀栀垂首小声地说道。

"七星迷雾阵你是如何解的？"段天月问。

宋栀栀心想我开上帝视角解的，但她当然不会这么说。

她只能胡诌："就是……看到那法阵，我脑海中便莫名其妙出现了解阵的路线，我也是第一次接触这么神奇的东西……"

宋栀栀摊手，一脸无辜地看着段天月。

她能有什么坏心眼呢？毕竟她只是个"一窍不通"的普通人。

"有这天赋，也是神奇。"段天月朝宋栀栀微笑，"你且在天月阁里住着，我沈家山庄最近来了一位大人物，有些危险，想必你也有所耳闻，莫要去招惹他。"

宋栀栀垂首玩自己的手指，知道段天月指的是江影，便点了点头道："是。"

"我这儿有张法阵图，你可以拿着看看能不能解。"段天月将书桌后悬挂的一卷法阵图纸揭下，递给宋栀栀，"我还有事，你可以在天月阁内随意走动，熟悉一下。"

宋栀栀目送段天月离开天月阁，松了一口气。

她当真没想到，自己能在隐藏的藏书室内遇见段天月。幸好她机智，顺着这意外把自己安排得明明白白，这才有了接近段天月的机会。

宋栀栀当然懒得当段天月的工具人帮她解法阵，她将图纸一丢，便开始在书房的犄角旮旯里搜寻。

段天月曾是灵祇神教的人，在她的地盘上，应当也有蛛丝马迹留下。

宋栀栀在书房里猫着腰找有关灵祇神教的东西。

忽地，她打了个哆嗦，一种熟悉的寒冷气息自背后传来。

宋栀栀一惊，连忙起身，便瞥见眼前一道如墨的黑影闪过。

此时，一柄纯黑的柳叶小刃朝着她的眉心而来。

桌上灯影摇晃，光线忽明忽暗，宋栀栀旋身，与江影对视。

在目光触及宋栀栀眉心殷红朱砂的一刹那，江影认出宋栀栀来。

他暗红的瞳孔骤然一缩，闪身而上，以比冥昭更快的速度来到宋栀栀身前，将她拉到身后。

冥昭没入他拦在宋栀栀眼前的宽大掌心，消弭于无形。

宋栀栀感觉到自己掌心传来剧痛，刚想"嗷"一声，便被江影手疾眼快地捂住了嘴巴。

他垂眸，盯着宋栀栀的眼睛低声问："你为何在这里？"

宋栀栀被江影捂着嘴，呜咽着挣扎了两下。

江影松开了手。

宋栀栀痛得都快哭出来了，江影方才出手帮她拦下冥昭，掌心受了这柳叶小刃的反噬，锋锐的痛意寒凉入骨。

她忙把江影的手抓起来，放到嘴边吹了两下。

江影一愣，将手从宋栀栀掌心抽回来，周身法力运转，畅通无阻，转瞬间这伤已经治好。

宋栀栀不痛了，这才恢复思考能力，一掌拍到江影肩膀上，惊喜道："你怎么也来了这里？"

她比江影先到了天月阁，这让她隐隐有了些自豪感。

"段天月是灵祇神教的人。"江影动作很利索，同样在房间里搜寻起来。

宋栀栀提醒他："刚刚那个地方我已经摸过了，没有东西。"

她跟在江影身后，追问道："你方才是不是以为我是段天月？"

江影把书房里的一册拓本拿下，冷淡地应了声："是。"

"你竟然没认出我？"宋栀栀一听，很伤心。

江影只在窗外见到书房内有一女子身影，猜测是段天月，冥昭便已脱手。

幸好宋栀栀回过身来，与他打了个照面，这才免于一死。

江影低头将手中的拓本打开，一页页地翻阅过去，没有回答她的问题。

宋栀栀见他看得好奇，凑了过去，问道："你在看什么？"

这拓本上绘制了一些植物花鸟的形态，并没有什么特殊的地方。

"你知晓朔月蛊的线索在沈家山庄，不知这朔月蛊是驱使蛊虫入体？"江影轻嗤一声，"你是如何到天月阁来的？"

宋栀栀一提这个就来劲了，将这日发生的事告诉了江影："段天月已将我认作干女儿了。"

江影翻书的手一顿。

"想不到吧？"宋栀栀对他炫耀，"你可知晓段天月便是灵祇神教的七大护法之一？只是三百年前她就已离开灵祇神教。"

江影手中的拓本被他掌心燃起的火焰烧成灰烬，他沉默着。

宋栀栀又感觉到了冰冷果决的杀意。

"你可认得她？"宋栀栀踮起脚问他。

"三百年前，我还未出生，怎会与她有交集？"江影的语气冰冷。

"你要杀了她？"宋栀栀一惊。

"待寻得解蛊之法后。"江影大步跨出书房，这里没有找到线索，只能再去段天月的房间里找。

"可是……但是……段天月她可是……"宋栀栀跟着他，心下有些担忧，段天月可是男主人公沈昼的亲娘啊！

这仇要是结下了，可就是不死不休。

"是什么？"江影反问她。

宋栀栀心想江影肯定不信什么男主人公不男主人公的，她结巴了很久才挤出了一句话："她可是我干娘。"

江影觉得她不可理喻。

他冷笑道："如此说来，是不是我也算你夫君了？"

宋栀栀觉得这人在"碰瓷"。

但她还是顺着江影的话说下去："对啊！"

江影往前走的步伐僵硬了一瞬。

"你没准还要叫她一声丈母娘呢。"宋栀栀认真地给他理清楚关系。

江影："……"似乎是这么个道理。

但他不准备跟宋栀栀在这个问题上掰扯了。

他一脚踹开了段天月的房门。

宋栀栀没见过偷偷潜入他人房间还这么光明正大的人。

"去找找。"江影站在门口，朝段天月房间里侧抬了抬下巴，示意宋栀栀进去。

段天月没跟沈珉住在一处，她的房间是两室的格局，内外用屏风隔开，内里陈设古朴典雅，颇有品位。

宋栀栀懒得动，她合理怀疑江影在把她当傻子指挥："你为什么不去？"

"我没兴趣碰别人的东西。"江影侧过脸说道。

"那你今天没遇到我怎么办？"宋栀栀如此反驳着，但步子还是往里挪了挪。

"找完之后若无收获，一把火烧了便是。"江影轻描淡写地道。

宋栀栀觉得江影这人太别扭了。

"我去可以。"宋栀栀跳进段天月房间里，一边找线索一边道，"但是以后我说话你要理我。"

江影：他哪次没理她了？

"找什么？"宋栀栀将段天月房里的青瓷瓶拿起来端详。

"方才那拓本上，少了两页。"江影说道，"应当与朔月蛊有关。"

宋栀栀不打算浪费时间，走到屋子里用来隔开内外房间的屏风后，蹲下来，将怀里的手机掏了出来，开始打字——

段天月书房里绘制了花鸟虫鱼的拓本少了两页，被撕下的两页纸在……

宋栀栀看到后面的字一个个地出现——

拓本被撕下的两页纸早已被段天月烧毁，一丝痕迹也没有留下。

“那两页纸已被她烧了。”宋栀栀得到了答案，冲守在门口的江影说道，“不愧是你丈母娘，你们的行事风格倒有些相似。”

江影沉默了片刻，本不想理她，但想起了什么，才应了一声道：“好。”

“那要去哪里找？这线索都断了呀！”宋栀栀垂头丧气地道。

江影陪她回到书房里，思考了片刻便说道：“那蛊虫入体时，我记得它的模样。”

宋栀栀将案几上的纸张抽了一张出来，亲自给江影磨好墨，润了毛笔笔锋，一纸一笔递到江影面前：“画画？”

江影凭记忆将这蛊虫的样子在纸上画了出来，笔触竟有些细腻。

宋栀栀瞧着，倒吸了一口冷气。

这蛊虫模样可怖，有些像蜈蚣和蝎子的结合体，邪性很重。

“这么大一只虫，在你身体里？”宋栀栀低头端详江影画的东西，她写的时候也没仔细描述呀！

江影瞥了她一眼，“嗯”了一声。

宋栀栀垂下眼睫，似在思考着什么。

许久，她将段天月临走前塞给自己研究的法阵图纸抽过来：“江影，帮我解解阵？”

江影转过身去，准备走：“不解。”

宋栀栀坐在椅子上，见他要走，急了，用脚去钩了一下江影的小腿：“解解嘛，不难的。”

江影的腿被她钩住，一时走不了，只能转过身，瞥了一眼她亮给自己看的法阵图纸。

“东南方位，往内三寸是阵眼，解阵需以力破之，将阵眼摧毁即可。”江影一眼便将法阵脉络理清、言简意赅地道出。

宋栀栀偷偷记下他说的话。

“你要去做什么？”宋栀栀眼见着江影真要离开。

“沈珉今晚邀我赴宴。”江影把衣物整理了一下。

“我就在天月阁待着了？”宋栀栀将画了朔月蛊虫形状的纸藏进怀里。

“可以。”江影只留下这句话，便离开了。

宋栀栀将书房里的一切都整理好，等到很晚，段天月才回来。她坐在书桌后，看着手里的法阵图纸，假装在认真研究。

“栀栀？”段天月唤她。

宋栀栀装作从法阵的世界里被她叫醒，抬头应了一声道：“沈夫人。”

喊别人娘是不可能的，只能叫声“沈夫人”以示尊敬。

“如此生分。”段天月摇头轻叹，走上前来，“你一整日都在研究？”

宋栀栀拿图纸挡住自己因为要说谎所以有些不好意思的脸：“是的，这法阵难住我了。”

“可有想到解阵之法？”段天月问，“此阵的解阵之法失传已久，我也被这复杂的布置给绕晕了，研究很久未能破解。”

“东南方位，往内三寸是阵眼，解阵需以力破之，将阵眼摧毁即可。”宋栀栀直接抄江影的作业。

“此阵能以力破之？”段天月有些惊讶。她将法阵图从宋栀栀手中接过，盯着这错综复杂的法阵线条，一时之间，竟有些入神。

“是的。”宋栀栀笃定地说道，抄学霸的作业就是这么自信。

她站在研究法阵入了神的段天月身边，等了很久，有些困了，便打了个哈欠。

段天月抬眸，注意到宋栀栀的状态：“也是，你今日也忙了一天了，先去找间房间歇着吧，天月阁里你随意走动便好。”

宋栀栀的普通人身份便是最好的掩护，毕竟谁也想不到一个凡人能做出什么大事来，所以段天月对她格外放心。

终于下班了的宋栀栀跑到楼下，找到一个满意的房间扑了进去。

她洗漱完毕，这才伸了个懒腰趴在床上。

宋栀栀本来想拿起手机偷窥一下别的人物的生活，但在摸手机的时候，正好摸到了江影之前丢给她的传音球。

她决定先玩一下传音球。

宋栀栀将开关打开，冲传音球轻声唤道：“喂，喂，江影在吗，江影？”

她等了很久，也没听江影回答她。

宋栀栀继续骚扰他：“江影睡了吗？我准备睡了！”

还是没有回音。

“说好以后我说话要理我的。”宋栀栀知道江影肯定能听到。

片刻沉默过后——

“在。”冷冷的一个字，声音低沉。

“准备睡觉了吗？”宋栀栀随口问。

“没。”又是一个字的回答。

“那我先睡了，晚安哦！”宋栀栀冲传音球小声地道。

江影孤身立在沈家塔楼顶端，一轮孤月在天，寂寥冷清。

近百丈高的塔楼之下，团团围着沈珉的是各门各派的高手，他们的目标直指江影。

江影垂眸看了脚下无数强敌一眼，脚下一蹬，轻盈飞起，衣袂翻飞。

他说了句话，语气平静："好，晚安。"

"江影在说什么？"一个手握宝剑的剑修扭头看了一眼身边的同伴。

"他说……晚安？"另一人听力比他好些，通过江影的口型推测出他说的话。

"晚安？是什么意思？"拿剑那人的手险些都要握不住手中的剑了。

"应当是……要……要我们死的意思吧……"另一人犹疑地道。

下一瞬，他已说不出话来。

一道黑影闪过，江影已经击倒面前这人，而提剑的剑修将手中剑挥出，试图格挡。

他转身，对同伴大声提醒道："起阵！"

江影手中柳叶小刃轻盈地一翻转，那苍白的手腕动作精准，完美得仿佛雕塑。

传承千年的宝剑在冥昭下，抵挡不过一招，便化为齑粉。

冥昭出击的势头不减，直直朝着那剑修的眉心而去。冰冷入髓的痛楚传遍全身，剑修瞪大眼，仰面倒下。

江影连伤两人，不过是瞬息间发生的事。

他将冥昭收回手中，已身陷阵中。

这里的法阵，是早已绘制好的，就等他亲自入阵。

江影在原地站定，看着金色光芒盛放的法阵之外，面露痛苦之色使出全力起阵的修士们。

这法阵……

竟有些熟悉。

"不对。"段天月在图纸上画下最后一条解阵的法力走向。

她原本因研究法阵而有些憔悴的面庞变得更加惨白。

此阵竟然……真的在宋栀栀的指点下，解出来了！

段天月拿到这失传的法阵已有几十年了。

这些年她一直在研究解阵之法，但此阵障眼之处甚多，错综复杂，难以找到头绪。

这是七宗十二派讨伐灵祇神教那一战之前的产物，那时灵气充足，与现在的修炼条件不可同日而语。

段天月推测以现在灵气匮乏的条件，必不可能解开此阵，所以才放心交给沈珉，让他用此阵埋伏江影。

丢给宋栀栀解阵，也不过是让她有点事做而已。

宋栀栀提出的以力破阵，是最蠢的方法，本来段天月也嗤之以鼻。

但她现在发现……此阵所有精巧狡诈的布置，都是迷惑人的花架子！以力破阵，确实最简单快捷。

“沈郎！”段天月慌了，闪身跳出窗外，御风而行，朝沈家塔楼飞去。

江影发现这数百名修士合力布下的用来困住他的法阵，正是宋栀栀让他帮忙解的法阵。

当局者迷旁观者清，根据灵气走向、阵眼关窍明晰的法阵图纸解阵容易，而身在阵中，被困于迷障危险之中解阵的难度直线上升。

江影自忖，若这日他没有看过那法阵图纸，解阵还要费一番功夫、吃些苦头。

但现在他已知晓阵眼所在，这法阵如何能困他？

江影闭目，脑海中竟浮现宋栀栀缠着自己解阵的模样。

“倒也有趣。”他轻哂一声，颀长的身形消失在阵中，转瞬间已精准地落到阵眼处。

“江影这……”一直密切观察阵中情况的沈珉大惊失色，往后退了半步。

“沈家主，此阵他是如何解的？”布阵的修士扭头，神色恐慌。

“不……不知……”沈珉知晓此阵段天月研究了几十年都没研究出结果，身在阵中的江影若想解阵，更是难上加难。

莫非江影的实力已经如此强了？

但还未等沈珉思考完毕，站在他身边布阵的修士已然倒地。

沈珉感觉到有寒冷的气息自脚下升起，江影手中的冥昭毫不留情地朝他的胸膛而来。

还未等沈珉闪躲，一条白绫已从夜空中探出，将他往后一拽。

段天月以身拦在沈珉之前，冥昭刺中她的右肩，她甚至觉得受伤的右手臂自肩膀往下，已经不是她的了。

冥昭一击尝得血肉滋味，这才飞回江影掌心，如乳燕归巢。

“今夜好月色。”江影冷冷地说道。

“江影，我沈家山庄好心待你，你在我沈家山庄连伤数人，不太好吧？”

段天月抬头怒视着江影。

沈珉这些日子，联系了很多高手，大多与江影有仇。

江影曾被操控为灵祇神教做事，暗杀无数势力与家族的首脑，结仇甚多，很多人不惜性命也要将他诛杀。

“沈家山庄好心待我？”江影轻笑一声，抽出白绢擦拭冥昭纯黑刀身上的血迹。

他的脸与手上皆沾了血，根本擦不干净。

他只略微抬了头，头顶转瞬间已是乌云盖顶。

天际一声惊雷，明亮的闪电撕裂天空，暴雨落下。

江影伸出手去，从容地用雨水洗净手上沾染的血迹。

“来沈家第一次赴宴，沈珉在酒中下了毒。

“第二次赴宴，沈珉引我来塔楼，集合上百高手布下杀阵埋伏。

“沈家的待客之道，是如此的？”

“你！”段天月往前走了一步，似要辩驳。

“除却今日你这条右臂，我可曾碰你沈家一分一毫？”江影眯起眼，红眸中闪着薄怒。

“你夫妻二人感情，甚笃。”江影薄唇中吐出无情的话语。

段天月大惊，将修为略低些的沈珉护至身后。

只要控制住沈珉用来威胁段天月，不怕她不说出解蛊之法。

“你若敢动沈郎一丝半毫，我便不可能告诉你你身上蛊毒的解蛊之法。”段天月索性也不装了，直接摊牌。

“横竖你也不会说。”江影将手中的柳叶小刃挑起，端详在月色下薄得杀意十足的刀锋。

他确实是没了耐心，先废沈珉一手一脚，其余的容后再说。

正待上前，宋栀栀的声音传入他耳中。

她的声音迷迷糊糊的，似乎刚醒。

“江影，刚刚天上好像打雷了，我有些怕，可以过来陪陪我吗？”

亲自唤了雷雨前来洗手的江影：“……”

他将冥昭收起，转眼消失在众人面前，天上的雨还在下着。

而此时的宋栀栀正趴在床上，瞪大眼睛看着手机里出现的这些字。

众所周知，跟别人说晚安之后不是真的要睡觉，所以宋栀栀开始玩手机。

沈家塔楼下发生的所有事，她都看到了。

看着手机上的实况转播，宋栀栀跟看恐怖小说似的。

方才天际那一声惊雷响起，险些没把她吓得从床上弹起。

等看到手机上写“江影已没了耐心，准备先折磨沈珉一番”的时候，宋栀栀这才如梦初醒，连忙将传音球打开，唤了江影一声。

如果江影不过来，宋栀栀决定再踹一脚墙。

江影出现在宋栀栀的门外。借着廊道上长明灯的明亮光线，他看到自己手腕处有一滴尚未洗净的殷红血迹。

苍白的腕，暗红的血，分外触目惊心。

他又抽出一方白绢，将手腕上残留的血迹细细地擦拭，直到一丝痕迹也看不到。

江影推门走进宋栀栀屋内，房间里比外边暖和，桌上一盏灯亮着莹莹的暖色光，屋里泛着又轻又软的女子香气，与大雨倾盆的屋外是两个世界。

此时的宋栀栀正背对着门，对着墙角，似乎在研究往哪个角度踹自己会比较疼一点。

她等了一会儿没等到江影来，找好角度之后便一脚踹出。

却仿佛踹中了无形的棉花。

她的脚被弹了回来，整个人失去重心，往后仰面倒去，她直接跌进了江影的怀里。

宋栀栀背靠着江影的胸膛，抬头看着他，眨了眨眼，惊喜道：“你来啦？”

江影抬手，捏住她的脸颊。

“你似乎不是很怕。”他的指尖冰冷，声音也很冷。

宋栀栀双颊被他掐着，说话的时候口齿不清。

她随口说道：“因为……因为知道你要过来了，所以就没有很怕了。”

江影松开了手。

宋栀栀盘腿坐在床边，打量着江影穿戴整齐的衣裳。历经一场战斗，他竟然还如此整洁从容。

她摸着下巴思考，自己一开始是不是把江影的战力等级设置得太高了？

江影不知宋栀栀心中所想，只将她轻轻一推，推倒在床上，催促她睡觉：“可以睡了。”

宋栀栀怕他回去做刚才准备做的事，侧过身，瞪大眼睛，强忍着睡意拉江影唠嗑：“还会打雷吗？”

江影懒懒地一掀眼睫，长睫如蝶翼翻飞：“不会。”他已经洗完手了。

“你是雷公吗，你说不会就不会？”宋栀栀不让他走。

她屈起一只手肘，托腮撑着自己的脑袋，认真地看着江影。

“上一个这么看的，已经死了。”江影说。

此时窗外淅淅沥沥的雨声已停歇，江影敏锐地感觉到了。

“走了。”他说，没打算再多留一刻。

雨停了便不会再打雷，宋栀栀没有了留下他的理由。

宋栀栀估摸着这时候段天月已经将沈珉给藏好了，她也觉得很困，上下眼皮一直在打架。

“好，那我睡觉了。”她说。

江影起身，窸窣的衣料摩擦声传入宋栀栀的耳中。

就在此时，门外竟传来了敲门声。

宋栀栀睡意顿消。

此时还能来敲她房门的，只有段天月！

宋栀栀无比庆幸这房间的隔音甚好。

“栀栀，见你房间的灯还亮着，若还未睡的话，我有些事要和你说。”能够听得出来段天月的声音有些虚弱。

宋栀栀抬头看着坐在床边的江影，直接慌了。

糟糕，丈母娘来查房了怎么办？

她低头看了一眼床底。

该死，这床是用整块沉香木雕刻成型的，床底是实心的，根本藏不了人。

现在江影若使用法术离开，在如此近的距离下，法力波动定会引起段天月怀疑。

江影手中冥昭已经出现，若段天月发现他的存在，他会直接取其性命。

“栀栀？”段天月的声音有些犹疑，没有得到回应，她担心宋栀栀遇到了什么危险。

情急之下，宋栀栀壮着胆子直接把江影的腰抱着一拽。

江影没料到宋栀栀居然还来这一招，竟被她拽动了。

他高挑的身子往后一倒，被宋栀栀塞进了被窝里。

天月阁里的东西都优质上等，就连这被子也蓬松柔软，仿佛云朵一般。

宽大的被子下藏了个人，根本看不出来。

江影把冥昭收了，没有再动，任凭宋栀栀将他按在她身侧，柔软的手臂搭在他的肩上。

宋栀栀将被子盖好，确定把江影藏得严严实实，这才回答段天月：“沈夫人，我在睡觉，你若有事，直接进来便好。”

段天月单手推门走了进来，脸色苍白。

她一只手捂着自己的右肩，藏在新换衣服下的绷带处渗出隐隐的黑血。这伤正是方才在沈家塔楼下为救沈珉，被江影击中的伤口。

即便段天月第一时间止住冥昭的煞气通过经脉传遍全身，这右手也已经保不下来了。

江影只是随手一击，便令段天月痛苦不已。

而这罪魁祸首，就在宋栀栀的被窝里。

宋栀栀一只手按着江影的肩膀，掌心是寒凉的温度。他的头贴在她的腰侧，有极浅的呼吸拂过她的肌肤，很痒，她扭了一下腰。

“见你房间里的灯还亮着，便过来了。”段天月将椅子移过来，坐在宋栀栀床边，轻声道，“我是过来道谢的。”

“道谢？”宋栀栀揉了揉眼睛。她本就心虚，听段天月一说，更慌了。

莫非段天月知道是她将江影支开的吗？

“今日那法阵图纸，多亏是你看出了解阵之法，我察觉不对，这才来得及去将我夫君救下。”段天月说着，一阵后怕。

若没有宋栀栀提点让她发现不对，及时赶到，这晚江影非杀了沈珉不可。

宋栀栀松了口气，开始装：“不过是随便看了一眼而已，能对夫人有帮助便是最好的。”

被窝里江影的指尖已经贴上她的手背，轻轻碰了碰，还是冰凉的触感，仿佛游蛇，但他什么都没有做。

宋栀栀怀疑江影肯定是听她装不爽，所以想掐她一下，但想到疼的是他自己，所以作罢。

“深夜打扰，有些抱歉。”段天月的额头上冒出虚汗，“虽然你我认识时间不长，但我既然已将你收作干女儿，这责任还是要负的。”

“实不相瞒，沈家山庄已不安全。”段天月揉了揉眉心，“你应当知道江影吧？”

宋栀栀表情僵硬。

认识，怎么可能不认识？

人就在她被窝里。

跟夫人您就一条被子的距离。

她现在求求段天月不要说江影什么坏话，把他惹急了，她真的按不住这个大魔王。

“有所耳闻。”宋栀栀靠在床边上，轻咳一声回答。

“今日江影与沈家起了矛盾，我这伤也是今晚受的。”段天月轻声说，手指触到自己的右肩，“江影……不知会做出什么来。”

“你先离开吧，沈家山庄危险。”段天月说，“若……若无处去的话，可以去无相宗找我儿沈昼，他应当还不知道家中发生的事。”

宋栀栀根本不想走。

朔月蛊还没解呢！

“我……”宋栀栀启唇，不知道说什么好。

她觉得掌心很痒，是江影在她手心里写字。

江影写下的字很简单——问。

问什么？

宋栀栀马上反应过来。

“沈夫人，江影为何会来这里？”宋栀栀朝段天月眨了眨眼，轻声问道，“我听说他的仇家一直是灵祇神教呀……”

“我曾是灵祇神教中人。”段天月无奈地道。

不知为何，段天月看着这姑娘的眼睛，就忍不住有种想要告诉她的欲望。

她拉下半寸衣领，似乎要给宋栀栀看些什么东西。

趁她拉衣领、没注意这里的时候，宋栀栀将被子掀开一角，让江影呼吸新鲜空气。

跟被窝里钻了一只猫一样。

段天月的脖颈上有个白色图腾，是一只眼的形状。

宋栀栀马上想到了自己与江影所中的锁灵咒。

她手腕内侧的黑色图腾，也是一只眼的花纹，只是细节处不同，锁灵咒的图腾更加诡异。

“一日入灵祇神教，便终身是教中人。”段天月说，“即便教中让我离开，但我依旧传承灵祇神教的信仰。

“灵祇神教有无数知识财富，比如，修炼的功法、制药的方子、蛊毒咒文等等。

“为了防止这些信息失传，当灵祇神教有人死去，会有其他的教中人继承这些信息。教中人在神教覆灭时都被散去功力，四散奔逃了，灵祇神教现在只剩下我了。”

宋栀栀明白了段天月的意思，段天月的脑子里现在被迫塞入了她不想知道的东西。

包括朔月蛊的解蛊之法。

“江影寻我，应当是为解他所中的朔月蛊。”段天月轻笑一声，笑声竟有些轻蔑决然，“我不可能告诉他，我就算死，搭上整个沈家，也不会让这个罪大恶极的魔头好过。”

宋栀栀感觉到被窝里江影的身子动了动。

救命。

干娘，您可别说了，我要按不住了。

宋栀栀发觉被窝里的江影动了动，连忙抬脚，将他的腰给压住了。

段天月疑惑地问道：“你怎么了？”

“应当是今天被不知从哪里来的毒虫咬了，我挠挠。”宋栀栀也不知道从哪里来的力气，竟然真的按住了江影。

宋栀栀一只手伸进被窝里，准备在他的掌心写个字，让他少安毋躁之类的。

但她从江影的胸膛摸到脖颈，再摸到下巴，就是没摸到他的手。

没摸到江影的手，她只能在他的锁骨处轻轻地写了个字——不。

段天月不能杀，她若死了，便不知道到哪里再去找一个掌握灵祇神教一切秘密的高层教徒了。

极轻极浅的呼吸落在她的手背上。

她感觉他冰凉的唇擦着自己的肌肤而过。

她的指尖轻颤。

江影没有再动。

宋栀栀大半个身子缩进被窝里，看着段天月眨了眨眼：“沈夫人，你想让我离开沈家山庄，去无相宗寻沈昼？”

段天月轻叹了一口气：“是如此。”

“现在外面的世道也不太平，从长澹地界到无相宗，路上危险甚多，我一个普通人应付不来。”宋栀栀垂首推脱，“我再考虑一下，可以吗？”

段天月的目光有些闪烁，许久才应了声：“好。”

“那么栀栀你先睡吧，有何事明日再说。”段天月扶着肩膀站了起来，身体微微摇晃。

她离开了宋栀栀的房间，脚步声渐远。

宋栀栀一把将被子掀开，大口地喘着气，紧张得手都在抖。

江影原本梳得一丝不苟的发丝散乱，衣襟被宋栀栀拉开些许，露出诱人的胸膛。

就……就挺像……被人给欺负了一番似的。

宋栀栀发誓自己没做过这事。

江影表情不善，看着宋栀栀的目光极为危险。

两人就这么面对面地坐着对视。

“大哥，我的好大哥！”宋栀栀连忙滑跪认错，伸出手替江影把衣领整理好，“这不是为了让段天月不要发现我们的关系才出此下策嘛！”

“死人不会说话。”江影平静地道。

“她死了，上哪儿再去找一个灵祇神教的高层教徒？”宋栀栀盯着他红色的眼眸认真地道，“若想加入灵祇神教，必须在圣城中的灵祇神像下朝拜七天七夜，躯体才能印上象征教徒身份的图腾。”

“那个灵祇神像，已经被你毁成那个样子了，还能用吗？”宋栀栀问。

“不能。”江影回答得理直气壮甚至有点骄傲。

再没有人能加入灵祇神教，因为根基已被他亲手毁了。

曾经圣洁慈悲的女神像，如今只是一尊可怖的骷髅。

“万一段天月就是最后一个功法未被散去的教徒，杀了她，有关灵祇神教的一切会全部失传。”宋栀栀说，“不光是朔月蛊，就连锁灵咒的线索也都断了。”

江影轻嗤一声：“断了便断了。”

让他低声下气去祈求他人，不可能。

宋栀栀直接惊了：“你不会真准备养我一辈子吧？！”

江影的薄唇紧抿，没有说话，目光依旧冰冷。

“别气、别气。”宋栀栀安慰他，“你可以尝试接受我。”

江影瞥了她一眼，还是沉默着。

“说好要理我的。”宋栀栀提醒他。

“嗯。”江影随随便便地应了一声。

宋栀栀知道若江影将沈氏夫妇杀了，那么这仇便跟男主人公沈昼结下了。

沈昼可是书里的男主人公，有天命眷顾，运气好到爆棚，反派每每对他下手，都会被他侥幸逃脱。

她要活，也要江影活，便不能让这仇结下，让剧情朝着大反派被打败的路线走。

宋栀栀想了想，背过身去。

“可以不要杀沈氏夫妇吗？”她转身之后问道。

宋栀栀低头，将手机掏出，飞速地打字。

这手机里已经又出现了新的剧情，但宋栀栀没空看。

她继续写道——

宋栀栀问江影："可以不要杀沈氏夫妇吗？"

江影见她神色可怜，似有难言之隐，便无奈地道："好。"

与此同时，宋栀栀身后传来江影的一声掷地有声的"好"。

江影说完之后，才发觉不对。

他眯起眼，越过宋栀栀的肩头，又看到了她的手机。

"宋栀栀。"江影连名带姓地叫她，语气危险。

"干吗？"宋栀栀理直气壮地将手机塞进口袋，"你拿走它，它也还是会回来。"

江影的眉头轻皱，已有些不耐烦。

这已是第三次了。

身不由己的感觉。

宋栀栀……究竟是什么人？

她的存在是如此离奇。

但她又是如此……脆弱。

江影不喜欢这种感觉，甚至厌恶。

他盯着宋栀栀的眼睛说道："下次有何事，可以先跟我说。"

"你什么也不答应。"宋栀栀很委屈。

"说明理由，我可以考虑。"江影让步了。

"真的吗？"宋栀栀惊喜地道。她一直觉得跟没有心的人讲道理是一件很难的事。

"真的。"江影回答她。

宋栀栀看着他那张冷冰冰的脸，抿嘴笑了起来。

她一向是个得了便宜就卖乖、得寸进尺的人，所以她开了个玩笑。

"那你亲我一口呗！"宋栀栀托腮望着江影，"理由嘛……理由就是我很想要你亲我一口。"

江影死死地盯着她，红眸中闪烁着危险迫人的光芒。

宋栀栀侧过脸去，亮出自己的右半边脸颊，戳了戳自己的脸。

她的侧脸在夜晚的灯光中泛着莹莹的暖色，微微翘起的鼻头俏皮可爱，长睫宛如一只小蝴蝶。

江影没有动，静静地看着宋栀栀。

宋栀栀玩笑开够了，正准备收回方才那句话，下巴便被两根冰凉的手指挑起。

江影俯身，低下头，墨色长发自肩头垂落，落在她的脖颈处。

冰凉的唇瓣极为不情愿地在宋栀栀的右脸上碰了碰。

宋栀栀愣住了，身体僵硬。

她没想到……江影居然真的亲了。

因为她没有写任何剧情让江影一定要这么做。

瞬间，她的脸颊变得通红。

江影的指腹贴着她通红的脸颊轻轻地蹭了蹭。

“脸为什么……会红？”他问，语气略有疑惑。

宋栀栀一动也没有动。

这也要问？

江影的手捏了下她的脸颊：“红了，不痛吗？”

宋栀栀觉得自己快要不能呼吸了。

痛什么？

脸红而已，还能怎么痛了？

“当然不痛，你难道感觉到痛了吗？”宋栀栀快被他气死了。

“我知道了。”江影认真地跟她探讨问题。

“知道什么了？”宋栀栀警觉。

“没什么。”他说。

宋栀栀扭过头，瞪大眼睛看着他。

“江影！”她要气死了。

“嗯。”江影还在研究她奇怪的神色。

但她能跟他讲什么道理呢！

不过是搬起石头砸自己的脚罢了，呜呜。

宋栀栀泄气了。

她推开他：“我要睡觉了，好困。”

宋栀栀不想跟没吃过猪肉也没见过猪跑有朝一日吃了猪肉还问这是不是牛肉的人说话了。

江影应了一声：“好。”

他迈步走至房门口。

纯黑的大氅如夜色中的影子般垂在地上，瞬息间消失不见。

他离开得毫无声息。

宋栀栀抱着被子，翻了个身，面朝着里侧，拍了拍自己的脸颊。

气死了，气死了，丢脸死了！

她将头埋入被子里，却嗅到了江影的气味。

哦！他刚刚还在这里躺过。

宋栀栀更崩溃了。

她掏出手机，准备看看剧情，转移一下注意力。

手机上出现了新的文字记录刚才发生的事情，宋栀栀却愣住了。

从书里的上帝视角看方才段天月深夜造访她一事，竟有些不对劲——

段天月负伤回到天月阁，处理伤口换上干净衣服之后，她看着桌上宋栀栀解出的法阵图纸，思考了很久。

段天月知道，有些东西留在沈家山庄，迟早会被江影找到。

把东西送到江影有些忌惮的无相宗，才是最安全的。

若派遣沈家修士前去，定然会引起江影注意，若让一个凡人带着离开，更加隐蔽。

正好，宋栀栀是个普通人，不如就让这个新收的“干女儿”帮自己将东西带到无相宗吧。事不宜迟，段天月如此谋划着，便在深夜敲响了宋栀栀的房门……

宋栀栀的指尖划过手机屏幕上的这些文字，若有所思。

她将手机屏幕给按灭了，缩进被窝里。

她不知道段天月想要她从沈家山庄带什么离开。

既然她知道了这件事，那么次日肯定会接受段天月的建议。

翌日，宋栀栀来到段天月的房门口。

她敲了敲门，段天月柔和的嗓音在房内响起：“栀栀，进来吧！”

宋栀栀推门而入，便看到段天月盘腿坐在玉床上调息疗伤，周身有淡蓝色的气息环绕，将她的面庞衬得圣洁。

段天月右肩的伤越来越深，黑色腐血顺着冥昭刺中的伤口往全身侵蚀。

为今之计，只能断臂求生。

宋栀栀轻轻皱起了眉头，不忍再看，只轻声说道：“沈夫人，您的伤……如此重？”

“是啊。”段天月苦笑，“所以你要快些离开沈家山庄才是，这里太危险了。”

宋栀栀眨了眨眼，脑海里又浮现了手机里的文字描述。

“夫人说得对。”宋栀栀点头，道，“这江影着实可怕，我确实要快些离开才是。”

“嗯。”段天月听到宋栀栀答应下来，扯着嘴角笑了一下。

“去无相宗？”宋栀栀低头问。

“嗯，江影对无相宗尚有几分忌惮，你去那儿是安全的。”段天月将伤口重新处理了一下，解释道。

“夫人为何不……一起走？”宋栀栀试探性发问。

“我要拖住江影，他的目标是沈家人，我如何能在他眼皮子底下离开？”段天月轻叹一声说道。

“栀栀，随我来。”段天月起身，牵住了宋栀栀的手。

“去哪里？”宋栀栀不是一个很擅长演戏的人，她低下头，掩藏自己的表情。

一想到段天月就要带她去拿很可能与朔月蛊有关的东西，她就有些激动。

“无相宗远离凡尘俗世，若是寻常人登山门造访，他们怎么会搭理？我去将无相宗信物取给你。”段天月微笑着道。

“好。”宋栀栀点头，模样乖巧。

来到沈家正殿前，段天月将手放在门口处的法阵感应玉石上。

她的掌心亮起微芒，法术光芒宛如波纹般荡开去，原本被法阵禁制团团包围着的沈家正殿朝她们打开了大门。

“我也能进去？”宋栀栀试探性问道。

“可以，随我来吧！”段天月拉住了她的手。

宋栀栀没有抽回手，但她忽然有些怕。

她的另一只手伸进怀里，把江影留给她的传音球打开了。

起先她以为无相宗的信物就放在沈家主殿中。

但段天月根本没有在富丽堂皇的主殿里停留，反而直接来到了主殿正中央摆放的沈氏族徽之下。

主殿极高极广，穹顶直通天光，炽烈的阳光洒落在这熠熠生辉的沈氏族徽上，仿佛镀上了一层金色的光辉。

段天月按住沈氏族徽，将这金光熠熠的徽记往左旋转三圈，再往右旋转七圈。

在操作这一切的时候，她的周身皆有灵气流动，每一个步骤都需要使用法力。

宋栀栀没有一丝修炼的可能，段天月才让她看到了这一切。

“沈夫人，您把沈氏族徽往左转三圈，再往右转七圈是在做什么？”宋栀栀好奇地问道。

“去存放无相宗信物的地方。”段天月以为宋栀栀第一次见到如此神奇的东西，便解释给她听，“我在开门。”

说罢，宋栀栀又被段天月拉住了手。

宋栀栀感觉自己在下坠，仿佛坐电梯一样，有失重的感觉。

没想到，这沈家主殿之下，竟然别有洞天！

“哇——”落地后，宋栀栀来到沈家地宫中，看着周遭的一切，忍不住开口惊叹，“沈夫人，没想到沈家主殿下，还有这样一个地方。”

这地宫几乎与整个沈家主殿一般大，明明是在地下，但一点都不阴暗。

每一个角落都亮堂无比，而光源来自存放在此的无数珍宝。

世间罕见的天材地宝、价值连城的珠宝玉石、积累成山的功法典籍……这是整个沈家的财富所在。

长澹地界数一数二的势力，就该有如此气派。

“栀栀若想要，拿些喜欢的离开，也是可以的。”段天月似乎有些过意不去。

她心中思忖着，宋栀栀这个普通姑娘，应该不知道自己答应了什么事。

但是……也只能这样了，这姑娘的经脉从某种程度上也算得上举世罕见。

全身十二处经脉关窍，竟然一处不通。

这意味着不论是灵气，或者是别的什么东西，都不可能在她身体里畅通无阻。

那么也只有她了。

段天月下定了决心，没有再犹豫。

宋栀栀跟在段天月身后，看到她往前大踏步走到一个角落，打开了最后一道暗门。

沈家真是谨慎得可怕。

宋栀栀看着段天月面前的暗门洞开，露出了沈家隐藏最深的秘密。

隔着一个段天月，宋栀栀越过她的肩头，与暗门后的一只眼睛对视着。

是的，是一只眼。

宋栀栀倒吸了一口冷气。

因为暗门后映入眼帘的，是一尊女神像。

是灵祇神像。

这神像身姿曼妙婉约，雕工极佳，仿佛有轻纱笼罩全身。

神像的动作是慈悲温柔的。

但神像的脸上，没有五官，只有一只半合的眼眸。

圣洁又诡异。

“只有一只眼睛？”宋栀栀轻声说道，语气惊讶。

“神明如镜，你看神像是什么模样，神像便是什么模样。”段天月见宋栀栀惊讶，耐心地解释，“所以神像是一只眼的模样。”

宋栀栀想，倒也不错，因为灵祇神教的图腾就是一只眼的形状。

但是……但是也不用这么形象啊！这神像乍一看跟《星际宝贝》里的独眼霹雳一样！

宋栀栀忍不住在内心吐槽。

她的目光从灵祇神像上移开，看到了暗室里正中央栽种着一棵树。

而树上隐隐趴着细密的无数虫腿，一动不动，仿佛是虫已死了。

宋栀栀记得这虫的样子。

是江影画给她的朔月蛊虫。

她最见不得这种长着密密麻麻虫腿的玩意儿。

段天月在沈家地宫的暗室里居然养着朔月蛊虫。

她想要自己带走的“东西”究竟是什么？

宋栀栀看着神像前枯木上趴着的那只朔月蛊虫，忍不住往后退了半步。

段天月注意到了她的小动作，手指轻动结印，法术光芒闪动。

法术击中枯木上趴着的朔月蛊虫，这仿佛蝎子与蜈蚣结合体的诡异蛊虫从树干上剥落，跌在地上，化成碎块。

原来这只朔月蛊虫已经死了很久，只是还保持着临死前的模样。

“它有好多腿……”宋栀栀不敢再靠近那里，“沈夫人，这就是江影所中的朔月蛊吗？”

“你倒有些聪明。”段天月夸她，“是它，但它已经死了，我不会豢养这样的邪物。”

宋栀栀松了一口气。

“沈夫人，你拿了无相宗的信物给我，咱们便一道离开吧！”宋栀栀不想在这里多留。

“好。”段天月来到灵祇神像下，弯腰似乎在寻找着什么。

在宋栀栀看不到的地方，她将袖中藏着的无相宗信物拿了出来。

不过是与无相宗联络的一个凭证罢了，其实根本不用大费周章地到这里来拿。

段天月要拿给宋栀栀的，是另一样东西。

她假装将无相宗信物从灵祇神像下拿出。

段天月在走向宋栀栀的时候，停留在了这暗室正中央的枯木旁。

宋栀栀方才只顾着观察这枯木上趴着的朔月蛊虫，根本没有将注意力放在这蛊虫栖居的枯木上。

这枯木细细长长，约莫半丈高，树皮干燥焦脆，通身一丝绿叶也无。

就像那朔月蛊虫一般，这树木已经死了很多年。

但宋栀栀盯着段天月的手，看到她抬手伸向了枯木的顶端。

她摘下了一朵花。

鲜活娇嫩的一朵小小花儿。

它是这株枯木上唯一明艳的色彩。

段天月手里拈着那朵花，朝宋栀栀快步走了过来。

“无相宗信物在这里。”段天月道。

宋栀栀从她手中接过硬邦邦、冷冰冰的无相宗信物。

但马上，段天月手中的白色小花被别到了宋栀栀的发髻上。

宋栀栀感觉很痒，下意识抬手想要将这朵花摘下来。

段天月却拦住了她，道：“莫动，此乃婆娑木所结之花，有辟邪驱魔的效果。从长澹到无相宗，路途遥远，路上危险甚多，此物可以庇护你一二。”

宋栀栀盯着段天月的脸，点了点头。

段天月要她带走的，只是一朵花？

宋栀栀想，还是要寻个机会与江影说说这事。

她正如此想着，抬眸便看到段天月身后灵祇神像下的阴影处，似乎有个熟悉的影子。

江影何时来了？

他的行动悄无声息，段天月与她都没有发觉。

宋栀栀的动作都僵硬了起来，她与江影默默地对视着，中间隔着一个段天月。

冥昭那熟悉的冷锋寒芒一闪而过。

宋栀栀在黑暗的那双红眸中，看见了果决的杀意。

她皱了一下眉，抬眸对段天月道：“我们回去吧，事不宜迟，收拾一下，明日我便出发，可好？”

宋栀栀拦在了段天月的身后。

这也正是段天月的意思，她挽上宋栀栀的手臂，一道离开了。

江影终究是没有出手。

宋栀栀回了天月阁自己的房间。

刚走进去，宋栀栀转身关门的时候，便被一人抵在了门后。

宋栀栀看到了江影那双近在咫尺的红眸，浅浅的呼吸洒在她的脸上。

“你是什么时候去的沈家地宫？”宋栀栀小声地道。

“传音球打开的时候我便过来了。”江影的语气平静。

宋栀栀将前往沈家地宫中暗室的办法全部通过传音球转告给他了。

“段天月给了我这个。”宋栀栀抬手，去摸段天月别在自己发髻上的白色小花。

江影盯着她发间的白色花朵，幽深的眼眸里闪着莫名的神色。

“朔月蛊虫栖于婆娑木之上，这是婆娑木的花，是不是与朔月蛊有关系？”宋栀栀如此说着，抬手想要将这朵花摘下来。

但她拔了一下，却没能将这朵婆娑花扯下来。

反倒是江影的眉尾又反射性地一挑，他在忍受疼痛。

宋栀栀意识到了事情的严重性，连忙乖乖将手缩回来。

江影抬手轻触了一下宋栀栀头顶的花。

宋栀栀长睫闪动，感觉有些怪怪的。

江影明明碰的只是花，也没碰到她，她怎么觉得怪痒的？

他修长的手指探入她的发间，将束发的银簪轻巧地抽出。

如缎的长发散开，仿佛流水般在江影苍白的指缝间倾泻而下。

宋栀栀气鼓鼓地道：“这头发我梳了一早上。”

她确实没有说错，她真的应付不来古代这些复杂发型。

江影的手按在她的脸上，让她不要废话：“等下给你梳。”

他盯着那朵生在宋栀栀头顶的婆娑花，抬手抚上花朵与宋栀栀身体相交的地方。

宋栀栀感觉真的很痒，于是想要推开江影。

江影按住了她的肩膀，指尖从她的头颅顶端一路抚至后脑，再到脖颈，指腹一寸寸地摩挲过她的肌肤。

最终，他苍白的指尖按在宋栀栀脖颈最后一节椎骨上。

“根已经延伸到这里了。”江影言简意赅，“婆娑花在被放到你身上的时候，就开始扎根了。”

宋栀栀直接惊呆了：“这花长在我头上了？”

怎会有如此离谱的事情？

难怪段天月那么急着把这花放到她的头上，应当是怕这花没了根系维持生命力，一不小心死去。

“此物我第一次见。”江影的语气骤然变得冰冷，抬手掐住宋栀栀的脸颊，“你就任由她将这东西放在你的头上？”

宋栀栀很委屈：“我觉得它与朔月蛊有关，说不定能帮你解蛊，不过只是一朵花，戴就戴了。”

她瞪大眼，朝江影眨了眨眼，眼眸里泛着柔柔的水光。

江影松开了她。

宋栀栀看到自己面前有幽蓝色的光点汇聚。

这些幽蓝色的光点变成了一个人体的形状，从头颅到脖颈这段经脉的颜色加深，似乎被什么网状的东西给缠住了。

“这是你体内经脉的状况。”江影指尖点在幽蓝色的人体经脉图上，“婆娑花长出的根系已经顺着你的经脉开始延伸。”

“婆娑花的根生长迅速，本该顺着你的经脉生长遍全身，将生命力全部夺取。”江影用手示意了一下经脉图上脖颈处的那一点。

“但是它堵住了，因为你全身上下十二处经脉关窍，没有一处是通的。”江影用最平静的语气说出最伤人的话。

宋栀栀一时不知道该笑还是该哭。

竟有这种操作？

“你以为段天月收你做干女儿真是好心？”江影抬手弹了一下宋栀栀头顶的婆娑花，“她只是一眼看出你经脉特殊，早打好了利用你的主意。”

宋栀栀敏感地打了个哆嗦。

她抬手捂住头顶的花：“不要摸！”

江影不听，又饶有兴趣地扯了一下花瓣。

这花已经在她身体里生根，她能够随时感受到这朵花的触感。

宋栀栀想跑，因为她发现江影好像对这朵花很感兴趣。

她抬脚，从凳子上跨过去，想要保护头顶的花逃离江影的魔爪，却被他揽住腰给拖了回来。

宋栀栀被他重新按回镜子前的凳子上坐好。

她看着镜中的自己，黑色长发披散，眉心一点朱砂痣有着秀气的美感，头顶探出一朵白色的小花。

“你干吗？”宋栀栀凶江影。

此时江影已经抬手将梳妆台上的玉梳拿了起来。

他看着镜中的宋栀栀，语气依旧冰冷无情。

“给你梳头。”他说。

宋栀栀想起方才江影为了研究婆娑花，散开她头发的时候确实答应要给她梳回去。

于是她乖乖坐在凳子上，等着江影表演。

宋栀栀看着镜中江影拿着玉梳的手——苍白修长，骨节分明，宛如一件艺术品。

她在镜中看不见江影的脸，但能够想象到他的表情还是一如既往冷漠。

玉梳掠过发间，丝滑如水，柔柔地在江影指间缠绕着。

青丝被他绾起，在脑后盘了个发髻。

这发髻样式简单，但也比宋栀栀今晨自己胡乱梳的更好看些。

就是头顶上那朵婆娑花不好处理，就这么直愣愣顶着似乎有些奇怪。

好像在对所有人说“看到没，我头顶开花了，牛吗”，傻乎乎的。

宋栀栀正欲说话，江影的指尖便掠过她的鬓角，手指屈起，挑起一绺青丝，往后盘上发髻。

正巧把宋栀栀头顶那朵婆娑花给盘在发间，让它看起来就像发饰一般，没有任何违和感。

盘发的时候，江影的手背触到了那朵婆娑花。

宋栀栀略微瞪大双眼，浑身仿佛过电一般抖了一下。

江影只碰了一下，便抬手将放在檀木桌上的银簪拿起。

银簪被插入发间，末端坠饰着的小小流苏闪着流光。

宋栀栀看着镜中的自己，眨了眨眼，眼波流转。

她是真的没想到，江影给她梳得竟然还挺不错，虽然没有别的漂亮姑娘头上的发型复杂，但至少比她自己梳得好。

宋栀栀抬手摸了一下自己梳得整整齐齐的鬓边发丝。

得想个办法，骗江影天天给她梳头。

她心中如是想。

江影当然不知道她小脑袋里打的什么坏主意，把玉梳往梳妆台上一放，便往后退开半步，准备离开。

宋栀栀梳了美美的发型，心情很好，便转过身对江影道：“明日段天月要送我离开沈家山庄，我难道真的要去无相宗？”

“不用。”江影垂眸说道，“你在庄外找家客栈住下，等我。”

“这花与朔月蛊虫到底有何关系？”宋栀栀问。

“还要再查。”江影半靠在椅子上，语气平静无波。

“好。”宋栀栀脆生生地答应道。

“以后若有情况先和我说。”江影眯起眼观察宋栀栀头顶的婆娑花，“莫要轻信他人。”

他依旧对宋栀栀被段天月往头上放了花一事耿耿于怀。

宋栀栀也没想到这花居然还能这样。

明明她手机里书上出现的剧情也没有说得很严重。

宋栀栀原先想的是，一个正面人物应该不会做出什么不好的事，所以才任由段天月往她头上放了婆娑花。

好在现在婆娑花因为她愚钝不堪的经脉，根系没有探遍全身，她暂时还是安全的。

江影离开了天月阁，独留下宋栀栀一人在自己的房间里。

她等到江影离开，才掏出手机开始浏览书里描述的之前发生的剧情——

段天月将婆娑木上结出的婆娑花放到了宋栀栀的头上。这婆娑木是灵祇神教圣物，极为奇特，幼时需要以骨血喂养，灵祇神教兴盛时，时常取活人、灵兽饲喂。

沈家山庄地宫里的这株婆娑木，已经来到生命的尽头，生命交替，枯木上长出一朵婆娑木的幼体婆娑花。

段天月知晓婆娑木妙用甚多，甚至能解令江影困扰已久的朔月蛊，她担心被江影取到婆娑花，但又不忍毁去神教圣物，便只能想办法将它带出去。

寻常人若是被婆娑花的根系探入身体，这生命力旺盛、无孔不入的根系会顺着打通的经脉关窍，延伸到身体每一个角落，不久人便会死去，经脉越是畅通的修士，死得越快。但宋栀栀不一样，她的经脉关窍每一处都无法与灵气沟通，能够阻挡婆娑花的根系蔓延至全身，婆娑花长在她的身上，不会危及她的生命。

段天月正是看中她特殊的经脉，才想到了这办法，让她作为婆娑花的载体离开沈家山庄。能够安全离开，保留下这灵祇神教圣物当然是好的，就算被江影发现，只要杀死毫无自保能力的宋栀栀，江影一样得不到解蛊之法。

宋栀栀垂眸盯着手机里出现的文字。开了上帝视角就是不一样，书里将段天月的计划说得一清二楚。

段天月很聪明，宋栀栀也相信她为了抵抗江影这个大反派可以牺牲自己的生命。

但这并不意味着段天月可以为了她的“大义”而将一个普通人置于如此危险的境地，甚至连这名普通人的死亡也被纳入计划中。

此时，段天月敲响了宋栀栀的房门。

宋栀栀将手机收起，打开门，看到段天月手中拿着一个储物锦囊。

段天月看到宋栀栀开门，神情有些放松。

宋栀栀果真没有因为婆娑花死去，她的经脉太特殊了。

“我收拾了一些灵石、衣物和首饰，都放到了这储物锦囊中，去往无相宗的路上可以用。”段天月对她说。

宋栀栀接了过来，点了点头：“好，谢谢夫人！”

“栀栀一定要快些离开沈家山庄，明日会是一个好时机。”段天月叮嘱道，“山庄里越来越危险了。”

“嗯。”宋栀栀垂下眼帘，看不清神色。

段天月说话还是如此温柔，对自己的叮嘱亦真诚殷切。

她可能真的觉得，为了抵抗阻拦江影，牺牲一两条性命也没关系，她自己的，或者是别人的。

“我明日会离开。”宋栀栀对她说，“夫人要小心，保重性命。”

宋栀栀知道江影已经答应她不会对沈家夫妇出手，他虽是反派，但信用还是有的，亲口答应的事情一定会做到。

她受不了朔月蛊疼痛的折磨，肯定不会乖乖听段天月的话去无相宗。

这点不信守承诺的内疚，也因知晓了真正的内情而被冲淡。

段天月离开了，宋栀栀看到她交给自己的锦囊里装了好些灵石和衣物。

她心情复杂，就仿佛喉咙里哽了什么一般。

为了转移注意力，宋栀栀清点完锦囊里的东西之后，便掏出手机想偷窥一下江影的生活。

她在手机里打字：“此时，江影在……”

就好像把无形的摄像头放到了江影的身边。

手机里开始顺着这句话逐字逐句出现文字——

此时，江影正在沈家给他准备的客房中修炼。

突然，他仿佛发现了什么，猛地睁开眼，红眸森然，巡视空无一人的房间。

江影神情肃然，似乎发现了在虚空中有一只无形的眼睛在看着他。

宋栀栀看到这句话，直接惊呆了，江影竟然能够感觉到有个人在通过某种方式偷偷看他。

他竟然敏锐到这种地步。

宋栀栀吓死了，手忙脚乱地想要打字把视角移开。

但马上，后面又出现了全新的文字，转移了她的注意力——

“笃笃笃”的敲门声响起，竟是有人登门造访。

江影一挥手，懒得问来人是谁，便将房门打开了。

站在门外的，是一个意料之外的人，竟然是沈珉。

沈珉的修为没有段天月高，为了避免他被江影捉拿用以威胁段天月，自沈家塔楼下那次冲突后，段天月便连夜将他保护起来。

但没想到，本该躲着江影的沈珉竟然主动登门造访！

江影看到沈珉，红眸中闪过一丝讶异，沈珉的出现也出乎他的意料。

“何事？”江影瞥了一眼沈珉，问道。

“江道友，您想知道朔月蛊的解蛊之法？”沈珉伏下身子，行了一礼说道，“我可以告诉你，只求……只求您能够放过天月。”

“天月离开灵祇神教已久，继承灵祇神教知识非她所愿，先前是我自大，以为江道友要对我沈家山庄不利，这才召集了高手。”沈珉摇头轻叹，“但塔楼下那一战后我意识到，以您的实力，不是我们能抗衡的。”

“天月很傻，为报灵祇神教之仇不愿与你说解蛊之法，但活下去才是最重要的，江道友若有怨对着我沈某来便是，解蛊之法告诉你后，要杀要剐江道友请随意。”沈珉说话已带上一丝哀求的意味，“此番前来，我也是瞒着天月，只求……只求能放过我夫人。”

宋栀栀看着书里出现的文字，直接被这突如其来的变故给惊到。

——沈珉，你先摇白旗投降，你家夫人知道吗？

她吐槽了一下，便继续看剧情。

江影看到沈珉跪在了地上，江影抬起下巴，并未被沈珉卑微的姿态蛊惑，只冷声道：“解蛊之法，可以先与我说。”

沈珉伏低了身子：“朔月蛊虫喜灵祇神教圣物婆娑木的味道，常栖于此木之上，用婆娑木可引出朔月蛊虫。”

与婆娑木有关，沈珉说的，可能是真的解蛊之法！

宋栀栀的手指抚过手机上的这段文字。

沈珉究竟知不知道老的婆娑木已经死了，而新生的婆娑花已经被段天月摘走了？

他的举动，很奇怪……

书里两人的对话还在继续着——

江影听闻“婆娑木”三字，目光微闪，不动声色地问：“婆娑木在哪里？”

“我沈家主殿下有一地宫，地宫密室内存放了天月从灵祇神教拿走的东西，这婆娑木就栽种在密室之内。”沈珉所言，皆是实话。

江影看着沈珉，没有说话，在他那极具压迫力的目光下，沈珉浑身发着抖。

“我是瞒着天月来找您的。”沈珉面露痛苦之色，“她可以为了保守秘密不惜牺牲自己的生命，但是……但是我……不想她死，她是我的妻子。”

沈珉所言，字字恳切，只是他不知道段天月已经先他一步布置了计划。

宋栀栀知道婆娑木就是解蛊的关键，而具体如何解蛊尚不明确，还需要从沈家人口中套话。

江影也知晓这一点，所以他没有拒绝沈珉的提议——

江影定睛望着沈珉，看着这沈家家主越发惊恐灰败的神色，哂笑一声。

“好，明日便去看看那婆娑木。”江影答应了沈珉。

沈珉微垂着头离开了这里，模样颓丧。

偷窥了两人对话的宋栀栀赶紧在手机上打字，敏锐地将视角转移到沈珉身上——

沈珉一人来到沈家主殿内，不知从哪里摸出了一坛酒，自斟自饮。

这举动，不像消愁，更像是为自己壮胆。

壮胆？壮什么胆？宋栀栀察觉到不对劲。

她屏住呼吸，继续看下去——

沈珉喝完了最后一口酒，抱着酒坛喃喃自语道：“江影性情阴晴不定，他能不能信守承诺都不知道。”

他将偷偷誊抄的一页纸拿了出来，其上正是引动朔月蛊虫的口诀，段天月将有关朔月蛊的文字资料全部销毁，却没办法删去自己的记忆。

午夜梦回，枕边的沈珉时常听见她在梦中喃喃自语，仿佛被魇住了一般。他担心段天月修炼入魔，便将她梦中所言写了下来，想要为她驱除心魔，但她知道后，便与他分房而睡，单独住到了天月阁中。

沈珉不知段天月的过去，只知他应该保护自己的妻子。段天月修为比他高，长澹沈家能有今日地位，也多是因为有段天月的助力，但他总该做些什么。

心中有了这般信念，沈珉抚摸了一下拇指上戴着的沈氏徽记，瞬间，百余位修为高超的修士来到他身后，这些修士都是沈家直系血脉，忠诚、实力强，已是沈家所有的精锐力量。

“江影如此欺我沈家，他的弱点我已知晓，就算豁出去我们的性命，明日也要叫他有来无回。”沈珉大手一挥，“随我来吧，去沈家地宫。”

宋栀栀知道沈珉不安好心，但没想到他这么勇，他这是准备再埋伏一次江影？上次在沈家塔楼下的亏还不够他吃的？

但在书中看到沈珉缜密的布置之后，宋栀栀不得不说这次布置的陷阱对江影确实有威胁，沈珉可谓做足了算计。

他先在沈家地宫外预先布置足以笼罩整个地宫的沈家秘传法阵，每一处法阵的灵气输入点都毫不吝惜地用数以亿计的灵石供给能量。

为了维持法阵，这么多灵石花出去，就算江影不死，沈家估计也穷了。

而阵眼处的婆娑木是计划的关键，沈珉早就知道这婆娑木已经死了，其上豢养的朔月蛊虫也因失去栖息之木而死去。

巧就巧在，婆娑木上豢养的朔月蛊虫，与江影身体里活的那只，是雌雄一对，雌虫已死，江影体内的朔月蛊虫在驭虫口诀下苏醒，感应到死去同类的气息，必将在江影体内搅起腥风血雨，让他痛不欲生。到时法阵启动，沈家精锐一齐出手，没准真能将虚弱的江影拿下。

开了上帝视角的宋栀栀被沈珉的操作惊呆了，这沈珉是真的想方设法要江影死。

但这也给了她一个有用的信息，就是沈珉身上有可以驭使朔月蛊虫的口诀。

看来，这场“鸿门宴”江影是不得不去了。

宋栀栀将事情理顺之后，下意识地打开了传音球，想要把这件事告诉江影。

但她的手指在精巧的传音球上点了一下，又犹豫了。

她没有任何理由会知道江影与沈珉的对话，看江影方才在书里描述的样子，他似乎对偷窥之事深恶痛绝。

不能直接说，这样太奇怪了……宋栀栀想。

而另一边的江影，在宋栀栀打开了传音球后，过了很久也没听见她说话，只听见她浅浅的呼吸声。

原本在静心修炼的江影被她吵得入定不下去了。

他冷声问道：“何事？”

这还是连接上传音球后，江影第一次主动跟她说话。

原本就心虚的宋栀栀被他吓得一激灵，连忙坐直了身子。

情急之下，她灵机一动：“江影，你方才给我梳头的时候，看到我戴在左半边的那个水晶发饰了吗？跟小蝴蝶一样的那个。”

江影哪里记得什么水晶不水晶的蝴蝶发饰：“没看到。”

末了，他又补了一句：“我没拿。”

他可没有收藏女子发饰的奇怪癖好。

“丢了吗？”宋栀栀将头上的蝴蝶发饰给摘下来，塞进怀里，“怎么能丢了？”

她挠挠头，假装在回忆："是不是今天段天月把婆娑花放我头上的时候碰掉了？"

"掉了就掉了。"江影根本懒得跟宋栀栀唠这个。

"可是我很喜欢它！"宋栀栀提高了音量说道，试图将话头拉回来。

"再买。"江影言简意赅道。

宋栀栀被这两个字噎得险些说不出话来。

"不行，我就要那个。"她不依不饶，胡乱找理由，"这是你给我买的第一个发饰。"

江影："……"第一次买的和第二次买的有什么区别吗？

"沈家山庄太危险了，到处是修士，我一个人不敢离开天月阁，你陪我去找找，好不好？"宋栀栀绕了一大圈，这才说出自己的真实目的。

许久，久到宋栀栀都以为江影会拒绝的时候，他开口了，语气如往常般淡漠："去哪里？"

宋栀栀一字一板地道："沈家地宫，我怀疑是段天月给我碰掉的，我们一路找着回来。"

江影听到宋栀栀这句软软的哀求，长眉微挑。

他想起了之前沈珉的突然造访。

沈珉邀请他次日去沈家地宫中解朔月蛊。

他知晓可能会有危险，但驱使朔月蛊虫的口诀还未到手，只能暂且去看一看。

结果宋栀栀又有了这样的提议。

江影薄唇紧抿，起身披上大氅，瞬息间人已消失。

他出现在宋栀栀的房里。

宋栀栀感觉到他来了，连忙转过身，模样看起来很开心。

她朝江影伸出一只手，白嫩嫩的掌心里有微汗。

"我们出发？"宋栀栀对他说道。

江影幽深的红眸定定地望着她，注意到少女头上，左右两边对称的蝴蝶发饰少了一只。

他没碰宋栀栀的掌心，只一只手握住了她的手腕，将她拉近了些许。

江影将她揽着，带着她一起消失了。

这瞬移的法术，宋栀栀每次体验都仿佛坐过山车一般感到天旋地转。

她为了防止自己被甩出去，只能紧紧攀着江影的手臂。

宋栀栀贴近江影的时候，江影低头，看到她头顶那株婆娑花轻轻地晃了晃。

鬼使神差般地，他朝这朵白色的小花轻轻吹了一口气。

花瓣微微摇曳，宋栀栀的指尖微微一抖，掐住了江影的手臂。

她猛地抬起头来，控诉道：“你吹什么吹？”

江影侧过头去，直接否认：“风吹的。”

宋栀栀当然分得出来到底是风吹的还是他吹的。

她气不过，抬手捶了江影的胸膛一下，以示愤怒。

江影低头，在宋栀栀抬起的袖间，看到了一闪而逝的水晶光芒，宛如一只小蝴蝶。

第三章 你背我吧

注意到这个细节的江影长眉微挑，没有说话。

宋栀栀的手在他胸膛上一推，从他怀里退出去。

她低头看了一眼自己的掌心，心想江影的胸肌还挺好摸的。

沈家主殿外有禁制法阵，只有沈家人才能进入，但这难不倒江影。

他在主殿侧面布下一个仅容一人通过的小法阵，悄无声息地破开了沈家主殿的禁制法阵。

江影一只手牵着宋栀栀的手腕，率先走了进去。

二人钻进禁制法阵内侧，外侧的小法阵马上消失，没有留下一丝痕迹，谁也想不到还有人深夜造访此处。

一路来到主殿里的沈家徽记前，宋栀栀看着这暗金色的徽记，摸了摸下巴。

“是不是先往左转七圈，再往右转三圈？”宋栀栀努力回忆段天月是怎么打开机关的。

她伸出手去，正准备转动徽记，却被江影拦下了。

“往左三圈，再往右七圈。”江影把宋栀栀按在沈家徽记上的手移开。

宋栀栀记性不大好，有些尴尬。

待江影转完沈家徽记之后，熟悉的失重感再次传来，二人一道下沉。

“去暗室。”宋栀栀手里拿着一颗夜明珠，照亮周遭的环境，“应该是掉在了那里。”

江影想到了藏在宋栀栀袖中的蝴蝶发饰。

她哪里有遗失什么发饰？

他没有戳穿她，只默默地跟在她身后，静静地看她表演。

地宫暗室里最贵重的，可能就是那株婆娑木与灵祇神像。

打开暗室门之后，宋栀栀注意到江影盯着那灵祇神像，愣了一瞬。

她能够清晰地感觉到周围的空气都因江影而冷了几分。

江影似乎非常不待见这座灵祇神像。

宋栀栀假装在地上找发饰，一边随口问道："你很讨厌这神像？"

江影负手而立，与灵祇神像那半合的眼眸对视。

神明的眼眸慈悲柔和，澄澈明净。

江影的红眸幽深无垠，邪气凛然。

"是如此。"他承认了。

宋栀栀还想再问，江影便将目光从灵祇神像上移开："不是要找发饰吗？找吧！"

她吓得藏在袖子里的发饰差点掉出来，连忙弯腰在地上假装寻找，动作蹩脚。

她注意到江影侧过身子，目光没有看向这里，寻得机会，赶紧把蝴蝶发饰往婆娑木下一丢，方便自己靠近那里。

实际上是江影实在看不下去了，转过身给宋栀栀制造一个机会。

宋栀栀还没忘记这晚过来的目的，她偷偷靠近婆娑木。

那只不知道什么时候死去的朔月蛊虫的破碎虫躯还在地上，死去的虫子身体干燥且脆弱，先前被段天月击落在地上，此时已经四分五裂。

但属于朔月蛊虫的气息还在。

宋栀栀大着胆子朝婆娑木下望了一眼，差点没被吓死。

这虫子尸体碎了怎么更恐怖了？断裂的虫肢四散开，泛着黑光的虫首正直勾勾地朝她看过来，被她丢出去的蝴蝶发饰就躺在四分五裂的虫躯附近。

宋栀栀吓得要死，虽然在心里无数次安慰自己这玩意儿已经死了，但还是直犯恶心。

但她又想到若不把这玩意儿的气息掩盖，翌日江影体内的蛊虫必将躁动。

宋栀栀闭上眼，神情痛苦，一脚踩上朔月蛊虫的脑袋，发出清脆的"咔嚓"一声，幸好没爆浆。

背过身子正在冥想的江影被这声音惊醒，扭过头来，便看到了这样的场景。

宋栀栀一脚踩在婆娑木下的朔月蛊虫的尸体上面，眼泪都快落下来了，正抬眸望着他，宛如幼犬一般的杏眼中泛着水光，头顶上那朵小花微微垂下，都快蔫儿了。

"江影，我这条腿是不是不能要了？"宋栀栀真的快哭了。

她好恨，自己在描述朔月蛊虫的时候，为什么要描述得那么恶心。

江影注意到宋栀栀脚下的朔月蛊虫，还有躺在虫躯中央的蝴蝶发饰。

她真能，居然扔到这里来了。

江影走上前去，将宋栀栀死死钉在地上不敢缩回来的脚踝握着，抬起，把她的脚移回原地。

再低头拾起那蝴蝶发饰。

宋栀栀方才那一脚，已经把这朔月蛊虫残存的肢体全部踩碎了，按道理来说这属于朔月蛊虫的气息也不会再被感应到。

但她还是不放心。

"它好恶心，要不我们把它埋起来吧？"宋栀栀皱着眉提议。

江影起身的动作一顿。

他将手中的蝴蝶发饰胡乱擦了擦，漂亮的红眸中，有异样的光芒一闪而过。

"好。"江影应了一声。

他伸出一指，已经死去的婆娑木下的泥土宛如有了生命一般涌动。

瞬息之间，这些被宋栀栀踩碎的虫躯被泥土吞了下去，一丝痕迹也没有留下。

这一手操控五行之力的法术极妙，就连宋栀栀都看呆了。

瞬间，她看向江影的眼神充满崇拜，眼睛亮晶晶的。

江影不为所动，直接把擦干净的蝴蝶发饰丢还给宋栀栀。

他不理解，宋栀栀如此大费周章骗他带她来这里，就是为了鞭尸这死了不知道多少年的朔月蛊虫？

她有这么讨厌这虫子？

可他身体里，还有一只活的。

宋栀栀当然不知道江影自己脑补了什么玩意儿。

反正她自认为自己这晚表演得天衣无缝。

解决了朔月蛊虫之间的感应这个最大隐患之后，宋栀栀拍拍手，感到神清气爽。

等江影把驱使朔月蛊虫的口诀从沈珉手中拿到，两人就可以顺利离开了。

沈珉布置的法阵应当难不倒他，沈家秘传法阵，没有段天月上次让宋栀栀解的那个法阵厉害。

影响最大的，还是灵祇神教的朔月蛊虫，虽然现在这玩意儿躁动起来，疼的是宋栀栀，但摧残身体的力量对江影实力的削弱是实打实的。
这是江影最大的弱点。
宋栀栀心中如此盘算着，便看到江影率先离开了暗室，根本没有等她。
她连忙跟上去，心情雀跃的她没发现有哪里不太对。
“明日我就要暂时离开沈家了。”宋栀栀跟在江影身后，自顾自地说着话。
“嗯。”江影大步走在前面，与她保持一定距离，冷淡地应了一声。
“你答应过我不杀沈氏夫妇的。”宋栀栀想到了原定的剧情，强调了一遍。
沈家在长澹声望颇高，与数家势力交好，还有一个杰出的后代沈昼。
与沈家结仇，很难办，她还想活下去，不想跟着江影被人追杀。
“嗯。”江影又应了一声，径直走出沈家主殿。
宋栀栀越来越追不上他了。
她快步跑了起来，跟上江影，继续叮嘱：“我不在沈家的话，你要注意安全，小心不要磕了碰了，不然我会疼的。”
江影：你在让谁注意安全？
但他还是冷冷地应了一声：“好。”
他长腿一迈，原路返回，脱离了沈家主殿的禁制法阵。
宋栀栀手疾眼快跟着他钻了出去，这才没被落在后面。
她终于察觉到不对劲了。
在沈家主殿外无人的青石小径上，宋栀栀冲他的背影喊了一声：“江影，你走这么快做什么呀？！”
月色下，竹影婆娑，江影颀长的身体在月光下拉出细且直的影子。
他停下脚步，背着身子，没有转过头来。
“你不是怕吗？”江影的语气平静淡漠，仿佛在陈述一件事实。
宋栀栀不解其意：“我怕什么？”
“朔月蛊虫。”江影抬眸，看着天际一轮白色圆月，再过几天，月满则亏，朔月日到来的时候，便又是这蛊虫作乱的日子。
宋栀栀走到他身后，江影又往前迈了两步与她保持距离。
“朔月蛊虫不是被埋起来了吗？”她说，“埋起来我就不怕了呀！”
江影淡淡地道：“宋栀栀，我身体里还有一只活的。”
宋栀栀一愣。
她确实险些忘了这事。
但……就是……这能一样吗？
她只是怕虫子的模样罢了，只要它不活生生出现在她面前，她是可以假装看不见的。

“怕你吓死了。”江影道。

他知道宋栀栀是真能被吓死的。

江影径直往天月阁的方向走，这一夜的月色很亮，月光如水倾泻在屋檐下，落下几点银辉在他的肩膀上。

宋栀栀想解释自己看到南方蟑螂的时候，也是这反应。

但江影估计不知道南方蟑螂是什么可怕的存在。

眼见着他往前走得越来越远，宋栀栀总觉得自己应该向他解释一下。

应该……怎么办呢？

身体的反应比她的脑子更快，她往前跑了一段距离。

江影注意到了她的靠近，没有防备。

猝不及防，宋栀栀跳了起来，张开双手，直接从后面攀上了江影的脖颈。

她从后面紧紧地抱住了他。

宋栀栀踮起脚，抱住江影的脖颈，歪着头对他道：“江影，一路追着你跑，我有些累了，走不动路了。”

少女温热的气息喷洒在他耳侧，柔软又撩人。

淡淡的栀子花香围绕在他身边。

但他还是伸出手，打算将宋栀栀抱着自己脖子的手给掰下来。

宋栀栀觉得自己的脚真的很酸：“你怎么这么小气？背我一下怎么了？我很重吗？”

江影侧过头，避开她的气息：“我开法阵。”

“不行，一步都走不动了。”宋栀栀低头在他脖颈间蹭了蹭，没有避讳这亲密的距离，“背我吧！”

在宋栀栀低头的时候，她头顶那朵小花擦过江影的耳尖，落入他的视线中。

她抱着他的手微微紧了紧。

“作为报酬，可以给你摸一下。”宋栀栀为了哄江影，豁出去了。

她知道江影对这朵花非常感兴趣。

算了，就当哄祖宗了，反正不能惹江影不开心。

江影的余光瞥见这朵纯白的小花在晚风中轻轻摇曳。

他沉默着，一句话也没有说。

宋栀栀的手抱得都有些酸了。

而后，她的身体陡然一轻。

江影将宋栀栀的双腿架起，轻松地把她背了起来。

宋栀栀双手搭在江影的肩膀上，微微晃了晃。

江影稳稳地背着她往前走，步子迈得很大。

他没有说话，沉默着，周身气息还是如冬日寒冰。

月色下，这人人皆惧的黑衣大魔王，背着一袭月白衣裳的娇小姑娘往前走。

这个画面，超出许多人的想象。

宋栀栀的指尖划过他完美的肩颈线，触碰到他的肌肤，是冰凉的触感。

他的身上，没有一处是暖的。宋栀栀如是想。

江影没有阻止她，她就继续摸，不摸白不摸。

她嫩白的指尖触到江影的喉结，它上下微微滚动。

江影还是没有说话，试图引起他注意的宋栀栀气死了，继续往下摸。

指腹摩挲过性感的锁骨，再往下，指尖微暖。

宋栀栀又碰到了他胸前坠着的那颗红色琉璃珠。

朦胧的月光下，这殷红的琉璃珠流转着鲜活绮丽的光芒，宛如一滴血。

在宋栀栀指尖碰上那红色琉璃珠的一瞬间，江影终于开口："松手。"

宋栀栀委屈地松手，红色琉璃珠从她指缝间落下。

"摸摸怎么了！"她觉得江影很小气，"这种红色琉璃珠的首饰，我有好多，不稀罕你的。"

江影走过一处长廊，冷淡地应了一声："嗯。"

"这是什么东西？你这么宝贝。"宋栀栀问他。

她记得自己在写江影的人设时，根本没有提到什么红色琉璃珠。

"不知道。"江影敷衍她。

"冥昭重要还是它重要？"宋栀栀换了个方式问。

"它。"江影答。

"我重要还是它重要？"她继续问。

"它。"江影不假思索。

"你重要还是它重要？"宋栀栀怀疑江影只有一个答案。

"它。"

宋栀栀猜对了。

"你是不是在敷衍我？"宋栀栀在江影耳边问。

"它。"江影说。

尴尬的片刻沉默后，他改了个答案："是。"

宋栀栀：你要不要敷衍得那么明显？

来自作者的敏锐嗅觉让宋栀栀觉得这红色琉璃珠不简单，但从江影口中又问不出什么来。

进入书里之后，宋栀栀发现江影是最难搞的一个人物。

她用小说切换视角偷窥沈珉搞小动作，沈珉一无所知。

她用剧情让段天月收她做干女儿，段天月也没觉得哪里不对。

书中其他人物都乖乖的，只有江影，宋栀栀偷窥他被发现，还被他瞪了一眼，让他说个“好”也不情不愿。

真的是叛逆死了。

宋栀栀越想越气，于是伸出手捶了一下江影的肩膀泄愤。

这轻轻的一捶对江影来说当然不算什么，连捶背都算不上。

所以江影根本不理她。

宋栀栀把半边脸颊贴在江影的背上。

紧贴着他身体的耳朵能够清晰地听到从他身上传来的声音。

有脚底触到地面的摩擦声，也有衣料摩擦的轻微声响。

就是没有心跳声。

他没有心。

宋栀栀眨了眨眼。

江影送她回房，把她丢到柔软的床上。

宋栀栀头顶的婆娑花微微晃了晃。

她这才想起方才答应江影的事。

宋栀栀闭上双眼，一副视死如归的样子朝江影探出头去：“江影，只能摸一下。”

江影低头看到她紧闭的双眼，还有头顶那朵颤巍巍立着的白色小花。

“不感兴趣。”他说。

宋栀栀听他说这句话，居然没因为逃过一劫而开心起来。

“你说气话，我不信。”宋栀栀说。

她睁开眼，打算赶江影离开准备睡觉。

没想到江影伸出手，连着头顶那朵小花与头发，在她的脑袋上薅了一把。

婆娑花感受到他大掌的靠近，宋栀栀揪着江影的衣服袖子打了个哆嗦。

这感觉就……

就是……

很奇怪。

江影摸完之后，心满意足，伸出一只手挑起宋栀栀的下巴。

“你的脸又红了。”他陈述事实。

“没有，你看错了。”宋栀栀否认。

“有。”江影的指腹贴着她脸颊上最热的地方。

宋栀栀把他的手给扯下来：“我要睡觉了。”

“嗯。”江影准备离开。

宋栀栀坐在床边，双脚晃荡着，看着他的背影。

他的墨色长发被整齐地梳到脑后，用一支黑色簪子束着，一丝不苟，清爽利落。

“江影，如果你我的锁灵咒解了，”宋栀栀大着胆子问他，“你要把我怎么办？”

江影的手按住门框，推开门，寒凉的月色洒进门内。

他的回答很干脆：“先杀了你。”

宋栀栀得到了意料之内的答案，却不开心。

她看着江影离开，认真洗漱一番，收拾了一下才躺到床上。

看了一下手机里的小说内容，没有新的情况出现，她这才放心。

但是她躺在床上翻来覆去很久，没睡着。

她气不过，摸出江影给她的传音球打开，冲那边说了一句：“坏东西。”

宋栀栀骂完之后，直接把传音球关了。

但江影的回答还是不由分说地钻进她的脑海。

“嗯。”闷闷的一句回应。

宋栀栀将头埋进了柔软蓬松的枕头里。

次日，她是被段天月叫醒的。

清晨段天月就敲响了宋栀栀的房门。

宋栀栀顶着一头蓬松凌乱的头发开了门，婆娑花立在头顶正中。

“沈夫人？”宋栀栀问她，“我今日发现您给我的那朵花拿不下来了。”

“怕你路上遗落，便施了个小法术。”段天月解释，“到了无相宗，会有门中长老替你取下来。”

她的语言虚浮，言辞闪烁。

宋栀栀假装没注意到。

“可以离开沈家山庄了，从侧门离开。”段天月早已为宋栀栀规划好路线，“你手上的无相宗信物，也算得上一件小法宝，念出口诀之后便会启动，能够指引你去往无相宗，不用怕不知道方向。”

宋栀栀点了点头。

"我不便派人送你出沈家山庄。"段天月领着她来到天月阁外，"这样太引人注目，所以你一人离开便好。"

段天月说得没错，有的时候越是小心翼翼、疑神疑鬼，越容易引起怀疑。

就这么默默混出去，确实不容易让江影注意。

"那我走了，夫人保重。"宋栀栀手里拿着段天月给自己的锦囊，与她告别。

"好。"段天月看着她微笑。

宋栀栀一路离开沈家山庄，来到山庄外的街道上。

长澹地界繁华，经济发达富庶，路上遇到的修士也很多。

宋栀栀寻了一处离沈家山庄最近的客栈，挑了个房间住了进去。

在客栈安顿下来之后，她收拾了一下东西，先查看段天月给自己的东西，有一些用来防身的法阵。

这些法阵是提前绘制好的，只需要按照图纸摆好，放上灵石注入灵气即可。

宋栀栀把法阵摆上，防止有人突然闯入。办好这一切之后，她才安心地坐下来休息。

她摸出传音球打算给江影报一下位置。

"喂？喂？"宋栀栀打开传音球的开关，唤了江影好几声。

但是没有得到回应。

宋栀栀知道自己说话江影能听到。

"我在沈家山庄外的客栈里，东面最近的那家，二楼最里面的一间。"宋栀栀自顾自地说着。

半晌，传音球里传来了他的声音。

"好。"江影说。

此时的江影身边正站着沈珉。

沈珉先前刚开口问江影："江道友，我现在领您去沈家地宫，取那婆娑木？"

他没想到，江影居然如此礼貌，他刚问完，江影就答了一声"好"。

真的是天塌下来了！

沈珉越想越不对劲，生性懦弱的他甚至怀疑江影知道了自己的计划，才会如此反常，顿时吓得步子都迈不动了。

但不可能，江影形单影只惯了，这沈家山庄内皆是亲信，不可能有人跟江影通风报信。

沈珉被江影这声根本不是对他说的“好”吓得疑神疑鬼，手都颤抖起来。

江影虽然神情漠然，目光望着远方，根本没有正眼瞧沈珉，但这小细节没有逃过他的眼睛。

他不动声色，一路随着沈珉来到沈家地宫。

现在婆娑木的幼体婆娑花在宋栀栀头上，驱使朔月蛊虫的口诀在沈珉身上。

这日不管沈珉想要做什么，江影的目的只有得到驱使朔月蛊虫的口诀。

至于到底放不放过沈珉……

看他心情。

江影眼帘低垂，看着沈珉来到沈家地宫暗室里的婆娑木下。

这地方，他已经是第三次来了。

昨晚刚刚造访过。

沈珉伸出手抚上婆娑木干燥的树皮，介绍道：“这是灵祇神教圣物婆娑木，朔月蛊虫喜栖于此木之上，我只需催动口诀，唤醒您体内的朔月蛊虫，它便会感应到婆娑木，从您身体里离开。”

朔月蛊虫天性趋利避害，若有更好的栖息地，它就会离开原本寄生的地方。

这婆娑木吸收骨肉鲜血长大，可比江影的身体诱人多了。

沈珉说的，确实是真的解蛊之法——若面前这株婆娑木还活着的话。

“江道友，我这便催动口诀。”沈珉说。

江影站定在原地，他来此就是为了口诀，自然要让沈珉念。

这朔月蛊虫一旦被口诀唤醒，便会牵动全身经脉，啃噬每一寸血肉，这痛苦不言而喻。

江影冷着脸，交代了沈珉一句：“轻点。”

疼的不是他，是宋栀栀。

沈珉一愣。

轻点，什么轻点？

江影居然也怕疼吗？！

看来这朔月蛊虫确实让他痛苦不已。

这样的恶人，真是活该。

沈珉也曾听过江影的恶迹，沈家交好的几方势力也有因江影暗杀掌门而没落的，再加上段天月又是与江影有血海深仇的灵祇神教中人，沈珉可是寻求千方百计，也要把江影杀了。

他念动口诀，感觉不到朔月蛊疼痛的江影只感觉到自己的力量弱了三分。

江影的脚步微微一动，似是痛苦，做个样子给沈珉看，实则把沈珉念的口诀全部记了下来。

而在客栈里的宋栀栀早已预料到这天发生的事，但这猝不及防的疼痛还是令她趴倒在桌子上。

好在这疼痛抵不上真正发作时的钻心噬骨，宋栀栀还能忍。

她面上冷汗直冒，但还是用颤抖的手摸出了手机。

开玩笑，这沈家地宫里发生的剧情，她就算痛死了，也要看实况转播。

手机里的小说内容已经开始更新——

沈珉念动驱使朔月蛊虫的口诀，江影身体颤抖，即使在强忍，也面露痛苦之色。

江影戏演得真好，宋栀栀想。

“江影，你可知这沈家地宫的婆娑木已经死了，其上栖息的朔月蛊虫也一同死去。”沈珉见江影痛苦，便开口笑道，“死去的朔月蛊虫，与你体内的是一对。感应到死去的伴侣的气息，你说你身体里的那只，会怎样呢？”

“一对？”江影听见沈珉所言，有些惊讶。

他身中朔月蛊多年，对于朔月蛊虫的习性亦有些了解。

因种群稀少，朔月蛊虫个体之间联系紧密，若是雌雄一对，他体内的雄虫感应到伴侣死去的气息，必然躁动。

这是江影没有预料到的情况。

但是……

江影想到了昨晚宋栀栀做的事。

她特意过来，将死去的朔月蛊虫的虫躯给埋了起来。

难道她是为了这个？

现在，他体内的被唤醒的朔月蛊虫已感应不到伴侣的气息，逐渐安分下来。

江影不以为意，只瞥了沈珉一眼，没把他当回事。

“江影！”沈珉说完之后，没得到江影的回应，大惊。

“你要杀我？”江影问他，语气平静，似乎被埋伏起来暗算的不是他。

“我知朔月蛊是你弱点，今日朔月蛊虫躁动，你的力量想必已经大不如往常了吧？”沈珉厉声问道。

他启动了包围整个沈家地宫的法阵，数以亿计的灵石疯狂供给灵气，一道巨大的光幕围绕着沈家主殿冲天而起，令所有人为之震动，沈家精锐尽出，把江影团团包围，大有要将他诛杀于此地的气势。

这沈家秘传法阵启动的动静将整个沈家山庄惊动，亦引起了正在天月阁书房内看书静养的段天月的注意。

段天月飞身扑到窗边，看向沈家山庄正中的耀目法阵光芒，脸色霎时变得灰白。

“沈郎！”她哀叹一声，“你怎会如此大意？”

“江影岂是你想杀便能杀的？”段天月惊慌得连施展法术的时候都手忙脚乱。

她周身白绫舞动，裹挟着她往沈家主殿的方向飞去。

必须救下沈珉。

就算救不了，也不能让江影的目的得逞。

段天月的身影掠过湛蓝的天空，柔和的眸子里已隐隐有了死志。

而身处沈家地宫里的江影看着强自镇定启动法阵的沈珉，还有将他团团包围的沈氏族人，目光依旧平静。

“为何……你没有……？”沈珉大吃一惊，这朔月蛊虫难道没有对他产生影响？

可是催动口诀的一瞬间，他分明感应到江影的力量弱了三分，若是江影体内朔月蛊虫感应到伴侣气息，躁动起来，江影应该更加虚弱才是。

江影懒得与他解释，得到驱使朔月蛊虫口诀的他准备离开。

瞬间，冥昭出手，划出一道道弧线。

沈氏修士一个接一个地被击倒，江影在团团包围着自己的人墙之中，强行打出了一条路。

“江影！沈家的婆娑木已死，你再也解不了这朔月蛊，与其这么痛苦地活着，不如死在这里，我沈家还会给你个痛快。”沈珉沿着法阵灵气运行的路线飞身而上，拦在江影身前。

“我要活。”江影望着他说，“沈家主，移步。”

他的耐心已经被沈珉挑战至极限。

沈珉为保护段天月，一步也没有移开，反而催动法阵，足以移山填海的金色气浪朝江影压去。

“找死。”柳叶小刀在江影指缝间旋转半周，精巧玲珑的冥昭散发出沉郁的气息。

是果决的杀意。

而此时，在客栈里的宋栀栀看着手机里的文字飞速出现，描述着沈家地宫里发生的事情。

当她看到沈珉为了保护段天月而始终拦在江影身前的时候，她就觉得有些危险了。

沈珉怎会如此不识好歹，江影分明已给了他机会！

宋栀栀气到捶桌。

因沈珉没有继续催动口诀，所以江影体内的朔月蛊虫渐渐冷静，四肢百骸传来的剧痛也稍缓。

宋栀栀擦了一把脑门儿上的汗水，屏住呼吸，盯着手机里出现的最后一句话——

“找死。”江影冥昭出手，直直朝着沈珉而去。

宋栀栀不顾疼痛，猛地站起身来。

她打开传音球，朝江影唤了一声：“江影，不要——”

为了避免原定的剧情发生，宋栀栀必须过去阻止江影杀沈珉。

她跌跌撞撞地打开门，从客栈里奔了出去。

宋栀栀回到沈家山庄，朔月蛊的疼痛已差不多消退了，被唤醒后的朔月蛊虫没有感应到伴侣的气息，便会继续沉睡。

沈家山庄的侧门已没有修士把守，想来庄中精锐已尽数被沈珉集合至沈家地宫中。

原本热闹的沈家山庄空荡荡的，宋栀栀有些怕。

她凭借着记忆往沈家地宫跑了过去。

她是真的害怕原定的剧情发生，这是灭门的不共戴天之仇。

她身子一沉，回到了沈家地宫中。

在下坠的时候，她摸出手机，查看剧情。

书里的剧情正写到——

待江影的冥昭回到他冰凉的掌心时，这沈家地宫中竟然无一活口！

就连……就连赶来营救的段天月也死了。

宋栀栀的鼻子轻轻地吸了吸，闻到了浓郁的血腥气，浑身软了下来。

地宫顶部被砸开一个大洞，夺目的日光从残破的穹顶洒进，将地宫照亮。

宋栀栀抬眸望去，看见江影一人站在满地的尸体中，血流成小溪，缓缓流动着。

他的脚下，躺着段天月与沈珉，已没了气息。

全死了。

宋栀栀望着江影那双幽深的红眸，朝后退了半步。

她在害怕。

这里究竟发生了什么？

一刻钟前，江影手中的冥昭朝沈珉飞去。

此人太烦，干脆永远闭嘴好了。

江影微微眯起眼。

但就在此时，他脑海中响起了宋栀栀的声音。

“江影，不要——”宋栀栀用传音球对他如此说道。

江影眉头轻皱，目光锁定沈珉的脸。

他一向是个很守信用的人。

他确实答应了宋栀栀。

冥昭偏移半寸，擦着沈珉的脖颈而过，直直钉进了他身后的壁画上。

沈珉原以为自己死了，其实没有。

他睁开眼，眼中难掩劫后余生的喜悦。

但下一刻，异变陡生。

沈珉白净的脸突然变得通红，似乎充血过多。

仅一瞬间，他倒了下去，就像被那柄擦着他脖颈而过的冥昭给击倒了似的。

沈珉在江影面前，七窍流血、面目狰狞地倒下。

他死了。

江影看到从沈珉身体里缓缓流出的血，仿佛长虫一般在地上蜿蜒而过，浸没他的脚背。

与此同时，他听到了扑簌簌的倒地声。

回头望去，便看到所有的沈氏族人竟然一齐倒下，尸体将他团团围住。

正待离开，沈家地宫外传来一声巨响，段天月手中白绫击破穹顶，飞身而下。

“沈郎！”她唤了一声，声音凄厉。

远远地，她已经看到沈珉死在了江影身前。

即使已经预见到了今日结果，但段天月还是痛不欲生。

在悲痛之下，她捂着胸口，口中吐出鲜血来。

“江影——”段天月怒视着江影。

江影没有理她，准备离开。

但段天月手中的白绫已经宛如游龙般朝他飞了过来，竟然要将他绑缚，这是她的全力一击。

钉在墙上壁画上的冥昭微微抖动，飞了回来，将段天月的白绫斩断。柔软的白色轻纱被斩成碎末，如雪般飘洒而下。

“今日，留你一条——”

江影的话还未说完，身后段天月的心跳声戛然而止。

他猛地转身，那温热的血已喷溅到他脸上，更衬得他这张妖异俊秀的脸有了靡丽邪恶的美感。

段天月以白绫为刃，在自己脖子上抹了“一刀”。

她跪坐在江影面前，临死前断断续续的话传入江影耳中。

“我是……我是灵祇神教最后一个知道秘密的教徒，留我一条性命以问得婆娑木下落？你休想。”段天月面朝着地，扑倒在江影面前，血溅了他满身。

江影只淡淡地挑了挑眉，没有说话。

他欣赏着段天月临死前视死如归的表情。

忽地，他轻笑出声，笑声瘆人。

已然出鞘、未饮血而归的冥昭在他周身旋转，一副未得餍足的模样。

江影将目光放在那暗室中的灵祇神像上，金色日光洒下，更衬得这面上仅有一只眼眸的女神像慈悲神圣。

冥昭直直朝着灵祇神像的眼眸正中而去。

“咔”的一声，击中灵祇的眼睛，没入三寸。

神像裂纹沿着冥昭击中的地方如蛛网般散开，竟似这神像的泪痕。

灵祇神像碎裂，訇然倒塌，掀起阵阵烟尘来。

冥昭飞回江影手中。他取出白帕，擦拭冥昭上并不存在的血迹。

与此同时，他看到了宋栀栀。

“江影……”宋栀栀唤他。

宋栀栀看到眼前这景象，害怕又绝望。

即便千叮咛万嘱咐，这原定的剧情还是发生了。

沈氏夫妇连同沈氏族人，在江影手中无一人幸免。

灭门之仇，男主人公沈昼肯定要报。

江影如何斗得过有天命庇佑的沈昼？

到时被锁灵咒与他绑定的自己，就要跟他一起去见阎王爷。

来自命运的巨大绝望填满她的胸腔，令她不能呼吸。

她觉得自己有些傻，江影是耳朵贴在他胸膛上都听不到心跳声的一个人。

他是反派，货真价实作恶多端的大反派。

他冰冷无情，连一颗温热的心脏都没有。

最极致的恶人就是没有心的，所有道德的谴责与审判皆对他无用。

自己又怎么会觉得他能忍得住不对沈氏夫妇下手呢？！

宋栀栀抹了把眼泪，吸了下鼻子，哭着哭着打了一个嗝。

脑补能力丰富的她，能够想象到未来自己的坟头草已经两丈高了，江影比她还惨些，骨灰都被沈昼给扬了。

江影看着宋栀栀脸上露出绝望又厌恶的神色，头顶的小花有气无力地垂了下来，没有说话。

他懒得解释。

他……命该如此。

就让她哭着吧！

不要哭死了就好。

宋栀栀走了过来，险些因地上滑腻的血而滑倒，婆娑花轻颤。

看到这一幕的江影想，她真的很笨。

“你怎么这样？”宋栀栀看到江影一直沉默着，觉得心口堵得慌，“你明明答应我……不杀他们的……”

“反正早晚都要跟你一起死，我干脆现在就咬舌自尽！”她气得语无伦次，胡乱威胁，“咬舌自尽你听说过吗？”

江影马上转过身来，一把拉过了宋栀栀的胳膊，将她拉进怀中。

他捧起她的脸，指缝间冰冷黏腻的鲜血被糊到她白皙的脸颊上。

在死亡与血腥萦绕的黑暗地宫中，江影低头吻住了她，舌尖撬开她的牙关，不由分说地缠住她的唇舌。

在濡湿的唇齿交融间，他闷声说道：“咬我的。”

宋栀栀被他吻着，闷哼了一声，觉得自己无法呼吸。

她的双手紧紧攀着他的肩膀，指尖泛白。

“江影……”宋栀栀得了个空，唤了他一声，尾音低得险些要听不清。

江影冰冷的手指划过她的下巴，将手里的鲜血胡乱抹到她脸上。

宋栀栀打了个哆嗦，感觉有些冷，身子软了下来。

江影手疾眼快，一只手揽上了她的腰，防止她跌倒。

宋栀栀柔软的身体贴着他的胸膛，毫无缝隙，挣扎不能，只好服软：“松开……我不自尽了。”

而江影还紧紧缠着她的唇舌，在她口腔里肆虐，毫无缱绻柔情可言。

宋栀栀使出全身力气，舌尖用力抵着他的唇，想反咬一口，但根本没咬动。

江影的手指在她脸上微微摩挲着，然后轻轻地捏了一下。

宋栀栀觉得自己快喘不过气来了。

她捶了两下江影的肩膀。

江影松了手，垂眸静静地看着她，幽深的红眸里是风平浪静。

宋栀栀软倒在他怀里，险些要站不住了。

她觉得自己这样很丢脸，猛地一把推开江影。

江影竟然被她推动了，往后退了好几步。他站直身子，影子没入黑暗中。

“我不跟你一起了。”宋栀栀冲他大声地喊道。

江影每走一步，都在把自己往万劫不复的深渊推近一步。

若之前想要杀他的人只是灵祇神教余党和与他曾有旧怨的势力，那么今日之事后，持中立态度的七宗十二派又该如何看他？

原先做的事尚且能够以被灵祇神教所迫来解释，但沈家不一样，这是江影脱离灵祇神教后来到的第一个地方。

江影来此，本也是存了杀心的。

他无亲无朋，虽强大孤独，但最终还是因为恶事做尽而被正义主人公消灭。

——这是宋栀栀曾经想给江影写下的命运。

进入书中后，她被迫与江影绑定，她不想这么写了，所以才想方设法让江影不要动沈氏夫妇。

但原定的剧情还是发生了，他或许会走上被无敌的沈昼杀死的命运。

宋栀栀一边抹眼泪，一边往沈家地宫外走。

“你不要跟着我。”她回头对站定在原地的江影说。

江影还是静静地看着她，没有说话，眼里宛如映着平静的湖光。

一阵超重感传来，伴随着机关启动的“咔嗒”声，宋栀栀已经回到地宫上方的主殿中。

沈家山庄中无人，很冷清，宋栀栀一路畅通无阻离开了这里。

她漫无目的，不知道去哪里，只知道她现在应该离江影越远越好。

去一个江影找不到的地方，然后自己想想剧情，看看能不能把锁灵咒给解了。

然后赶紧把江影给写死！

反正……反正他也想杀了她来着。

宋栀栀吸了吸鼻子，愤愤地想。

她一路跑到城外，没注意身后已经多了几条“小尾巴”。

几个修为低下的修士在宋栀栀一个人狼狈地走过街道时，就已经注意到她了。

她浑身是血，手臂还有伤。

她通身衣物饰品，价值数万灵石。

她腰间挂着的储物锦囊，里面应当装满了东西。

但她是一个毫无修为的普通人！

奇怪，太奇怪了。

但也非常诱人……

此时的宋栀栀，就像抱着满怀宝物招摇过市的小孩儿，是个人都想抢她手上的东西。

修真界弱肉强食，在城内有各大势力管辖，维持秩序，但到了城外就不一样了。

在城外，修士间的摩擦时常发生，杀人越货也并不少见。

宋栀栀这么肥的一只羊，不宰白不宰。

几个盯上宋栀栀的修士互相交换了一下眼色，掂量了一下手中法宝，尾随宋栀栀出了城。

他们就是靠杀人打劫起家的，这种事做起来再熟练不过。

宋栀栀光忙着抹眼泪，顺带嘴里还在骂江影，尾随的修士又善于藏匿气息，她哪里感觉得到。

她一路离开城镇，城外是一片未开发的森林，有灵兽栖息于此，但靠近城镇的地方鲜少有危险的灵兽出没。

宋栀栀在树林里寻了一块干净的青石，一屁股坐上去，正准备摸出手机思考一下后面的剧情怎么写。

就在此时，那几个潜行了一路的修士从暗处冲出来，将她团团围住。

“方才没仔细看，这小丫头竟然有几分姿色！”

“不如留她一条性命，毒哑了嗓子卖到青楼去，还能多挣一笔钱。”

“如此甚好……”

后知后觉的宋栀栀抬头看到靠近自己的那几个修士，直接愣住了。

这……这莫非就是抢劫？

生活在现代社会的宋栀栀没见过这阵仗，正打算在手机里打字让自己逃跑，手机却直接被打飞了。

她惊慌失措，马上准备跑，却被其中一个修士抛出的轮状法宝给拦住去路。

宋栀栀这才感觉到怕。

她就是一个普通人！

她要怎么跑？

莫非真要被人毒哑了嗓子给卖了？

“还想跑？”其中一个修士靠近宋栀栀，手中一卷索状法宝已经亮起光芒，似乎马上就要飞过来捆住宋栀栀。

他们打算留个活口，不然宋栀栀现在已经死了。

宋栀栀似乎被吓呆了，站定在原地，一动不动。地下的石头被风卷起，擦破她的手臂，她浑然未觉。

她紧紧盯着那为首修士的眼睛，脚步挪了挪，却不知该往哪里跑。

下一瞬，那闪着光的绳索状法宝仿佛没了骨头的蛇一般颓然落在地上。

这法宝失去了灵气支撑。

只一呼一吸的时间，对宋栀栀下手的几个小修士全部昏倒在地。

宋栀栀眼见着人在面前倒下，便知道是江影来了。

她转身，看见江影从虚空中踏出，身着黑衣大氅，发丝梳得极齐整。

他一脚踩上了原想对宋栀栀不轨的修士手指，发出清脆的骨骼碎裂声，才走过来。

宋栀栀望着他，原本紧绷着的神经瞬间放松，心里空空的。

她叹了口气，有些累了。

她终于意识到一件事，不管她所写的书中写了多少正面的人物，有多少正义的好人……

但现在，此时此刻，会毫无保留保护她，不希望她死去的，只有江影一人。

这是同享生命的至高契约，谁也没办法违背。

可是……可是！

她不想跟着江影一辈子在黑暗中沉沦。

宋栀栀眼中既纠结又绝望的神色，他能看懂。

但他本不想与宋栀栀说明情况。

同样意思的话，说了无数遍，直到喉咙嘶哑，再也发不出声音。

那就没必要再说了。

江影沉默着，与灰头土脸的宋栀栀对视。

她仿佛幼犬一般的眸中还是有着盈盈的水光。

脆弱又幼稚，天真且无知。

许久，江影开口，语气平静，并没有什么波澜。

“我没有动沈珉。”他对宋栀栀说，“他自己死了，段天月是自尽的。”

若真是他下手，不可能将一场战斗拖这么久，久到连宋栀栀都赶到了。

他动手干脆利落，走的时候一般都会收拾现场，怎会留下满地狼藉？

江影语毕，静静地望着宋栀栀。

他看见宋栀栀低着头，一头青丝散落，遮住了半边脸，看不清表情。

江影幽深的红眸依旧孤傲暗淡。

忽地，宋栀栀头顶那朵原本蔫儿的白色小花猛地支棱起来。

宋栀栀站起身来，闷头扑进了江影怀中。江影猝不及防，被她撞得往后退了半步。

“你为什么不早说？”宋栀栀气死了，但语气惊喜。

这个世上怎么会有江影这么……这么过分的人？

他为什么不说？

憋着是不是很开心？

到底是谁写了个这么疯的人物？

宋栀栀拍了一下自己的脑袋。

哦，原来是她自己。

宋栀栀动作幅度过大，扯动手臂上的伤口，江影的指尖疼得轻轻动了动。

“你信了？”他问，冷冰冰的三个字。

“你骗我？”宋栀栀难以置信。

“宋栀栀，我没有替别人收尸的习惯。”江影对宋栀栀道。

宋栀栀心情大起大落，现在觉得脑袋一片空白。

“你没杀，那是谁杀了？”她问。

“不知道。”江影回答。

“他们肯定都以为是你杀的，你刚刚为什么不跟我说？”宋栀栀扯着他的袖子问。

“我本也想动手。”江影的语气轻描淡写，“认下也无妨。”

“江影！”宋栀栀在他耳边吼了一句，“你不要这样。”

江影抚平被宋栀栀抓皱的衣服袖子：“我本就如此。”

穷途末路，与世为敌，无亲无朋。

自他降生起，命运就宛如宋栀栀的经脉一样，从未给过出路。

“我往哪里走，哪里便是深渊。”江影捏住宋栀栀的下巴，一字一顿地说，“与我一同中了锁灵咒，算你倒霉。”

宋栀栀看着他的脸，多么美好的面容。

她抬手，紧紧抓着江影的手腕。

因为下巴被他捏着，所以她说出的话含混不清，只有她自己能听明白。

“江影，你听我说——”她说话的声音语调不清，“以后你往哪里走，你走的方向就是宽阔大道。”

“我不许你走到哪里都是深渊。就算是穷途末路，我也会给你写出一方天地来。

“我要你磊落光明，风风光光。

“你那么厉害，我要你受万人景仰，而不是人人敌视。

“我是作者我说了算，我什么不敢写？我什么都能写！”

宋栀栀叽里咕噜说了一连串的话，江影没听清楚她这咬字不清的话语。

“说什么疯话？”江影一把将宋栀栀抱了起来，准备带她回去疗伤。

明明没有遇到什么事，她到底是怎么把自己弄得身上有伤的？

啧。

太脆弱了。

宋栀栀冷不防被江影拦腰抱起，脚翘了起来，惊呼一声，下意识揽上他的脖颈。

“江影，你做什么？”她问。

“回去治伤。”江影回答她。

宋栀栀安静下来。

“刚刚走太急，脚跟磨破了，也要疗伤。”她说。

“感觉到了。”他答。

“还要洗个澡，身上很脏。”宋栀栀继续说。

“好。”江影应了她一声。

两个人的身影消失在城外的林中。

转眼间，江影已经抱着宋栀栀回到她原本住的客栈中。

他抱着她，抬脚轻轻踢开了门。

瞬间烟尘四起，法术光芒盛放，金色的光箭朝他们飞了过来。

江影旋身，那些防护法阵放出的攻击法术击中他黑色的大氅，仿佛火雨入水，消弭于无形。

宋栀栀本来在发呆，见此情况，连忙挣扎着想要从江影怀里跳下来。

“好像是我自己放的法阵，防身用的。”宋栀栀不好意思地挠挠头说。

江影确认房间里没有危险后才走了进去。

“出城的时候，没见你如此警惕。”江影嘲讽了她一句。

宋栀栀心想自己哪里想得到会发生这样的事。

她以前住的小区附近治安极好，歹徒什么的只在电视上见过。

江影把她放了下来，开始找伤药。

他打开宋栀栀随身携带着的锦囊，在里边随意翻找了一下，捞出一个白瓷瓶。

宋栀栀乖乖地朝他伸出手，江影把药粉洒在她的伤处。

他的指腹在伤处轻轻地摩挲着，将药粉涂匀。

宋栀栀只感觉到了来自伤药的温热柔和的感觉。

但见江影微皱着的眉，她猜这应该挺疼的。

她想起自己第一次受伤的时候，是被冥昭划了一刀。

那时候……江影好像不是这么疗伤的。

宋栀栀低下头，想到了江影舌尖舔过脖颈伤处时那冰凉麻痒的触感。

她的指尖抖了一下。

“你不会治疗法术吗？”宋栀栀问他。

为什么他每次都要用药？

“会。”江影说。

他以前经常受伤，这治疗法术自然是驾轻就熟。

“对你没用。”他解释。

宋栀栀这经脉不是一般的特殊。

此界中的治疗法术是牵引灵气入体，灵气沿着经脉流动，加快伤口的愈合速度。

但宋栀栀不一样，灵气无路可通，无法流遍全身，很难达到疗伤的效果。

江影第一次为她治伤，用了六七成的法力，才将她脖颈那一处细细的伤口给治愈。

宋栀栀想了想，明白了江影说的是什么意思。

“我这样是不是就没办法修炼？”她问。

“不要想。”江影都快被她逗笑了。

宋栀栀真的是一个……很奇怪的人。

“那有点可惜。”宋栀栀的语气低落下来，“不能修炼的话，我是不是就不能飞了？”

好不容易进入书里的世界，她还想体验一把修炼的快乐，比如御风飞行之类的，想想就觉得好刺激。

“不能。”江影把药瓶盖上，宋栀栀手臂上的伤已经痊愈。

“脚。”他示意宋栀栀抬一下脚治疗脚跟被磨破的伤。

宋栀栀嫌身上脏，想要先洗个澡。

“我要先洗澡。”她站起身来，躲到房间里的屏风后，“你不要偷看。”

江影把药瓶放到桌上，抬起下巴平静地说道：“没必要。”

言下之意就是他没有偷看的必要。

宋栀栀一听，居然觉得有些气。

但转念一想，江影又没说错。

她气呼呼地脱了衣服，爬进浴桶中。

这修仙界里的生活设施倒是齐全，摆放在房间里的浴桶不知道施了什么法术，不管什么时候里面都装满了温度合适的干净热水。

宋栀栀泡进浴桶里，闻着香喷喷的皂角芬芳，满足地轻叹一口气。

她轻轻地眨了眨眼，抬手拿毛巾把自己的双手擦干。

意念一动，转瞬间，她原本在城外被歹人击飞的手机又回到了手中。

趁江影看不见，她要赶紧看看剧情。

太怪了。

江影没有骗她的必要。

宋栀栀按亮了手机，淡淡的光映照在她脸上。

书里的剧情正写到“江影带宋栀栀回城疗伤”。

她往上翻，找到沈家地宫的那一段。

已经写下的内容很简单，就是她今日所看到的那样——

“找死。”江影冥昭出手，直直朝着沈珉而去。

待江影的冥昭回到他冰凉的掌心时，这沈家地宫中竟然无一活口！

就连……就连赶来营救的段天月也死了。

中间发生了那么多事，沈珉及沈家多人暴毙，段天月自尽，这书里都没有描写。

任谁看到这样的描述，都会认为就是江影屠了沈氏满门。

宋栀栀盯着自己的手机，皱起了眉头。

她写的这本书，似乎有些不受自己控制，甚至还想反过来骗她这个作者。

反派也好，小说也好，怎么一个个都这么叛逆？

宋栀栀气得想把手机摁水里让它直接短路算了。

她盯着手机里的文字，发呆了很久。

然后她郑重地在屏幕上敲下四个字“你是傻瓜”。

屏幕上红色的系统文字闪过“前后语言不通顺，无因果关系，已收回无效文字”这句话。

“你是傻瓜”这四个字就这么消失了。

宋栀栀开始试探这小说可写内容的底线。

她继续输入“江影是傻瓜”。

“不符合客观事实，已收回无效文字。”

“江影是傻瓜”也消失了。

宋栀栀不信邪，她觉得她、江影，还有这手机中间，总该有一个是傻瓜。

她输入“宋栀栀是傻瓜”。

然后开始等。

等到她觉得自己指尖上的皮肤都泡皱了，她期待的那句系统红字也始终没有出现。

她气得快不能呼吸了。

这书居然默认她是傻瓜了。

被自己写的书嫌弃，是一种怎样的体验，她算是感受到了。

宋栀栀觉得这事不太对，这书总是想把江影写成反派，然后让他去死。

这也是她一开始的写作思路。

现在她进入书里的世界了，不想这么写了，但这书还在按原来的设定往前走，就很固执。

宋栀栀觉得不行，但白纸黑字写下的设定不可更改，她只能想办法改写之后的剧情。

这意味着一个令人痛心的事实，那就是她不能任由剧情自己走，她得天天“追更”自己的小说了，她要想办法开始“日更”，把第二天的剧情安排得明明白白、巨细无遗，才不会再发生这天的事。

她要让这本叛逆的书没有空子可钻。

宋栀栀的指尖在浴桶边缘轻轻地敲着，开始思考。

既然人不是江影杀的，那就是有别的人下手了，人不可能无缘无故死了，总该有个死因和凶手。

看江影的描述，这沈珉跟其他沈家的倒霉鬼，搞不好是中毒。

她差不多想好了下一步要写什么，便打算待会儿寻个时间慢慢写。

又过了会儿，宋栀栀泡够澡了，准备擦干身子穿衣服，然而她发现了一个令人尴尬的事实。

她……忘记拿干净的衣物在浴桶旁放着了。

想必是刚刚被江影那句话给气到了，就忘记这事了。

宋栀栀将手里无处可放的手机直接丢到角落里——反正它自己会回来。

“江影——江影，你在吗？”宋栀栀一个人坐在浴桶里，唤了他一声。

江影正在入定修炼，被她一喊，睁开双眼。

“在。”他说。

宋栀栀暗骂自己真是个小傻瓜，无比尴尬地说出自己的需求。

“我忘记拿衣服了。”宋栀栀说，“你可以帮我拿一下吗？就在储物的锦囊里。”

江影：“……”这个女人好麻烦。

他起身，随便在储物锦囊里拽了一套白色的衣裙出来。

宋栀栀的声音又响起来：“我要穿蓝色的，风霜丝料子的那条。”

她还挑上了。

江影着实分不清什么女性衣服的料子，胡乱找了一条蓝色的。

他走到屏风后，便看见白蒙蒙的雾气氤氲着，空气中是又轻又软的栀子花香。

宋栀栀脖子以下的身子都埋入水中，只露出一个脑袋来，长发浸入水中仿佛散开的墨色。

她头顶那朵白色小花受了水汽的润泽，看起来鲜活可爱。

江影的喉头微动。

“放……放旁边的桌子上就好了。”宋栀栀脸颊微红，也不知是热的还是害羞。

江影的目光从她脑袋上移开，将衣物放到浴桶旁的桌子上。

宋栀栀用眼神催促他快点走。

江影瞥了她一眼。

“宋栀栀，水很清。”他说。

语毕，江影转身，走出屏风。

宋栀栀还未反应过来这句话是什么意思，他就离开了。

水很清？

他在说什么！

宋栀栀脸颊爆红，尴尬得脚趾快要把浴桶底给抠穿了。

这也太丢脸了。

她连穿衣服的时候，手都是颤抖的。

她又羞又窘，对着铜镜呼了半天的气还没缓过来。

宋栀栀被江影这一句话搞得情绪起伏，但江影本人只是随口一提，便回去继续修炼了。

她走出来，看到他若无其事的样子，更气了。

这口气闷在胸口，抒发不得。

宋栀栀走过江影身边，一头埋进床上柔软的被褥里。

她闷声问道："江影，你晚上在哪里睡觉？"

"我不睡觉。"江影回答。

以他的修为，完全可以用修炼代替睡眠。

"那我自己睡了。"宋栀栀钻进被窝里。

"好。"江影答。

"你可以转过去，不要对着床吗？"宋栀栀提出建议。

"可以。"江影转身，入定的节奏没有断，面朝着门的方向。

宋栀栀将床边帘幔拉下，在江影看不到的地方，又摸出手机。

在所有人都以为他屠了沈氏满门的情况下，她要为他开脱，找出沈氏夫妇死去的真相。

江影抵达沈家山庄的时候，沈珉就给无相宗传了消息。

再过一两天，男主人公沈昼就会带着无相宗修为高深的几位长老回到沈家山庄，但他要面对的就是灭门的惨痛。

宋栀栀回忆自己写下的有关无相宗的设定。

她飞快地在手机屏幕上打字——

无相宗，沈昼收到了江影突然造访沈家山庄的消息。江影此人性情难以揣度，他担心沈家山庄的安危。

但无相宗那位足以震慑江影、闭关近千年的老祖尚未出关，沈昼求了几日，老祖都未搭理他。

沈昼为解沈家之危局，便打算叫上几位无相宗的门中长老。

他拜访了——

宋栀栀认真地敲下几行字——

他拜访了无相宗研究蛊毒咒法多年的长老韩潜，还有曾到灵祇神教地界游历的长老袁一溪，拜托他们与自己一道回沈家山庄。

宋栀栀写完这两个人名，长吁了一口气。

韩潜研究毒物已久，他应当能够看出沈珉与沈氏族人是中了毒暴毙。

而了解灵祇神教的袁一溪，或许能够知道段天月、灵祇神教、沈家三者的关系。

让这两人来，很稳妥。袁一溪性情稳重，也能够安抚家中惨遭不幸的沈昼，防止他过于激动失去判断能力。

宋栀栀安排完剧情，准备睡觉。

隔着帘幔，她看到江影背朝着自己的模糊身影，他肩颈的线条优雅诱人，腰身比例完美。

她气消了，想了想，掀开半边帘幔，探出脑袋来。

“江影——”她说，“你坐的椅子是不是不太舒服？”

许久，江影回答她：“不会。”

宋栀栀睡着的床很大，她在自己睡的地方拱出一个空间来，自己往里边挤了挤。

她觉得自己睡床，让江影坐椅子坐一整夜，实在是太过分了。

“我可以让半边床给你坐着修炼。”她小声地道。

宋栀栀说完之后，看着江影的背影，等待着他的答案。

江影过了一会儿才回答她。

“不用。”他道。

声线还是如同往常一般平静。

宋栀栀面朝里翻过身去。

她闷声回答道：“那……不用就不用，我自己睡了。”

宋栀栀整个人缩进了被窝里，盯着床铺里侧的木质花纹，目光顺着精致的刻线游移。

她看得有些困了，上下眼皮打架。

等到她快要睡着、意识模糊的时候，忽然感觉到自己身后微微一凉。

似乎有人拉开了帘幔。

身后的床榻微微下陷。

江影坐到了宋栀栀侧边的床上，合上双眼，继续修炼。

他周身灵气呈淡蓝色，静谧地环绕着他。

宋栀栀的眼皮放松似的沉了下去。

她终于睡着了。

三日后，便是男主人公沈昼带着无相宗的两位长老韩潜与袁一溪来到沈家山庄的日子。

宋栀栀开始做江影的心理工作。

“你没有杀了沈氏夫妇以及沈氏族人，不能让无相宗误会你。”宋栀栀在吃早餐的时候，撕了一片松软的馒头送入口中，对江影说道，“算算日子，无相宗的人今天应该就抵达沈家山庄了。”

“无所谓。”江影托腮，侧过头看着窗外的风景，无动于衷。

“你没有做，就不用承认呀！”宋栀栀劝他。

“很难。”江影跟她讲事实。

就算人不是他杀的，但所有人都认为是他杀的。

就连他自己，也承认从始至终都对沈氏夫妇怀有杀心。

“那总要试试。”宋栀栀把一碗白粥推到他面前，“吃吗？”

江影本想拒绝，但见宋栀栀那双亮晶晶的眼睛看着自己，满是期待的样子，就勉强吃了一口。

宋栀栀觉得自己像哄幼儿园小朋友吃饭的可怜老师。

“我要去找他们……”宋栀栀说，“我有无相宗的信物，是段天月给我的。”

“反正……反正你也管不了我做什么，我就是要去帮你洗脱罪名。”宋栀栀见江影一副兴致不高的样子，便站起身来，道。

江影抬眸看着她，没有说话。

“我走了。”宋栀栀自顾自地往外走。

江影见她离开，终究还是起身了。

在宋栀栀快要走到门口的时候，江影一把拉住了她的手腕。

宋栀栀感觉到自己手腕上传来冰冷的触感，待回过神的时候，已经被江影拉着转过了身子。

“做什么？”她问道。

江影抬手，将她头顶那朵小小的婆娑花塞进发髻里，用发丝遮挡得严严实实。

宋栀栀拽着他的袖子，双手紧攥，将他平整的纯黑衣物拽起一圈褶皱，轻轻地哼了一声。

“既然你非要玩。”江影平静地说道，“那便陪你玩一玩。”

宋栀栀明白了他话里的意思，他这是答应了。

她松开江影的袖子，惊喜地问道：“你确定？”

江影见宋栀栀脑袋上那朵白色小花似乎马上就要因为她心情过于激动而支棱起来，从发丝间探头，只能伸出手去，在她头顶上拍了一下，将婆娑花按回去。

“你若不想被无相宗抓回宗门里软禁起来，直到婆娑花长大，就不要在人前露出这花来。”江影提醒她。

宋栀栀将自己的发丝拢好，遮住婆娑花，点了点头：“好。”

“那我用无相宗信物去找他们会合，打入他们内部。”宋栀栀提出建议。

她摸出手中的无相宗信物，是一个暗金色的金属令牌，也不知道是什么材质制成的。

在无相宗信物上，有三个金色的光点闪烁着，若仔细看，便可以发现它们正在移动。

当无相宗的人在方圆十里之内，这信物上便会亮起光点，指示方向，方便手持令牌的人找到他们。

江影瞥了宋栀栀手中的令牌一眼，便看出了这是无相宗宗门内极为珍贵的信物。

“他们在城外了，在东侧。”他提醒宋栀栀。

宋栀栀还没搞明白这玩意儿怎么看方向和距离，结果江影先告诉她了。

她将令牌收起，推开门准备走：“那我现在过去。”

江影见她出了门，便走到客栈二楼的廊道尽头，这里有一扇窗户。

“过来。”江影唤她。

“过去做什么？”宋栀栀一边问一边乖乖朝江影走了过去。

她一走近，身子便陡然一轻。

他牵着她，跃出了窗外。

也不知江影施展了什么法术，窗外街道上的人没有惊讶于突然飞到天上的两个人。

宋栀栀感受着突如其来的超重感，正欲惊叫一声，就被江影捂住了嘴。

突然飞入高空，宋栀栀吓死了，连忙抱紧了江影的胳膊。

感觉到迎面的风飒飒地吹着，朝自己身上扑过来，轻纱的衣袖飞舞，甚是好看。

这飞在空中的感觉没有玩过山车那么惊险刺激，只要不往下看，就仿佛在风中行走。

她逐渐适应了，便试探性地松开了江影的胳膊，开始欣赏起风景来。

脚下的城池仿佛玩具积木一般在她脚下飞速掠过，梦幻又可爱。

御风而行，世界踏于脚下，这就是修士的快乐吗？

也难怪这个世界里人人都想要修仙。

“好好玩。”宋栀栀兴奋地道，“再飞高点可以吗？”

江影无情地打破了她的妄想：“到了。”

他牵着她的手，急速降落，稳稳地落在东侧城门不远处。

“不要出城，在城内等他们。”江影只丢下一句话，人已经消失，也不知道去了哪里。

宋栀栀站定在原地，挠了挠头，掏出无相宗信物，看到令牌上的金色光点越来越近。

她知晓沈昼带着无相宗长老韩潜与袁一溪已经来到城外，便躲到一旁的巷子里，准备突然出现，制造偶遇。

宋栀栀刚躲进一旁的小巷中，城门处法阵光芒亮起，熠熠生辉。

转瞬间，三人已经出现在东侧城门外。

宋栀栀屏住呼吸，目光望向站在正中的那人。

长身玉立，气质卓然，样貌也是一等一地好。

最奇特的是，此人周身隐隐有宝光环绕，一看便是有大气运之人。

宋栀栀在给沈昼写人设的时候，给他加了每个主人公必备的主人公光环，气运加身，天命眷顾，不论身处怎样的危局之中都能死里逃生，就算是江影想出手杀他，此时实力大不如江影的沈昼也能以各种巧合逃脱。

站在中间那人正是沈昼，此时他的表情有些担忧，长眉微微蹙起。

而在他身侧一左一右跟着的两位长老，宋栀栀按照自己的记忆对号入座。

韩潜是那位清癯的黑衣中年男子，袁一溪是模样看似年轻貌美，其实年龄已近千岁的粉衣女修士。

沈昼走出三人合力施展的法阵，扭头对袁一溪道：“师叔，可找到了？”

袁一溪拿起手中令牌，查看了一下，秀眉微皱：“十里外已感应到有身怀无相宗信物之人在附近，但已至长澹城中，此人应当离我们不到百丈，为何我到现在还没感知到附近有修士的气息？”

“这信物应当是我交给母亲的那一枚。”沈昼柔声说道，语气不疾不徐，“怎会出现在这里？”

“韩师叔如何看？”沈昼问道。

身着黑衣的韩潜“哼”了一声，没有回答他。

沈昼知晓韩潜就是这古怪脾气，他“哼”一声代表他没有什么意见。

“在这个方向。”袁一溪揽起宽大衣袖，往宋栀栀所在的小巷走了过去。

这无相宗三人，无论如何也想不到，他们在小巷中，看到了一个身无修为的普通人。

沈昼率先看到了宋栀栀。她站在无人的黑暗小巷中，样貌极美，清丽无双，眉心一点殷红的朱砂，缓和了她周身略带清冷的气质，令她看起来灵动可爱。

那双眸亮晶晶的，直勾勾地盯着他。

其实此时的宋栀栀脑中想的是“这就是妈妈的好大儿吗”。

她捏紧了手中的令牌，眯起眼朝无相宗三人问道：“我看见这信物上有光点在闪，你们是无相宗的人吗？沈夫人……沈夫人让我找你们。”

沈昼往前踏了一大步，似怕宋栀栀被吓到，便柔声问道：“你是从沈家山庄出来的？我是沈昼，沈夫人是我母亲，她怎么样了？”

宋栀栀深吸了一口气，但说出来的话依旧颤抖。

她又想到了沈家地宫中的情形。

倒塌的神明像、层层叠叠的尸体、流成小溪的血水……还有浑身是血的沈氏夫妇。

“沈夫人让我离开沈家山庄，因为江影在庄中，不安全……”宋栀栀答道，然后将自己与段天月的事情复述给沈昼听。

“母亲让你离开？带着无相宗信物……来找我？”沈昼听完，语气登时变得有些虚浮。

他知晓段天月的性子，若她如此做，必然是做好了背水一战的准备。

沈家……危矣。

“是。”宋栀栀回答他。

“可曾让你带了东西出来？”沈昼急匆匆地问。

“没有。”宋栀栀如是说。她倒也没有说谎，因为婆娑花本就是段天月以“护身之物”为名赠给她的。

段天月确实没有交代她带什么东西走。

“二位师叔，劳烦你们照顾这小姑娘一二，我要回沈家山庄看看。”沈昼提着手中剑，问完宋栀栀话之后，便匆忙离开了。

他已经隐隐感觉到了不安。

沈家……恐怕……

沈昼瞬息间消失，独留下韩潜与袁一溪两人在宋栀栀面前。

袁一溪充满兴趣地打量着宋栀栀：“小姑娘，你的经脉很特殊。”

“如何……如何特殊？”宋栀栀装作不懂，看着袁一溪年轻漂亮的面庞问道。

“沈昼是天通十二脉，而你全身十二经脉无一窍是通的，如此极端的经脉，比那绝品经脉还要罕见些了！”袁一溪对宋栀栀解释道。

她朝宋栀栀伸出手来：“既然手持我无相宗信物，便是我无相宗的人。你且随我来，我领你一道回沈家山庄看看。”

宋栀栀其实是不大情愿回到那里的，但她要回去为江影洗脱罪名，便牵住了袁一溪的手，与她一道走。

此时，一直在一旁默不作声，似乎在发呆的韩潜忽然启唇，冷哼了两声。

“师兄，有何事要说？”袁一溪扭过头去，看着韩潜问道。

“一溪，你也有看人经脉看走眼的时候，这世上怎会有‘一窍不通’之人？”韩潜本没注意宋栀栀，根本没把这普通人当回事，只当是袁一溪看错了。

“师兄，确实如此，不信你亲自看看。”袁一溪笑着说道。

“当真？”韩潜扭过头来，总算用正眼瞧了瞧宋栀栀。

“还……还真是？”韩潜的语气难以置信，“这……这么倒霉，这可比天通十二脉还少见。”

他眸中放出狂热的光芒，似乎恨不得这就把宋栀栀带回无相宗好好研究。

然而宋栀栀的目光在对上韩潜的眼睛时，眼神就已经失去了焦距。

韩潜的眼睛，仿佛深渊一般，在对上他目光的时候，宋栀栀感觉自己的灵魂都要被攫走了。

她眯起眼，只感觉到一团黑色浓雾朝自己扑了过来，从自己的眼眸中钻了进去。

瞬间，她失去意识，倒在了袁一溪怀里。

袁一溪大惊失色，连忙将宋栀栀扶着，瞪着韩潜质问道：“师兄，你做了什么？可是一不小心将毒放了出来？快给她解。”

韩潜原本怪里怪气看起来就像别人欠他灵石的表情瞬间变得不知所措：“不是毒！”

“那是什么？”袁一溪慌了。

“是我百多年前在千灯寺捕获的一只离魂心魔，我以灵识困住这心魔已久，正在降伏炼化中，还未成功！”韩潜也不明白为何会出现这样的情况。

“心魔只寻神识强大之人啃噬，才能被你困住，怎会跑到她身上了？比你神识强大之人自然能抵御这心魔，但她……”袁一溪急得都要昏过去了。

“我不知。这心魔乃是千灯寺得道高僧神识中的心魔，无比强大，也困扰我已久。”韩潜解释。

“怎么办？”袁一溪抱着宋栀栀，手都在抖。

“带回沈家山庄，你我一同想办法逼出心魔。”

“只能如此。”

二人带着宋栀栀，急忙往沈家山庄的方向而去。

第四章 心魔宠物

袁一溪抱着宋栀栀走进沈家山庄，寻了一处小院安置。她将宋栀栀平放在了床上，现在的宋栀栀依旧是毫无意识。

“师兄，她要是被这心魔啃噬了心脉，你可就闯了大祸，心魔看管不力任由它伤害普通人，可是要去刑堂领罚的，连我也要被你连累。”袁一溪运起周身法力，纤手按在昏迷的宋栀栀额头，试图将灵气注入宋栀栀体内，将心魔逼出。

“我亦没想到，这心魔贪婪至极，只会选择神识强大之人入侵，这小姑娘分明一丝修为也无，神识应当也弱小，怎会引得心魔不惜受伤冲破我的束缚入体？”韩潜一只手搭在袁一溪身上，连哼都来不及哼了，为她疯狂输送法力，“当务之急，是要将这离魂心魔逼出来。”

“咦，为何没用？”袁一溪惊呼。她为宋栀栀输送的法力宛如泥牛入海，一点儿反应也没有。

此时的宋栀栀躺在床上，虽面色红润如常，但眉心处隐隐有黑色雾气缠绕，是心魔入体的象征。

“她全身经脉一处都没有通，输入的法力太少，自然对她无效。”韩潜一眼看出不对，“你我二人法力不够。”

“以我们元婴巅峰的修为都无用，还有谁能？”袁一溪没遇见过这种事。

无相宗与人为善，从未做过伤害普通人的事。

现在难道就要由他们两位稳重自持的长老破了这先例？

袁一溪开始慌了。

“这长澹地界，只有一人有足够的修为与法力，能够无视她的特殊经脉，强行将灵气注入这小姑娘体内。”韩潜收了手，摸了摸下巴，道。

“你说的是……”袁一溪已明了韩潜所指之人。

“师兄，你在说笑吗？”她柳眉倒竖，不敢相信，“方才沈师侄已传了信给我，沈氏全门上下，无一活口，肯定就是江影做的。”

“你指望让江影帮我们救人？他若真做了灭沈氏满门的事，我们定要想办法诛杀他，为沈师侄报仇。”袁一溪愤愤地道。

“江影……”韩潜提及此人时，倒没有厌恶之色，“他来去如风，行踪不定。沈师侄说他还在沈家山庄内，若真杀了人，为何不离开？”

“沈夫人曾是灵祇神教中人，江影应当有所目的，沈家主与沈夫人宁为玉碎不为瓦全，至死也没有让江影得到他想要的东西，他目的没有达到，自然不会离开。”袁一溪分析得头头是道。

“这？”韩潜哼了两声，挠头道，“江影若要，给他便是，左右灵祇神教也没了，沈家人怎如此固执？”

“江影作恶多端，自然不能让他得逞。”袁一溪又道。

“我觉得此事不太对，若真的是他做的，他没有留在这里等着我们质问的理由。”韩潜此人研究蛊毒咒法多年，本就亦正亦邪，对江影曾非常感兴趣，所以对他的行事作风也有所了解。

“罢了，罢了。”袁一溪是个聪明人，没有就这个问题与韩潜过多争论，“反正这小姑娘现在也醒不过来了。虽然希望不大，但还是去寻他试试吧！”

“只能如此。”韩潜背过手，走出门外，“一溪，你且在此守着她，我去寻江影。”

韩潜语毕，人已消失。

此时的江影，正在他原来在沈家的住所里与沈昼对峙。

沈昼循着气息，先去了沈家地宫，便看到了满地惨状。

沈家地宫内保存宝物甚多，有法阵运行维持空气鲜活干净，保证所储存物品不会锈蚀腐坏。

所以连带着这些尸体也没有因时日过多而腐烂。

沈昼见此惨状，悲痛悔恨，待命人收殓了父母及族人尸体后，才重新振作起来。

听闻江影还在沈家山庄内，沈昼提了剑便往他的住所而去，誓要为父母报仇。

沈昼来时，江影还在这青竹小院内悠然地泡着茶。

他要的东西都已经拿到，现在不过是在陪宋栀栀玩而已，他人的心情，与他无关。

所以现在的他无比轻松，就连泡茶时，苍白的手指轻捻茶叶的动作也带上了几分雅致细心。

宋栀栀意外被心魔入体，只是精神层面受到了入侵，现在还性命无虞，所以江影也未曾察觉到。

当沈昼见江影一人悠闲地端坐于院中，一副云淡风轻的样子，就算他性格再好，也难免气血上涌，怒从中来。

“江影！”沈昼提着剑，走入院中，直直盯着这很有可能将沈氏灭了门的大魔头，目光冰冷。

沈昼自认为现在修为并不如他，但绝不可能不报杀父母之仇。

江影盯着青瓷碗中的茶叶晕开，并未搭理沈昼，薄唇略向下抿着，抿出一道无情的弧线。

杯盏碰撞，发出叮当的响声，江影苍白的手腕翻转，动作优雅，为自己倒了杯茶。

“沈家地宫，你如何解释？”沈昼轻舒一口气，压下心中的愤怒，平静地问道。

到底是身为主人公的人，纵然家中遭遇变故，沈昼也未被仇恨冲昏头脑。

江影来沈家的目的，他还不知道。

若父母的遗愿是保护沈家的某些东西不被江影夺走，那么他一定要将此愿望达成。

所以沈昼此时还不动声色，平静地与江影交流，为的是套出答案。

只是那看似波澜不惊的话语下，埋藏着隐隐的悲愤与恨意。

江影何尝听不出来他话中暗藏的情绪，但他并不在意。

他的薄唇微抿，呷了一口茶，依旧一派事不关己的模样。

许久，在沈昼耐心即将耗尽的极限，他开口了。

“我没有替别人收尸的习惯。”江影将茶盏放下，红眸中映着幽幽的光。

沈家地宫中，尸体横陈，血流成河，现场极其惨烈。

江影此话，便是否认他杀了沈氏满门。

“何必狡辩？”沈昼讥笑一声，“你若是能承认，我倒敬你是个磊落之人。”

江影执着茶盏的手一顿，冷笑一声：“不知死活。”

话音未落，青瓷茶盏已经从他掌心飞了出去，宛如出鞘的利剑。

滚烫的茶水飞溅，被江影附着于茶盏上的黑火蒸发，化为一道青烟。

这青瓷茶盏速度极快，沈昼只来得及亮出手中剑勉强格挡。

只听见一道刺耳的响声，沈昼执剑的虎口传来剧痛，手中的剑疯狂地抖动。

仅仅是一个小小的茶盏，这力道便将沈昼往后逼退十余丈，后背抵上白墙。

沈昼身后的墙面出现裂痕，裂痕如蛛网般散开。

他未受外伤，但脏腑因这反震，受了严重的内伤。

沈昼头一低，嘴角便溢出鲜血来。

江影掌心瞬息间已亮起黑色的光芒。

是冥昭，这一柄细长秀气的柳叶小刃自他掌心飞出，仿佛游蛇一般循着沈昼的气息而去。

按沈昼此时的状态，根本没有可能躲开。

但就在此时，一抹宽大的黑色袍袖一甩，将沈昼给拉至身后。

韩潜盯着冥昭直直朝着沈昼飞来的幻影，它仿佛朗朗晴日下的暗色精灵。

他往空中猛地抛出了一样东西，纤细如绳。

是他豢养的毒蛇。

韩潜扔得极准，冥昭锋刃正中这毒蛇眼睛，毒液与鲜血飞溅，落在地上，腐蚀了青砖，发出声响。

冥昭见血而罢，蜂鸣着的刀刃安静下来，回到江影手中。

韩潜倒是熟知江影手中武器的属性与特点。

冥昭出手，必要饮血而归。

所以他才扔出自己豢养已久的毒蛇格挡冥昭，让它停止攻击，挡下江影这致命一击。

江影盯着韩潜与沈昼，正欲再出手，便看到韩潜这无相宗长老朝他行了一礼，姿态算得上恭敬。

“江道友，我师侄家中遭逢意外，心情悲恸，出言若有不逊还请谅解。”韩潜不卑不亢地道，“江道友还留在沈家山庄，想必还有要事，我师侄已是沈家最后一丝血脉，若你杀了他，你所求的东西可就拿不到了。”

“沈家地宫之事，容后再议。”韩潜那落拓清癯的身子往前移了半分，看向江影的目光里并无异色，终于说出了自己的目的，“逝者已逝，生者更加重要，我来此，是有要事相求。”

“何事？”沈昼原本被江影的态度气昏了头，现在被韩潜一说，回过神来，冷静地问韩潜。

现在与江影硬碰硬，并不是一个明智的选择，若证实是他做的，才有正当的理由对他出手。

无相宗还是要讲道理的。

“就是拿着无相宗信物的那个小姑娘。”韩潜拉过师侄，低声地道，语气支支吾吾，有些不好意思，“我捉拿的一只离魂心魔离体，竟然冲到她身体里了。”

“是……是千灯寺捉的那只？”沈昼倒吸了一口冷气，声音带上了些颤抖，“她……母亲可是交代她来寻我，她若是出了意外，我岂不是连母亲这点遗愿都完不成了。”

“那姑娘经脉特殊，我与一溪的修为不够，无法助她逼退——”

韩潜还未说完，他与沈昼两人便冷不防被江影抬手的气浪一掀，被直直逼飞出去，跌倒在地上，姿态狼狈。

江影六识敏锐，韩潜与沈昼二人的低语尽数入了他的耳中。

他自然能知道他们说的“她”是谁。

正是宋栀栀。

堂堂无相宗，竟连一个普通姑娘都照顾不好。

江影收了手，将袍袖拢好，抬眸冷冷地注视着他们，红眸中闪烁着危险的光芒。

他起身，面上不动声色，也没有因宋栀栀深陷危局而表现出焦急之意，只缓步朝韩潜走过来，周身杀气极重，仿佛大山一般将二人压得喘不过气。

“所求何事？”他启唇，口中吐出冰冷的话语。

韩潜方才被江影打了一记，心灰意冷，知晓了江影的脾气就是如此不近人情。

他对于江影能出手救宋栀栀一事感到希望渺茫。

“唉，算了……”韩潜从地上爬起来，拍拍衣服，道，“不过是一个没有修为的普通人罢了，江道友也不会纡尊降贵去救她。”

江影：“……”——我都配合你演出了你为什么突然改剧本？

他冷冷地吐字，尾音已如严冬般森冷：“何事？”

他又重复了一遍。

“我们这儿有个小姑娘，经脉特殊，全身上下十二经脉一处不通，因我疏忽心魔入体，不久后便性命堪忧。我们几人修为不够，法力不足以冲破她的经脉桎梏，帮助她驱除心魔，这长澹地界现在只有江道友您有这能力可以试试了。”韩潜清了清嗓子，回答他。

江影眼睫半抬，一副兴致不高的样子："这经脉倒是罕见。"

韩潜一听，觉得有戏，连忙顺着他的话往下道："是的，我初见也觉得惊奇，江道友且去看看吗？"

江影人已大步走出院子，在韩潜与沈昼身边带出一阵寒风："可以，但有条件。"

"听闻无相宗韩潜研究毒物数百年，在蛊毒咒法领域，无人能敌。"江影说道，"不如去看看沈家已经收殓了的尸体。"

语毕，他朝着宋栀栀的方向走了过去，没有丝毫犹豫。

韩潜望着江影的背影，眯起了眼，眼神有些惊讶。

"既然他要你去看，便看吧！"沈昼长叹一声道，"母亲死前既然交代她来寻我，我便有义务保她性命无虞。"

"此事我亦觉得有些奇怪。"他继续沉声说，"我亦想知道真相。"

韩潜负手，跟上江影的步伐，点了点头。

江影的速度极快，不到半刻，便到了安置宋栀栀的房间里。

房间明净，日光自宽阔的窗台洒入。

宋栀栀躺在榻上，双目紧闭，面色红润，呼吸均匀。

袁一溪靠在床边的椅子上，神色担忧，但宋栀栀的气息始终稳定，她也不敢再做些什么，只怕惹恼了那心魔。

江影走进房间的时候，她猛地抬起头来。

感受到危险气息靠近的袁一溪站起身来，警惕地望着江影。

韩潜随后进来，给袁一溪使了个眼色。

江影放下帘幔，人已来到榻上，盘腿而坐，掌心光芒盛放。

轻纱帘幔垂下，阻隔了视线。

"驱除心魔便驱除心魔，他放帘幔做什么？"袁一溪担心宋栀栀，皱眉问道。

韩潜看着白色的纱织帘幔后两个人影影绰绰的身影，无奈地道："他脾气古怪，肯救人就不错。江影此人，答应他人的事不会做不到的。"

他拉着袁一溪走到门口附近的小厅，唤了沈昼进来，一同商议此事如何解决。

沈家床榻上的帘幔为了保证休憩的人安眠，施展了隔音法术，他们在外说话，帘幔里的江影听不见。

而此时的江影已经将宋栀栀的头扳正，放到了自己的腿上，让她枕着自己的腿，姿态亲昵。

任谁也想不到，二人竟是这样的关系。

江影望着宋栀栀的面庞，注意到了她小巧脸颊上的一团黑气。

是心魔，还是一只异常强大的心魔。

这般强大的心魔，应当不屑于啃噬一个普通人的灵魂。

还不够塞牙缝的。

江影抬手，捏了下宋栀栀的脸颊。

苍白的指尖顺着她略带红晕的脸颊上移，掠过挺翘的鼻尖与眉心的殷红朱砂，点到她额头的黑气上。

瞬间，江影眸中已出现冰冷的杀意。

这心魔，死不足惜。

强大的气浪瞬间激荡开，仿佛无垠海洋上的潮水一般，一浪高过一浪，带着移山填海的气势。

这滔天的气浪把江影的衣袍掀起，使额前墨发掠过耳后，气势极强。

江影体内的法力毫不吝惜地往宋栀栀体内输送，丰沛的灵气入体，直接无视无法通过的经脉关窍，仿佛决堤的水一般冲刷过她体内每一寸经脉，而后汇聚到她的额前，追踪着心魔的气息，誓要将它赶尽杀绝。

在帘幔外的三人也感觉到了这强大的气浪，沈昼修为最低，还有伤在身，身形一颤，险些扑倒在桌上。

“这……”袁一溪连忙扶住师侄的后背，目光惊诧，难以置信，“他如此使用法力？”

“倒也是个实诚人。”韩潜哼了两声说道。

沈昼闭目疗伤，心情复杂。

这下，可真的算是欠了江影一个人情。

可是他……

沈昼攥紧了手。

袁一溪将他紧攥着的手抚开，柔声说道：“沈师侄，真相未知，且看看吧！”

而帘幔内的江影，神识已经顺着自己输送进宋栀栀体内的法力，来到宋栀栀的脑海里。

昏迷已久的宋栀栀此时在做什么呢？

在她的灵魂空间里，她悠悠苏醒。

被心魔冲撞，她瞬间失去了意识。

不久之前，似乎有一股极其强大的气息入侵她的身体，将那心魔驱赶得四处乱窜。

因此，心魔对她的控制也放松了些许，这才让她得了个机会醒过来。

宋栀栀的灵魂空间一片混沌，灰蒙蒙、雾茫茫，看不见边际，远处蕴着星海似的光芒。

她从地上爬起来，下意识想要挠挠头，观察四周的情况。

但她没能摸到自己的身体，她现在是以意识的形式存在的。

她记得是有一个乌黑的东西往自己的眼睛冲了进来。

所以她抬头的时候，便看到自己头顶悬着一团黑色的雾气。

它没有眼睛，没有嘴巴，但它看得见宋栀栀，还能说话。

是一道尖厉的女声："怎会醒了？！"

宋栀栀望着心魔，自己也很懵："我不知道啊！"

"小姑娘有点本事。"心魔离宋栀栀有十余丈，围绕着她飞，带起一串黑色的尾气。

"是啊！"宋栀栀认下了它的夸奖。

"有人要来救你了，不过晚了。"心魔阴森森地说，"我马上就会将你吞噬，有什么遗言要说吗？"

宋栀栀一听，登时吓到了："你要吃了我？"

"吞噬你的灵魂，占据你的身体，然后寻找下一个猎物。"心魔美滋滋地说道。

宋栀栀马上转身就想跑。

但这里是她的灵魂空间，不论跑到哪里，都跑不过这心魔。

她没见识过这阵仗，想摸出手机把这玩意儿从自己身体里弄走，但手机死活也不出现。

也对……这里是她的灵魂空间，怎么可能还会出现手机？

宋栀栀一边躲避着心魔的追逐，一边问道："我好吃吗？"

"好吃。"若有嘴巴，此时心魔应该舔了舔唇。

"你要怎么吃我？"宋栀栀问，意在拖延时间。

"窥破你的内心，嘻嘻——"心魔低低地笑着，已经朝宋栀栀飞了过来，"别跑了，小姑娘！"

宋栀栀的脚瞬间仿佛被钉在了原地，一步也跑不动了。

她被迫盯着迎面而来的黑色雾气，根本没有办法移开。

很奇怪，这心魔明明没有眼睛，宋栀栀却感觉自己在与它对视。

"让我看看你的内心——"心魔发出仿佛梦呓般的声音，似乎沉醉在宋栀栀的灵魂中，“你的欲望，你的情感，你的阴影——这些个脆弱又美味的东西……”

宋栀栀被心魔强大的力量控制着，动弹不得，只能任凭这心魔开始强行窥探自己的内心。

这是心魔的天赋，她没办法抗拒。

“嘻嘻，让我看看……”心魔发出得逞的尖厉笑声。

“等等——”她的声音忽然戛然而止，仿佛被掐住了脖子。

“豆乳玉麒麟好好吃，呜呜呜，我已经快一个月没有喝奶茶了，好想好想喝！”

“麒麟乃上古瑞兽，你竟敢吃它？”心魔震惊。

“一杯奶茶、一盒炸鸡，一章三千字写一天。

“写小说没有人看怎么办？

“睡觉朝左边睡还是朝右边睡比较健康？算了，我还是早点睡。

“你说得对，但是袋鼠入侵乌拉圭，每一个乌拉圭人就要对战十四只袋鼠……”

“你这些都是什么玩意儿？”心魔没见过这样的人。

除了吃就是睡，担心自己写的破烂玩意儿没人看，她还能想些什么？

她能有点追求吗？

“什么玩意儿？”宋栀栀还以为自己要被这心魔给杀了，结果什么也没发生。

但是很羞耻，这玩意儿居然把她的内心想法那么大声地念出来。

“你的欲望呢？你的情感呢？你的阴影呢？”心魔还在往深处窥探着宋栀栀的内心。

“怎么可能没有？

“不对——

“啊——”

心魔再往深处窥探，却发出了一声凄厉的惨叫。

“怎么可能？

“怎么会这样？”

宋栀栀的内心世界，仿佛没有尽头，无边无际。

它一直往深里窥探，忍不住再深一点！

心魔它……

看到了自己。

丑陋的一团黑色雾气。

心魔既恐惧又贪婪。

但无论如何，这姑娘的灵魂好吃极了，足够它吃百年……不……千年！

甚至能脱离心魔之身也说不定。

纵然心魔意识到了巨大的危险，但在强烈的诱惑下，它还是义无反顾地朝宋栀栀冲了过来。

此时，江影已经循着心魔的气息来到了这里。

远远地，他看到那团黑色雾气已经朝着宋栀栀冲了过去。

以神识当作攻击武器，化而为索，一条暗蓝色的光芒已经朝着心魔飞驰而去。

宋栀栀躲避不及，后退了两步。

心魔根本不顾江影的阻拦与危险，任凭暗蓝色的光芒打在自己身上。

江影放出的法术将心魔给挥开半丈，黑色的雾气骨碌碌地在地上滚了好几圈。

宋栀栀惊魂未定，扭头望着江影，目光惊喜。

然而江影这一击只是暂时阻拦了心魔，它还将卷土重来。

“小心。”江影提醒她。

宋栀栀看向心魔，只见这团黑色雾气被江影挥开，朝某个方向滚了过去。

然后……

它……

掉下去了。

宋栀栀的灵魂空间里，有一个深不见底的深渊，仿佛一块完美无缺的蛋糕被挖空了一部分。

心魔就是掉到了这空洞中。

“可恶！”心魔声嘶力竭的声音从深渊里响起，带着回音，重复了好几遍，“可恶——恶！”

“你们人类，怎会如此狡猾可恶，竟做了一个陷阱来陷害我？”心魔不甘心的声音在深渊里响起。

宋栀栀没想过还有这种操作，扭头看着朝自己走过来的江影，直接蒙了：“我的脑袋为什么会有个洞？”

“我不知你脑袋里为何有洞。”江影回答她。

宋栀栀觉得江影在骂自己，但她找不到证据。

她的灵魂空间里居然有个洞，这样是不是就是大众俗称的“脑残”？

虽然坑了心魔一把，但总觉得挺不得劲的。

江影抬眸看着宋栀栀身后。

因为心魔已经被驱离她的神识，所以她方才被心魔窥探到的内心信息仿佛四散奔逃的游鱼一般散开。

无数条信息在宋栀栀身后飞速掠过，闯入江影的眼帘。

江影本没将注意力放在这上面，但是他的名字实在是太显眼了，没办法被忽视。

“江影的胸肌真好摸，下次还要摸！

“没想到江影给女孩子梳头的技术不错，一定要想个办法让他天天给我梳头。

“江影摸婆娑花的感觉好奇怪！”

江影默默地定睛看了好几条，面上没有太大的情绪起伏。

天真的宋栀栀根本不知道发生了什么，还在朝江影走过去，想要找办法出去。

“我们怎么出去？”宋栀栀问道。

江影抬手，将她的手腕紧紧握着。

一阵失重感传来，宋栀栀仿佛从高空坠落。

她的身子一抖，惊醒过来，瞪大了双眼。

宋栀栀发现自己正仰面躺在江影的腿上，这个角度正好能看到他优美的下颌线，他的长睫纤密，垂下遮住了红眸。

随后，江影也睁开了双眼，眼眸幽深。

宋栀栀感觉自己还在做梦，她回过神来，掐了一把自己的胳膊。

触感是扎实的，江影也非常配合地皱了一下眉。

想必是痛的。

宋栀栀终于掌握了自己身体的主动权，惊喜地翻身起来，揽住了江影的脖子。

死里逃生，她非常开心，仿佛快乐小狗一般在江影的怀里蹭了蹭，把他齐整的衣物弄皱。

“你来救我了！”宋栀栀埋在他胸膛处，闷声说道，“那心魔太可怕了。”

江影心想：你的灵魂空间对它来说也挺可怕的。

他将宋栀栀的脑袋往旁边拨开：“外面有人。”

纵然这帘幔有隔音效果，但若宋栀栀说话太大声，还是能被外面的无相宗三人听见。

宋栀栀这才想起自己昏迷之前是跟无相宗的两位长老在一起的，现在怎么是江影过来了？

“无相宗那两位长老呢？”经江影提醒，宋栀栀为了不让外面的人听见他们说话，特意压低声音，凑近江影，在他耳边小声地道。

少女温热的气息拂过耳际，酥痒柔软。

江影微微挑了挑眉，还是躲开了些许。

“是他们求我来的。”江影说。

宋栀栀：还能有这种操作？

“心魔呢？”她继续问，生怕那黑色雾气又往自己的脑门儿里钻。

江影盯着宋栀栀的肩膀，略微抬了一下下巴，示意她看自己右边肩膀上蹲着的东西。

宋栀栀扭头，对上了一双亮晶晶的黑色眼眸。

是一个黑色……毛球？

不对，不是毛球。它通身由絮状的黑色雾气组成，只是看起来像有毛而已。

这玩意儿，一定就是方才在她脑子里作乱的心魔。

没想到离了人类的躯体，它竟然长得还有点可爱。

宋栀栀想到这玩意儿在她灵魂空间里大声念出她羞耻的内心世界，气不过，伸出一根指头戳了一下这黑毛球。

“吱吱！”心魔球球叫了两声。

宋栀栀惊喜地道：“它会叫我的名字哎。”

江影：“……”

他亦伸出手，将这心魔球球从宋栀栀的肩膀处推了下去。

心魔球球跌进被子里，滚了好几圈，发出愤怒的抗议声：“吱吱吱吱！”

江影把事实展现在宋栀栀面前：“它就是这么叫的。”

宋栀栀失望了。

她看到江影将这毛球提了起来，手指收紧，似乎要对它不利。

宋栀栀确实没有猜错。

江影就是打算把这祸害人的玩意儿捏死。

“等等——”宋栀栀伸出手去，试图把心魔球球从江影手里夺回来，“它会叫我名字，你要对它做什么？”

“我也会叫你名字。”江影说。

宋栀栀：“……”

——你说得好有道理，我都快没办法反驳了。

她钻进江影怀里，开始抢这个心魔球球。

江影伸长了手，让她够不到。

一个追，一个躲，两个人从床头打到床尾。

直到等了很久很久，已经快要担心死了的袁一溪越过隔音法术，传音进来问道："江道友，你好了没有，驱离心魔需要这么长时间吗？"

两个人的动作瞬间停下来。

宋栀栀趴在江影身上，还在努力去够江影手里的心魔球球。

江影无奈，将毛球丢还给宋栀栀。

"心魔舍身吞噬他人灵魂，极其危险，若成功便更加强大，若失败便被驯服，任人驱使。"他说，"我怕你控制不了它。"

宋栀栀把玩着手上这个会"吱吱"叫的小毛球，捏来捏去。

冰凉的絮状雾气环绕着她的掌心，挺解压的。

"所以它为何会是这副模样？"宋栀栀坐起身来问道。

"被驯服的心魔忠诚，会顺着主人喜欢的样子变。"江影的语气冰冷，"它努力了。"

长这副团子模样的心魔，他还是第一次见。

宋栀栀一听，更觉得好玩："这心魔有多强？"

江影懒得再跟她解释，整理了衣物便准备出去："无相宗的两个人会告诉你。"

他看了一眼宋栀栀的头顶，确认婆娑花没有露出来。

他竟有些失望。

宋栀栀比较黏人，准备跟在他身后出去。

结果被江影一把推了回去。

"我还不认识你。"他提醒宋栀栀。

宋栀栀很委屈地缩进被子里："那好吧！"

江影掀开帘幔，走了出去。

一出去，便看到三双眼睛直勾勾地看着他。

其实驱除心魔的时间并不算久。

只是被宋栀栀纠缠了很久。

江影把挂在床边的黑色大氅重新披上，漫不经心地瞥了一眼满眼担忧的袁一溪。

"好了。"他只说了两个字，便走出门外。

袁一溪与韩潜二人马上交换了一下神色。

江影走出来的时候，就连修为不及江影的他们，也能够明显地感觉到江影的法力至少消耗了七成。

现在的他，尤为虚弱。

若是出手，说不定真能对他做些什么！

但韩潜微微皱着眉，对袁一溪摇了摇头。

不行，江影是为了帮他们救人。

就算再怎么样，也不能如此乘人之危。

更何况，这沈氏灭门，还未查清真相。

纵然只有十分之一的可能不是他杀的，也不能现在就出手。

袁一溪微微地叹了口气。

她刚走到宋栀栀床边，就看到宋栀栀已经半坐起来，手中还捏着一个黑色毛球。

黑溜溜的眼睛，还有絮状黑色雾气构成的身子，这令人闻风丧胆的离魂心魔此时看起来竟然有些可爱？

韩潜看向她手中心魔的目光发直，羡慕死了。

千灯寺这只心魔，他困在自己灵识之中本就是为了驯服它，花了百年也没成功。

结果它进入宋栀栀的脑海，在江影的帮助下，应该是被驯服了，成了宋栀栀的东西。

“江影竟然真的在不伤心魔的情况下，将它给赶出来了。”袁一溪惊讶道。

宋栀栀心想：江影原先应该是想直接摧毁了心魔。

只是这玩意儿自己掉洞里了，误打误撞捡了一条命。

“没事便好。”沈昼长吁一口气，声音虚弱，“明日韩师叔去看尸体，袁师叔且看着她，我先回房疗伤。”

他一直等到宋栀栀醒过来才离开，看来也很是担心。

宋栀栀从床上跳下来，把手中的黑色毛球亮了出去，问道：“这是什么？”

“这心魔没能吞噬你的灵魂，现在已经被你驯服，你可以任意驱使它——相当于一个元婴期的修士。”韩潜说话的语气听起来都快哭出来了。

这本是他的梦想。

袁一溪将他拉开，笑骂了一句：“是你看管这离魂心魔不力，险些伤了无辜之人在先，你现在还后悔什么？！”

这无相宗的女长老看起来爱憎分明，但人确实挺好。

袁一溪将黑色毛球重新塞回宋栀栀怀里：“小姑娘，你就拿着，日后若是遇到了危险，便将它往敌人那里一丢，它自会保护你。”

“我先前见那些从心魔手下死里逃生的修士带着的心魔宠物，大多长得凶神恶煞，长成这样子的还是第一次见。”她笑着安慰宋栀栀道，“心魔会变成主人喜欢的样子，它长得如此可爱，想必你内心也是一样的。”

宋栀栀只觉得这玩意儿挺好挼，样子也好玩。

最主要的是，它能叫自己的名字。

美滋滋。

她对着袁一溪乖乖地点点头。

“你先休息吧！”袁一溪对她说道，“明日我和师兄还要应付江影。”

“江影？”宋栀栀戏很多，皱起眉疑惑地问道。

“是他出手救的你，你的经脉特殊，我们都束手无策。”袁一溪只能说出真相，“长澹地界内，有能力出手的只有他，我们与他达成了协议，他才肯救你。”

宋栀栀重新躺回去，从被窝里露出一双亮晶晶的眼睛，小声地问道：“你们答应了他什么？”

“他那小人，竟说沈氏满门不是他杀的，要师兄帮他查验尸体，洗脱嫌疑。”袁一溪轻哼一声，“就算是被毒死的，也可能是他下的毒。”

宋栀栀静静地看着她。

袁一溪被她瞧得有些尴尬，只好起身帮她拂灭了灯。

“栀栀，你且睡吧，既然沈夫人已经将你托付给无相宗，我们自会护你安全，不用担心。”她柔声说道。

在黑暗中，宋栀栀只听见“嘎吱”的关门声。

袁一溪出去了。

宋栀栀确认她离开之后，躲进被窝里笑出了声。

江影真的坏，嘴上说懒得澄清，自己却还是让韩潜去查。

韩潜应该是能查出不对劲之处的，只是凶手存疑。

究竟是谁呢？

宋栀栀望着头顶帘幔上垂下的精致花纹，有一下没一下地抚摸着自己手里的心魔球球。

宋栀栀想起自己还没来得及安排第二天的剧情，于是按亮手机屏幕，白光照在她的脸上。

她查看了一下这天的剧情——

沈昼被全家横死的惨状刺激，一向冷静自持的他失去了理智，提着剑来找江影寻仇。

两个人对峙之下，江影出手击伤沈昼，韩潜及时赶到，替他挡下攻击。

宋栀栀看着这段剧情，心想男主人公光环真的很强，江影想要伤沈昼，总是会被各种各样的事打断。

这是她曾经写在文章人设部分的内容，不可更改。

她接着现在已经发生了的剧情，在手机上飞快地打字——

次日，韩潜去查验已经入殓了的尸体，沈珉与段天月合葬在棺内。

韩潜发现，沈珉是七窍流血而亡，而段天月则是自尽，以白绫为刃，在自己脖颈上抹了“一刀”。

江影杀人，大多用他手中那柄名为“冥昭”的柳叶小刀。冥昭上有剧毒，身中冥昭之人尸体会化为腐水，而地宫中尸体大多保存完好。

虽然不排除江影最近爱上了下毒杀人的可能，但韩潜还是觉得不对劲，开始探查到底是什么毒导致了沈氏族人的死亡……

宋栀栀躲在被窝里，把第二日的剧情安排好之后，这才长吁了一口气。

躲在她脸颊旁边的心魔球球“吱吱”地叫了两声。

宋栀栀把它揪过来，捏了好几下，手感又软又弹。

她暂时没了睡意，一边捏着心魔球球一边说道：“给你取个名字吧，就叫‘球球’怎么样？”

心魔球球“吱吱吱”地表示可以，宋栀栀又捏了两下这黑毛球，忽然感觉有些怕。

写了那么多什么尸体啊杀人的。

她现在一闭上眼，视线里仿佛就出现了那些死不瞑目、血流满地的人。

她在床上翻了个身，想了想，摸出传音球。

她将脸埋在柔软的枕头里，所以说话的声音很小，又闷又细。

“喂，江影。”她对着传音球的另一边唤了一声。

正在修炼中的江影睁开双眼。

他看了一眼窗外的天色，月上中天，已是深夜。

宋栀栀竟还没睡。

“在。”江影冷冷地吐了一字。

“睡了吗？”宋栀栀将露出被子外的脚缩回被窝里。

“不睡。”江影答。

“我睡不着。”宋栀栀联想能力丰富，多想想这些死人啊尸体啊的事情，就头皮发麻。

“嗯。”江影也不知道自己在应什么。

他只是勉强地敷衍一下，免得宋栀栀又闹他。

“有睡前故事吗？讲个给我听。”宋栀栀兴致勃勃地说。

她挺想知道江影的具体信息的。

可是这人嘴巴严实得很，什么都不说。

江影还要入定修炼，需要安静的环境。

所以答应了宋栀栀的要求。

他说：“好。”

宋栀栀平躺在床上，开始认真听江影给自己讲的睡前小故事。

然后……他给宋栀栀讲了一个他早些年心志被灵祇神教控制时暗杀阳清观观主的故事。

“坊间传闻，阳清观观主曾找了多任道侣，多是年轻女修士，但成婚不久后这些女修士便失去了踪影。

“他在地下室栽种了一株上古留存的彼岸花，花已成妖，此花乃邪物，嗜血。我杀了观主之后，血滴入地下室中，引得此花探出花瓣。

“彼岸花吮吸它主人的鲜血，瞬间长至十余丈高，姿态如枯骨起舞，朝我冲来。

“我右臂被它缠上，挣扎不得，本以为将殒命于此，但因冥昭上有毒，彼岸花吸食主人腐血，亦中了毒，不久便枯萎死去。

“花瓣落地，花茎折断，彼岸花吐出几具尚未消化完毕的白骨，它们被黏液包裹着，似是年轻女子的尸骨。

“原来阳清观观主假借成婚之名，骗取年轻女修士来观中，把她们变成了彼岸花的盘中餐。因这观主模样俊俏，修为亦高，便有很多人接连受骗。”

江影面无表情，语句清晰地将这个故事讲完，有悬念也有紧张刺激之处，最后还升华了一下主题。

是一个有始有终的完整故事。

但想要睡觉的宋栀栀更睡不着了。

配上江影冷冷的、毫无起伏的语气，这故事又多了几分阴森恐怖的感觉。

好家伙，现在她闭上眼想象到的东西又多了一样，那就是十余丈高会探出花瓣吸血，还会吐出人骨头的彼岸花。

江影是故意的吧？一定是吧！

宋栀栀被他这个“睡前小故事”说得更加怕了，一边抖一边说：“江影，不行，你说完我就更怕了。”

江影："……"

半晌，他忽然启唇，哼了一首曲子。

没有词，只有古怪的音调。

即便是由江影口中哼出，这曲调依旧是舒缓柔和的。

宋栀栀只听了两句，就觉得上下眼皮打架。

这曲子里编织了助眠的法术，缠绕在每一个音符上，从江影的窗边飞出，越过月色，钻进宋栀栀的耳朵里。

宋栀栀打了个哈欠，迷迷糊糊地问道："这是什么曲子？"

江影的答案在她意料之内："不知道。"

他不记得这是什么曲子了，只记得它有安眠的效果。

宋栀栀已经没有说话了，因为她双眼合上，终于稳稳睡去。

这次入睡之后，便再没有了她害怕的梦境。

由于前一日熬夜，所以第二日宋栀栀起晚了。

等她睡醒的时候，无相宗的韩潜与袁一溪，早已将收殓了的沈氏族人尸体检查完毕。

韩潜放下沈珉的头，让他安眠在段天月身侧。

"确实是中毒了不错，且是剧毒，绞断五脏六腑，七窍流血而亡。"韩潜站了起来，负手而立，沉声说道，"沈氏族人，包括沈珉，都中了毒。"

"什么毒？"袁一溪皱眉问道。

"能够造成这种情况的毒物我能列举出数百种。"韩潜哼了一声说道，"江影在沈家时双方曾发生打斗，在打斗中被冥昭所伤之人。伤口会生出腐水，其中含有未发作的毒素，你我一道去地宫寻些样本，回来炼化看看是何毒物。"

袁一溪微微皱眉。她曾见过沈家地宫那情形，过于血腥，她不愿前去。

"我一人前往便可。"韩潜看出袁一溪的犹豫，说完便离开了原地。

此时起床了的宋栀栀还在沈家乱逛。她掏出手机确认了袁一溪的方位，连忙朝她的方向走了过去。

袁一溪坐在院中的石桌边，秀眉微蹙，神色有些发愁。

宋栀栀一脚踏进院中，引起她的注意。

"栀栀，你怎么来了？"袁一溪如梦初醒，唤了她一声。

宋栀栀挠挠头——她头上的婆娑花早已按照江影的指示，用头发完全遮住，藏在发髻中。

"我在寻你们。"宋栀栀走过来，坐到袁一溪对面，托腮看着她，"昨日之事，多谢你们把我从心魔手里救出来。"

即便是面对无相宗修为高强的长老，她的态度依旧不卑不亢，若是其他没有修为的普通人，早已被袁一溪周身不经意间放出的气场压得畏畏缩缩了。

也不知是不是她经脉的缘故，她才对法力波动如此迟钝。

袁一溪双手抱胸，摇了摇头。纵然她再不喜江影，也不会将他的功劳抢了去：“是江影出手帮你把心魔驱除的。”

宋栀栀将手中的球球递到袁一溪面前，示意她捏一下。

袁一溪轻轻地捏了一下这软糯的小玩意儿，心情果然舒畅了许多。

“袁长老为何发愁？”宋栀栀问她，试图打听韩潜验尸的消息。

“沈家人，是中毒死的。”袁一溪轻声说道，“很奇怪对不对？”

“嗯。”宋栀栀抿着唇，点了点头。

“会是谁下的？若不是江影，还能有谁？”袁一溪眉头紧锁。

此时的她，经历了方才的事，也有些相信不是江影做的了。

江影若想下手，可以比这干净利落许多倍。

“等师兄将腐水带回，我们一道合力炼化，提炼出毒素，看看到底是什么毒。”袁一溪说。

她话音刚落，韩潜便已经出现在院中。

见宋栀栀也在这里，他有些惊讶：“小丫头，你怎会在这里？”

袁一溪将球球还给宋栀栀：“她是来道谢的。”

韩潜又想到了与自己失之交臂的心魔，连语气都带上了一丝惋惜：“怪我看管不力。”

袁一溪问他：“腐水带回来了吗？”

韩潜将一个水晶瓶放至桌上，内里是暗红的腐水，微微闪着暗蓝色的光泽，一看便有剧毒。

“江影所伤十余人伤口所化的腐水，因伤处尚未毒发便已化水，所以毒素尚在。”韩潜说道。

他唤宋栀栀离远些：“小姑娘往后站站，我们二人要引真火炼化腐水，提炼毒素。”

宋栀栀自觉地退后了一些。

袁一溪与韩潜的手中皆亮起红光，一前一后两道光芒朝那水晶瓶灼烧而去。

炽烈的火舌舔着晶莹的水晶瓶，内里的腐水沸腾起来，咕噜咕噜地冒着泡。

缕缕青烟升起，发出难闻的气味，宋栀栀忍不住拿帕子将鼻子捂住。

袁一溪轻皱着眉头，但还是保持着法力输出。

最终，腐水炼化，在晶莹剔透的水晶瓶中只余下一些白色的粉末。

韩潜眯起眼看着提炼出的毒素的状态，根据这形态瞬间便排除了半数的备选答案。

“我且看看。”韩潜将水晶瓶捏着，观察着毒物的样子。

“似乎有些眼熟。”他轻嗅了一下这白色粉末的气味，并不惧怕这剧毒，“无色无味，可以很快溶于水中，这意味着可以将毒添加入日常用水中，不会引起怀疑，杀人于无形。”

“是什么毒？”袁一溪挑眉问道。

“一溪，你应当对此很熟悉。”韩潜沉声说道，“是灵祇神教的七叶散。”

“以七心叶的根茎作为毒引，这七心叶的叶子与花朵是修炼良药，而根茎则有剧毒，非常极端。”韩潜说得头头是道，“有条件能种出七心叶的地方，只有灵祇神教所辖的灵魄山脉界西，那里火山岩浆与冰凉灵泉相伴而生，在两极矛盾的地方，才能够培育出七心叶。”

“我知道。”袁一溪少时曾游历灵祇神教地界，对于当地风土人情非常熟悉，大名鼎鼎的七心叶自然听说过。

“我可以确认是七叶散。”韩潜极为自信地说道，在毒物研究这一块，还没有人可以超越他。

“不对，灵祇神教已被江影所灭，灵祇圣城也焚于一炬，下沉为墟渊，什么东西都没留下，怎么还会有七叶散？”袁一溪皱眉说道，“一定还是江影，他曾为灵祇神教做事杀人，想必这七叶散他也有保存在身。”

宋栀栀听到这里，咳了一声。

“怎么了？”袁一溪扭头关心道，“可是着凉感了风寒？”

身为修炼之人，她很少与普通人打交道，所以在她的认知中，像宋栀栀这样的普通人都是弱不禁风的。

“无事。”宋栀栀捏着手中的球球说道。

思路被宋栀栀打乱，袁一溪突然想起，在长澹地界，还有一位灵祇神教的人。

“还有……沈夫人。”袁一溪缓声说道。

“但这样也奇怪，沈夫人已离开灵祇神教许久。”韩潜提出疑问，“三百年了，连她儿子的修为都快达到元婴了，她怎么还会与灵祇神教有联系？”

“沈夫人……”宋栀栀开口，打断他们的对话，“她在通知我离开沈家山庄的前几天晚上，对我说了一件事。”

她将灵祇神教知识传承不朽的秘密告诉了面前的二人。

韩潜的第一反应是："这方法确实不错，我们无相宗也可以推广开，省去保存资料的麻烦。"

袁一溪瞪了他一眼，敲了一下桌子说道："师兄，说重点。"

"灵祇神教的人除了沈夫人，都散去功力，四散奔逃了，已不可算教中人，所以沈夫人继承了神教所有的知识财富。"袁一溪说道，"包括七叶散，她应该也知道。"

"是如此，可是——"韩潜不敢相信这个推测，"沈夫人又有何理由这么做呢？"

"江影在此之前，未曾动过沈家人。"袁一溪眯起眼说道，"她也死了，这是多大的仇恨才会用这种方式陷害他？我还是觉得江影的可能性大些。"

宋栀栀又咳了一声，她觉得自己可能真的要感冒了，咳得她自己都要信了。

"我……"她又开始说话，"我遇见沈夫人的时候，是在沈家山庄的藏书楼中，那是一个有机关法阵保护的暗室，极为隐蔽，我误入其中，看到了一些东西。"

"什么东西？"袁一溪与韩潜异口同声地问道。

"我看到一本书上写，沈夫人曾是灵祇神教教首座下七大护法之一，三百年前离开灵祇神教，嫁与长澹沈珉为妻。"宋栀栀一字一顿地说道。

宋栀栀此言一出，无相宗两位长老皆惊。

"小丫头，你没有说错？"韩潜又确认了一遍，"教首座下七大护法，这地位何其高，只有非常虔诚的教徒才能登上这个位置。"

"非常虔诚……"袁一溪咀嚼着这四个字，站起身来，神色慌乱，她还是决定去看看宋栀栀看到的那本人员记录册，"走，去藏书楼确认一下。"

宋栀栀起身，给他们带路，凭借着记忆往藏书楼走去。

袁一溪给沈昼传了音询问此事："沈师侄，你知道你沈家山庄的藏书楼中有一暗室吗？"

"不知。"沈昼马上答道，语气很笃定。

他此时正在处理沈家事务，没了沈珉，他便是现在的沈家家主，要担负起责任，把现在混乱的局面稳定下来。

"竟是如此……"袁一溪沉吟片刻，决定还是先去看看，"沈师侄，你先忙，这些事我们来调查便好。"

"好。"沈昼缓声答道。

宋栀栀领着他们来到藏书楼二层东侧，精准地找到了进入藏书楼暗室的传送法阵。

她与无相宗两位长老一脚踏进藏在书柜里的不起眼的法阵中，一阵天旋地转之后，已来到七星迷雾阵外。

韩潜盯着宋栀栀端详许久，哼了两声沉声问道：“你是如何寻到此处的？”

宋栀栀摸出最开始管事给自己的地图说：“我本是在沈家藏书楼做些日常事务的，管家给我的地图上，显示这个地方是一片迷雾，我好奇便来看看，结果便失足跌进了这里。”

“地图？”袁一溪好奇，接过宋栀栀拿出的最开始的那份地图。

她一看，神色变得古怪。

“师兄——”袁一溪拉过韩潜的胳膊，示意他来看。

她传音给韩潜道：“这地图上，没有什么象征未知区域的迷雾，藏书楼东侧正常绘制了藏书区域。”

韩潜瞪大了双眼，望向宋栀栀。

宋栀栀还不知道发生了什么，疑惑地朝韩潜眨了眨眼。

“她究竟是何人？”韩潜亦传音给袁一溪，“一个普通丫头，没道理骗我们。”

“那就是她被骗了，或许有人提前在地图上施展了法术提示她来到这里，找到这个暗室。”袁一溪与韩潜秘密地交谈着，“等她发现之后，迷雾处消失，恢复正常。”

“怪哉怪哉。”韩潜长叹一声。

宋栀栀听到无相宗两位长老在窃窃私语，挠了挠头，感到奇怪。

她敏感地察觉到了有些不对劲。

“二位长老？”宋栀栀小心翼翼地叫了一声。

袁一溪将地图收起，藏进袖中，没告诉宋栀栀这件事。

她怕这个小姑娘被吓坏了。

还是要让普通人对修士的世界存一些美好的幻想。

“我们随意看了看，这藏书楼看起来确实有秘密。”袁一溪说道，“栀栀，此阵你曾误打误撞解开过，现在还能解吗？”

宋栀栀已察觉到不对，要是再解阵给他们看，估计就要引人怀疑了。

于是她说了句“好”，走上前去开始胡乱操作。

第一次误操作，大水漫了过来。

第二次误操作，利箭从旁侧飞过来。

第三次误操作……没有第三次了。

被法阵防御弄得灰头土脸的袁一溪无奈地按住宋栀栀的手：“栀栀，我们来吧！”

于是两个不精通法阵的人开始艰难地解阵。

韩潜与袁一溪两人叽叽咕咕地说些专业术语，在宋栀栀听来简直是一头雾水。

她蹲在一旁，没有人注意到她。

这七星迷雾阵总是要解开的，但这两位长老似乎并不精于此道。

她眨了眨眼，脑海里出现了江影的脸。

反正他也没事做，不如让他过来吧！

她肯定不是一天没见到他所以有些想他。

宋栀栀背过身去，摸出手机，开始接着原来已写的部分安排剧情——

袁一溪与韩潜将宋栀栀拿给他们的地图收了起来，开始研究如何解开这七星迷雾阵。此阵是段天月与沈家长老一同研究出来的得意之作，一时之间，二人竟然没有头绪。

韩潜挠了挠自己的头，并不熟悉法阵的他面对这个复杂难解的七星迷雾阵，感觉自己的头发少了些许。

“不如……”韩潜忽然想起了什么，“沈师侄聪颖，应当能解出此阵，但他忙于庄中事务，我们也不好去打扰。不如去问问江道友，以他的实力，此阵应当不在话下。”

袁一溪听了这建议之后，秀眉微蹙，但七星迷雾阵她实在应付不来，这暗室里的藏书对她诱惑力甚大，于是她微微拢起淡粉的袍袖，无奈地道：“也行，左右我们也是为了帮他查清真相，且去问问吧！”

二人对视，打定主意，点了点头。

宋栀栀写完，就听到韩潜开始挠头，并且从指缝间掉落了几根头发。

看来他是真发愁了。

韩潜说出了剧情里的话，两个人对话几句，互相点头。

“你去说。”袁一溪拉了一下韩潜的胳膊。

“他在沈家山庄，我想办法联系他。”韩潜知道江影的住处。

他抬手，指尖出现了一只模样奇怪的小肉虫，白花花的，一扭一扭的样子有种恶心的可爱。

“且去——”韩潜将小肉虫弹出，它钻入地下，消失不见。

这小肉虫速度极快，瞬间已来到江影的房门外，柔软的躯体一拱一拱的。

它试图钻进去，但很快就被江影注意到了。

江影此时正在看书，研究些法术的应用与实践，没注意便被这力量微小的小虫子给钻了进来。

他正欲将其击毙，却听到肉虫身上传来了韩潜的声音："江道友且慢，是我！"

"江道友在吗？江道友？"韩潜问道。

江影冷冷地吐字："何事？"

他对韩潜的印象还行。

"江道友，是这样的，我们在沈家山庄藏书楼中，有个法阵想请你来帮忙看看。"韩潜连忙说道。

"不……"江影正打算拒绝，便听到那边传来了两声"吱吱"声。

宋栀栀捏了捏球球，让这心魔球球发出可爱的叫声，好让江影知道她也在这里。

"不是不行。"他说道。

本没指望江影能答应，只是随便问问的韩潜惊呆了。

他竟然有一种受宠若惊的感觉。

"那我去藏书楼外等你。"韩潜说道。

他屈了屈手指，传音虫已经回到他掌心，消失不见。

目睹了这一切的宋栀栀把手伸进口袋里开始抠江影给自己的传音球。

她有点怕虫，这个传音球会不会是拿那个小肉虫做的？

圆球里是不是也躺着一只白白的肉虫子？

那这也太恐怖了。

宋栀栀焦躁地抠着传音球，也不知道什么时候把开关给打开了。

直到江影的传音在她脑海里响起。

"宋栀栀，不要抠了。

"我过来了。"

宋栀栀：所以里面到底有没有虫？

她非常在意这个，打算寻个机会去问问江影。

不久，江影走在韩潜前面，来到七星迷雾阵外。

袁一溪闭着眼睛，面前法术光芒盛放，她还在不服输地试图解开这个法阵。

而宋栀栀一个人盘着腿坐在角落，百无聊赖地玩着手中的黑色毛球。

江影的目光轻飘飘地从宋栀栀盘着的腿上扫过，她保持这个姿势很久了，其实有些酸痛。

他早就感觉到了。

江影的红眸中光芒微闪，将目光收回，依旧是一副漠然的模样。

“江道友你来看看。”韩潜示意袁一溪让一让，不要占着茅坑不拉屎。

江影将神识探入法阵中，明晰其灵气走向，只片刻便找到了解阵之法。

七星迷雾阵没有沈珉上次用来埋伏他的法阵复杂艰深，所以他很快就有了解法。

“东南角，有一红漆纹饰的书柜。”江影冷声说道。

韩潜走过去，看到书柜上密密麻麻摆满了书。

“倒数第二层，从左往右第十二本书，可是沈氏家训？”江影轻哂一声，估计是在讥笑这本沈氏家训。

“是。”韩潜答。

“拿下来，我们便进入阵眼。”江影说。

韩潜从善如流，把沈氏家训拿了下来，瞬间他整个人已消失，留下一个传送法阵。

“法阵马上就要消失，我们快走。”袁一溪说道。

解了很久的法阵终于被打开，她很兴奋，只远远地唤了一声通知宋栀栀:“栀栀，快来。”

袁一溪跟着韩潜走进传送法阵里，消失……

“哦，我来了！”宋栀栀忙着发呆，后知后觉地应了一声。

她正欲站起，却跌坐在原地。

江影站在离她不远的地方，平静地看着她，红眸在明亮的光线中，如琉璃般剔透好看。

“江影，拉我一下。”宋栀栀没感觉到酸痛，所以脚坐僵硬了也不知道。

江影见周围没人，黑底金纹的衣袂微动，终于还是走了过去。

他朝宋栀栀伸出手，一把将她拉了起来。

江影的手很冷，但很有力，宋栀栀仿佛地里的土豆被拔起来。

她的脚还是麻木的，站立不稳，直接扑进了他怀里。

江影低头，看到宋栀栀的手紧紧地抵在自己的胸膛上，温热的掌心隔着衣物，有些微的热度传递过来。

他看着宋栀栀埋在自己胸口前的毛茸茸脑袋，想到了在宋栀栀灵魂空间里看到的东西——

“江影的胸肌真好摸，下次还要摸！”

“她故意的”这四个大字在江影的脑海里浮现。

宋栀栀知道他居然这么想一定会委屈死，因为她是真的没站稳。

失去负面感受之后，做很多动作的时候，没有了感知的警告，都很难把握一个度，她把腿坐麻了都不知道。

江影没有动，任由宋栀栀靠在他身上，浅浅的呼吸落在她耳侧。

宋栀栀靠着他，挪挪左腿，抖抖右脚，这才感觉好了些。

她尴尬地准备将抵着江影胸膛的手移开，这才想起来江影的胸肌似乎还是一如既往地完美。

而就在此时，前方传送法阵光芒亮起，似乎有人回来了。

江影一把将宋栀栀推开，而宋栀栀也仿佛出门撒欢的小狗一般以飞快的速度弹开，跑到他身后远远的地方。

宋栀栀气息紊乱，轻轻地喘了口气。

江影倒是气定神闲。

袁一溪久等之下见宋栀栀没有过来，便返回来找她。

“栀栀，你怎么还没过来？这传送法阵存在的时间是有限的。”袁一溪看着宋栀栀招了招手。

宋栀栀灵机一动，直接把锅甩到江影的身上。

“袁长老，对不起！他一直堵在这儿，我好怕他，就没敢过去。”宋栀栀站在江影身后，指了指他，对袁一溪诉苦道。

江影：“……”

——刚才扑我怀里的不是你？

“没事。”没带上宋栀栀一起，袁一溪有些内疚，“我带你走。”

她过来牵着宋栀栀，绕过了江影，走进传送法阵中。

江影随后进去，黑色大氅如夜空里的魅影，流淌过这熠熠发光的法阵。

他的到来惊起了正在研究阵眼处那个复杂版“华容道”的韩潜的注意。

“咦，江道友，你的衣服何时弄皱了？”韩潜随口问道。

在他印象中，江影一直是衣物与发丝都打理得齐整干净，一丝不苟的。

江影眯起眼。

他明明没看向谁，但宋栀栀总觉得他就是在看自己。

她站在角落，假装无辜。

江影当然不会回答韩潜这个问题。

他整理了一下衣物，直接无视了韩潜，来到阵眼中央的桌前。

他纤长苍白的手指微动，这些复杂的铜制方块开始在他的手中有秩序地移动着。

他们身后的书柜发出轰隆声，烟尘四散，开始挪动，慢慢地让出一条路。

呈现在四人面前的，是一个宽阔的藏书室，在有限的光线中，一眼望不到头。

应当是许久无人来了，藏书室中积着陈年的尘灰，上面还有两串脚印。

一串是宋栀栀的，一串是段天月的。

想来宋栀栀并没有说假话，因为地上的脚印与她描述的在藏书室内遇见段天月的细节完全一致。

袁一溪瞧着这藏书室内昏暗的光线，嫌看不清，轻纱袍袖一甩，手中如炽热阳光似的光芒已飞至房顶之上，将整个空间照亮。

“都是灵祇神教的书籍。”袁一溪挑眉惊呼道，对灵祇神教文化颇有研究的她看到这么多的书籍，有些兴奋。

宋栀栀跟在他们的后面，偷偷地看了一眼江影。

江影看着那些书籍，薄唇紧抿，目光不善。

宋栀栀猜他一定在想要找个机会一把火将这些灵祇神教的东西给烧了。

“原先我还不太相信沈夫人便是灵祇神教教首座下七大护法之一。”袁一溪神情严肃，“如此一看，她是护法的可能性很大，不然不可能拥有如此多灵祇神教的东西。”

“栀栀，你看到的那本人员记录册子在哪里？”她扭过头挽住宋栀栀的手问道。

江影的目光落在袁一溪抓着宋栀栀胳膊的手上，而后马上移开。

宋栀栀循着自己的脚印走过去，凭借记忆找到靠中间的那个书柜。

书柜上的藏书都落满了灰尘，她动过的地方很明显，灰都被揩干净了。

她抽下不久之前看到的那本人员记录册，递给袁一溪。

袁一溪粗略地扫了一眼，微微皱着眉说道：“书上有属于灵祇神教的印章，法力波动也是独属于灵祇神教的特色，确实是真的。”

她终于确认了段天月便是灵祇神教教首座下的护法之一。

“她确实是。”袁一溪的语气笃定。

“所以沈夫人拥有七叶散的可能性也很大？”韩潜提出自己的看法。

“身为灵祇神教的高层，不可能不会制作七叶散。”袁一溪摇头轻叹，“此事蹊跷，暂且先瞒着沈师侄。”

韩潜与袁一溪对视一眼，师出同门的他们皆读懂了对方眼中的意思。

若是被沈昼知道自己母亲依旧是灵祇神教的人，他应当很难接受。

“江道友，”袁一溪转过身对江影行了礼，道了句“抱歉”，又说道，“之前多有冒犯，但为了查明真相，还请您与我们详细说一下那日地宫中到底发生了什么。”

江影懒得看她，只沉默着，目视前方，神色漠然，一副兴致不高的样子。

宋栀栀偷偷地看着他，生怕江影失去这个解释机会，她要有所行动。

她挠了挠头，开口道：“袁长老，这藏书室里太暗了，灰尘也很多，呛得人难受，不如我们先离开这里，再慢慢谈这件事？”

韩潜哼了一声表示同意，他方才已经暗中打了好几个喷嚏了。

袁一溪摸了摸指尖沾上的灰尘，觉得宋栀栀说得对。

“那便先回原来的院子里。”她说道，率先往藏书室外走去。

离开这间隐藏在暗处的藏书室，宋栀栀才觉得周围豁然开朗，空气清新了很多。

袁一溪与韩潜一道走在前面，商量着事情。

宋栀栀特意走得慢，走在江影的身后。

出了藏书楼，竹林里的青石小径四下无人，潺潺清溪流下，发出悦耳的流水声。

宋栀栀越过江影高大的肩头，见袁一溪与韩潜争论得正投入，根本没有注意身后的情况。

她大着胆子，往前走了两大步，直接拽住了江影的袖子。

江影正在默默走路，哪会料到宋栀栀突然过来牵他。

他抬了下手，准备把袖子从宋栀栀的手里抽出来。

结果宋栀栀攥得死紧，不仅没让江影把袖子抽走，还拽着它摇了摇。

这么近的距离，如果对江影说话，必然会被前面两位无相宗的长老听见。

所以宋栀栀为了劝江影说出他在沈家地宫经历的事，只能想办法用肢体语言劝说。

江影扭过头，幽深的目光落在她脸上。

宋栀栀的手顺着他苍白冰凉的手腕，慢慢地往下爬，一路摸到他的掌心。

“说。”她在江影的掌心写字。

宋栀栀的动作极轻，指尖温暖，写字的时候就像一只小虫爬过肌肤。

江影的手指收拢，将宋栀栀的指尖钳住，让她不要再继续写了。

宋栀栀见他没有答应，紧抿着唇，又没办法说话，只能委屈地缩回了手。

江影继续往前走，留给宋栀栀一个背影。

宋栀栀又挽起袖子，抬手，指尖点在他的背上。

江影的脚步微顿。

清风送来青竹的芬芳，宛如飞鸟掠过他的耳际。

宋栀栀用手指在江影的背后写了一个大字——说。

江影转身，一把握住了她的手腕，将她拽了过来。

他不由分说地在宋栀栀手背上写——不。

宋栀栀觉得哄孩子真的好难。

她被江影拽得半边身子都靠在他的臂弯里，只能抬头，用口型问他——为什么不？

江影懒得跟她玩什么无声游戏，抬手将她的下巴捏着，指尖在她白皙的脸颊上微微下陷，把她的脸往侧边推。

就是拒绝的意思。

因为他就算说了，那无相宗的两个长老也不一定会相信。

宋栀栀看江影这样子，竟然能猜到他在想什么。

她正欲再劝说，便看到在前方不远处的袁一溪与韩潜停下了步子，似乎要转过身的样子。

她赶忙从江影怀里跳了出去，一溜烟跑到他的前面。

江影落在最后，抬手整理了一下衣袖，骨节分明的苍白手指抚过宋栀栀方才靠着的地方，将每一寸褶皱拉平。

“栀栀，你且过来。”袁一溪朝她招了招手，领她一道走进院子里，“你是当日离开沈家山庄的，前几日江影来之后，沈家山庄可有异常？”

宋栀栀被袁一溪牵着坐在椅子上，双手乖巧地放在腿上。

她斟酌着语句，思考着怎样才能透露一些信息但又不被袁一溪怀疑。

“我……我一直待在天月阁中，只看到沈夫人受伤了，而沈家主据说是被沈夫人保护起来了，以防止江影抓住他用来威胁沈夫人。”宋栀栀假装回忆着，慢慢地道。

她又眨了眨眼，继续说：“沈夫人领我去过沈家地宫，那里有一尊神明灵祇的神像。”

“竟是如此？”袁一溪望向坐在宋栀栀对面的江影，神情若有所思。

“江道友。”韩潜的说话声适时响起，“那一日究竟发生了什么。”

江影略微抬了抬下巴，沉默许久后方才说道：“我只伤了十余人。”

韩潜微微挑眉，想起沈家地宫里伤口化为腐水的十余具尸体，点了点头。

看样子沈珉应当是集合了沈家诸位高手，布下法阵来埋伏江影。江影受攻击，反抗是正常的。

“江道友为何会去沈家地宫？”韩潜继续问道。

他知道这个问题很敏感，可能触及了江影来长澹沈家的真正目的。

江影确实不想说。

但此时宋栀栀藏在桌子底下的脚已经伸了过来，轻轻地踩了一下他的脚尖。

江影眼睛微眯，余光看向宋栀栀。

宋栀栀此时靠在桌子上，一只手托腮，另一只手有一搭没一搭地戳着站在桌上的心魔球球。

她一副若无其事的样子，谁也不知道她在桌子底下还踩了别人一脚。

只有被踩的那个人知道。

江影不动声色地将目光收回。

“我受灵祇神教蛊毒困扰，来沈家调查是否有解蛊之法。沈珉以解蛊之法诱我，那日将我引至地宫中，联合数百名高手，布下族中秘传法阵，只为将我诛杀。”他轻嗤一声，“但是无用。”

沈珉未免把他看得太低了些。

江影在描述此事的时候，特意将婆娑木与朔月蛊虫的细节隐去。

这是他与宋栀栀都非常有默契地闭口不谈的事情。

“沈家主此事……做得不地道。”韩潜评价，“主动交出解蛊之法，岂不是美事一桩，既保了沈家平安，江道友也能免受蛊毒困扰。”

“哦！”江影血色的双眸微眯，故意道，“我本想拿到解蛊之法后便将他夫妇二人杀了。”

“啊？哈哈——是这样的吗？”韩潜干笑道，听了江影的回答之后，一时之间不知道说什么才好，“我曾查探过沈家地宫中的战斗痕迹，看到你一共放出冥昭两次。”

“第一次是伤了攻击你的十余位沈家修士，那么第二次呢？”他问出了一个极为合理的问题，“冥昭出手，一定要饮血而归，冥昭第二次离手的时候，击中了地宫里的壁画，若那时沈家人都已经死了，这冥昭，又击中了什么？”

这也是韩潜非常好奇的问题。

“暗室内的灵祇神像。”江影的回答非常简单。

就是冥昭那一击，将暗室内的神像击成了碎末。

“但是……”韩潜摸着下巴说道，“江道友，您应当很想杀了沈家主对吧？”

江影的目光漠然，不太想回答这个问题。

因为答案已经很明显了。

但此时宋栀栀在桌下钩了一下他的小腿示意他认真一点回答。

于是江影认真地回答道："是，他很烦。"

宋栀栀："……"

——算了，哥哥，您还是别开口了。

韩潜目光略带讶异之色："您没有杀他，还是收手了，让冥昭掠过沈家主，只击中他身后的壁画，这又是为什么呢？"

江影越如此说，韩潜就觉得越奇怪，以至于他问的问题都已经偏离了主题。

江影紧抿着唇，目光冰冷。

还能为什么？

当然是因为坐在他对面、现在还在试图踢他腿的宋栀栀了。

宋栀栀察觉到了江影沉默下的潜台词，有些不好意思地坐直了身子，只是藏在桌子下的脚还在有一搭没一搭地碰着他的脚尖。

"江道友您还尚存一丝善念啊！"韩潜见江影许久未回答，于是自己想了一个合理的解释。

江影："……"

——我没有，你不要乱讲。

"江道友，您不必解释，我们能理解。"韩潜说道。

江影：别理解了。

"但是——"韩潜的眉头紧锁，"沈家主的行为很不正常，他在沈氏族人被你伤了十余位的时候，就该知道数百人的埋伏与法阵困不住你，为何还要，飞蛾扑火，做无用之功？"

江影心道沈珉要犯傻他如何能拦得住。

但他实在受不了宋栀栀藏在桌子下无穷无尽的骚扰了。

所以他勉强回忆了一下当时的细节："区区法阵与埋伏，奈何我不得，已是沈家的必输之局，我要离开，他还是冲过来拦下我。"

"沈家主不是如此愚蠢之人，除非另有隐情。"韩潜皱眉说道，"他像在用自己的生命拖延时间。"

"当真奇怪。"袁一溪揉着自己的眉心，轻叹一声。

宋栀栀忽然有了一个大胆的想法，但她要确认一下才敢说出此事。

于是她起身，轻咳一声说道："我……我有些内急，想去解一下手。"

"去吧！"袁一溪非常贴心地给她指了一下茅房的方向。

宋栀栀跑得比兔子还快，她象征性地去茅房里转了一圈，然后再钻进隐蔽的竹林里。

她找到一块干净的石头，用袖子认真地擦干净，这才坐了上去。

宋栀栀摸出手机，开始打字——

几天前，沈珉召集高手，以上古流传的法阵埋伏江影，却无用。

江影本欲杀他，但被段天月拦了下来。

他离开后，沈珉搀扶着段天月回到沈家塔楼下的房间里，为她疗伤……

宋栀栀要看那日段天月与沈珉说了些什么。

沈珉爱妻如命，为了段天月，他什么都可以做出来。

但是，屏幕里的字慢慢地变淡，最终消失。

以往，这傻手机如果想收回什么不合理的剧情，都会在屏幕上闪过警告的红字告知原因。

这次却直接让这段文字消失了。

就像是……可以说，但不愿意说。

宋栀栀不服输，继续将这段文字重新输入。

她写下的文字开始变淡，而不是像往常那样逐字消失。

不太对劲，似乎有什么力量在阻止她看到这段剧情。

宋栀栀现在明白了这手机码字的特性，只要是不想呈现的内容，它就不写，除非她主动将视角转过去，逼着它把当下场景里发生的事描述清楚。

有些剧情隐瞒了，就很容易将一个无辜之人变成有罪之人。

她——不允许这段文字消失。

她要看。

她要看段天月究竟跟沈珉说了什么。

第五章
有神入梦

宋栀栀紧紧攥着手机的指关节发白，目光死死地盯着手机屏幕。

在这一瞬间，她感觉到自己大脑里所有的思绪都被抽空，灵魂的力量源源不断地被吸入手机中。

她没有眨眼，用自己的力量与手机里想要隐藏文字的力量抗衡着。

但她终究是个普通人。

细密的薄汗从脑门儿冒出，浸湿了青丝。

她觉得自己快要虚脱了，是那种思维干涸的疲惫。

蹲在她肩头的球球“吱吱”叫了好几声，弹了起来，跳到她的头顶。

黑色絮状雾气形成一只小爪子，球球伸出手，把爪子按在宋栀栀眉心的那点朱砂上。

这是唯一可以连通宋栀栀内心的地方。

源源不断的灵魂力量涌入宋栀栀的神识之中，一只堪比元婴期修士的心魔的灵魂力量何其强大。

被充了电的宋栀栀深吸了一口气，握着手机的手指松开。

她跌坐在地上，浑身放松。

因为手机屏幕上已经出现了再也不会消失的文字，是被隐瞒的真相。

段天月捂着受伤的右肩，抚摸了一下沈珉的脸，唤道：“沈郎。”

沈珉手忙脚乱地为她疗伤：“夫人，怎么了？”

“我是灵祇神教中人，江影定然是要杀了我的。”段天月无奈地道，“我不能连累沈家山庄，我准备一下，三日后我会离开。在我离开之前，你千万不要暴露在江影的面前。”

“你离开沈家山庄，他会发现。”沈珉惊恐地道，“夫人，你怎如此傻？

不如我们将江影要的东西给他，让他放我们沈家一马？”

“他天性嗜杀，又恨不得除尽灵祇神教中人，待他达成目的，我们失去了利用价值，便是沈家的死期。”段天月摇摇头，又道，“我只需半个时辰便可离开沈家山庄，通过长澹地界的传送法阵去往别的地方，若这半个时辰都能被他发现，也只能是命了。”

“夫人，若有难我与你一起担着便是，你独自一人离开，当真危险！”沈珉面露忧色，神色灰败，他已隐隐嗅到了一丝不对劲。

“我只有还在长澹的那半个时辰是危险的。”段天月将手温柔地覆盖在沈珉的手背上，“离了长澹，他无法追踪到我，便是天高海阔，何处不可去？等风头过了，我再回沈家山庄也不迟。”

沈珉定定地望着段天月，呆呆地说了句：“好。”

然而此时，一个大胆的计划已经在他脑海中形成。他不愿让段天月以身涉险，这最危险的半个时辰，他愿意为她争取——付出何种代价都可以。

宋栀栀背靠着一根粗壮的青竹，深吸了一口气。

身为局外人，她看这段夫妻情深的戏码，只觉得脊背发凉。

段天月字里行间，都在潜移默化地渲染那关键的“半个时辰”，沈珉多爱她，她又不是不知。

这几句话，就是为了引导沈珉主动去找江影，让他用自己的生命拦住江影，为她争取半个时辰。

但是她呢？她当真离开了吗？

她根本没有离开沈家山庄，反而留在天月阁中，等着合适的时机来到沈家地宫，目睹感情甚笃的夫君死在江影手上，而后宁为玉碎不为瓦全，自尽而死。

宋栀栀怀疑段天月才是原作者，因为这人为了维护原本的剧情能够疯魔至此。

她扶着身后的青竹，站起身来。

这书里白纸黑字出现的剧情不会说谎，它只会故意隐瞒一些细节，还是可以相信的。

但是，这属于段天月、沈珉夫妻二人的私密对话，又怎么告诉别人？

而且……这七叶散的毒，基本上可以知道是谁下的了。

就是段天月。

宋栀栀紧闭双眼，长吁了一口气。她想起来自己离开太久了，就算便秘都没这么久，是时候回去了。

她的脸色依旧苍白，脚步虚浮，走出了这隐蔽的竹林。

刚出去，便险些撞上一个人的胸膛。

冰凉的、坚实的……

是江影的胸膛。

宋栀栀抬头，看着他。

在江影幽深的红眸中，她看到了脸色苍白、汗湿青丝的自己。

嘶，该怎么解释呢？

就说她因为便秘了所以拉屎太过用力导致的吧！

江影抬手，拂开她前额微湿的头发，指尖灵气流动，用法术帮她把湿发弄干。

微暖的风掠过她的面颊，她觉得舒服了些许，苍白的脸色也重新变得红润。

“我……”宋栀栀启唇，试图狡辩。

江影将手指按上她的唇，如雪般寒凉。

“宋栀栀，头很痛。”他提醒。

宋栀栀挠挠头。她没想到为了看那段剧情她居然要付出那么大的代价。

“无相宗的两位长老呢？”宋栀栀跟在江影身边说道。

“密谈去了。”江影走在前方的身影修长匀称。

宋栀栀跟着他，低着头，伸出的脚试图去踩他的影子。

“你看，我就说还是会有人信的吧！”宋栀栀说。

只要解释清楚，自然不会再有人误会江影。

“很累。”江影说。

有跟无相宗那两个人扯皮的工夫，他都能多修炼一会儿了。

“不是你做的，那就不要蒙受这个冤屈。”宋栀栀趁江影脚步慢下来的时机，一脚踩在他的影子上。

这样就挺有成就感的。

“别踩了。”江影仿佛背后长了眼睛似的。

“你怎么知道我在偷偷踩你的影子？”宋栀栀很心虚，连忙把脚缩回长裙下，用小碎步走着。

江影抬手，栖息在小径边花枝上的一只幽蓝色蝴蝶落在他的苍白指尖。

狭长的蝶翅，扇时扑簌落下的幽蓝鳞粉，还有那隐藏在美丽外表下的可怕口器。

是风荧蝶。

“碰巧有一只在这里，它能看到。”江影说。

风荧蝶从他指尖坠落，残翅舞动间有点点鳞粉落下，鳞粉折射的光芒组成一个清晰的画面。

一双穿着鞋尖缀着一朵小花绣鞋的脚在青石路上不安分地走着，然后找准一个机会，一下子踏上前方的影子。

是宋栀栀的脚。

她的小动作直接被“公开处刑”了。

她呆呆地看着这个画面，却忽然想到了什么。

她伸手，不好意思地将光芒组成的画面拂散。

幽蓝色的光芒从她的指缝间飞掠而过，令她尴尬的画面如水波般散去。

“你这小蝴蝶，在哪里都有吗？”宋栀栀走上前去，与江影并肩走着，拿肩膀碰了碰他的手臂。

反正这里没人，她走近一点点也没有关系。

江影想到风荧蝶那可以攫取血肉的口器，思忖着宋栀栀居然管这叫“小蝴蝶”。

“差不多。”他一直有放出风荧蝶监控沈家，只是有的时候懒得看。

宋栀栀想到了自己那个大胆的想法：“所以，你在沈家关键人物起居的地方都放了风荧蝶？”

“是。”江影答。

本来他打算慢慢调查，但后来段天月直接将婆娑花交给了宋栀栀，把进度加快了一大截。当晚沈珉又准备主动告诉他驱使朔月蛊虫的口诀，所以后来他就懒得回收这些风荧蝶了。

这些蝴蝶就一直栖息在不起眼的地方，默默地记录着一切。

“我有些好奇，沈珉召集人埋伏你的那晚，你伤了沈夫人，后来沈夫人应当与沈珉说了什么。”宋栀栀说道，“沈珉应当很相信沈夫人，所以若是沈夫人让他藏起来，他一定会听，除非这关系到沈夫人的安危……”

“我不理解。”江影说，“沈珉很蠢。”

“因为他爱沈夫人啊，所以会听她的话，或者会为了她的安全做出一些傻事来。”宋栀栀说。

江影眼帘低垂，蝶翅般的长睫遮住他如暗色红玉的眼眸，平直的唇线向下抿着。

他没有心，所以他永远也没办法明白沈珉为何会舍身拦住他。

但他还是抬手，微屈着的手指上忽然从虚空中飞来一只风荧蝶。

这幽蓝色的小玩意儿模样绝美，却有着致命的危险。

“是沈家供奉祖先的塔楼下那只。”江影说，“沈珉若想替段天月疗伤，只能就近寻一处地方，这里最合适。”

他将风荧蝶丢给宋栀栀：“你看。”

宋栀栀不知道该如何操作才能回放，一边摆弄着这只在自己掌心里显得无比乖巧的凶残蝴蝶，一边问道：“你不看吗？”

“我对他人的夫妻私事不感兴趣。”江影淡色的薄唇微启，如此说道。

宋栀栀问：“怎么让它呈现画面？”

“将翅膀拔了。”江影冷酷无情地说道，“共有一对翅膀，可以放两次。”

宋栀栀看着这乖乖躺在自己掌心的漂亮小家伙，于心不忍。

她朝江影伸出手：“你来拔。”

江影的指尖拨弄了一下蝶翅，鳞粉扑簌簌地落下。

一片蝶翅落下，带起一连串光芒。

这些荧光组成一幅画面。

夜色，残灯，为段天月疗伤的沈珉。

二人对话的声音清晰，着重强调的“半个时辰”反复出现。

江影永远平静的红眸终于有了些许波动，段天月话语间的暗示他已听懂。

段天月嘴上说着要沈珉藏好自己，实际上就是让沈珉为了她去舍身将江影拦下。

而她处心积虑，就是为了让江影“成为”杀害沈家满门的罪人……

若不是宋栀栀提醒，江影恐怕永远都想不到沈家塔楼下还埋藏着这样的秘密，那只悬停于房梁上的风荧蝶他永远不会再想起。

因为以他的思维方式，永远也想不到“为了爱人献身”这样愚蠢至极的理由。

宋栀栀深吸了一口气，这段话的出现，几乎可以坐实这一切都是段天月策划的。

恐怕那七叶散也是她下的。

当局者迷旁观者清，用旁观者视角去看这段对话，很容易看出段天月的不对劲。

但……与她对话的，是沈珉，她的夫君。

宋栀栀轻轻闭上了双眼，心情惆怅。

段天月是灵祇神教的忠诚信徒，离开神教数百年，也要在地宫暗室内供奉灵祇神像。

江影灭了灵祇神教，她应当恨极了他。

所以才想要复仇，让他被世人唾弃，让他沾上永远也洗不脱的罪名。

正好江影其实并不在乎自己身上罪名几何，他已被世人抛弃。

他若杀了沈珉正好，那么他确确实实就是灭人满门的罪人。

他若不杀沈珉，沈珉被毒死，与灵祇神教有所联系的江影也不得不担上这个罪名，谁又能相信他的辩解，更何况他根本懒得辩解。

段天月很聪明，也很残忍，这是几乎天衣无缝的计划。

但这一切的真相，都如抽丝剥茧般被呈现开来。

因为有了一个又傻又倔的宋栀栀。

“何时给他们看？”宋栀栀说。

江影把另外半边风荧蝶蝶翅放在宋栀栀的掌心：“给你了。”

他懒得再管此事。

“我不敢拔！而且我怎么会有风荧蝶这种东西！”宋栀栀大声说。

她将蝶翅塞回给江影。

主要是因为她的后半句话，江影才收回了风荧蝶。

“所以什么时候给他们看这个，证明你的清白呢？”宋栀栀迫不及待，重复了一遍自己的问题。

“没那么烦的时候。”江影说。

他说完之后，宋栀栀许久没有说话。

江影扭头去看她。

只见宋栀栀一个人低着头走路，鬓边的步摇微微发出流转的光芒。

她，默不作声，侧脸看上去仿佛乖巧可爱的玩偶。

江影乐得享受这片刻的清净。

这条路都快要走完了，宋栀栀却还在继续沉默。

江影已经习惯她叽叽喳喳，现在她不叽叽喳喳，他反而有些不习惯。

就连站在她肩膀上的心魔球球时不时都会发出微弱的“吱吱”声，比现在的她还吵闹些。

江影忍不住了。

他罕见地主动跟宋栀栀开了口。

“说话。”他吐字清晰，但语调还是宛如冬日霜雪。

“我说话你肯定烦。”宋栀栀撇着嘴，委屈地道，模样看起来很是落寞。

她嘴上这么说，但她明显地雀跃了起来。

原因是江影看到她头顶的婆娑花已经因为兴奋而支棱起来，略微松垮的发髻已然包裹不住它，纯白的小花儿从发间探出，微微摇晃。

“别装，你很开心。”江影说。

“你怎么又知道了？”因为江影主动跟她说话所以很开心的宋栀栀感觉自己被看穿了。

女孩子是不能轻易被别人看穿的。

宋栀栀轻轻地瞪了一眼江影：“我没有开心。”

她如是说着，头顶小花儿的白色花瓣又兴奋地舞动了一下。

江影喉头微微上下滚动，看起来性感极了：“嗯。”

“所以你现在烦吗？”宋栀栀问。

“烦。”江影说。

“明天会烦吗？”她继续问。

“会。”他说。

“什么时候你才能心情好点呢？”宋栀栀很发愁，自言自语地道。

“我没有心情。”江影答。

他此话不假，宋栀栀在码字软件里输入“江影心情很好”，手机都会强行把“心情”二字屏蔽。

一个“心”，一个有“忄”，不和谐它们还和谐什么？

宋栀栀觉得自己像那种惹了女朋友生气在想办法哄人的倒霉男友。

她想了想，决定还是委屈自己一把。

于是她拽住江影的袖子，让他停一停，然后踮起脚，把脑袋伸给他。

“看到这朵婆娑花了吗？给你摸一下。”宋栀栀觉得自己真的豁出去了，“两下也可以，明天把风荧蝶里的东西给他们看吧？好哥哥。”

江影：“……”

由于宋栀栀踮起了脚，头顶的婆娑花又有一定的高度，所以那娇嫩的花儿擦着江影的下巴而过。

由于这猝不及防的触碰，宋栀栀头一低，额头抵在了江影的胸口上。

江影感受到了掠过下巴的酥痒感觉，还有宋栀栀埋首在自己怀里微微抖了一下的身体。

他目光如常，直视着远方。

“无聊。”他冷声说道。

宋栀栀气死了。

然后下一刻，江影就抬手扶住她的肩膀，单手把这朵婆娑花塞回她的发髻里。

他的指腹有意无意地在花瓣上多停留了一下，指尖轻捻。

“行。”他终于是答应了。

次日，江影竟然主动联系了韩潜。

一只风荧蝶晃晃悠悠地出现在韩潜的门口，锋利的口器切割开房门，就这么粗暴地闯进了韩潜的房间。

“关于沈氏夫妇之死，有新发现。”江影冷冷的声音回响在房间里。

本来憋着一肚子起床气无处发泄的韩潜听到这冰冷的声音，顿时精神了。

他想了想，先是联系了袁一溪，再将沈昼叫来。

无相宗派来沈家山庄的三人齐聚在沈家会客厅，就等着江影前来分享他的新发现。

这几日，沈昼要处理的事情太多，温润如玉的面庞看起来有些憔悴。

袁一溪轻声与他说着话。安慰这个年轻杰出的师侄。

不知过了多久，江影姗姗来迟，黑色大氅在地上流淌而过，宛如墨色晕开。

他的手中，捏着一只只有半边残翅的风荧蝶，幽蓝色的光芒闪烁，看起来残忍又美好。

江影走进前厅的时候，沈昼抬起了头。

沈昼望向他的目光里带着一丝复杂。

袁一溪已经对他说明了情况，在段天月是灵祇神教高层的前提下，江影用七叶散下毒杀人的可能性很小。

而真相，只可能是……

是段天月下毒杀害了沈珉与其他沈氏族人，嫁祸给江影。

现在缺乏的，不过是一个确切的证据而已。

沈昼痛苦地闭上了双眼，双目失神。

江影手中那只风荧蝶从他掌心飞了出去，在众人的注视下，只有一片残翅的它即将从半空坠落。

江影苍白指尖毫不留情地捏住了它最后一片残翅，而后轻轻一扯。

幽蓝色的荧光四下散开，组成熟悉的画面，残灯孤火，受伤的段天月与惊慌的沈珉。

沈昼看着风荧蝶重现的画面中自己熟悉的父母，撑住桌子站起身来，睁大了双目。

“我只需半个时辰便可离开沈家山庄。

“若这半个时辰都能被他发现，也只能是命了。

“我只有还在长澹的那半个时辰是危险的。”

段天月低缓柔和的音调在那夜晚的残灯孤火中回响，每一字每一句都是蛊惑的低语。

韩潜看着那风荧蝶的荧光散去，沉声说道：“如此一来，沈家主为何在明知必输的局面下还要拦着江道友便可以解释得通了。”

正是因为段天月告诉他，她需要半个时辰离开长澹，如此她才能安全。

所以沈珉才找了江影，以解蛊之法诱他入沈家地宫中，为段天月争取时间，拖住江影。

怎料江影不知为何，当真没有要杀沈珉的意思，得了他想要的东西便准备离开。无奈，沈珉只能以身拦下江影。

而江影会对沈家不利的言论，一直是从段天月的口中说出的。

江影取出一方白帕，细细地擦拭手中沾上的鳞粉，走到一旁，坐了下来。

他半靠着椅背，姿态悠闲。

该说的都说了，此间事已与他无关。

在座的无相宗三人，沈昼的脸色最差。

韩潜说出最后那句话的时候，他捂住胸口，一口鲜血吐了出来。

殷红的血落在地上，格外触目惊心。

“师侄——”袁一溪扶住了沈昼，柔和的气息传遍他的经脉，助他稳住心神。

“昨晚，我已暗中去查了沈家修士日常起居所使用的水源，源头处发现了七叶散残留的痕迹。”韩潜轻叹一声说道，“下毒要计算毒发时间，需要控制用量。能够清楚预料到那日沈家主与江道友对峙时间的，只有强调过‘半个时辰’的沈夫人……”

“沈夫人如此做……”韩潜单手敲了敲桌子，发出有节奏的声响，“是为向江道友报灵祇神教被灭之仇，她知晓以自己的力量无法杀死江道友，于是便想借世人之手，要他身败名裂。”

坐在一边的江影轻哂一声。

这……又与他何干？

他灭灵祇神教、焚毁圣城，不过是有仇报仇、有怨报怨罢了。

“沈夫人啊……沈夫人……”韩潜负手，轻叹一声，望向窗外。

他与沈家交流不多，所以遇到了这样的事，也并无过多触动。

修炼近千年，他经历过的事情很多，比这更加离谱的事也不是没有。

不过是……数百年的夫妻感情，抵不过心中的信仰罢了。

“江道友……”韩潜正欲对江影说话，却发现他人已经消失，不知何时离开了。

这家破人亡的戏码，他懒得再看。

而此时的宋栀栀正坐在书房里的椅子上，随着手机里一字一句的出现，默默地看着发生的一切。

即便她昨晚已经写好了江影一定会去的剧情，但她还是有些担心出什么意外，于是早早便起了床，暗中观察这一切。

真相大白的时候，她长吁了一口气。

宋栀栀确实没想到，会是这样的结果。

在江影抵达沈家山庄的时候，段天月应当已经开始谋划这件事了吧？

用枕边人与整个家族的生命，来让江影背负罪名。

不对劲，太不对劲了。

宋栀栀捏着手机，第一次开始思考为什么会出现这样的剧情。

这本书的大部分设定，在一开始就是写好的。

所有的设定都是为剧情服务的，正是由于解朔月蛊的关键线索在沈家山庄，所以为了摆脱朔月蛊困扰的江影才会来到沈家山庄。

而原设定中，江影的性格嗜杀不讲道理，本来他也是准备卸磨杀驴的，所以若没有宋栀栀的存在，在人设与背景设定的碰撞下，江影灭了沈氏满门的可能性是百分之百。

一切有因有果，命运的伏笔在一开始便写好了，此为天命。

天命难以违背，但也并非没有逃脱的可能。

宋栀栀知道，这本书的剧情还在自己的控制之内，只是它有些“不听话”，非要把江影往绝路上逼。

所以就算她现在想办法改了原定要发生的剧情，在冥冥之中还是有一股力量试图与她的意愿对抗。

宋栀栀觉得自己要想个办法揪出这股神秘的力量来。

她抱着手机，开始左思右想，思考段天月为什么要这么做。

她眨了眨眼，想到自己偷窥沈珉的时候，沈珉曾说过段天月多梦，梦中多言，泄露了很多秘密。

于是她准备去看看段天月的梦。

江影到来之后的每一天，段天月的梦境是什么样的？

她打字：“江影抵达沈家山庄的第一天，段天月做梦了……”

软件上闪过警告的红字："不符合既定事实，已修正。"

她又打字："江影抵达沈家山庄的第一天，段天月一夜无梦。"

宋栀栀就这么一遍又一遍地输入试探着，直到来到了那一天，她在沈家山庄藏书楼遇见段天月的那一天——

段天月在书房中研究那上古流传下来的法阵，纵然这日宋栀栀已经随口告诉了她解阵的关键在于以力破阵，但她还是毫无头绪。

窗外夜色渐浓，书房中一盏明亮的烛灯晃得人心神不定。她一只手托腮，看着手中的法阵图纸，越发觉得艰涩难懂。

浓密的长睫垂下，段天月竟打了一个盹。

宋栀栀盯着手机里这串文字缓缓出现，然后下一瞬——

最关键的"段天月竟打了一个盹"竟然在她的眼皮子底下消失了。

宋栀栀已经预料到会有这事发生。

她已经做好了准备。

她先是摸出了传音球，对那头的江影说道："江影，在吗，江影？"

江影此时已经离开沈家的会客厅，回了房，正自己一个人在修炼，冷不防被宋栀栀娇滴滴的嗓音唤醒，睁开了双眼，红眸中闪过一丝暗芒。

江影"嗯"了一声。

宋栀栀准备先通知他："待会儿你可能会头痛。"

江影："……"又整什么幺蛾子？

"我先跟你说一下，你好有个准备。"宋栀栀抱着传音球说道。

"你要——"

还未等江影做什么说完，宋栀栀便将传音球给关了。

她盯着手机屏幕，试图进入上次一样的状态。

顺带还把"充电宝"球球提前扔到自己的头顶上。

万事俱备，脑海中熟悉的空虚感传来。

由于失去了痛觉，宋栀栀只感觉到自己的脑袋完全空了，仿佛变成了一个气球，轻飘飘地浮在虚空之中。

这一次的空虚感，比上一次看段天月与沈珉的对话还要更加强烈。

连带着，江影那边也伸出手，按住了自己的太阳穴。

是从脑内传来的剧痛，带着强烈的干涸感。

说实话，江影并不关心宋栀栀在做什么，他没有兴趣窥探他人的私事。

但这痛感比上一次更加强烈。

搞不好死了怎么办？

无奈之下，他只能起身，消失在原地……

在宋栀栀神识力量被抽空的时候，蹲在她头顶的球球适时伸出了由黑色雾气幻化而成的小爪子，按在她眉心的朱砂痣上。

源源不绝的力量涌入她的灵魂空间，转瞬便被她掌心的手机吸走。

这一回，连这只力量堪比元婴修士的强大心魔都被掏空了。

它原本蓬松的黑毛垂了下来，无精打采的。

江影来时，看到的就是这样的场景，宋栀栀半趴在桌边，眉头紧锁，脸色苍白。

她头上为她供给神识力量的心魔球球也蔫儿了，仿佛整个球被掏空。

他走上前去，神识力量完全被抽空的宋栀栀没有注意到他的到来。

江影抬起了她的下巴，冰凉的指尖刺激得她长睫轻颤。

感受到他的到来，原本趴倒在她头顶的婆娑花略微支起来少许。

江影把宋栀栀的身子扶正，让她靠着自己的身体。

他一只手按在她的后脑上，掌心光芒盛放。

房间里摆放着的装饰摆件叮当碰撞，书桌上的墨砚疯狂地晃动，墨汁飞洒。

纯白的宣纸“哗啦啦”飞起，四散开来。

瞬间，一股沛然莫能御的力量激荡，充斥于整个房间之内，卷成狂风。

比心魔球球强大了不知道多少倍的神识力量被传入宋栀栀的身体之中，无视她无法畅通的十二经脉，涌入她的神识空间。

宋栀栀猛地睁开了眼，头顶那朵婆娑花马上恢复活力，乖巧地立在头顶。

她获得的神识力量终于决堤，冲破了这手机能够吸收的力量上限。

纵然再想隐瞒，在不得不令人臣服的强势力量面前，它也不得不交出了真相。

只有宋栀栀才能看到的手机屏幕上，一段话逐渐出现——

段天月打了一个盹，在短短的休憩中，她做了一个梦。

梦境很真实，是她曾苦苦祈求也未能目睹的情景。

有神入梦来，名为“灵祇”。

朦胧的雾气中，只有一只澄澈如镜的眼眸若隐若现，看不清神明灵祇的样子。

“江影灭我灵祇神教，着实可恨。”灵祇那慈悲柔和的声音传来，“当诛之。”

恍然一梦，段天月醒来，汗水浸湿了衣衫。

梦中所见一切，似是虚妄，段天月默念着“当诛之”三字，再垂首去看手中的法阵图纸时，已豁然开朗，所有的迷惑之处迎刃而解。

她在图纸上画下最后一条解阵的法力走向，惊呼一声“不对”，这法阵可解，沈珉危矣。

“沈郎！”段天月惊呼一声，飞身离开了书房，独留下室内一盏孤灯，火焰跳动着，变幻着形状。

宋栀栀只来得及看完这段文字，手机便从掌心跌落，磕在桌上，发出“当啷”一声。

由于神识力量被抽干净，她失去意识，昏倒在江影怀里。

江影抬手，架着她的手臂，轻松地将她抱了起来。

他苍白的指尖抚摸过桌上那个奇怪的金属物件——是宋栀栀码字的手机。

江影记得自己上次应该是拿走了这个小东西，但它又莫名其妙回到了宋栀栀的手里。

很奇怪，但他对宋栀栀的秘密没有兴趣。

他将宋栀栀的手机拿起，想了想，并没有收走，而是把它重新放回她手里。

他抱着她来到床边，俯身，将她娇小的身子放到床上。

许久之后，宋栀栀醒了过来。她的双眸迷蒙，江影的声音在她耳边响起。

“你做了什么？”他的语气森冷，“会死的。”

“什么会死？”宋栀栀挑眉问他。

“方才那只心魔与你的神识都被抽干净了。”江影说。

宋栀栀将泄了气的球球放在手里，捏了捏，它没有发出“吱吱”声，说明它现在还没有恢复过来。

“它叫‘球球’。”宋栀栀一本正经地说，“不是‘那只心魔’。”

江影：“……”叠词，恶心。

他将宋栀栀手里的球球拂开。

宋栀栀心虚地避开他的目光，思忖着自己该如何解释方才发生的事。

她闹得动静太大了，连江影都赶过来了。

若不是他供给了神识力量，她可能都看不到段天月小憩时的梦境。

在段天月的梦中，名为“灵祇”的神明降临，对她说了几个字——

江影……当诛之。

怎么会这样？

宋栀栀一直以为神明只是虚妄的信仰，是这个世界里的人用来解释某些现象的托词。

但为什么在段天月的梦中，真的出现了一个灵祇呢？

这也太离谱了！

于是，宋栀栀顾左右而言他，问了江影一个很简单的问题。

“江影，世界上有神明存在吗？”她坐在床边上，与江影并肩坐着，抬眸望向他。

她以为江影会给自己一个否定的答案。

但很快，江影平静又冷漠的声音传来。

“有。”他说。

宋栀栀的语气不敢相信：“我以为你不信有神存在。”

江影摇了摇头。

他拉起宋栀栀的手，带她走出书房。

明朗的日光洒在院中，发出金色的光辉。

院内布置清幽，有小溪水潺潺而过，往下游悠闲地流淌着。

“日光带来光明，水往低处流淌。”江影抬手，指尖一抹暗蓝色光芒一闪而过，仿佛烛火熄灭，“以体内法力沟通灵气，可以施展法术。”

“这些是世界运转的规则，规则的集合便是神明。”他说，“灵祇神教某些教义确实无错，接近于真理，只是被教中人歪曲理解了，‘灵祇’的形象，也只是一个供人朝拜的象征。”

宋栀栀点了点头，她明白了江影的意思。

神明是宛如机械般运转的世界法则集合，神明应当没有人性，也不会去恨一个人。

那么，段天月梦中的灵祇，为何一字一句笃定着……要杀了江影呢？

她皱起了眉，感到有些疑惑。

江影瞥了她一眼：“下次不许。”

不许她下次再做类似的事，指不定哪天她的神识力量就被抽干了。

宋栀栀被他冷冰冰的警告吓到了。

她想来想去，觉得有些委屈。

她还不是为了他吗？

怎么江影现在反倒凶起她来了？

“你个坏东西。”宋栀栀说。

她趴到窗边的书桌旁整理散落的东西，不理他。

江影站在门口，眯起了双眼。

他感觉到了两股强大气息的靠近，是韩潜与袁一溪。

栖息在路边青竹上的风荧蝶幽蓝色的蝶翅舞动，将它看到的画面传回江影的脑海中。

韩潜与袁一溪交谈着，眉头紧锁，模样焦急，一路朝着宋栀栀所住的院子而来，看样子是有所求。

宋栀栀有什么能被求的？

只有不久前收服的那只心魔。

怀璧其罪。江影心想当初就应该直接把那玩意儿掐死。

“沈师侄如何了？”韩潜甩了甩宽大的袍袖问道。

“我方才已助他暂时稳住了心神，但沈家山庄一事对他打击过大，他神识紊乱，无法恢复，便昏了过去。”袁一溪的眉头紧锁，看起来很是发愁。

“沈师侄一向是心思通透之人，只是沈夫人与沈家主此事的真相实在是……所以他一旦心神受创，心绪纠结，想要恢复便很难。”她说道，“我并不擅长此道，有能力修复神识的人，在无相宗里也不过三人，沈师侄如此……很容易催生心魔。已经来不及回无相宗了，还需快些唤醒他才是。”

“所以只能来寻宋姑娘了。”韩潜无奈地道，“本来若是我驯服了那只心魔，便可以轻易让沈师侄的心神恢复过来，但现在那只可以沟通神识的心魔在宋姑娘那里。”

“栀栀不过是一个普通人，如何能够驭使心魔助沈师侄恢复心神？”袁一溪摇摇头说道，“若是我们施法代为之，以她特殊的经脉又无法沟通灵气，根本帮助不了她，这才是最棘手的地方。”

袁一溪的言下之意，用通俗的话来讲就是，宋栀栀的身体是一个导电率很低的导体，以袁一溪与韩潜的力量，无法让灵气宛如电流一般通过宋栀栀的身体，帮助宋栀栀操控心魔做一些复杂的事情。

“我们不行，不是还有一个行的在这里？”韩潜沉声说道。

“师兄，你是说江影？你别开玩笑了，我们误会他灭了沈氏满门，沈师侄还曾上门与他对峙过，你以为按照江影的性子，能与宋姑娘合力帮沈师侄恢复心神？”袁一溪捏了一下眉心，“沈师侄拜托你我一同到沈家山庄，他若如此回去，我们很难与掌门师兄交代，先去找栀栀，我们试试吧！”

“好。”韩潜如此说着，已经率先走到了前面。

而在他们二人身后不远处的一只幽蓝色蝴蝶轻轻地扇了扇翅膀。

江影负手站在宋栀栀的书房门口，知道无相宗的二人即将抵达。

他回过身看宋栀栀。

此时的宋栀栀正弯下腰，将地上散落的宣纸一张一张地捡起来。

江影走上前去，看到宋栀栀的头发披散着，发髻微乱，白色的婆娑花在纯黑的发丝间格外明显。

他抬手，准备将宋栀栀散落的发丝绾好，替她将婆娑花重新藏到发髻里。

没想到刚伸出手，就被头也没回的宋栀栀握住了手腕。

宋栀栀紧紧抓着江影的手，防止他又去摸自己头上的花儿。

“你不要碰。”宋栀栀转过身来，警告江影。

江影收回手，静静地看着她，目光漠然。

宋栀栀自己将凌乱的发丝梳好，细心地将婆娑花藏进发间，没有露出一丝痕迹来。

她觉得有些不对劲，为何只有江影碰这朵花她的感觉会很奇怪，她自己碰就什么事没有？

宋栀栀想了想，找到了一个合理的解释。

自己给自己挠痒痒是不会觉得痒的，只有别人突然伸手过来挠才会痒。

一想到方才她昏迷时做的梦，她就觉得不好意思。

她背过身去，不看江影。

“韩潜与袁一溪要过来了。”江影说，“我先离开。”

宋栀栀一惊，不明白无相宗的两个人为何会突然过来找她。

她拉住江影的袖子道：“先别走。”

江影“嗯”了一声。

“他们来找我做什么？沈家山庄里不是还有很多事要忙吗？”宋栀栀没空看手机，当然不知道沈昼已经因为家中之事打击过大，心神受损，昏迷不醒了。

“我早说该将那玩意儿给捏死。”江影看了一眼趴在宋栀栀书桌上休息，摊成了一张黑饼的心魔球球。

“与它又有什么关系？”宋栀栀不解。

她觉得球球还是挺好用的，若是没有这个小东西，依靠她自己的力量，估计没有办法看到书中隐藏的内容。

“我……我之前两次做那事的时候，都是它给我供给了神识力量。”宋栀栀不觉得球球没有用。

江影抬眸瞥了她一眼：“我难道不行？”

第二次就连这心魔的神识力量都被消耗殆尽，宋栀栀究竟在做些什么？

宋栀栀被他反驳得没话说。

如非必要，她肯定不想麻烦江影，这个人难搞得很。

她问："所以无相宗两位长老找我做什么？"

"沈昼心神受损，需要用你的心魔沟通神识，理顺堵塞的心绪。"江影冷声说道。

他的神色不善。

无相宗这三人，真的太烦了。

宋栀栀蒙了："我不会啊！"

沟通什么神识？理顺什么堵塞的心绪？

救命，她解耳机线都会越解越暴躁，这活人的心绪岂不是更难理顺？

"没让你会。"江影懒得与她解释。

帮或不帮，都是宋栀栀的个人意愿，他没兴趣干涉这种事。

就算宋栀栀答应了，她一个人也做不成。

所以江影放心地隐匿在宋栀栀书房的暗处，韩潜与袁一溪发现不了他也在这里。

宋栀栀让他别走，他还真的不走了。

韩潜二人抵达宋栀栀所住的小院后，韩潜在院外等着，袁一溪敲响了她的书房门。

宋栀栀从对着院内小景的宽阔窗户往外探出身子去，对门外的袁一溪娇声唤道："袁长老，你直接进来吧！"

袁一溪推门而入，屋内萦绕着淡淡的书卷香，宋栀栀驯服的那只心魔球球坐在窗边"吱吱"叫了两声，看起来有些虚弱的样子。

袁一溪拉了把椅子过来，坐在宋栀栀面前说道："栀栀，说来有些麻烦你了，只是此事紧急，事关沈师侄的生命安危，所以我们不得不来拜托你一件事。"

宋栀栀已经提前知道了消息，但由袁一溪亲口说出来，她还是有些惊讶。

沈昼可是男主人公，他居然因为家中之事打击过大而心神受损？再严重点儿可是会催生心魔的。

"沈公子如何了？"宋栀栀问道。她不会修炼，自然不会叫沈道友之类的。

袁一溪将事情原委告诉宋栀栀，与江影说的差不多。

"袁长老，我很想帮助你们。"宋栀栀将球球抱过来，交到袁一溪手上，"这只心魔你们可以随意拿去用，但我确实不会催使它做一些复杂的事。"

“这便是我们苦恼的地方。”袁一溪苦笑，“我与师兄可以助你操控心魔，但你的经脉特殊，实在是无法沟通……”

她轻叹一口气说道：“我路上与师兄想了想，我们可以损耗百年修为，有一成把握可以强行打通你的一处经脉，只是需要割开你身上一处皮肉……”

宋栀栀听了她的描述，马上收回手，果断地拒绝：“不要，会痛。”

袁一溪也知道这个要求强人所难了：“打通经脉没有什么大碍，这次算我们无相宗欠了你人情，你以后若是有要求，可以随意驱使我们。”

宋栀栀眨了眨眼，定睛望着袁一溪：“可我记得沈家山庄里不是还有一位……”

她直接点名了江影。

麻烦事找上她的门，她逃不掉，江影也别想跑。

“我们因拜托他帮你驱除心魔一事，已欠了他一个人情，再加上我曾误会过他，再麻烦江道友的话，他应当不会再理睬。”袁一溪将手中的心魔球球捏了捏，神色愁苦。

她没想到这麻烦事是一桩连着一桩。

不过沈昼家中遭逢此巨变，真相又如此无情，他大受打击也是情有可原。

“他上次能来帮我，想必他一定没有面上看上去的那么无情。”宋栀栀知道江影本人就在这里，但她还是要造他的谣，“这次沈家山庄的事也澄清不是他做的了，万一他就是个面冷心热的大好人呢？”

书房里某处传来细微的碰撞声。

袁一溪望向声音来源，却什么都没发现。

“栀栀，你听到声音了吗？”她问宋栀栀。

宋栀栀知道那就是江影表示反对的声音，但她又不怕。

“没听到。”宋栀栀说，“江影是曾救过我的，我觉得他或许不会拒绝帮助沈公子，若有需要，袁长老尽管来找我便是。”

“你说得似乎有几分道理……”袁一溪秀眉微蹙，若有所思，宋栀栀这席话，直接打破了她对江影的成见。

是啊，连求都没有求过，怎么就断言他不会出手呢？

大不了，再答应他一些条件便是。

“好，我且去问问他能不能与你合力帮沈师侄恢复心神。”袁一溪站起身来，朝宋栀栀点了点头，神色豁然开朗。

事不宜迟，她现在就叫上韩潜一道去寻江影。

“嗯。”宋栀栀目送袁一溪离开。

他们二人刚离开，宋栀栀便感觉到周遭的光线一暗。

江影不知从何处走了出来，贴近她，抬手捏住了她的脸颊，指尖冰凉。

宋栀栀睁大眼，无辜地望向他，假装什么也不知道："怎么了？"

"我不会去。"江影手上略微使劲，却一不小心痛到了自己。

"你不帮的话——"宋栀栀给他渲染严重后果，"以后坊间传闻就是江影只愿意帮漂亮聪明又可爱的小姑娘驱除心魔，却不愿意帮无相宗的男弟子恢复心神，当真是个贪恋美色的坏家伙。"

他松开捏着宋栀栀脸颊的手："不漂亮。"

又拍了一下宋栀栀的脑袋："不聪明。"

紧接着将宋栀栀的脸推开："不可爱。"

"别往自己脸上贴金。"江影看着她，语气平静地做了个总结。

宋栀栀被他这三个"不"气死了。

她在心里重复了很多遍"江影你等着，以后有你好看"。

江影也从她微微转动的眸中同样读出了这几个字。

他若无其事地转过身，却听见宋栀栀开口说道："灵祇神教已灭，无相宗便一跃成为此界中最强的势力，袁长老对灵祇神教的了解不比你少，沈公子是无相宗门中最具天赋的新一辈弟子，自然被视若珍宝，你若助他恢复心神，无相宗必奉你为上宾。"

"关于锁灵咒的解咒之法，还需仰仗如无相宗这样人员众多的势力帮忙寻找。"宋栀栀说道。

她从始至终没忘记他们一开始的目标。

江影的身体一顿，幽深的红眸中闪过暗色的光。

他轻哂一声，笑声极冷。

江影没有转过身子，只背着身对宋栀栀说道："你如此急着解锁灵咒，可是忘了我说解咒之后必将先杀了你？"

宋栀栀呆了一下。

她是真的忘了。

"那也是很久之后的事了。"宋栀栀听江影又提起此事，心情低落了些许，只伸出手扯着他的腰带，小声地说道，"我看你也很想解。"

"是。"江影的回答声短促地响起。

宋栀栀被他这回答整得心里有些不是滋味。

她泄愤似的，钩着他金纹腰带的食指一用力，居然就这么把他高大的身子往自己的方向扯了些许。

江影抬手将马上就要松开的系腰环扣重新按回去。

“宋栀栀，不要拽了。”他慢条斯理地说道。

“那你要不要帮他们这个忙？”宋栀栀问。

“不。”江影说。

“你怎么什么都不？”宋栀栀继续闹他，“我叫你亲我一口你怎么不会说不？”

江影：“……”

他眯起眼，将宋栀栀拉着自己腰带的手扯了下来。

宋栀栀其实可以写剧情让江影答应的。

但她就是要江影亲口跟她说“好”，她就乐意听“好”这个字从江影口中说出来，让她特别有成就感。

“江影——”她拉长了音调唤他，尾音甜腻腻的。

“江影，你为什么不呢？你真的好奇怪，帮人家一下又不会少块肉，况且又不是你一个人出力，我不是一起跟着加班了吗？你是不是觉得跟美女一起加班很煎熬？不然我实在想不出你拒绝他们的理由。”宋栀栀跟在他身后喋喋不休道。

江影望着宋栀栀的头顶，略微挑了挑眉，没有说话。

宋栀栀先投降。

既然江影死活不答应，那她只好行使作者的权力，霸王硬上弓了。

——不行你也得给我行。

她转过身去,用身子挡着江影的视线,刚摸出手机,那边江影已来到门边。

“走了。”江影说。

宋栀栀还没来得及码字：“你要去做什么？”

“无相宗那两个人应当快到我的住处了。”他说，“我过去。”

话音刚落，他人已消失。

宋栀栀愣了一下，品了品江影话中的意思。

他若是不想帮忙，那么直接离开，让无相宗的两位长老找不到他便是，没必要再留下来与他们扯皮，反正谁也左右不了他的去留。

但他现在说要过去，其实就是有了要答应他们的意思。

江影这个“死傲娇”，就是不愿意承认。

宋栀栀知道他会答应，心情好了起来。

她起身，悠闲地为自己倒了杯茶，又把自己书桌前的椅子用松软的垫子垫得舒舒服服，一屁股坐了上去，这才拿起手机开始偷窥他们的对话——

袁一溪与韩潜离开宋栀栀的居所，经宋栀栀这个普通人的一番话指点之后的他们豁然开朗，决定不再对江影抱有成见。没有求过，又怎知他不会出手帮忙呢？于是他们马上往江影所居的院子走去，放任沈昼的心绪多纠结一刻，他都会危险一分。

韩潜出手，触动了江影布在院外的禁制法阵，并没有闯入，以示礼貌，然而，却没有得到回应。

袁一溪的眸子暗淡下来："此间事了，江影应当是早已离开了，他没有留在这里的必要。师兄，看来为了沈师侄的安全，我们还是要耗费百年修为去赌那十分之一的可能。"

韩潜等了很久，也未见回音，便觉得江影早已潇洒离开。他那清瘦的脸上不免出现些许失望："看来是沈师侄命中该有此劫了。"

暗中观察着他们对话的宋栀栀心想：不，我可没准备写这种剧情。

沈昼身为男主人公的一生就应该是顺风顺水的，他会备受打击、心绪失衡，是他们查清沈家灭门真相而产生的蝴蝶效应。

毕竟，知道自己的家族是被一个臭名昭著的大魔头所灭，总比是自己母亲毒杀了父亲及族人这样的真相来得更加令人可以接受。

宋栀栀继续往下看——

然而，就在此时，韩潜的话音刚落，已有一人站在院外青石小径的尽头处。

他的身影颀长，仿佛夜色中的魅影，面庞是极易诱人沦陷的绝色俊美的，无情的红眸中一片漠然。

江影慢慢地走了过来，没发出一丝脚步声，在无相宗两位长老惊讶的目光中，他启唇问道："何事寻我？"

他没有离开！韩潜激动地迎了上去，对江影说明了原委……

"前几日他还想杀我，今日要我救他？"江影的语气带着一丝讽刺，"当真可笑。"

韩潜与袁一溪听他说完这句话之后，无奈地低下了头。

看来……还是不行，他们之前得罪江影的地方太多了。还是沈师侄冲动了些……韩潜心中想。

但江影的下一句话，却让他们重燃希望："出手，可以，但要应下我三个条件。"

袁一溪马上问道："哪三条？若不违背无相宗原则，自然都能应允。"沈昼是无相宗掌门唯一的弟子，天赋奇高，是门中最有希望冲破化神之阶的弟子，他非常重要，为了他的性命，无相宗可以付出极大的代价。

“我来沈家山庄，是为了解我蛊毒之扰，但知情之人已死去，我未寻得答案。替我寻找解蛊之法，这是其一。另外两条，再说。”江影的语调慵懒，缓声说道。他很聪明地将锁灵咒的信息替换为朔月蛊的信息，掩盖了他身中锁灵咒一事。

袁一溪尚在犹豫，韩潜却已斩钉截铁地说了声：“好，在我无相宗可以接受的底线之内，自然都应允。”

江影的目光没有放在面前这无相宗的两位长老身上，而是望着远方：“如此，便将那经脉不通的小姑娘叫过来，一道过去。”

宋栀栀看完了他们的对话，将手机给按灭了，总算放下了心。

果不其然，袁一溪很快便敲响了她的书房门。

“袁长老！”宋栀栀兴奋地唤了袁一溪一声，“事情如何了？”

“栀栀，带上你的球球快些过来！”袁一溪的表情雀跃，高声回答她道，“你说得没错，江道友答应了，只不过要我们无相宗帮他一些忙。”

“好。”宋栀栀一把抓起书桌上的球球，塞进口袋里，跑了出去。

宋栀栀带着球球，跟着袁一溪的步子走了出去。

袁一溪的步子很快，不多时便带着宋栀栀来到沈昼的房间里。

韩潜坐在沈昼床前，手中金光盛放，安定心神的法术笼罩在沈昼灰败的脸庞上方，暂缓他心绪因过于混乱而崩溃的速度。

而江影则坐在一侧，慢慢地喝着茶，神情漠然，一副事不关己的模样。

见袁一溪到来，韩潜暂时收了施放法术的手，这些日子变得日益瘦削的身子站起来的时候有些摇摇晃晃。

这几天，事情当真是一桩接着一桩，一刻没有停下来。

“一溪，你已带着宋姑娘来了？”韩潜看到宋栀栀，松了口气。

现在沈昼的情况暂时稳定下来，只需让江影带着宋栀栀，用只有她才能操控的心魔沟通沈昼的神识空间，将紊乱的心绪理顺即可。

“是。”袁一溪也没有与韩潜过多寒暄，忙牵着宋栀栀来到江影面前。

这回，宋栀栀可以在人前正大光明地看江影了。

她扭过头，看着江影那紧抿着的薄唇，眨了眨眼。

袁一溪想到了什么，对江影行了一礼道：“之前是我无相宗多有得罪，江道友肯出手帮我们已是大度，这小姑娘也是你出手相救，从鬼门关上拉回来的。”

“这姑娘胆子有些小，又未曾修炼，没见过多少修士，操控心魔的时候，难免会笨手笨脚，还望江道友耐心些。”袁一溪将宋栀栀推了过去。

“简单来说，就是对这丫头耐心些，别凶她。”韩潜知晓江影的脾气，替袁一溪做了个总结。

宋栀栀站在江影面前，定睛看着他，疯狂点头。

——对、对、对！就是这样，不要凶我听到没？

江影轻飘飘地瞥了得意的宋栀栀一眼。

“你们二位可以出去了。”江影开始赶韩潜与袁一溪离开。

袁一溪担心宋栀栀被江影吓哭了，便反驳道：“有我二人在此，也可以帮上一些忙，更何况这小姑娘很怕你，我们在也能让她安心些。”

江影已经径直走到昏迷的沈昼的床边，找了把椅子坐下：“这姑娘经脉不畅，我需全力以赴才可帮助她操纵心魔，若是过近的地方有其他的强大修士，易引起灵气排斥异动。”

他此话倒没有说错，救沈昼比上次救宋栀栀麻烦得多，修士施展法术时，会下意识地排斥附近其他的修士，韩潜与袁一溪修为高深，存在感太强了，靠得太近就是两颗隐形炸弹。

袁一溪听了之后，觉得有道理，便又交代了宋栀栀几句，这才与韩潜一道离开。

随着关门声响起，故意站得离江影十分远的宋栀栀扭头看了一眼，确认他们离开了。

江影倚在椅子上，一只手撑着下巴，歪着头，静静地看着宋栀栀。

半晌，他才挑了挑眉，对宋栀栀吐出两个字来：“怕我？”

宋栀栀看着他一愣，脚下动了起来。

她仿佛一只小狗狗一般飞快地跑了过去，扑进江影怀里，埋首在他脖颈间胡乱地蹭了蹭。

“你答应他们了？”宋栀栀非常兴奋地问道。

在手机里看到的剧情终究有种不真实感，直到亲眼看到江影在这里，她才放心了。

“嗯。”江影扭过头，留给宋栀栀一张侧脸与线条优美的脖颈。

“袁长老说他们答应了你一些条件，都是些什么？”宋栀栀有些好奇，除了找解锁灵咒的线索，江影还想做什么。

江影顿了一下，说道：“找锁灵咒的线索，我已将咒法图腾交给韩潜，对他说这是我身中的蛊毒的样子。”

毕竟，不能暴露他身中锁灵咒，不然，若有想杀他的人，他们只需找到宋栀栀，取走他的性命简直轻而易举。

“还有呢？”宋栀栀抬手，将他的脸捧着，扳正过来，正对着自己，问道。

“没了，其他再说。”江影回答。

他对无相宗又无所图谋，多说两个条件不过是以备不时之需罢了。

宋栀栀盯着他冷冰冰的脸看，觉得很开心。

江影没有动，就任由她扑在自己怀里。

过了片刻，他忍不住开口对宋栀栀说道：“起来。”

宋栀栀一向是对着江影唱反调第一人：“不起来。”

江影扶着她的肩膀，将她稳稳地从自己怀里推了出去。

他扭头看向沈昼躺着的床：“宋栀栀，人要死了。”

宋栀栀一惊，她怎么把沈昼给忘了？

她连忙将球球从口袋里掏出来，走到沈昼床前坐下，观察他的神色。

沈昼面色灰败，原本清朗俊秀的脸上仿佛蒙上了一层荫翳。

他身为本书男主人公，心性极佳，属于那种不管遇到多大挫折都不会感到挫败的类型。

但这次对他的打击实在是太大了。

沈昼没当场崩溃都算好的。

“我要怎么做？”宋栀栀坐在椅子上，对于如何救沈昼一头雾水。

江影站在她身后，手按在她的肩头，低声说道：“别动。”

操控心魔进入他人神识空间，理顺纠结混乱的心绪，本就是一件精细活，更何况是要运转法力，通过宋栀栀的身体，替她操控。

这难度大概就是坐在挖掘机里操控机械臂去绣花。

“我不动。”宋栀栀双手放在腿上，没有反抗江影的法力注入她的身体，“不会出现什么意外吧？”

“世事无绝对。”江影的声音沉了下来。

就算是他，面对如此复杂的情况，也没有十成把握。

心魔入体，本就极其危险，是以毒攻毒之法。沈昼神识空间内的心绪就仿佛一锅处于临界点、即将沸腾的开水，心魔沟通其中，如冷汤入水，一招不慎，便会搅得他心绪寸断，神识空间崩塌，直接死去。

江影掌心暗蓝色的光芒闪烁，无视宋栀栀堵塞的经脉关窍，迅速传遍她的全身。

而原本变成了一个黑色毛球的心魔，在江影的操控下，已经变成了它本来的模样——一团朦胧不清的黑色雾气。

宋栀栀闭着眼，感觉自己处于一种奇妙的状态。

江影将法力分享给她，她亦能借江影的感官，去看、去听、去感受周遭的一切。

这是另一种意义上的“合为一体”。

她“看”到了心魔所化的黑色雾气，从沈昼惨白灰败的额头飞了进去，流过他的四肢百骸，冲进他的神识空间。

沈昼的神识空间此时已是一片狼藉，无数道金色的丝线纠缠在一起，一眼望去，密密麻麻，打成无数死结。

他脑海中产生的每一个念头，便是一道金色的丝线，而问题就出在，在得知真相的那一刻，他的脑海中冒出了大量激进矛盾、悲观绝望的负面思绪。以他的心性，若不是一时累积过多，负面心情自然可以很快排解，但这一次，负面思绪实在太多了，超出承受阈值，这才导致他心神崩溃。

宋栀栀感受到，那些金色丝线打成的死结在缓缓移动，相互吸引着，慢慢聚拢，一旦聚到一起，便会形成致命的心魔。

她的身子与神识暂时借给了江影用，所以她看到江影操控着球球所化的黑色雾气，探入缠绕的金色丝线之中。

就仿佛是一条黑色游鱼探入金色海洋，这尾小鱼带起一串黑色微芒，灵巧地围绕着金色丝线移动，耐心地将死结一个个慢慢地打开。

宋栀栀注意到江影虽然操控心魔的速度极快，却极细心，就算是心魔雾气带出的黑色微光，也没有触碰到旁余的心绪丝线。

因为一旦触到，便很容易触发连锁反应，让沈昼的整个神识空间崩溃。

心魔雾气在危险的刀锋上轻盈地舞蹈着，被解开的金色心绪慢慢飘远，融入神识空间之内。

事情已经进行到一半，但就在这时，异变陡生。

宋栀栀敢保证，江影操控的心魔雾气没有碰到任何一根不该碰的心绪丝线。

但那雾气缠绕着的丝线往一个极其诡异的角度歪了过去，细细的金色丝线末端，触到了另一团打成结的心绪。

这就是江影不敢说一定能安全的亿万分之一的可能。

他有九成九的把握能安全无虞地帮沈昼恢复心神。

但还有亿万分之一的失败可能。

他那从不被神明眷顾的命运，能够将这亿万分之一的可能变为绝对。

用通俗的话来说就是——江影倒霉死了。

宋栀栀眼见着那刚被心魔雾气解开的心绪丝线，用一种正常人根本无法想象的奇葩路线飞了出去，直接缠上另一团更加复杂混乱的死结。

这小小的异动，就宛如被推翻的多米诺骨牌，开始带着大量心绪丝线狂躁地涌动，身处其中的心魔雾气，由于它身上外来者的气息，被无数金色丝线团团包围着。

越来越多的金色心绪丝线形成的死结开始以心魔雾气为中心，飞速聚拢，在他们即将把心魔雾气死死关住的那一瞬间，江影当机立断，直接操控着心魔雾气以灵巧诡异的路线，扭动着从快速收紧的缝隙之间挤了出去。

在心魔雾气脱离沈昼神识空间的那一瞬间，宋栀栀仿佛梦中失足的人一般，往前扑了一下。

她的肩膀被江影按着，这才没有从椅子上跌倒。

宋栀栀深吸了一口气，冷静下来。

她抬头看江影，便看到他眉头微微皱起，额上有薄汗。

江影此举，极其耗费心神，方才操纵心魔雾气突破重围，就算是他也有些吃不消。

宋栀栀抬眸望向躺在床上的沈昼，原本笼罩于他面庞上的一层灰色荫翳已然越来越深，甚至有成型的趋势。

他神识空间里混乱的心绪，已经开始催生心魔。

心魔一旦诞生，第一个吞噬的，便是沈昼的灵魂！

沈昼要死了，死在江影面前。

如多米诺骨牌一般开始崩溃的神识空间，再没有转圜的可能。

宋栀栀瞪大眼，语气绝望，喃喃自语："他是不是要死了……"

沈昼死在江影的面前，这才是百口莫辩。

毕竟谁能够想到，那亿万分之一概率的事情会发生？

宋栀栀费尽心力为江影建立起的摇摇欲坠的正面形象，马上就会崩塌。

之前所有的努力，付诸东流。

宋栀栀绝望地闭上眼，想到了段天月的那个梦，梦中朦胧的雾气，与深不见底的一只眼眸。

此界有神明，名为"灵祇"。

究竟是谁能让那亿万分之一概率的事件发生，只有那看不见摸不着的天命。

江影没说错——他，命该如此。

宋栀栀颤抖着身体，终于意识到了他们现在最大的敌人是谁。

她很后悔，没有提前将这段剧情给写下来。

但眼下发生的事情，实在是诡异得可怕。

谁也想不到，会有这种走向。

刚才那种情况发生的概率，就仿佛一个人刚走出家门就被从天而降的陨石砸中。

仿佛是那冥冥中操控着命运的神明，一定要江影众叛亲离，身败名裂，绝望地死去。

江影静静地看着沈昼的脸色越来越差，沈昼的生命力正在急剧流失，一只空前强大的心魔在他的神识空间内缓缓成形。

江影抬手，将宋栀栀按进了怀里。

宋栀栀的背紧贴着他的胸膛，一片寂静，没有心跳声，亦没有温暖。

“莫怕。”他的唇贴着宋栀栀的耳朵说道，极其微小的温暖气息环绕在她脸颊边。

江影伸出手，冥昭已然出现在他苍白的掌心。

“忍着点。”他对宋栀栀说。

冥昭出手，划破了他的指尖。

伤处渗出一滴血，悬于冰冷的指端，摇摇欲坠。

宋栀栀感觉到自己同样地方的指尖传来刺痛。

上一次江影受伤，是为了替她挡下冥昭，柳叶小刃没入掌心，只有疼痛传来，伤处无鲜血流出。

宋栀栀理所应当地认为他可能不会流血。

但悬于指尖的那滴血，确确实实是江影的。

它很不一样，殷红的鲜血之中，蕴着暗金色的光泽。

只有触摸到化神门槛的修士，血液才会出现这样的变化。

为什么呢？因为传说，神明的血便是金色的，触摸到化神之阶门槛的修士已接近于半神之躯。

但宋栀栀确信，她没有给江影设置这么高的武力值，他的修为离化神还有一大截距离。

灵祇神教与七宗十二派那惊天一战之后，此界灵气稀薄，绝对不可能有人能修炼到化神的高度。

她背对着江影躺在他怀里，二人依旧被他的法力完全连接着，所以他看不到她惊诧的表情。

江影抬手，指尖那滴近神之血滴落在双眸紧闭的沈昼额头上。

他苍白的指尖抵着沈昼的额头，抬眸望向虚空，启唇说了一句话，语气轻蔑。

“这是我的天命？我不认。”

瞬间，沈昼那灰败的脸色变得清明起来，宋栀栀能够清楚地通过江影感知到，沈昼几近崩塌的神识空间正在慢慢修复，原本因心魔雾气带来的变化而飞速聚拢的心绪死结也逐渐散开，即将成形的心魔直接被扼杀。

江影在扭转——扭转因偏离的心绪丝线产生的恶劣后果。

在接近神血的力量面前，纵然是冥冥中操控着一切的命运也不得不避让。

如果说，沈昼神识空间内那一根移动路线过于诡异的心绪丝线是一个巧合，那么江影这滴血，便是制造了无数个巧合，让千万条心绪丝线用常人难以想象的方式退了回去。

沈昼神识空间之内的心绪丝线很快就回到了还未发生异变时的状态。

仿佛风雨过后，大浪平息，一切都平静得不可思议。

宋栀栀偷偷地搓了搓自己的手指，还是痛的，提醒她方才发生了什么。

她鼓起脸颊，把江影的手拽过来，放到嘴边吹了吹。

江影意识到什么，另一只手指的指腹一抹指尖伤处，伤口被治好。

他的手重新按到宋栀栀的肩膀上，语气若无其事，仿佛什么都没发生过。

“继续。”江影说道。

宋栀栀重新闭上了双眼，心魔所化的黑色雾气探入沈昼的神识空间内，继续着刚才没有做完的事。

这一次，再没有意外发生。

心魔雾气悠然自得地穿梭于金色心绪丝线之中，精准地把一个个死结解开。

最后一团最混乱纠结的死结被打开，宋栀栀感到豁然开朗。

沈昼的神识空间变得如一开始般清朗疏阔，仿佛有清新的微风吹拂而过。

这才是沈昼神识空间本来的样子。

宋栀栀能够清楚地感觉到沈昼的心境无处不开阔，他似乎往哪里走，哪里就是一方天地，与江影的截然不同。

她还想再看，却被江影带着，直接离开。

心魔雾气从沈昼的额头处钻出来，重新变回一个黑色毛球的模样，只是模样看上去有些虚弱。

它蹦回宋栀栀的肩膀上，伸出小爪子推了推她，“吱吱”地叫了几声，试图唤醒她。

宋栀栀猛地睁开眼，回过神来。

江影注入她体内的法力收回，她感到浑身一阵空虚。

方才很久，都是身体里充盈着力量的感觉。

现在江影的力量突然撤走，她都有些不习惯了。

“好了？”宋栀栀将肩膀上的心魔球球揪下来，捏了捏，问江影。

“嗯。”江影应了一声，额上薄汗已消失，他轻松了许多。

仿佛不久之前的意外，根本没有发生过，只是一个梦而已。

宋栀栀感到有些奇怪，她抱着球球，目不转睛地盯着江影。

江影的血……为什么会是这样的呢？

这根本不可能啊！

她的目光太过炽烈，以至于江影只能侧过头去，避开她的视线。

宋栀栀还是摸着下巴，目光毫不避讳地描摹过他完美的凤目，斜飞入鬓的眉，还有他宛如艺术品般的侧脸。

江影轻舒了一口气，沉默许久，终究还是在这场对峙中先投降：“有事直说。”

“你的血很奇怪。”宋栀栀非常直白地说道。

“哦。”江影答。

“为什么会带金色？”宋栀栀继续问。

“生来就这样。”江影答。

宋栀栀觉得他在敷衍自己，于是伸出手去，扯着江影的袖子说道：“江影，你怎么可以敷衍我？”

江影心想自己敷衍她的地方多了去了，也不差这一次。

他将宋栀栀的手从自己的袖子上摘下来，平静地说道：“没有。”

宋栀栀没有得到自己想要的答案，又黏黏糊糊地贴上来继续问。

就在一个在半推半就躲着，一个在锲而不舍寻求答案的时候，那躺着沈昼的床上却传来了翻身的声音。

宋栀栀反应迅速，抱着球球，从江影的怀里离开，直接退开三尺。

江影将胸前的衣物一扯，整理得整整齐齐，面上又恢复冷漠之色。

沈昼心神恢复，很快苏醒过来。

他翻了个身，缓缓睁开了眼睛。

映入眼帘的，便是江影与宋栀栀。

“你们……”沈昼重伤初愈，心神刚刚恢复，还有些迷糊，一时没有反应过来。

他先看了一眼站在远处的宋栀栀，这姑娘看起来有些紧张。

又看了一眼曾被自己误会的江影。

然后……他的目光停留在江影的脖颈上。

江影的喉结旁，有一抹淡红的色泽，就像是……

沈昼轻咳一声，开门见山地问了一个无比离谱的问题：“江道友，为何你脖子上有女子口脂的痕迹？”

宋栀栀：“啊！！！”

——我什么时候亲的？

江影：“啊？？？”

——她什么时候亲的？

江影抬手，抚上脖颈处那一抹红痕。

他苍白的指尖一抹，轻易地把那淡红色痕迹抹去。

“没有。”他若无其事地说道，“沈道友看错了。”

“啊……”沈昼看到江影一派平静的样子，这才意识到自己这个问题未免冒犯了。

他住了嘴，没有再继续问。

这是江影的私生活，他爱让哪个姑娘亲就让哪个姑娘亲，自己问这么多做什么？

沈昼开始思考正事，反应过来自己应当是因为沈家之事，一时打击过大，这才昏迷。

宋栀栀与江影过来，想必是门中两位长老拜托他们来帮他治疗的。

思及此，沈昼发现宋栀栀已经背过身去很久了，不知道在做些什么。

“宋姑娘，可是你与江道友二人助我恢复心神？”沈昼从床上坐了起来，唤了一声宋栀栀。

此时的宋栀栀正背过身，拿出手帕开始疯狂擦去自己唇上的淡红口脂。

“是的。”宋栀栀拿着手帕在唇上胡乱擦着，一边擦一边说道。

“可是有什么事，为何不转过身来？”沈昼好奇。

宋栀栀又拿手背擦了一下嘴唇，确认完全把口脂擦干净了，这才转过身来。

“没什么，不过是看见你与江公子在说话，不便打扰。”宋栀栀往后退了半步。

沈昼打量着宋栀栀，总觉得这姑娘跟方才有些不同，似乎……唇色淡了些许。

但他方才着实没看清楚，也不便多问如此私密的事情，便点了点头。

沈昼起身，礼貌地朝他们二人行了一礼道："多谢！"

江影懒得与他过多客套，谢礼无相宗会备好，区区一个"谢"字又不值多少钱。

他转身，直接离开，走得悄无声息。

宋栀栀一人站定在原地，与沈昼大眼瞪小眼。

"沈公子……要不你……好好休息，我先离开了？"宋栀栀抱着手中的球球，试探性地问道。

"嗯。"沈昼垂下眼睫，唇色苍白，看起来犹有几分病气。

宋栀栀抬脚，准备离开，却听见沈昼又开口了。

"方才我昏迷之时，有一刻觉得我似乎要死去，但后来马上又好了……宋姑娘，助我恢复心神的时候，可是发生了一些意外？"他对着宋栀栀的背影问道。

"我……我也不知道，我只是借了身体给江公子让他通过我来操纵这只心魔，所有细节我都不记得了。"宋栀栀挠挠头说道。

她不可能将江影用了一滴近神之血来救他的事情说出来。

"如此……"沈昼低下头，眸中尽是思索之色。

他自己的身体状况，他自己清楚，他昏迷时发生的事情，远远不止操控心魔解开心结那么简单。

那由死到生的巨变，他没有办法忽视，那股扭转生死的力量，强大得可怕。

江影帮助他的，可能比表面上看到的，还要多得多。

宋栀栀离开的时候，撞上了来查看情况的袁一溪与韩潜。

袁一溪先叫住了她："栀栀，沈师侄可安全了？"

宋栀栀点了点头："已无大碍。"

"这次多谢你了！"袁一溪神色担忧，"我与师兄先去看看沈师侄，你一个人回去，可以吗？"

"可以。"宋栀栀乖乖地点了点头，说道。

她与无相宗的两位长老擦肩而过，走出房间。

她抱着球球出了院子，在院外青石小径的尽头处看到了一个熟悉的身影。

是江影。

他离开后，竟在院外等着她。

宋栀栀奔了过去，来到江影身边，用肩膀撞了撞他："你怎么离开得那么快？"

"没有留下的必要。"江影往前走了两步，方向是宋栀栀所住居所的方向。

宋栀栀跟着他走，向他汇报动向："沈公子似乎发现你用一滴血救他了。"

"嗯。"江影冷淡地应了一声，看起来兴致不高。

他会用那滴血救沈昼，完全只是不甘心命运的玩弄，并非想要救沈昼这个人。

天要沈昼死在他手上，他偏不让。

"江影，你不觉得刚刚发生的事情很诡异吗？"宋栀栀扯了扯他的袖子说道。

她指的是沈昼的心绪丝线移动轨迹过于奇怪这件事。

"发生在我这里，并不诡异。"江影答。

他之前的人生，一贯如此。

世人只知沈昼是举世罕见的天通十二脉，将来一定有一番大作为，或许能够突破化神之阶也说不定。

但从来没有人觉得同样天赋绝伦的江影有什么光明广阔的未来。

宋栀栀伸出手去，握住了他的尾指，入手冰凉。

江影把手指从宋栀栀掌心抽了出来，速度很快，仿佛一只逃逸的鱼。

"但你还是把他救活了。"宋栀栀说。

这是她最惊讶的地方。

"所谓天命，在你这里不起作用。"她继续说道。

"哦。"江影抬手，揉了揉手腕，摩挲着那处曾经被划破的指尖，"这是我第一次用它。"

曾被操控着屠戮无数人的他，第一次救人。

"第一次用就这么厉害了。所以你的血，为什么会这样？"宋栀栀刨根问底。

"宋栀栀，我已经告诉过你了。"江影喊了一遍她的名字，强调，"天生便是如此。"

"怎会有人天生就拥有神血？"宋栀栀惊讶。

她写这玩意儿的设定时，只说神血是存在于传说中的东西，根本不可能出现在世间。

好你个江影，你还有多少惊喜是朕不知道的？宋栀栀心里如是想。

江影捏住了她的脸颊，直视她的眼眸。

宋栀栀看到他的眼眸深处，是无边无际的漠然。

"我如何能知道？"江影嗤笑一声说道，"你又为何天生就'一窍不通'？"

宋栀栀莫名其妙被他嘲笑了一下，登时奓毛了：“你再笑！”

“陈述事实而已。”江影松开她的脸，平静地说道。

他率先走在了前面，走得很快，让宋栀栀追不上。

“我要不是‘一窍不通’……这……这婆娑花谁来养！”宋栀栀跑了起来，追上他的步伐，“没有婆娑花，你的朔月蛊又如何解？”

“我自会滋养这花，也好过长在你的头上——这么久了，一寸也没有长大。”江影从容地道。

宋栀栀说不过他了，只伸手把江影的手腕给拉住：“江影，你凶我。”

江影单手被她拉着，背过身子，没有回头：“我没有。”

“你有，你骂我‘一窍不通’，还骂我连朵花都养不好。”宋栀栀列举他的罪状，语气似在控诉。

“宋栀栀，你怎么不让我说实话？”江影回答她。

在他的字典中，根本没有“哄女人”这个选项。

“你给我说假话。”宋栀栀拉着他的手继续说。

“好。”江影居然答应她了。

“宋栀栀，你才是天通十二脉，天赋异禀。”他说道。

宋栀栀心满意足，马上点了点头说道：“你说得对。”

“今天口脂的颜色很好看，下次还可以蹭到我身上。”他继续说。

“谢谢大哥夸我。”宋栀栀心情越发好了。

“婆娑花在你头上，仅需三日，便长成参天大树。”江影面无表情地说着假话。

“过了，过了，七日还是要的。”宋栀栀都快被他夸飘了。

她总算是开心了，江影的步子也慢了下来。

来到宋栀栀所居住的院子前，江影停了下来。

宋栀栀抱着球球，美滋滋地与江影告别：“送到这里就可以了。”

“顺路。”江影说道。

“说假话。”宋栀栀提醒他。

“我是特意的。”江影神情漠然，语调如冬日霜雪。

他转过身，身影已经消失。

宋栀栀被他的假话夸了一通，心情很好，一边哼着歌一边回了房间。

她准备去回顾一下刚刚为沈昼恢复心神时的剧情，看看方才出现的意外到底是如何发生的。

宋栀栀坐在椅子上，解锁手机，映入眼帘的是不久前江影送她回居所的那段剧情。

她好奇地浏览了一下——

宋栀栀觉得真相太残酷，于是要求江影对她说假话，江影应允。

紧接着，江影对宋栀栀说了三句话，两假一真，傻傻的宋栀栀竟以为他说的都是假的。

“傻傻的”宋栀栀用鄙视的目光看着自己的手机。

这年头，连码字软件都会骂作者了，还被作者本人当场抓获。

不过，江影说了两句假话，还有一句是真的，是哪句？

宋栀栀一边无意识地捏着手中的球球，让它发出“吱吱”的叫声，一边开始回忆。

江影刚刚说的三句话，一句说她是天生的天通十二脉，一句说她养三天婆娑花便可以养成参天大树，是显而易见的谎言。

只有剩下的那句——

“今天口脂的颜色很好看，下次还可以蹭到我身上。”

宋栀栀呼吸一窒，脸登时红了起来。

好你个江影，还学会“夹带私货”了，但是被忠诚的书籍暴露得一清二楚。

宋栀栀来到梳妆台前，将这日用的口脂找出来，暗暗记住了它的颜色，盘算着下次再买。

她冷静了一下，将自己不由自主往上翘的嘴角向下扒拉，这才继续关注之前发生的事——

江影与宋栀栀在为沈昼解开心绪丝线形成的死结时，异变陡生，一根解开的金色丝线在命运的牵引下，牵动了其他心绪死结开始发生变化。

但是，江影割开指尖，神血滴落在沈昼的额头处，强行扭转了这异变的发生。

宋栀栀打量着书里的描述，明晃晃的“神血”二字，并非“近神之血”。

江影好端端一个人类，有爹有妈的，虽然都不在了，他哪来的神血？

第六章 明日再来

宋栀栀知道，自己手里的这个手机呈现的剧情非常严谨。

它会隐瞒一些事件，故意不说一些细节，引导读者的情绪。

但它写出的每一字每一句都是诚实的。

江影拥有神血，不就是半神之躯了？她记得自己没有给江影写这样的设定呀！

宋栀栀盯着手机里的文字，开始打字——“江影的神血来自……”

这并非不可告人的内容，码字软件里的文字乖乖续写——“江影的神血是天生的，他自出生时，便已有神血在身。”

宋栀栀看着这串文字出现，发现江影真的没有敷衍自己。

他说是天生的，还真是天生的。

宋栀栀震惊了，江影一个有半神之躯的人，还能被她写这么惨？

开玩笑呢。

她的手指在手机屏幕上轻轻地敲击着。

宋栀栀开始疯狂思考，胡乱分析，寻找问题的答案。

想了一会儿，她发现……

笑死，根本分析不出来。

她要有这分析问题的能耐，写的小说早就是神作了，还用得着硬写江影这么一个反派工具人来推动剧情，蹩脚地强行划分书中的正邪阵营吗？

宋栀栀一扔手机，放空大脑，开始思考晚上吃什么好。

这几日总是吃沈家山庄里每天送上门的“外卖”，味道虽好，但也总觉得寡淡了些。

沈家修士众多，主张养生，日日都是吃一些清粥小菜，连点儿油水都没。

什么奶茶、炸鸡就更不用想了。

此时的宋栀栀无比想念现代的生活。

她正如此思考着，抬头便看到自己房间的窗台上出现了一只白色的小肉虫，一拱一拱的。

她被吓死了，直接从椅子上弹起来。

她认得这虫子，是韩潜用来传音的载体。

这肥嘟嘟的肉虫子果然传来了人声，是袁一溪的声音。

“栀栀，沈师侄已经差不多恢复了，三日后我们准备启程回无相宗。”袁一溪在另一边柔声说道，“你之前被沈夫人托付给我们，虽然沈夫人做了一些不太好的事情，但沈师侄依旧想要完成他母亲的遗愿，所以我们有义务保证你的安全。”

“所以三日后，你要跟着我们一道回无相宗，到时我会在宗门中为你找处位置安顿。”袁一溪对宋栀栀如此说道。

宋栀栀有些蒙，险些脱口而出问“江影是不是也要去”。

好在她及时住了嘴，没有说话。

而另一边的袁一溪与沈昼交换了一下眼色，神情有些复杂。

段天月谋划已久，从暗示沈珉到布置下毒，一步多余的步骤都没有，唯独宋栀栀的情况很奇怪。

他们认真讨论后，一致认定了一个事实，段天月在宋栀栀不知情的情况下在她身上放了些什么东西，想要通过宋栀栀瞒过江影带出沈家山庄。

无相宗的人不是傻子，随便想想便知道不能放宋栀栀自己离开。

放这姑娘孤身一人，也太过危险了，就算不说段天月有可能在她身上放了别的东西，单就那只离魂心魔，就足够不轨之人觊觎了，所以他们还是决定将宋栀栀带在身边。

“栀栀？”见宋栀栀没有回话，袁一溪又轻声唤了她。

“我在。”愣住的宋栀栀如梦初醒，喃喃地应了一句，“你们要我跟你们一道回无相宗？”

她走了的话，江影怎么办呢？

她肯定是要跟江影在一起的呀！

“是的。”袁一溪跟她说清楚情况，“你身上可能有沈夫人临死之前偷偷放到你这里的东西，或许你自己没有发觉，这可能是个隐患，还是跟我们在一起吧，可以随时解决出现的问题。”

“我……”宋栀栀心想，段天月放在她身上的东西就是婆娑花，她怎么可能会告诉无相宗婆娑花的存在？

“无事，你可以再考虑一下。”袁一溪没有逼迫她，“若是想留在沈家山庄，我们会派修士过来保护你的。”

说白了，还是会有人在她身边监视保护。

宋栀栀头大如斗，只能暂且应下来。

还是要跟江影商量一下。

等到韩潜派来的肉虫子离开后，宋栀栀打开了江影给的传音球。

“江影……江影，晚饭吃了吗？”宋栀栀对着传音球唤道。

正在修炼的江影睁开红眸，回答她：“没吃。”

“那你要吃吗？”宋栀栀问他。

“不吃。”江影冷漠地回答。

“可以陪我吃吗？”宋栀栀锲而不舍，继续约饭。

“可以。”江影说。

他算是明白了，就算他说“不可以”，宋栀栀也一定会想出办法让他说 “可以”。

倒不如一开始就说好，也省得与她扯皮。

“我不要在沈家山庄吃。”宋栀栀扭扭捏捏地说道，这才露出自己的真实目的，“我要去外面吃好吃的。”

现在沈家山庄恢复森严的管理，进出都要记录，宋栀栀一个人，也不好绕开守卫。

所以她才顺带与江影约个饭，商量下事情，还能把他当成越狱工具人。

“好。”江影回答她。

“你过来接我，我一个人出不去。”宋栀栀小声地说道。

“嗯。”江影站起身来，身影消失。

宋栀栀正在镜子前抹着口脂，还是之前涂的那个颜色。

她拿食指在青瓷盅里轻轻挖了少许出来，眯起眼对着镜子，在唇上细细地涂抹。

江影来时，看到的她就是这副模样——青丝从肩头垂落，如水般光滑。

她正对镜描摹樱唇，微微眯起的眼透着些诱人妩媚。

宋栀栀早已感知到江影的到来，认真涂完嘴唇之后，将手擦净，这才转过身来。

“我们出去？”宋栀栀兴奋地道。

她雀跃的样子很可爱，亮晶晶的眸中可以清楚地看到江影的倒影，那精心描了色的唇如花般娇艳。

江影看着她，想到了在沈家地宫时的那次。

他捧起她的脸，怕她突然咬舌自尽，便吻了她的唇，攫住她的舌。

那时的江影并未存着旖旎缱绻的心思。

此时他的目光从宋栀栀的唇上流连而过，侧过头，没有看她的脸。

“走。”他言简意赅，将宋栀栀拉了过来。

宋栀栀被他一扯，落进他怀中，转瞬间已是天旋地转。

她下意识抱紧了他。

这么多次了，她还是没能习惯这瞬移法术，如果可以，她宁愿用脚走。

在失重的感觉中，东倒西歪的宋栀栀一头撞到他的胸膛上，嘴唇结结实实地印在江影的衣襟处。

他的衣服并非纯黑的，衣襟处有暗金色的绣纹，所以宋栀栀的唇印格外清晰。

宋栀栀绝对不会承认自己就是故意的。

据她观察，江影绝对有洁癖，之前在藏书楼里，韩潜没注意碰了他的衣角一下，后来她再也没见过他穿那套衣服，她怀疑他偷偷拿去烧了。

江影带着宋栀栀在一处无人的小巷停下，他低头，借着街道上的灯光清清楚楚地看到自己衣襟处的唇印，如花般淡红的色泽。

宋栀栀假装若无其事，从他身边走过，兴奋地望向灯火通明的长澹街道，已经进入逛街的兴奋状态。

江影把衣领整好，走到宋栀栀之前，在前方领路，并未去管衣襟上那抹唇印。

两人来到一处酒楼，江影已提前为自己与宋栀栀施展了易容术，应付一般修士还是不在话下的。

宋栀栀点了两三个够吃的菜，恋恋不舍地看向菜单上还没点的其他菜式。

可能是她的口水都要流下来了，江影忍不住说道：“可以再点。”

“吃不完，会浪费。”宋栀栀说，手指轻轻地敲着碗沿。

“我吃剩下的。”江影受不了她那个口水快从眼睛里流出来的目光。

他将菜单丢给宋栀栀：“随便点。”

宋栀栀又点了几道自己早就看上的，没过多久，菜便上齐了。

宋栀栀拿起筷子，尝了口红烧肉，好吃得她眯起了眼。皮是脆的，肥肉部分入口即化，肥而不腻，加上煮得软烂的瘦肉部分，味道惊为天人。

江影看她吃的速度，怀疑她可能剩不下多少来给他吃。

宋栀栀一边吃，一边还没忘了正事，喝了口水便说道："袁长老叫我跟他们一起去无相宗。"

"正常。"江影说，"段天月在你身上放了东西是板上钉钉的事实，他们还没找到，自然不会放你离开。"

"那我怎么办？"宋栀栀问。

"去。"江影言简意赅，"顺着他们的意思，不要暴露。"

这就是宋栀栀非要留在沈家山庄为他澄清真相带来的后果，她被无相宗盯上了，很难抽身。

"可我要跟你一起的呀！"宋栀栀瞪大眼，盯着江影说道，"我去无相宗了，你要去哪里？"

江影看着她被食物塞得鼓鼓的脸颊，撑着下巴的手一松，掌心摊开。

"当啷"一声，一块令牌掉在了桌上。

宋栀栀定睛看去，惊得筷子直接掉了。

这令牌精铁熔铸，正面雕刻阴阳图腾，有玄奥晦涩的光芒笼罩其上。

这……这不是无相宗象征长老的令牌吗？

"你什么时候背着我偷偷杀了一个无相宗的长老？"宋栀栀把嘴里的东西咽下去，颤抖着声音问。

江影："……"

——你到底是怎么看我的？

"是我今日找韩潜要的，客卿长老令牌。"江影说，"我随你一道去，正好等他们替我调查的东西得出结果。"

"韩长老居然把这个给你了？"宋栀栀惊讶极了。

韩潜在无相宗中地位很高，他手中持有象征无相宗友谊的客卿长老令牌并不奇怪，奇怪的是居然给了江影。

"他们还欠我两个条件。"江影看了一眼那许多人都觊觎的客卿长老令牌，"现在只剩一个了。"

宋栀栀想，找无相宗要这么一块令牌也不亏，毕竟无相宗这些年也只给出了五块客卿长老令牌，收到它的人都是实力强大且素有名望的人物。

持有无相宗客卿长老令牌的人，只要在无相宗势力所辖的地方，都能够获得优待。

"用这玩意儿出门游历，是不是住进无相宗开的客栈都能不花灵石？"宋栀栀捏着它，放在手上打量。

江影太厉害了，居然哄韩潜把这玩意儿都给他了。这玩意儿在无相宗只有六块，由掌门与其余五位门内长老持有，其他五块早被掌门和别的门中长老给了至交好友。韩潜不一样，他脾气古怪，手中那块迟迟没有给出去。

结果被江影给要过来了。

宋栀栀的手指抚摸着上面的花纹，感叹无相宗冶炼铸造技术的高超。

“是。”江影回答她的问题。

他想，宋栀栀就这点追求了。

出门能白吃白住她居然就能很开心。

正在白吃的宋栀栀放下无相宗的客卿长老令牌，继续吃饭。

饭菜很美味，但宋栀栀确实很难全部吃完。

她吃了一半多，剩下一小半。

宋栀栀有些不好意思地把自己面前的汤盅推到江影面前。

“我吃完了。”她小声地说。

说完，宋栀栀便盯着江影看。

是江影自己说她吃不完的他可以解决，她才点了这么多的。

江影垂眸去看宋栀栀推过来的汤盅，里面是蒸得美味的滑嫩鸡蛋羹，几点细碎的青翠葱花撒于其上，看起来依旧诱人。

宋栀栀吃的时候小心翼翼，拿勺子一点点地挖出来，余下形状规整的一小半，就连边缘都挖得极其平整。

再看她其他吃剩下来的菜，也同样夹得非常小心，最开始端上来的那盘红烧肉被她精确地留下正方形一角，她自己约莫吃了四分之三。

可以看出来她真的很爱吃红烧肉。

江影面无表情地开始帮宋栀栀解决剩下的食物。

以他现在的修为，只是修炼的时候吸收灵气，便可以维持日常生活，并不需要用餐。

吃东西只是为了满足口腹之欲，而他对此向来没有太大的兴趣。

宋栀栀看着他吃，搓搓手，感到有些不好意思。

江影怎么就不跟她一起吃呢，一起吃的话也同样能吃完的呀！

但是宋栀栀没有问他，因为她觉得自己问这个问题很没有意义，江影的回答她都能猜出来。

他肯定是冷着脸说“不吃”。

江影的动作端庄优雅，但吃饭的速度很快，仿佛一个无情的干饭机器。

宋栀栀看到他先吃一口红烧肉，再吃一块排骨，然后舀一勺蛋羹，最后将青翠的凉拌小菜送入口中，每一轮都是这样的步骤，精准又冷漠。

最后一口莴笋被他吃下，他放下筷子，目光漠然，在他面前是四五个干干净净的空盘。

“好了。”他说。

宋栀栀托腮，笑眯眯地定睛看着他——她已经保持这个动作很久了。

江影的目光与她亮晶晶的眼眸交错，越过她的肩头看向窗外。

窗外残月如钩，悬于天际，清冷孤寂。

“朔月蛊虫在沈家地宫时已被唤醒过一次。”江影提醒她，“所以发作的时间要顺延至下一个朔月日。”

“大约是什么时候？”宋栀栀问道。

“抵达无相宗没几日，便会发作。朔月日前一天不要见人，以免让他人察觉到不对。”江影说。

就朔月蛊发作时宋栀栀那要死要活的模样，任谁都能看出来她在承受巨大的痛苦。

“好。”宋栀栀下意识抬手，摸了一下自己发髻里的婆娑花。

这玩意儿怎么还不长大？按这个速度，要何时才能变成婆娑木，解开朔月蛊？

“别摸了，它一点都没长。”江影说。

宋栀栀气鼓鼓地转过身去，月白的裙摆在脚边旋了一朵漂亮的花儿，自己扶着花梨木的扶手，走下楼去。

来到酒楼外的小巷里，她朝他伸出手：“我们回去吧！”

江影轻轻抬起下巴，点了一下头。

他冰凉的指尖触到她的掌心，仿佛细雪落下。

猝不及防，宋栀栀惊呼一声，他已使用了传送法术。

她埋在他的胸口处，呼吸浅浅的。

回过神时，他们已经回到宋栀栀自己的房间中，一去一回，没有触动任何禁制法阵，也没有引起任何人的怀疑。

宋栀栀还未站稳身子，江影竟然已经伸出了手。

江影的动作很快，干脆利落。

他一只手抽出了宋栀栀束发的发簪，青丝散落，如水般从他的指缝间落下。

鬓边步摇发出“叮当”一声脆响，从她发丝间垂落。

宋栀栀头顶那朵婆娑花立在她的脑袋上，看起来很是精神。

这一切发生得猝不及防，宋栀栀只来得及蹲下来，捂住自己头顶的花。

“都说不要摸了。”宋栀栀绝对不会再让江影碰它！

“它一直不长。”江影垂首，长睫投下两道浓密的阴影，“你不觉得奇怪吗？”

宋栀栀觉得最奇怪的就是这朵花也拥有感知。

“它是吃人肉的哎，现在它的根系被我的经脉堵住，只能吸收我脑袋那么小小一块地方的血肉，当然长得很慢了。”宋栀栀替婆娑花解释，“谁让段天月把它放到我头上了！”

“这样太慢。”江影说。

他低头看着宋栀栀，启唇说道：“忍着。”

忍着什么忍着？

等等，他要做什么？

宋栀栀还未反应过来，江影抬手便用冥昭将自己的掌心划破。

她感觉到自己同样部位的掌心传来细密的疼痛。

宋栀栀还蹲着，她捂着脑袋，抬头对江影说：“痛。”

江影手掌紧握，掌心被划破的细长伤口渗出鲜血来，带着暗金的色泽，缓缓滴落。

这滴鲜血精准地穿过江影的指缝，滴在了婆娑花上。

鲜红带金的血，从纯白幼嫩的花瓣上滑落，渗进花蕊之中。

宋栀栀的身体僵住了。

她能够清晰地感知到这滴鲜血的温度，是凉的，它滑过花瓣，而后被婆娑花吸收。

而后是第二滴，依旧沿着花瓣的纹路被婆娑花吸收。

江影见婆娑花还能吸收，便又抬高了手，紧攥着掌心，第四滴带着暗金色的鲜血落下，却滑过花瓣，并未被婆娑花吸收。

这玩意儿每日能吸收的能量竟然有上限。

简而言之，它饱了。

江影指腹往掌心抹了下，将伤口治好。

宋栀栀深吸了一口气，冷静下来。

她抬手去摸自己头顶的婆娑花。

就算她再迟钝，也清晰地感受到了这朵花儿隐隐的变化，它确实因为江影的三滴血而长大些许。

江影抬手，翻了一下婆娑花的花瓣，冷静地说道：“有用。”

宋栀栀攥着他的手臂，打了个哆嗦，明白他的言下之意。

意思就是，明天还可以再来，天天都要来。

“这样确实有用。”江影平静地道，“明日可以继续。”

宋栀栀：“……”这叫什么事？

她放下捂着脸的手，说服自己接受这个事实。

朔月蛊总是要解的，江影每日的三滴鲜血很有用，总不能拒绝他吧！

“好。”宋栀栀咬牙切齿地说道。

宋栀栀背过身去，留给江影一个后脑勺，散落的青丝随意地披散在肩头，长可及腰。

“你弄乱的，要给我梳好。”宋栀栀带着鼻音的声音传来。

她之前还想着，要想办法骗江影天天给她梳头。

现在好了，有了一个现成的理由。

江影看到宋栀栀有些狼狈的模样，乖乖地拿过玉梳给她整理头发。

宋栀栀的头发很长，但保养得很好，光泽如缎。

她一直觉得自己如果不写小说，头发还能再多些。

玉梳一梳梳至发尾，顺滑如丝，江影的手指挽着青丝，随手给她盘了个发髻，将婆娑花稳妥地藏在其中。

宋栀栀看着镜中的自己，惊呆了。

江影竟然给她盘了另一个发型，不是上次那个。

他真牛啊，还能变个花样。

梳好之后，江影弯下腰，越过宋栀栀的肩头伸出手，在梳妆台前放下玉梳，发出“咔嗒”一声。

宋栀栀摸了摸自己发丝严整细密的发髻，真心实意地说道：“还挺好看。”

江影瞥了一眼镜中的她，还有镜前放着的青瓷盏——内里盛着淡色的口脂，被女子的细嫩指尖小心挖出过些许。

他别开了目光，鼻翼间却还充盈着淡淡的栀子花香。

“走了。”他说道。

说罢，人已消失。

宋栀栀看着他消失的地方，眨了眨眼，愣在原地。她拍了拍自己微红的脸颊冷静下来，换了衣服，把自己收拾干净，这才爬上床睡觉。

无相宗三人暂定于后日离开沈家山庄，回到无相宗。

由于长澹地界与无相宗所在的无相地界没有直达的传送法阵，再加上要带上宋栀栀这个没有修为的普通人，施展传送法阵有些困难。袁一溪与韩潜商量了一下，决定用别的方法回无相宗。

“长澹西的云鹤宗备有浮舟，让他们带一艘过来呗！”袁一溪查看手头上的册子，“要坐得下五个人的，江道友也要一起去我们无相宗。”

“江道友已经与我说过了，我还需通知掌门师兄准备一番，迎接他一下。”韩潜摸着下巴说道，“我们之前误会他在先，他又不计前嫌，帮助我们两次，将沈师侄从鬼门关中拉回，我们理应对他敬重些。”

“嗯。”袁一溪向韩潜借了可以传音的小肉虫，拜托与无相宗交好的云鹤宗带来可供五人乘坐的浮舟。

浮舟需要修士驾驶，控制方向，吸收灵石里的灵气作为前进能量，悬浮于空中前行，速度极快，外层有事先布下的防护法阵保护，在野外行走也能防止野外灵兽攻击。

除了比直接使用传送法阵慢了一些，没有别的弊端，也是修士出行经常使用的交通工具。

此界中常用的是可容纳几十人的浮舟，条件简陋，袁一溪不太愿意跟旁人挤同一艘，便拜托人给她带来一艘私人使用的，路上也能安逸些。

“云鹤宗的掌门说可以，他门中有一位亲传弟子擅长驾驶浮舟，正好想去无相宗玩玩，便派他驾驶浮舟过来带我们。”韩潜很快便得到了回复，对袁一溪说道。

袁一溪安排好一切，总算是安心了，点点头说道：“好，我先通知沈师侄与栀栀。江道友那边，还是劳烦师兄了。”

她是个聪明人，知道江影并不是非常待见自己。经历之前的事情之后，她对江影敬重很多，但也不会去主动招惹他。

宋栀栀在收到袁一溪的通知之后，乖巧地应下。

提前一天，云鹤宗派来的驾驶浮舟的弟子已经来到长澹城外。

宋栀栀无聊，也跟着袁一溪去城外凑热闹。

只见天际一道形如游鱼的影子一闪而过。

这细长的浮舟一丈高，四五丈长，如同流线型的鱼儿，一路风驰电掣，在长澹城外的青山旁过弯漂移，带起一阵透明的气浪，风风火火的一个急刹，悬停在宋栀栀与袁一溪面前。

宋栀栀被速度极快的浮舟带起的飞沙糊了一脸，背过身开始疯狂咳嗽。

她万万没有想到，来了修真界，竟然还有人超速驾驶。

圆润、完美、无一丝缝隙的浮舟外出现一个五彩光阵，一位年轻修士从光阵中出现。

来人正是云鹤宗派来驾驶浮舟的亲传弟子岑长冬，模样阳光俊朗，气质潇洒自如，身着一袭青衫，看起来很精神。

岑长冬走过来，朗声唤道："好久不见了！"

他们三位修士说着话，叙叙门中旧事。宋栀栀咳了好久，这才缓过来。

她把脸上沾了的黄沙擦干净，转过身来。

岑长冬忙着与袁一溪寒暄，宋栀栀是个普通人，气场又太弱，所以直到宋栀栀转过身来的时候，他才注意到了她。

看着宋栀栀，他登时双眼发亮，兴奋地对袁一溪道："袁长老，这是——"

"沈家夫人临终前托付给无相宗的一个小姑娘，从未修炼过，只是个普通人，你莫要吓着她。"袁一溪拉过宋栀栀，替她将脸颊旁尚未擦干净的一点黄沙痕迹擦净。

"竟是个普通人！"岑长冬打量着宋栀栀，似乎很感兴趣。

"你看着她做什么？"袁一溪瞥了他一眼，"且先随我们回沈家山庄，休整一晚，明日再出发。"

"是。"岑长冬很听话，跟着袁一溪走。

宋栀栀脚程慢些，落在后面。

岑长冬与袁一溪相识，忙凑过去低声问袁一溪道："袁长老，那姑娘叫什么名字？"

"姓宋，名栀栀。"袁一溪狐疑地望了他一眼，"你怎如此感兴趣？不要去招惹人家小姑娘。"

岑长冬有些委屈："我并未有什么心思，只是见到她有些开心——"

"为何开心？"袁一溪问他。

"这样我就不是浮舟上修为最低的人了。"修炼未满十年的岑长冬在宋栀栀面前找到了身为修士的自信。

"据说那位——那位灭了灵祇神教的江影也在？"他小声地问袁一溪，"他……他也要坐我驾驶的浮舟吗？"

"是。"袁一溪没好气地说。

她也不知为何，江影竟然也肯纡尊降贵来坐浮舟。

"我可以看到他真人？"岑长冬兴奋地道。

"可以。"袁一溪说，"他脾气不甚好，但人还不错。"

"这样哪……我有些期待。"岑长冬搓搓手说道。

接到岑长冬回了沈家山庄之后，宋栀栀回到书房里，准备开始安排第二日的剧情。

上次给沈昼治伤经历了那出现概率近乎于零的意外之后，宋栀栀已经认定江影是个倒霉鬼。

冥冥中有一股神秘的力量一直在想办法把他搞得身败名裂，把他逼上绝路，让他众叛亲离、孤独死去。

宋栀栀听江影说，这个世界是有神明的，神明可能没有具体的形象与意识，但神明一定是世界运转规则的集合体。

或许……那个可能叫作“灵祇”的神明，正在暗中操纵着一切。

所以宋栀栀不相信隔天回无相宗的路上会那么顺利，同样的意外出现过一次，她不会再让它出现第二次。

于是她抱着手机，开始写起接下来的剧情。

球球蹲在她的手边，伸着爪子攀住她的手指，黑豆眼好奇地看着她手中发着光的手机屏幕。

在球球的眼中，这只是一块会发光的金属物体，上面的文字它一个都看不到。

宋栀栀思考了一下，写下这么一段话——

次日，无相宗三人带着宋栀栀还有江影，一同登上了从云鹤宗借来使用的浮舟，连同驾驶浮舟的修士岑长冬一道，往无相宗而去，一路顺利平安，风平浪静，什么意外都没有发生。

此时，手机屏幕上果然闪过了警告红字：“注意，不符合客观事实，已自动修正。”

宋栀栀原本写下的最后一句话变成了“一路并不平安顺利，发生了意外”。

一看到这句话的出现，宋栀栀直接呆住了。

果然有事情发生。

她想了想，开始发挥自己身为作者的想象力，思考路上可能会遇到什么意外。

首先……那艘被岑长冬驾驶过来的浮舟一路上都在以高速行驶，会不会里面有什么零件坏了？

然后浮舟行驶到一半，坏了的零件导致浮舟失事，上面所有人死的死伤的伤。有心人再大胆揣测、煽风点火一下，自然可以把锅都推给江影说是他做的，是他这个丧心病狂的人，暗中破坏浮舟把无相宗的高层长老与未来继承人给一锅端了。

宋栀栀心道好家伙，她应该把接下来会发生的剧情都预料到了。

她按照自己的猜测，在手机里输入：“他们五人乘坐的浮舟非常安全，上面所有的零件与法阵都运转正常。”

手机屏幕上警告红字闪过之后，原本的“非常安全”变成了“非常不安全”，“运转正常”变为“运转不正常”。

紧接着，一串文字出现，告诉宋栀栀到底是哪里出了问题。

浮舟已由云鹤宗使用多年，虽然坚固耐用，但因岑长冬来长澹时，驾驶速度过快，意外导致控制浮舟加速的内置法阵超出承受阈值，停止运转，这个内置法阵的位置极其隐蔽，出现问题的可能性极小，所以谁也没有发现。但下一次操控浮舟加速时，出现问题的内置法阵会让供给能量的灵石消耗一空，燃起大火，让浮舟坠毁。

宋栀栀心想超速驾驶要不得，岑长冬这不就把好好一艘浮舟开坏了吗？

她摸着下巴思考，要想办法把浮舟上出现问题的内置法阵给修好，不然浮舟失事，第一个摔死的可能就是她。

怎么办呢？当然是找工具人江影了。

宋栀栀找出江影给的传音球，打开按钮，对那头唤了一声。

用脚指头想，宋栀栀都知道江影现在肯定在修炼。

“江影，你是不是在修炼？”宋栀栀先入为主，直接问道。

“是。”江影睁开眼睛，深红的眼眸中是一片平静，宛如死水湖泊。

“我……”宋栀栀嗫嚅着开口，先开始铺垫，“我今天跟着袁长老去了长澹城外，看到了浮舟，我没见过这玩意儿，但是觉得很好玩。”

江影：“……”

沉默片刻后，他说道：“不贵，可以买。”

宋栀栀：“……”

——等等，哥哥，你是不是误会什么了？

不过买一艘也不是不可以哦，她又不会拒绝。

宋栀栀决定旁敲侧击，让江影逐渐领会到她话里的意思，自己联想到这浮舟可能会有问题。

“不是、不是！”宋栀栀在江影看不到的地方摆摆手说道，“是那个云鹤宗的弟子，叫岑长冬的，来的时候驾驶浮舟速度非常快，看起来比正常速度快了很多，直接糊了我一脸沙子。”

宋栀栀将重点放在“速度非常快”这五个字上。

江影那么聪明，一定能懂她的意思的。

没想到传来江影冷冰冰的一句话：“不到金丹修为，可以打。”

什么？

他说什么？

宋栀栀挠挠头，痛心不已地问他："为什么要打岑长冬，你怎么满脑子想着打人？"

江影觉得自己有点搞不懂宋栀栀。

"你不是说他糊了你一脸沙子吗？"江影平静地问道。

宋栀栀："……"

她是为了描述岑长冬驾驶的浮舟速度真的非常快。

"他开得太快了，万一把浮舟开坏了怎么办？"宋栀栀决定不迂回了，她跟江影沟通"有壁"。

"哦！"江影说，"确实会坏，浮舟内置法阵其实非常脆弱。"

"你不担心吗？"宋栀栀都快急死了，江影还是气定神闲。

"坏了就坏了。"江影冷声说道。

想了想，他又补了一句："坠毁之前我会把你拉住。"

宋栀栀被他这句话说得愣神了一瞬。她趴在桌上，说话的语气软了下来："浮舟这样很危险，你带我去看看里面的内置法阵有没有出问题吧！不然我会很担心，晚上就睡不着觉。"

江影听到她这句话，将重点放在了"晚上睡不着觉"上，这就等于如果不让她放心的话，她晚上还会烦他，缠着他讲很无聊的睡前故事，听完还要怕。

这是很多件麻烦事，而带宋栀栀去看看，只是一件麻烦事。

江影选择一件麻烦事。

"走。"江影言简意赅地吐出一个字。

转眼间，他来到宋栀栀的书房中。

而宋栀栀此时刚刚把传音球给关了，揣进口袋。

她感受到了江影的到来，转过身去，看着他。

"我们现在就走？"宋栀栀问他。

江影薄唇紧抿，沉默地点了点头，将宋栀栀的身子拉了过来。

明白这传送法术滋味的宋栀栀很自觉地抱紧了江影，双手环抱着他的腰，将脑袋埋在他胸口。

江影低头看着她的后脑勺，一只手抚上她的背，将她按住了。

紧接着一阵天旋地转的感觉传来，宋栀栀提前抱住了江影，这才没有东倒西歪。

睁开紧闭的双眼时，宋栀栀与江影已一道来到长澹城外。

浮舟体积大，不便开入城中，岑长冬只将它停在了城外，外面布置着云鹤宗特有的法阵保护，防止被别的修士偷走。

岑长冬布下的防盗法阵当然对江影不起作用。

他牵着宋栀栀往前一迈，已经不动声色地穿过了法阵，并不会惊动布阵的岑长冬。

这艘浮舟外观看上去崭新干净，并没有什么问题的样子。

出问题的是浮舟内部一处非常隐蔽的内置法阵，用肉眼看不出来。

宋栀栀跟着江影走到浮舟前。

“会出问题的只有内置法阵。”江影一只手按上浮舟如白玉般的外皮，幽蓝色的法力波纹震荡开，拂过整艘浮舟，确认实体存在的浮舟零件没有问题。

剩下需要排查的只有维持运转的内置法阵了。

“要进去看看。”江影说。

“嗯。”宋栀栀跟在他身后点头。

“浮舟的内置法阵皆在下层，有些脏乱，你确定要去？”江影扭头瞥了宋栀栀的白裙一眼。

“去吧！”宋栀栀说。

她一个人在外面也挺无聊的。

江影拉过她的手腕，直接穿越了保护浮舟的最后一道法阵，轻松来到了浮舟的下层空间。

宋栀栀进去之后抬头看四周，便看到了无数个五彩的法阵，一个套着一个，形成一个有条不紊的系统。

在她的脚边，散落着许多细碎的砂石，呈黑色，是被抽干了灵气之后剩下的废石。

往常驾驶浮舟的时候，启动后便会自动消耗储备的灵石，就算是岑长冬本人，也很少来过这下层空间。

江影抬眸望去，指尖一点幽蓝色的光芒闪过，一只小小的风荧蝶已出现在他面前。

狭长的蝶翅轻轻一扇，风荧蝶晃晃悠悠地飞起来，探入浮舟下层空间里五彩斑斓的法阵之中。

五彩靓丽的内置法阵与漂亮的小蝴蝶，这画面有些美丽，宋栀栀看得津津有味。

看到一半，宋栀栀才想起了什么：“江影，你连浮舟也会修？”

江影扭头看了她一眼，神情冷漠：“不会。”

“我见你熟练得很。”宋栀栀说。

“原理都一样。”江影回答。

在他眼中，这浮舟不过是一件大型法宝罢了，内里法阵运转的规则也很简单，自然可以轻松找出规律。

他话音刚落，探入法阵之中的风荧蝶宛如撞到了蛛网一般停了下来。

它悬停在一处暗紫色的小小内置法阵之上，兴奋地扇动蝶翅，将这个消息传递给江影。

江影还在看着宋栀栀，在风荧蝶传回消息的那一瞬间，他漂亮的红眸中闪过一丝惊讶。

他挑了挑眉，语气漠然：“确实有一处内置法阵出了问题，很隐蔽。”

宋栀栀长吁一口气：“那……来都来了，顺便修一下？”

“不急。”江影朝她走了一步。

他的目光紧紧锁定着宋栀栀，那强大的气场让她一步也挪不开，他眸中闪过一丝危险神色。

又发生了类似的事情。

上一次是宋栀栀让他去沈家地宫中找什么蝴蝶首饰……

宋栀栀似乎总是能知道一些事情，未来或过去的。

他确实好奇宋栀栀的身份，但一直懒得问。

问也可以，不问也可以。

不如就此时问了。

江影心中如是想。

“怎……怎么了？”宋栀栀后退半步，敏感地感觉到了事情有些不太对。

她一边退，江影一边欺近她，直至她退无可退。

宋栀栀的背快要贴上浮舟下层的墙壁了，她退了最后一步。

江影抬手，掌心贴着她的背，挡在她与墙壁之间，将她揽了过来。

“宋栀栀，墙上很脏。”他的目光越过宋栀栀的肩头，看到布满灰尘的墙壁。

“哦、哦、哦！”宋栀栀一慌就只会连声答应他。

她扭开头，躲避着江影的目光，却被他擒住了下巴。他将她的脸扳正，让她不得不直视着他的眼睛。

“这个问题，我已问过你一次了。”江影漂亮的薄唇轻启，极其微小的温热气息拂过宋栀栀的脸颊，声音低沉，“你是谁？”

宋栀栀睁大了眼睛看着他，眸中尽是无辜之色。

她……她怎么可能告诉江影自己的身份。

宋栀栀眨了眨眼，一脸的天真可爱乖巧。

“我是……就是……首先，我是个人，然后我是个女人，我叫宋栀栀，家住 ×× 路 ×× 小区，身份证号码是 ×××……”宋栀栀诚实地道。

江影：什么是小区？什么是身份证号？

他抬手，抚上宋栀栀的发髻，如缎青丝在他指尖拂过。

“说实话。”他在宋栀栀耳边威胁，他当然知道宋栀栀最怕什么，“不然我就把你头上那朵婆娑花的花瓣给拔了。”

宋栀栀：“啊！”

——你好损，好流氓，明明就是你自己想拔！

她一时惊慌失措，不知怎么办。

就在江影迟迟没有得到答案，已经抬手准备把他的威胁付诸行动的时候，浮舟外却传来了脚步声与自言自语的声音。

是岑长冬的大嗓门：“哎，想来想去，还是有些不放心，还是过来检查一下浮舟的情况吧，免得路上又出现什么意外……”

岑长冬也要来检查浮舟的情况！

而且他马上就要走进浮舟的下层空间了！

宋栀栀与江影，表面上八竿子打不着的一对孤男寡女竟然就在狭小的浮舟下层空间里！

这要他们怎么解释！

宋栀栀抬脚想跑，这下层空间却只有一个门，她从这里出去非要撞上岑长冬不可。

就在宋栀栀手足无措，准备夺门而出的时候，江影将衣襟一扯，把自己的外袍脱了下来。

宋栀栀简直惊呆了，对着江影疯狂摇头。

江影面无表情地把自己的外袍丢到了宋栀栀的头顶上，他的身材高大，衣服可以轻松地将她整个人罩起来。

带着干净清冽气味的衣袍从宋栀栀脸颊边滑过，她低头去看自己的脚，已经看不见了。

江影在他的衣服上施了隐身法术，穿上他外袍的宋栀栀自然也隐身了，外袍还可以隔绝她的气息与部分声音。

情急之下随意施展的法术不算高超，但用来骗不到金丹修为的岑长冬是足够了。

宋栀栀裹紧江影的外袍，自己偷偷溜到一边去。

一切都发生得很快，此时岑长冬已经走了进来。

刚进门，岑长冬与面无表情的江影大眼瞪小眼。

岑长冬惊呆了。

这……这……这……这深不可测的气息，这不俗的气质，还有这俊美绝伦的脸……

这不是只活在传说中的江影吗？

据说早些时候，见过江影脸的人都死了。

“江……江……江……江大哥！”岑长冬口齿不清，结巴了很久，不知道该叫江影什么。

他们不是同门，又同是修炼之人，按道理来说叫道友是最稳妥的，但又总觉得叫道友不太对劲，有种轻浮之感。

想来想去，一声“大哥”脱口而出。

江影：“……”

——分别的时候直接杀了你。

他别开眼，没有说话。

发现内置法阵有问题的那只风荧蝶还乖乖地悬停在原地。

江影方才问宋栀栀事情，耽搁了一下，还没来得及修复。

他继续做准备做的事情，当岑长冬不存在。

岑长冬凑了过来。

宋栀栀又偷偷往墙角移了一点点，给他让开一条路。

这浮舟下层空间大部分被法阵占去，人能站的空间很小，岑长冬随便往旁边走几步就会撞上她。

“江大哥，你这是在……”岑长冬注意到了悬停在深紫色内置法阵上的风荧蝶，“天哪！那个法阵出了问题！怎么会？”

岑长冬看着那处内置法阵，心中涌起巨大的恐慌，一阵后怕。

这么隐蔽的位置，又是几乎不可能出问题的小法阵，就算是他打算来提前检查一下，也不一定能看出这处内置法阵的问题。

但这处深紫色法阵的位置很微妙，连接多处系统，一旦出错，会导致浮舟起火坠毁，猝不及防之下，浮舟里的人不死也伤。

“江大哥，你是来帮我们检查浮舟的吗？”岑长冬意识到江影在做什么了。

他居然是来做好事的！

如果没有江影，自己几乎不可能发现问题。

江影面露不悦，没有回答岑长冬，把他当成空气，继续做自己的事。

指尖幽蓝色的光芒亮起，如丝线般飞入错综复杂的内置法阵里，慢慢修复着出现问题的暗紫色法阵。

岑长冬没有得到回应，并不气馁，自顾自地继续说道："江大哥，你果然在修复！我当真……当真是没想到你居然是这样的人，起先袁长老与韩长老说您是个面冷心热的好人，我还不相信来着。"

江影嘴角微颤，表情更冷了。

他们都在造谣。

他抬头看向裹着自己的外袍缩在角落的宋栀栀。

只有他看得见她。

宋栀栀一脸的幸灾乐祸，朝他吐了吐舌头。

江影其实烦死了。

岑长冬还在一边叽叽歪歪。

真想把这浮舟炸了。江影一边修复法阵一边想。

终于，出问题的法阵被江影完美地修复完毕，运转效率甚至比原来还更高些。

岑长冬还在喋喋不休地感谢他："江大哥，你为什么不说话啊？江大哥，这事我回去之后一定要告诉两位长老，哎——真是谢谢你了！"

江影无视他，抬脚，准备离开这站了三个人的下层空间。

宋栀栀不跟着他，是没办法突破浮舟的进出法阵的。

江影藏在窄袖下的手微微抬起，往宋栀栀的方向伸了半寸。

他的动作极其微小，一直在看着他的宋栀栀会意，马上跟了过来，牵住了他的手。

江影表面上是孤单一人，任岑长冬如何想，也想不到他身边还牵了一位姑娘。

岑长冬的眼睛可能是用显微镜做的，竟然发现了江影的小动作。

"江大哥，你怎么伸手了？"他大方地说道，"可是那个方向的法阵还有问题？"

"有问题。"江影冷冷地吐字，终于对岑长冬说了第一句话。

——你脑袋有问题。

"那我现在过去看看，麻烦江大哥了！"岑长冬信以为真，马上过去检查。

江影牵着宋栀栀走了出去。

宋栀栀没经历过这么刺激的事情，她刚刚呼吸都不敢太大声，生怕被岑长冬发现了。

她在浮舟外，抬头无辜地望向江影，只希望他将方才的问题给忘了。

江影低头凑近她，在她耳边用极低的声音说道："可以说话。"

这藏匿身形的法术，也能隔绝一些不算大的声音。

宋栀栀紧绷的神经松懈下来："刚刚吓死我了，差点就要被他发现了。"

江影无所谓说道："发现也无妨。"

大不了把他打晕。

他抬手握住宋栀栀的手腕，准备带她回去。

但就在此时，浮舟外法阵光环闪现。

岑长冬兴冲冲地跑了出来："江大哥实在是太谨慎了！我检查了一下，那个方向的法阵只是角度有一点点偏移，还在正常误差之内，并无问题。"

宋栀栀心道好家伙，这就是高情商，指的法阵没有问题等于非常谨慎。

岑长冬的目光落在江影握着宋栀栀手腕的那只手上。

他看不见宋栀栀，只能看见江影握了个寂寞。

江影反应很快，圈着宋栀栀手腕的虎口一滑，从她的手腕处滑出来。

而后那只手抬起，手指微屈，碰了一下鼻子。

一套动作行云流水一气呵成，非常自然。

岑长冬没觉得哪里奇怪，迎上来行了一礼，说道："江大哥，今天真的是多谢你了！"

他的神情严肃了几分，看来是真心实意在道谢。

江影急着走，只能敷衍他："哦！"

"江大哥做好事不愿留名，我知道了。"岑长冬见他冷漠的模样，一拍掌心，恍然大悟。

江影："……"滚吧，别说话了。

"江大哥，您有事就先离开吧，我再细细检查一遍浮舟！"岑长冬后知后觉地注意到周围的空气都冷了几分，便与江影道别。

他再行了一礼，回到浮舟上。

江影看了一眼宋栀栀，直接把她按进怀里，离开的速度极快，仿佛在逃。

宋栀栀回到了自己的房间，这才扯下了江影的外袍，深吸了一口气："好险，差点就被发现了。"

江影盯着她，轻轻地"嗯"了一声。

宋栀栀想，要想个办法让江影忘了他刚刚的问题。

于是她一屁股坐到椅子上，让江影先离开："刚刚浮舟上好脏，我要洗个澡。”

既然方才没问出答案来，江影现在也没什么兴趣继续问了。

他瞥了宋栀栀一眼：“我已说过里面很脏乱。”

宋栀栀摊手：“要是守在外面，我肯定被岑长冬看到了。”

江影轻哼了一声。

宋栀栀托腮看着他，小声地嘟囔道：“我只是想跟着你而已。”

“嗯。”江影答，“浮舟已无问题。”

这晚他能睡个好觉了。

江影离开后，宋栀栀摸出手机，又写下一路顺利平安的剧情，手机屏幕上便没有闪过警告红字。

她安排好之后的剧情，这才安心地等待第二日的到来。

次日，是袁一溪过来带宋栀栀出长澹城。

“栀栀，东西已收拾完毕了？”袁一溪问。

“已收拾好了。”宋栀栀亮出手中的储物锦囊。

“我带你去城外的浮舟。你应该是第一次上浮舟，我领着你一道去，这浮舟外面看着小，内里施展了扩展空间的法术，非常宽敞。”袁一溪领着她往城外走。

“嗯。”宋栀栀乖巧地点头。

其实她昨天已经去过了。

“我没想到栀栀你看人倒也挺准的。”袁一溪忽然凑过来，低声对宋栀栀说道，“昨日岑家那小子来寻我，跟我说江道友偷偷去城外检查浮舟的情况，还修复了一处有问题的法阵，谁也没有告诉，若不是岑小子亲眼所见，他还不相信呢！”

宋栀栀：“……”啊这，都是意外。

她笑着点头，当一个没有感情的附和工具人。

袁一溪说一句，她就答一句。袁一溪很喜欢这种说出每句话都有人回应的感觉，所以一路上跟她讲了许多话，包括一些修真界的趣事。

宋栀栀听得津津有味，很快来到城外。

她跟着袁一溪登上浮舟，来到一处雅致的厅堂之内。

浮舟内部果然别有洞天，这处厅堂做会客起居之用，另外还有五扇门隐藏在屏风之后。

这是每个人单独的房间。

“我们最先来。”袁一溪牵着宋栀栀的手来到屏风后，“栀栀，从这里到无相宗有些远，我们要在浮舟上住三天，你先挑个中意的房间。”

“我都可以。”宋栀栀说。

她看着这五扇门，心里在想着江影会选哪间房。

宋栀栀想，按江影那个性子，肯定是选最边上的。

她挑了从左侧数起的第二个房间，留下左侧靠墙的一间。

“袁长老，我就这间了。”宋栀栀懒得进去看，直接对袁一溪说道。

“栀栀，你要住这间吗？”袁一溪望了那屏风后的门一眼，对着宋栀栀微笑说道。

宋栀栀回答她：“我就是随便挑了一间。”

“好，那栀栀你先去休息吧，我出去看看师兄他们怎么还没过来。”袁一溪将宋栀栀送到这里之后，便准备去做自己的事。

宋栀栀点了点头，推开门走进房间里。

浮舟内房间的陈设与沈家山庄内的有些类似，用屏风与纱幔做隔断，该有的生活设施也备齐了。

宋栀栀很满意这里，虽然在路上的时间久了一些，但比传送法阵舒服多了。

她简单地收拾了一下，靠在椅子上打了个哈欠。

她一大早就被袁一溪叫起来，还没来得及多睡会儿。

片刻，房间外传来隐隐的脚步声与说话声。

宋栀栀走了过去，打开门查看外面的情况。

一开门，便撞上了江影的目光。

宋栀栀瞥了他漂亮的红眸一眼，别开视线，只对他身后不远处的袁一溪道了声好。

韩潜双手笼着袖子，站在江影身边问道：“我们没想到江道友您也愿意坐浮舟，只是这路上需要耽搁三日，江道友应当不介意吧？”

江影其实非常介意，他的目光漠然，往屏风后的几个房间走了过去。

“江道友不如住我隔壁？我正好有些修炼上的事情想与您探讨一番。”韩潜在他身后问道。

不久前袁一溪已经交代过他，她担心宋栀栀与江影离得太近会感到害怕，所以让韩潜舍生取义，吩咐他一个人把这大魔王给隔开来。

“不。”江影冷冰冰地应了一声。

他径直走向宋栀栀房间旁那靠墙的门，走了进去，然后直接把门关上了。

宋栀栀在一旁看着他，视线游移，一脸状况外的模样。

“啊……栀栀……这……”袁一溪望着宋栀栀，目光有些抱歉，“我们没想到他就挑了这一间，要不你跟我换换？”

宋栀栀当然不想跟袁一溪换，便摆摆手说道：“袁长老，没事，我这三天少出来便是。”

修炼不易，所以若有空闲，无相宗的两位长老与沈昼会像江影一样入定修炼，很少出门，他们可以待在房间里默默修炼一连三日。

只有宋栀栀一个普通人与岑长冬一个不到金丹期的修士才需要每日出来用餐，不然非得饿死不可。

宋栀栀见江影已经来了，便跑回了房间里，不久后安排好沈家山庄所有事务的沈昼与岑长冬一齐抵达。

岑长冬启动浮舟，这细长如鱼的修真界交通工具缓缓升入半空中，朝着无相宗的方向而去。

宋栀栀打开自己的手机，她前一天写下的剧情非常稳妥。

“五人乘坐浮舟前往无相宗，一路顺利平安，没有意外发生，三日后安然无恙地抵达目的地。”

她放下心来，又突然觉得无事可做。

玩了一会儿球球，感到无趣，便又摸出传音球。

说起来也很离谱，仅有一墙之隔的两个人竟然也要用传音球来交谈。

宋栀栀打开传音球的开关，发出窸窣的声音。

还没等她说话，江影冷冰冰的声音便响起：“何事？”

“你没有在修炼呀？”宋栀栀问他。

江影修炼前需要一段时间来沉思入定，进入心无旁骛的放空状态。

他知道宋栀栀肯定找他，所以干脆没修炼了。

“没有。”江影答。

“我们要在浮舟上住三日吗？”宋栀栀没话找话。

“是。”江影对她说。

他是真的嫌弃浮舟的速度慢，但宋栀栀非要坐。

“那我晚上吃什么？”宋栀栀想起来一个很关键的问题。

袁一溪、韩潜与沈昼都不吃饭，江影肯定也不吃，就剩下岑长冬修为不高，还要通过食物摄取能量。

她不会沦落到跟岑长冬大眼瞪小眼一起啃馒头吧？

江影沉默了。

岑长冬想必是吃一些门中长老准备的丹药用来充饥，没什么味道可言，甚至可以算得上难吃。

宋栀栀估计要跟他一起啃丹药了。

而此时的宋栀栀根本没有意识到自己的晚饭可能比啃馒头还惨，听见江影沉默了，她试探性地问，语气担忧："我不会要啃馒头吧？那也太惨了。"

"不会。"江影说。

他的脑海中闪过一个让宋栀栀不要缠着自己吵"晚上吃什么"这种话题的计划。

"宋栀栀，你别吵我。"江影沉思了片刻说道，语气平静，"晚上我给你做。"

"做什么？"宋栀栀问道。

"晚饭。"江影说。

这浮舟里必备的烹饪设施与常见的食材都有，只是大多修士都不会动手做饭罢了。

浓缩灵气的丹药一吃，除了味道差点，非常方便。

"好。"宋栀栀答应了，她不想啃馒头，"那我不吵你了。"

"等等，"她回过神来，"我哪里吵你了？"

"没有。"江影敷衍她。

宋栀栀管他敷衍不敷衍，得到自己满意的答案后才将传音球给关了。

为了晚饭，她决定找点事做。

宋栀栀在房间的书架上随意寻了一本话本子看，打发无聊的时光。

没想到修仙界的话本还挺好看的，与现代的网络小说差不多，只是文风古老了一些。

宋栀栀看得津津有味，直至来到傍晚的饭点时分。

有人敲响了她的房门，她以为是江影，连忙放下书，兴冲冲地打开门。

"江影"二字还没说出口，宋栀栀便看到了岑长冬的脸。

她的表情登时垮了下来。

"宋姑娘，"岑长冬手里拿着一个拇指大小的黑色灵丹在啃，同时将手中捧着的匣子递了过去，"两位长老与沈师兄都在修炼，他们辟谷不需要吃饭，所以这一日三餐只能我们对付着吃。"

宋栀栀心想反正晚上江影会给自己开小灶，于是从容地道："没关系，我吃馒头也可以。"

"呜呜呜，若是有馒头我也很想吃，但是只有这个了。"岑长冬替她打开装着灵丹的匣子，“里面共有十颗灵丹，可做充饥之用，一餐一颗即可。”

宋栀栀：“……”这跟吃锅灰有什么区别？

她咽了一下嫌弃的口水，把灵药匣子接了过来：“多谢岑公子。”

宋栀栀抱着匣子回了房间，打开来挑了一颗灵药试着啃了一下，隐隐有一种烧焦了的药味，口感像木屑。

好了，她总算明白江影为什么这么好心主动给自己煮饭吃了。

因为江影担心她会被噎死，连累他一起死。

宋栀栀只啃了一口，没能吃下去，又不好意思浪费食物，便将灵药上的口水擦了，把它重新放回匣子里。

她又等了一会儿，直到天黑。

无相宗三人在潜心修炼，不可能在这个时候出来，岑长冬还要忙着驾驶浮舟，也不会来到前厅。

宋栀栀此时已经非常饿了，便自己打开门准备去找江影，结果在门口跟他打了个照面。

“江影——”宋栀栀看着暖黄光线下他漂亮的侧脸，小声地唤他。

江影查探了一下无相宗三人的气息，得知他们都在入定之中，不会醒来。

他的音量如常：“不用如此小声。”

宋栀栀立即直起了腰，跟在他身后往前厅走：“你要煮什么吃？你会煮饭吗？反正我是不会，你不要指望我帮你哦！”

江影弯腰将灶台旁备着的几簇青翠的青菜拈了起来，淡淡地应了声：“嗯。”

宋栀栀坐在前厅的椅子上看着他把青菜叶子掰开，真的震惊了。

救命，是她看错了吗？这个大反派好像真的会做饭！

宋栀栀眼见着他施法在灶台里点了一簇火焰，将水烧开，将面投入水中煮熟，发出“咕噜咕噜”的声音。

这来自食物的诱人声音，让宋栀栀的肚子咕咕叫，都要憋不住了。

她等得好急，但江影才刚刚把青菜丢进锅里。

宋栀栀觉得这样煮出来味道会有些淡，于是大胆地建议道：“可以再煎个荷包蛋吗？”

江影握着筷子搅面的手一顿，他高大的身影在夜晚的烛光里显得朦胧模糊。

“行。”他说。

宋栀栀坐在椅子上，托腮看着他，乖巧等吃。

就在江影准备将青菜面盛起来的时候，前厅连接驾驶室的方向传来脚步声。

宋栀栀知道是岑长冬，直接从椅子上弹起来，抛下江影跑进房间里。

她刚关上门，便听见门外传来岑长冬一道高亢的喊叫声。

“江大哥！你是在煮面吗？江大哥！爹！您现在就是我的亲爹了！”岑长冬一路上每餐都是用灵药充饥，嘴里都快淡出鸟来了。

方才他在驾驶浮舟的时候，嗅到了一丝丝极其朦胧的食物香味，即便他以为在做梦，但还是设置了浮舟自动驾驶，循着香味，跑了下来。

岑长冬原以为是宋栀栀这个看起来似乎有些心灵手巧的姑娘在偷偷煮饭吃，心想自己过来蹭一口应该不会很过分。

结果映入眼帘的居然是江影！

岑长冬狠狠地掐了一下自己的胳膊，确认不是幻觉之后，这才扑了上去。

江影真的是个大好人！竟然放弃修炼的时光来煮饭给他这个修为不到金丹的小弟子吃！

即便他只是一个名不见经传的宗门的弟子，江影竟然也能看穿他日日吃灵药的倔强伪装，知道他其实很想吃一顿热乎饭。

江影端着锅的手微颤，抬眸望向宋栀栀逃跑的方向，目光漠然。

好个宋栀栀，竟然自己先跑了。

他将锅里煮好的面一股脑儿倒进碗里，旁边的岑长冬盯着这一碗简陋的青菜面，口水险些滴进去。

“江大哥，以你的修为应当是要辟谷吧，这面……”岑长冬实在没想明白江影深夜煮面的用意，只能联想到江影是准备煮给自己吃，毕竟江影真的是个大好人。

江影背过身，端着青菜面，挡住他的目光。

“当啷”一声，是碗底碰到桌子的声音。

江影放下面碗，气定神闲，抬手揉了揉手腕，冥昭已然出现在掌心。

干脆他亲自开浮舟去无相宗算了。江影这样想。

就在江影转过身，准备出手的时候。

“嘎吱”传来一道开门声，惊醒了沉浸在快乐中的岑长冬与准备出手的江影。

宋栀栀揉着眼睛，吸了吸鼻子，小声地道：“你们在吃什么好吃的？给我分点呗！”

她装作刚睡醒，被食物香气吸引过来的懵懂样子，慢腾腾地走了过来。

此时的宋栀栀面上无辜，看起来一副很困的模样，其实她的心里在想——绝对不能让岑长冬吃了江影给她煮的面！

江影合上掌心，手中的冥昭消失不见，转过身来，表情淡然。

他守在那碗面旁边，一副生人勿近的模样。

岑长冬不知道自己已经在危险边缘走了个来回，神经大条的他甚至没感到哪里有点不对。

“宋姑娘，江影给我——”岑长冬本想说给他煮了面，但看到了宋栀栀，他才想起来还有一个人也要吃凡间食物。

不会吧……江影跟她不熟啊……岑长冬心想好歹他自己跟江影还有过几面之缘，江影应该不可能是煮给宋栀栀吃的。

“是青菜面哎。”宋栀栀探头过来，看了看江影给自己煮好的面，“看起来真的很好吃，我好饿，我能吃吗？”

“宋姑娘……”岑长冬“咕咚”地咽了下口水，欲言又止，试图拒绝，他也好想吃。

但他也不好意思跟宋栀栀抢一碗面吃。

“岑公子，是你煮的吗？”宋栀栀盯着岑长冬，笑着问他。

江影抬眸，眼帘一掀，长睫如蝶纷飞，瞥了一眼宋栀栀，目光危险。

“不是我，是江大哥啊！”岑长冬不敢邀这个功，连忙向宋栀栀解释。

“啊……”宋栀栀故作惊讶，假装胆小地瞥了一眼江影，小心翼翼地问道，“那这个我能吃吗？”

“随便——”江影冷声说道，吐字非常干脆。

本来就是煮给她吃的。

“好的，那就谢谢江公子了。”宋栀栀大大方方地把面碗捧了起来，从岑长冬面前走过。

江影藏在宽大袍袖下的两只手动了动，眉头微皱。

好烫，那面碗。

宋栀栀感觉不到烫，自顾自地把面碗捧了过去，坐在餐桌上，开始慢慢地吃面。

江影站在不远处的阴影中，目光看着远方，似乎并没有将视线放在她的身上，但实则一直在观察着她。

岑长冬坐在宋栀栀旁边，看着她吃，一边看一边咽口水，目光中带着难以言喻的羡慕。

江影煮完面本该走了的。

但他实在担心一旦他走开，岑长冬就直接抢了宋栀栀的面吃。

看宋栀栀的样子，哪里抢得过他，她就像那种小时候都抢不过同窝兄弟姐妹喝不到奶的小狗。

宋栀栀被两个人盯着看，还从容不迫地用勺子舀了一口面汤慢慢地喝着。

“宋姑娘……”岑长冬好馋，“面汤能给我剩点吗？”

他真的很久没吃过热乎的食物了。

“岑公子，我的食量好像有些大。”宋栀栀抿了抿唇说道。

岑长冬吸了吸鼻子，好像是要哭了，馋哭了。

宋栀栀听到他吸鼻子的声音，心软了。

她夹了一大筷子打算给岑长冬分一点。

结果周身寒气骤升，江影一直放空的视线落在她脸上。

江影动了动身子，颀长的身体在暖黄光线下投出一道细长的影子。

他看向宋栀栀的漂亮红眸中有着警告的意味。

宋栀栀拿着筷子的手僵住了，她读懂了江影眼神的意思。

大致意思就是：你敢给他吃我就杀了他。

在岑长冬期待的目光中，宋栀栀吸溜了一大口面——本来她打算分给他的。

她在两道灼灼目光的注视下，捧起面碗，把最后一口面汤喝干净。

宋栀栀拿帕子擦了擦嘴：“吃完了。”

岑长冬的目光还是恋恋不舍的。

“岑公子是想帮我洗碗吗？”宋栀栀把吃完了的面碗推过去，“那……那就谢谢了！”

“我……”岑长冬在宋栀栀含着笑的目光下，不好意思拒绝。

好歹他是个修士，宋栀栀是个普通人，她的要求不好拒绝，不然不就成欺负凡人了？

岑长冬抓起面碗与餐具，跑到一旁，准备应下宋栀栀的请求，帮她洗碗。

结果一直在旁沉默着的江影走过来，冷声对他说道：“让开，我来。”

岑长冬猛地抬头，看向江影的目光满是感动：“江大哥，您可真是个——”好人。

“闭嘴。”江影打断他的无端造谣。

这语气太凶，他周遭的气场太冷，岑长冬不敢再跟他说话，只能过来跟宋栀栀搭话。

“江大哥真的……人太好了……呜呜……”岑长冬都不知道如何形容江

影了。

宋栀栀笑眯眯地回答他：“我也这么觉得，我现在都没那么怕他了。”

“沈公子的心神受损是他救的，我所中心魔是他帮忙逼出，袁长老与韩长老还曾怀疑他是灭了沈家满门的凶手，他都不计前嫌。”宋栀栀念念有词。

“咔嗒”一声，洗碗的江影直接把瓷碗掰碎了。

他将碎了的瓷片清理干净，深沉地望了一眼宋栀栀，回了房间。

宋栀栀眼尖，注意到他走进的房间是她的。

她后知后觉地觉得自己可能是要完了。

“原来还有这些事！”岑长冬惊讶，对江影的认识又上了一个高度，对他肃然起敬。

岑长冬暗自思忖着，若是到了无相宗，他一定要将这些事全部宣扬出去，打破别人对江影的偏见。

“是的。”宋栀栀忙不迭点头说道。

岑长冬又随意与宋栀栀聊了两句，这才告辞离开，回浮舟的驾驶室继续操控方向。

宋栀栀在前厅里赖了很久，实在困得受不了，才拖拖拉拉地准备回房。

她知道江影去了她的房间。

所以现在她只要——

宋栀栀一只手放在江影房间的门上，正准备用力推开，她的房间门却开了，内里伸出一只手把她拽了进去。

宋栀栀被江影拽进了黑暗的房间里，房门关上，将前厅的温暖光线隔绝。

她扑进江影怀里，挣扎摸索着想要开灯，却被江影冰凉的手握住了手腕。

“开灯！我要开灯！”宋栀栀对他说。

江影指尖幽蓝色的光芒一闪，点亮了宋栀栀房里的灯。

宋栀栀此时正踮着脚，双手搂着他的脖子，抬头看着他。

她敏锐地感觉到江影有些不悦。

“怎么了？”宋栀栀想睡觉，于是勉强哄他一下。

江影抬手，食指与拇指捏着她的脸颊，指尖在她白皙的肌肤上微微下陷。

“不要再编派我的事。”江影警告她。

“好。”宋栀栀点头答应。

“我何时教过你与他人分食一碗面了？”江影的指尖在她脸颊上划过，冰凉地带起一阵痒意。

他想用力捏，但是他自己会痛。

还是不捏了。

“这……”宋栀栀沉吟片刻，一时不知道说什么好。

“他的目光实在是太渴望了。”宋栀栀解释，“好像不给他吃就犯了大罪。”

江影嘴角略向下抿着，片刻后说道：“那便把眼珠子挖了。”

宋栀栀搞不懂江影的脑回路，她拍了拍他的手背：“我最后不是自己全都吃了吗？还有些撑。”

江影移开目光，没看她的脸。

他松开了她，往后退了半步，修长的墨色影子微微动了动。

江影并没有离开的意思。

“我要睡觉了。”宋栀栀提醒他。

“有件事忘了。”江影说。

宋栀栀警觉地瞪大双眼。

她想起来是什么事了，但她还是要继续装傻。

“没有什么事忘了。”宋栀栀坐在床边上，晃了晃腿，若无其事地说道。

江影走上前，高大的身体遮住些许光线，阴影笼罩着宋栀栀。

宋栀栀把脚缩回床上，往里面退了一点点。

江影伸出手，不由分说地把宋栀栀松松绾着的发髻给散开来。

一朵小白花儿从宋栀栀的发间探了出来，在成长为婆娑木之前，它虽然一直在长大，但会保持这样的形态。

宋栀栀垂下脑袋，把脸藏在长发垂下的阴影里。

江影果然还是没忘了这事。

“今日还未以血浇灌。”江影屈起一条腿，半爬上了床，盯着宋栀栀头顶那朵微微颤动的婆娑花。

江影抬手，手指放在唇边，牙齿轻轻一咬，指尖便渗出鲜血来。

这滴殷红的鲜血带着隐隐的暗金色。

江影轻车熟路，甚至都不需要对准这朵花儿。

片刻之后，宋栀栀头顶的小花儿耷拉下来，她困得要死，直接伏在江影身上睡着了。

江影动了一下，试图把自己的腿从宋栀栀的脑袋下抽出来，却遭到了还在睡梦中的宋栀栀的拒绝。

她又将脑袋往上挪了些许，蹭了蹭他。

江影：“……”他好想走，但是不能走。

他看着宋栀栀熟睡的侧脸，伸出手去，用冰凉的指尖将那抹红晕消去。

江影盘腿坐在了宋栀栀的床上，任由她枕着他的腿睡着，微蜷着身子卧在他的身上。

他的长睫轻落，指尖遥遥一点，将房内的灯光熄灭。

江影闭上双眼，周身灵气缓缓流动，柔和缓慢，他很快进入入定状态，开始修炼起来。

次日，宋栀栀醒了过来，她注意到江影正在一旁修炼，气鼓鼓地问道：“你怎么没走？”

江影理性地陈述：“是你抓着我不让我走。”

宋栀栀老脸一红，门外隐隐有袁一溪与韩潜交谈的声音，而江影还在她的房间里，所以她只能勉强起床洗漱。

宋栀栀将热毛巾扑在脸上，看到江影就这么坐在自己的床上修炼，有一种地盘被侵占的感觉。

“你怎么还在我床上修炼？”宋栀栀抹了一把脸说道。

江影睁开眼，看了她一下，没有说话。

他起身，挪到一旁的长榻上修炼。

宋栀栀见他如此听话，一时之间竟然找不到理由来闹他。

她一个人洗漱完，对着镜子，开始摆弄自己那一头长发。

放在从前，她一般都是随便扎个马尾，或者就这么披着头发。

到了这里之后，她也学了一些发型样式，但都比较简单，然而她还是总也弄不好。

宋栀栀没好意思再叫江影帮忙，便自己抓过玉梳开始搞发型。

结果她发现，光凭她自己的努力，根本没有办法很好地将那朵婆娑花藏到发髻里。

宋栀栀失败了好几次，没有气馁，一遍又一遍地重复梳着。

就在她第五次失败，婆娑花从松垮的发髻间探出头时，一道高大的身影出现在她背后。

江影一身黑衣，无声无息地来到她身后。

他一句话都没有说，接过宋栀栀手中的玉梳，将她散乱的发丝理顺。

宋栀栀看着镜子里他的身影，气鼓鼓地道：“你不要碰。”

江影将她的长发绾起，绕着脑袋顶上那朵婆娑花巧妙地转了一圈，一点儿也没碰到这朵敏感的小花儿。

宋栀栀看到发丝把婆娑花包得严严实实，江影果真一下也没有碰。

她鼓起的脸颊僵住了。

宋栀栀觉得自己像一只被堵住嘴的河豚，闷气无处发泄。

江影给她梳好头，丢了一个半透明的磨砂小瓶子在宋栀栀手中。

宋栀栀接住这个材质不明的磨砂小瓶，拿起来看了看，只见里面流淌着半瓶殷红的血，在日光的照射下隐隐有暗金的光泽。

是他的血。

“你自己来。”江影把玉梳放下，转过身去说道，语气冷淡。

宋栀栀拿着这个小瓶子，却没有很开心。

她收了起来，心想她自己来就自己来，也省得每次在他面前丢脸。

宋栀栀磨蹭了一下，觉得肚子有些饿，但现在韩潜守在外面，她也不想拜托江影再去给她煮早饭吃。

于是宋栀栀打开岑长冬给自己的匣子，把昨天没吃完的灵丹找出来抱着啃。

球球从她的储物袋里探出脑袋，“吱吱”叫了两声，语气似乎在问宋栀栀为什么要啃锅灰。

宋栀栀掰了一块灵丹碎屑塞进球球嘴里，球球身上的黑色雾气幻化成小舌头，把灵丹碎屑从嘴里吐了出来，哕了好几声。

心魔都不吃这玩意儿，宋栀栀更加没胃口了。

江影盘腿坐在一旁的长榻上，静静地看着宋栀栀一个人背过身去，用极其痛苦的方式吃那灵丹。

他忍不了了。

“去看看韩潜离开了没有。”江影无奈地对她说道。

宋栀栀还未答话，她身边的球球就已经兴奋地跳到了她的肩膀上，催她出发。

她转过身来，一脸幽怨地看着江影。

江影受不了她这表情：“怎么了？”

宋栀栀闷闷地说了声：“没怎么。”

她本来很不想让江影每日亲自以血给她浇灌婆娑花，结果现在江影真的不打算亲自动手，她又不开心了。

宋栀栀觉得自己有点问题。

她对江影说：“回我床上去。”

房间里的床有纱幔隔着，看不清里面的情况，等会儿万一有人来到她的房间，他在床上藏着也不会被发现。

江影起身，又挪回原来的地方。

他感受不到宋栀栀情绪的变化。

除非宋栀栀捧着他的脸，大声对他说“我不开心”，他才能知道她的情绪。

很多事情对于江影而言，都处于一种“无所谓”的状态。

人命无所谓，仇恨无所谓，他人无所谓。

唯有“活下去”这种生命的本能有所谓。

宋栀栀的存在，只是正好因为锁灵咒，与他的性命绑在了一起。

所以连带着宋栀栀这个人，成了他所在意的一部分。

宋栀栀看着江影波澜不惊的面庞，他极美但又极冷，如果不是他还在呼吸着，她会误以为他是一件完美无缺的艺术品。

他有神造的天赋，亦拥有举世的容颜，是造物主最慷慨的恩赐。

宋栀栀沉默片刻，将纱幔给放了下来，把江影藏在了自己的床上。

她又非常细节地把江影的鞋踢到一旁去，确认没有任何痕迹留下，这才推门走了出去。

前厅中，不知何时已经多了一个人，是袁一溪。

袁一溪与韩潜此时正对坐着喝茶，却不见沈昼。

宋栀栀已经几日没见过沈昼了。

“袁长老、韩长老好。”宋栀栀礼节性地打招呼。

袁一溪为她倒了一杯茶，朝她招了招手，示意她过来。

宋栀栀嘴里还是那破灵丹的苦药味，就算是一杯清茶她也觉得美味，于是跑过去坐在袁一溪身边，捧着茶喝了一口。

“怎么不见沈公子？”宋栀栀想起了什么，好奇地问道。

“沈师侄啊。哎，年轻人就是爱修炼，沈家出了如此的事，倒令他更上进了些，现在还在潜心修炼呢！”袁一溪抿唇笑了一声说道，“不像我们这两个老家伙，还有空喝喝茶。”

“如此啊！”宋栀栀应了一声，这样倒也符合沈昼身为男主人公的心性。

就在三人一边喝茶一边随意说着话的时候，前厅的另一个方向传来了兴冲冲的脚步声。

“袁长老、韩长老，还有宋姑娘，你也在啊！”岑长冬从浮舟顶部的驾驶室跑了下来。

这浮舟灵妙，在空中又没有什么障碍物，设定好了路线离开一会儿去休息一下也没什么大事。

所以才出现了昨晚岑长冬循香而来的意外状况。

袁一溪放下茶杯，念岑长冬驾驶浮舟有些辛苦，所以笑吟吟地对他说道：“岑小子，出了什么事如此惊奇？”

“我从未见过如此奇观！”岑长冬搓搓手，异常激动地说道，“刚刚在空中，浮舟前方出现了族群数达到数千只的流云翼！”

袁一溪听到“流云翼”三个字，大惊失色，连忙站起身来说道：“遇到了它们你还有空下来，这撞上了可不是小事！”

流云翼是一种飞行灵兽，飞行的速度极快，表皮又无比坚硬，每一只的翅膀展开都有一丈多宽，平时只蛰伏在低空区域，不会在浮舟飞行的高度出现，偶有一两只出现，若是与浮舟相撞，两败俱伤，这浮舟也会坠毁。

“不、不、不！”岑长冬疯狂地摇头，“你们到驾驶室内看看，就知道是怎么回事了。”

宋栀栀听到岑长冬的话之后，有些惊讶。

她就知道路上不会顺利，所以在排除已有的隐患之后，她亲自写下了“一路平安顺利，没有出现任何意外”的剧情，来确保他们这三日的旅途安全无虞。

现在岑长冬说在高空之上遇见了数千只流云翼，果然是本该会有意外发生。

宋栀栀看袁一溪与韩潜没不让自己去，于是便也跟了上去凑热闹。

她想起了什么，打开怀里藏着的传音球的开关，对江影说可以回去了，这才追上他们三人的脚步来到驾驶室。

浮舟顶端的驾驶室，宋栀栀还是第一次来。

在岑长冬面前，有一个约莫半丈高的法阵，上面有无数线条交错着，他只需改变这些线条的走向，来控制灵舟的方向与速度。

在控制法阵的旁边，还放着一颗啃了一半的灵丹，宋栀栀怀疑岑长冬也吃不下这玩意儿。

驾驶室的外墙是透明的，可以将外面的情况一览无余。

他们几人中性情最淡定稳重的人是韩潜，但就算是阅历丰富如他，在仰头看着眼前的画面时，也忍不住惊呼出声。

“竟会如此！”韩潜那双沉稳精明的眼睛流露出震惊神色。

“怎会……”袁一溪往后退了半步。

宋栀栀抬头，顺着他们的目光看去。

他们身处于流云翼的兽群正中，这群流云翼的数量极多，密密麻麻。

按道理来说，在浮舟与流云翼飞行速度都极快的情况下，就算岑长冬驾驶浮舟的技巧再高超，也难免会撞上数千只流云翼中的一只。

撞上流云翼的概率无限趋近于百分之百。

但是这艘巨大的浮舟没有。

在数量达到数千的流云翼兽群中间，正好出现了一个宽约两丈的缝隙。

这个缝隙在相互之间联系无比紧密的流云翼兽群中显得无比突兀，本来像这种群居的灵兽在进行大规模迁徙时，每个个体间的距离不会超过半丈。

但流云翼兽群中间，就是出现了一个仿佛专门为浮舟准备的通道，就仿佛是有一股无形的力量，顺着浮舟飞行的轨迹，强行把兽群给劈开了。

本该注定会撞上流云翼兽群坠毁的浮舟，这么诡异又安全地通过了危险的兽群。

头顶与四周都是一片黑压压的，流云翼巨大的翅膀扇动着，小心翼翼地避开浮舟。

浮舟不管往哪个方向飞，这群灵兽都会避开。

铺天盖地的飞行声消失，浮舟飞离了流云翼的兽群。

几乎是同时，驾驶室里的四人齐齐回头看去。

原本中间留出两丈缝隙的流云翼兽群瞬间合拢，聚集着往前飞去。

仿佛水过无痕。

修炼了近千年的袁一溪与韩潜都同时屏住呼吸，愣住了。

岑长冬细想起来，也觉得太过神奇诡异，吓得嚼了一口放在角落的灵丹。

唯有宋栀栀站定在原地，眨了眨眼。

她知道是怎么回事。

是因为她已经写下的剧情，把所有的“可能性”变为“既定的事实”。

球球站在她的肩膀上，“吱吱吱”地叫了好几声，手舞足蹈着，似乎很得意。

浮舟还在以极快的速度向无相宗飞去。

在浮舟上几人看不到的地方，还有许多事情正在变化着。

原本正在酝酿着狂风骤雨，发誓要将浮舟卷进飓风之中的云团与风卷在浮舟即将到达的时候，在一瞬间消散，分崩离析，化为温柔的点点细雨，落入无垠大地。

前方行进的路线上，高耸的雪山一夜之间拔地而起数千丈，本要拦住高速飞行的浮舟，让它撞击坠毁，但又在浮舟即将来临之际轰然倒塌，蒙蒙雪尘和着巨响从山巅滑落，无数细碎的冰晶与雪花崩散。

浮舟所过之处，如烈火燎过雪原，所有的意外与危险如脆弱的冰雪般消融，拓出一条宽敞大道。

两日时光很快过去，一路上果然没有意外发生。

这两天，江影每日都有给宋栀栀半瓶血，叮嘱她要浇灌婆娑花。

半瓶血的分量比婆娑花能够吸收的三滴要多得多，主要是江影担心宋栀栀笨手笨脚洒掉一些。

宋栀栀其实每天都有乖乖在浇花，她自己操作，果然没有那异样的感觉。

真的只有……江影才可以。

宋栀栀意识到这个问题的时候，对着镜子里的自己捂住了滚烫的脸颊。

她觉得有些恼，亦有些不知所措。

但她没有跟江影说这件事，反正江影给她，她就用着，还能怎么办？

明日，浮舟就会抵达无相宗，一路上果然与宋栀栀提前写下的剧情一模一样，非常安全。

宋栀栀这两天没好意思吃江影给她做的饭，就光啃着灵丹来充饥。

在抵达无相宗的前一天晚上，宋栀栀实在受不了了。

她准备偷溜出去，找灶台旁的青菜啃一下，好歹不是锅灰了。

结果刚出门就看到了江影。

江影一个人坐在前厅的椅子上，扭过头看着宋栀栀，眼神灰暗。

他问了她三个问题，直接把她问蒙了。

“我放到你房间的面，加了荷包蛋，你怎么没吃？

“头发已三日没梳了，你真不打算洗头了吗？

“三日都有给你半瓶血，婆娑花为何……半分没长？”

第七章
勉强可以

宋栀栀的手攀着房间的门，紧扒着不放。

她支支吾吾了两声。

江影的问题太过直白，她一时之间不知道怎么回答。

“我……我没看到那碗面。”宋栀栀抬头望着天花板，眼神放空，撒了个谎。

“我看到你闻了，口水都要落进去了。”江影看着宋栀栀的眼睛，平静地说道。

宋栀栀：怎么办？！

“我……”她嗫嚅了一下，“我想了想，有点想减肥。”

江影看着她，沉默着。

他不知道宋栀栀为何会如此。

掩藏在平常动作下的少女的小心思，他永远不可能察觉到。

“我每日都有……都有用你的血浇婆娑花。”宋栀栀总算说了句实话，由于此时的她非常心虚，所以连带着说话都有些结结巴巴，远没有平时的理直气壮。

她朝江影伸出手来，掌心躺着两个空瓶子。

宋栀栀是真的浇了，但是婆娑花为什么不长，她也不知道。

她又不是搞园艺的。

江影瞥了一眼宋栀栀手里的空瓶子，薄唇微抿。

半晌，他开口说道：“但是花没长。”

“又不是我不让它长！”宋栀栀略提高了声音说道，“该做的我都做了。”

她有些委屈地盯着江影。

两个人对视着，气氛有些低沉。

直到宋栀栀的肚子传来“咕”的一声。

她马上捂住了肚子。

糟糕，很丢脸。

江影略侧过头，在昏暗的光线中，他的侧脸勾勒出一道美妙的弧线。

“你吃不吃？”他问。

宋栀栀极力地收缩肚子：“不吃吧！”

“饿到我都能感觉到饿了。”江影看着她说道。

宋栀栀磨磨蹭蹭地走过来，坐在离江影最远的椅子上。

江影指尖一点，炉灶里燃起明亮的火，熊熊燃烧着。

不多时，江影把一碗煮好的青菜面端到宋栀栀面前。

宋栀栀算是明白了，他只会做青菜面，最简单的那种。

还有荷包蛋，可惜她没吃过。

宋栀栀低着头开始吃，吃面的动静很小，细细碎碎的。

江影看着她，半张侧脸隐藏在发丝垂下的阴影间，看起来朦胧不清。

“噼啪”声响起，是煎制某种东西的声音。

江影往锅里打了个蛋，神色冷峻。

片刻，他翻了个面，向下的那一面煎得正好，微焦诱人。

他将荷包蛋盛了起来，放到桌上，宋栀栀却还是没有抬头。

宋栀栀低着头，卖力地吃面，只盼着赶紧吃完然后回房间睡觉。

她就是单方面地在跟江影闹别扭，但是江影不明白。

宋栀栀也不知道自己在不高兴些什么，她觉得江影不亲自给她以血浇灌婆娑花，她应该挺高兴的。

但是她没有，就很莫名其妙。

宋栀栀不太喜欢这样的情绪，但它就是从心底不可阻挡地升起。

“怎么了？”江影微垂着头看她，垂下的长睫掩住冷淡的眸。

宋栀栀又吃了口面，没有回答他。

一根冰凉的手指伸了过来，将宋栀栀的下巴抬起。

宋栀栀被迫抬头，咽下口中的面，亮晶晶的眸中看不清楚情绪。

一块微温喷香的荷包蛋被送到她嘴边，她下意识地张口，一口咬住。

宋栀栀嚼了嚼，吞下去，非常没有骨气地说：“再来一块。”

江影又用筷子夹了一块丢进她嘴里。

宋栀栀心想这是最后一口了。

但等她吃完之后，江影又夹了一块。

直到把整个荷包蛋喂完，江影才放下筷子，筷子落在桌上发出“咔嗒”一声。

宋栀栀觉得有些饱了，但还是将剩下的面吃干净，放下空碗，与江影大眼瞪小眼。

江影解决一个问题，又看着宋栀栀，继续问最开始没得到答案的问题：“为何你用血浇了婆娑花，它没有长大？”

他认为是宋栀栀笨手笨脚，出了操作问题：“我已对你说过，要对准花蕊。”

宋栀栀的脸瞬间红了：“我有！”

但这婆娑花就是跟有病似的，一点儿反应也没有。

江影薄唇紧抿，沉默地看着宋栀栀。

宋栀栀站起身来，没有看他：“我去睡觉了。”

她走回自己房间，江影在她身后沉默地跟着，仿佛无声的影子。

宋栀栀推开房门，试图挤进去之后就马上把门关了。

但是江影的速度更快。

他走上前去，揽着宋栀栀的腰，将她抱得离地半寸，旋身走进房里。

房门无声无息地关上。

宋栀栀被他抱在怀里，动弹不得。

黑暗中，江影的手抚上她的面颊，仿佛一条游蛇缓缓爬过。

宋栀栀瞪大眼，看着他黑暗中高大的身影。

“喊着要解朔月蛊的是你，怎么现在如此不积极？”江影低声问她。

宋栀栀觉得自己可能是有一段时间没有疼过了，所以才这样。

她扭过头，避开江影的目光，沉默不语。

她不是傻子，现在的情况显而易见，那就是只有江影亲手以血浇灌婆娑花才有用处。

许久，她败下阵来，正打算说话，却冷不防被江影拉进了怀里。

江影微微弯着腰，一只手按着她的脊背，一只手抬起，将她束发的银簪摘下。

宋栀栀踮起脚，下巴搭在他的肩膀上。

窗外月光洒进，朦胧微晕的光线中，她只能看清楚房间内大件家具的轮廓。

“宋栀栀，忍着。”他说。

低沉的嗓音环绕在她耳侧，宛如小虫子般钻进她的耳朵。

江影略侧过头，看着在昏暗光线中似乎发着微光的婆娑花。

他将指尖放在唇边轻轻一咬，鲜血渗出，宋栀栀“嗞”了一声。

江影的速度很快，三滴鲜血接连不断地顺着婆娑花瓣渗入花蕊之中。

宋栀栀抬手，用手臂挡住自己的脸。

江影把她放到床上，将她的手臂从脸颊上拿下来。

“可以睡觉了。”他面无表情地说道。

宋栀栀觉得自己还要洗个头，所以想坐起来，但又被江影按回去。

“明日再洗。”他说。

在黑暗中，宋栀栀看着他的脸。

她想了想，轻声说道：“我一个人睡不着。”

江影想，宋栀栀确实是有些黏人的。

他坐在床边，没有离开，闭目准备修炼。

“睡。”他说。

宋栀栀闭上了眼睛，本就有些累的她很快便睡着了。

次日清晨，江影给洗完头的宋栀栀梳发时，忍不住说了句话。

“宋栀栀，你头发都打结了。”江影拿玉梳帮她把打了结的部分顺开，发丝扯着头皮有些疼，他清晰地感受到了。

宋栀栀有些心虚，因为她不仅三天没洗头，还三天没梳头。

主要是担心江影弄好的发型她还原不回去，所以她一直憋着没有重新梳。

宋栀栀不敢反驳他，只能说了声：“主要怪这花儿麻烦，不然我自己也可以。”

毕竟她学会的发型样式不多。

江影苍白的手捏着银簪，将它放进宋栀栀的发间，簪子末端坠着一颗流光溢彩的珍珠，微微摇晃。

宋栀栀看着镜中的自己与只入镜半个身子的江影，想到浮舟中午便能抵达无相宗。

昨晚没空偷偷写剧情，现在她要寻个空把他们抵达无相宗之后的剧情写好。

于是宋栀栀催江影离开，趁着早上前厅无人，江影回了自己房间。

等到只剩宋栀栀一个人之后，她摸出手机，回想无相宗里修士的人物设定，开始构思剧情。

江影在无相宗，是有仇人的。

他曾受灵祇神教控制，将一个小宗门灭了门，全门上下没有一个活口，只有外出历练的一位长老幸免于难。

这位长老名为穆尉明，他历练归来后，见师门被灭，血流成河，悲痛之下突破修为桎梏，后天强行打通经脉，修为突飞猛进，领悟“浊心剑”，后加入无相宗，地位颇高。

宋栀栀想，江影要抵达无相宗的消息，定然已经在无相宗宗门内传开了。

所以以穆尉明的暴烈性子，他应当会出来借“迎接”之名，试图将江影赶走，或者直接来找他决斗。

江影下手没轻没重，若是受不了穆尉明的挑衅，等会儿在无相宗把人家门中长老给杀了，她估计又要跟着他一起亡命天涯。

想想就好苦，宋栀栀不允许这种事情发生。

所以她大笔一挥，写下他们抵达无相宗之后的剧情——

听闻离开无相宗回长澹处理家事的沈昼与袁一溪、韩潜两位长老即将回到无相宗，顺便带了两位意料之外的访客，无相宗掌门感到有些忧虑。同时这个消息也在宗门内传开了。

穆尉明曾与江影有旧怨，本想借着为沈昼一行人接风洗尘的机会，找上江影暗中报仇，但因某些意外，没能出现在江影面前。

所以，来到无相宗山门外，亲自迎接他们的，只有无相宗掌门宁玺与另外两位德高望重、性情温和的长老。

虽然江影恶名在外，但袁一溪与韩潜解释了来龙去脉，也令无相宗几人对江影的印象有所改观，请他留在无相宗中，静候他拜托调查的事情寻到线索。

宋栀栀满意地看着自己写下的剧情，总算是放下心来。

而在她看不见的地方，无相宗的浊心峰中，一位身材修长如青竹的修士一只手执剑，望着脚下的青松与云海。

在听闻江影要来无相宗的时候，穆尉明已将手中的浊心剑磨了一遍又一遍。

江影来得正好，他正要找个机会，报了当年灭门之仇。

穆尉明眼中闪过决绝之意，如此想着。

然而，一位浊心峰的弟子跑了过来，行了一礼，对穆尉明传了个消息。

“师父——”那弟子激动地对他说道，“大……大师兄修为即将突破金丹，今日内府之中凝练的气息已隐隐有了成丹的趋势！”

“什么？”穆尉明手中的浊心剑松了松，转过身来，“就在今日？那小子不是已经困在这个关隘近一年了吗？”

“是的！也不知为何，大师兄今日灵光一闪，福至心灵，终于跨过那道困扰他多年的门槛。”穆尉明的弟子非常兴奋地说道，“还请师父前去护法。”

穆尉明的表情很复杂，一来是高兴于自己的弟子终于能有突破，二来又愁自己必须去为弟子护法，没法向江影报仇。

两相权衡之下，穆尉明从浊心峰的崖边走下，终究还是暂时放弃了去找江影报仇的计划。

人不能总是沉溺在过去的仇恨中。

他沉声吩咐道：“我现在去为他护法，与掌门说今日我会缺席。”

“是！”弟子大声应道，领命而退。

“尉明不来了？”无相宗掌门宁玺听闻这个消息，面上的笑意藏不住。

“是。”旁边一位长老笑呵呵地抚摸了一下胡子，“我们也不用担心拉他不住了。”

无相宗掌门宁玺，样貌不过而立之年，温和儒雅，颇有一派掌门的气势。

“这江影与我无相宗没有什么矛盾，灵祇神教与我无相宗素有积怨，他灭了灵祇神教也算得上大快人心，韩弟又赠予了他客卿长老令牌，想必他对我们无相宗的态度不差。虽然他有恶名在外，但也仅是传闻而已，我们暂时没有与他为敌的必要。”宁玺沉声分析道。

“只是尉明与他有旧怨，是灭师门之仇，我们也不好当个局外人劝他化干戈为玉帛。两人相遇，难免有矛盾，今日他不来了，倒是个好消息，能够留出时间让我们在其中斡旋。”他点了点头，与另外两位长老交换了一下眼色。

“他们应当抵达了。”一位白胡子长老站起身来，“我们且去看看。”

无相宗山门立于孤峰悬崖之上，仅有一悬梯垂下，寓意为登仙之阶，这悬梯连接悬崖底部的一个长宽数百丈的巨大广场，无相宗若有来客，都聚集在这白玉铺就的广场上。

天际一抹纯白的弧线划过，如游鱼般的浮舟越来越近，风驰电掣，速度极快。

浮舟在半空之中漂移过弯，速度慢了下来，稳稳地停在无相宗山门之下的广场上。

无相宗掌门宁玺站定在浮舟前，身姿挺拔，另外两位长老一左一右站在他身边，表情不卑不亢。

浮舟外五彩光阵亮起，率先走下来的是韩潜与沈昼。

沈昼见了自己师父与门中长老，恭敬地行了一礼。

宁玺见了他的平静神色，叹了口气道："昼儿，你的家事我已知晓，还需……向前看才是。"

事已至此，身为师父的他，也不好说些什么节哀顺变的话让沈昼又回忆起沈家山庄的事，只能如此安慰他。

"是。"沈昼眉目清朗，眸中已无阴霾。

他走上前来，还未忘了段天月生前托付给自己的宋栀栀："我们还带了……一位凡人回来，师父，您应当知道吧？"

宁玺点了点头："此事我已知晓，无事，我无相宗养得起。"

"嗯。"沈昼走至宁玺身后，姿态恭敬。

而韩潜还是一副高冷模样，沉默着与宁玺及两位门中长老点了点头，便站到一侧，没有说话。

再然后，便是袁一溪带着宋栀栀下了浮舟。

当见到宋栀栀的时候，无相宗掌门宁玺与另外两位长老皆愣了一瞬。在看到她的第一眼，这些修为高深的修士便已经看清楚了宋栀栀特殊的经脉。

"啊……"宁玺看着宋栀栀，沉吟片刻，"你们传信来，说这姑娘全身经脉一处都没有通，我们还以为是看走了眼，没想到竟是真的，如此神奇。"

宋栀栀已经习惯了每一个修士看到她都要感慨一下她那"一窍不通"的经脉。

她跟在袁一溪身边，对宁玺与两位长老微笑着点了点头。

宋栀栀并未行礼，他人只当她是凡人，不懂修仙门派的礼数，也就任由她去了。

况且，这日的重点根本不是宋栀栀。

紧接着，驾驶浮舟的岑长冬与江影一道走下浮舟。

江影的距离与岑长冬拉得极远，而岑长冬还在傻乐。

他兴奋地朝宁玺招手道："宁掌门、两位长老好啊！我家师父问，你们什么时候到我云鹤宗坐坐？"

宁玺笑呵呵地看着他："得了空便去。"

而后，这位无相宗掌门的目光马上转向江影。

江影的目光望向远方的青山，根本没拿正眼看他们。

只有修为到达一定地步的修士，才能感受到江影的实力带给他们的压迫感。

宁玺心下暗惊，思忖着江影此时的修为应当不弱于那位还在闭关的老祖了。

“江道友。”他唤了一声，语气不卑不亢。

江影并不讨厌这样的态度，便略微颔首，算是应了下来。

“江道友是来我无相宗等消息的，也领了我给他的客卿长老令牌，当以长老之礼待之。”韩潜附耳过去，对宁玺低声说道。

宁玺点了点头，心里想着无相宗里还有哪处山头空着。

这处山头要比较偏僻，不能离门中低辈弟子生活起居与修炼的地方太近，也不能离他自己的山头太远，以免出现意外。

如此，能用的只有……

宁玺微微皱起了眉头，只有无相宗那位还在闭关的老祖青君所居的山头最为合适。

他想了想，觉得青君已经闭关修炼几百年了，应当没那么快出关，山头暂时让江影住进去也不是问题。就算青君出关了，这位老祖性情温和，很是大方，应当不会有太大意见。

“去青崖峰如何？”宁玺低声对韩潜说道。

“是老祖宗青君的山头。”韩潜说，“不过他应当不会介意，可以。”

“好，那你便着手安排，好生招待着便是。”宁玺交代下去。

于是，江影便被无相宗安排住在了青崖峰中。

至于宋栀栀的住处，便由袁一溪安排了。

“栀栀，你想去哪里？”袁一溪柔声对她说，“来我灵溪峰与我一处可好？”

宋栀栀想去青崖峰，但她不敢说。

她想了想，决定还是暂时答应袁一溪。

“袁长老，可以的。”宋栀栀笑了笑，对袁一溪说道。

走在前方的江影步子一顿，但很快又往前走去，头也没有回。

宋栀栀被袁一溪带着，登上悬梯，来到无相宗山门之中。

一入无相宗山门，便是门中弟子相互切磋的试练场。

数百位年轻弟子在其中相互比试，提升实力，一派热火朝天的样子。

袁一溪经过的时候，有弟子认出了她，挥手问好道：“袁长老，您回来啦？”

他们唤了一声袁一溪，目光便马上集中在了宋栀栀的身上。

“袁长老，这是……”有位样貌俊朗的男弟子惊叫一声，“这是凡人啊！我的天哪！”

他们修行已久，远离红尘俗事，已经很少见到普通人。

所以现在一看见宋栀栀这个没有丝毫修为的普通人，便仿佛看到了珍稀动物一样，立刻围了过来。

“真的是普通人，一点儿修为也没有！”

“她肩膀上挂了个什么，是心魔吗？好像是韩长老的那只！”

“好神奇！怎么会这样？”

“小姑娘，你叫什么名字，怎么会来我无相宗？”

有人胆子大，直接挤过来问宋栀栀的名字。

袁一溪不好让他们散开，只能尽力帮宋栀栀挡住这些探究的目光。

宋栀栀哪见过这大场面，以前电视里明星遇上前来接机的粉丝也不过是这个样子了。

被许多人围着，还用这种探究的目光看着，她感觉有些无法呼吸。

救命，她又不是大熊猫，为什么要围着看她？

像她这样的普通人，到山下去一抓一大把！无相宗的弟子怎么如此没见过世面？

宋栀栀非常后悔没有提前安排好自己的剧情。

她往后退了半步，受不了这些探究又灼热的目光。

她好想逃，却逃不了。

“看看，你们吓到她了！”

“往后退点！”

“你先退！”

年轻修士堆里又叽叽喳喳地吵起来，嘴上说着要退，但还是疯狂往前挤想要近距离观察宋栀栀。

宋栀栀快受不了了，救命，他们怎么这么热情？

就在此时，一道黑影掠过。

江影到来的时候，周围的空气都冷了好几分。

他冷着脸，拦在宋栀栀面前，看了那些表情兴奋却瞬间僵住的无相宗弟子一眼。

“哗”的一声，所有弟子被他瞪了一眼，作鸟兽散，跑得比什么都快。

江影没有回过头看宋栀栀，只背着身对袁一溪说道：“你们灵溪峰，这样的修士很多吧？”

修士多了也不是好事，要是他们整天围着宋栀栀这个普通人当珍稀动物看，是个人都受不了。

袁一溪一愣，呆呆地应了一声："是的。"

她在无相宗人缘很好，灵溪峰也是年轻弟子聚集最多的地方。

普通人与修士之间终究还是有区别，宋栀栀看起来也受不了每日每夜没完没了的打扰。

袁一溪暗自思忖，是她欠考虑了。

现在适合宋栀栀居住的，竟然只有江影刚刚被分配到的山头青崖峰。

但江影能答应吗？袁一溪有些纠结，但为了宋栀栀的清静生活考虑，她还是开口问江影道："江道友，不知你青崖峰，可还能住下一人？"

宋栀栀在旁边一听，眼睛都发亮了。

江影的眼神轻飘飘地从宋栀栀身上掠过。

"勉强可以。"他懒懒地说道。

宋栀栀听到江影"勉强可以"这四个字，低下了头。

袁一溪一愣，她本没预料到江影会答应。

尽管江影答应得非常不情不愿，但袁一溪对他的印象还是大为改观。

江影果然是个面冷心热的好人。袁一溪想。

她点了点头，将宋栀栀拉到一边叮嘱她。

"栀栀，去江道友的青崖峰，你可愿意？"袁一溪低声问宋栀栀。

在她的印象中，宋栀栀一向是有些怕江影的。

"勉强愿意。"宋栀栀略提高了些音量，好让江影听见。

袁一溪慌了，忙捂住宋栀栀的嘴说道："愿意便是愿意，切莫多言。"

宋栀栀点了点头："好的。"

"若是去了青崖峰，你还是要小心江道友……"袁一溪担心江影对宋栀栀做些什么不好的事，便唠唠叨叨地交代她，"我会命人将生活所需用品送到青崖峰，青崖峰很大，你寻一处偏僻之处住着便好，莫要打扰到江道友清修。"

"他脾气古怪，咱们还是少与他碰面才是。"袁一溪轻声说道。

江影清晰地将她说的话听到耳中，颀长的身子顿了顿。

宋栀栀继续点头，乖巧地道："袁长老，我知道了。"

"等我过段时间将灵溪峰腾出一块清静地方便将你带回来。"袁一溪对宋栀栀说道。

说完，她将宋栀栀往江影的方向推了推："那现在你就跟江道友一道去青崖峰吧！"

宋栀栀点头，对殷切叮嘱自己、一脸担忧的袁一溪挥了挥手："袁长老放心，我会听你话的。”

袁一溪朝她略微颔首，把该交代的都交代了，便转过身往她自己的灵溪峰飞去。

那抹鲜活可爱的粉色消失在云端。

宋栀栀站在离江影有三丈远的地方，一路跟着他走。

终于来到青崖峰，宋栀栀听到耳边传来清脆的啾啾鸟鸣。

她抬眸望去，看见在茂密浓绿的林叶间，几只白羽的鸟儿并排列着，张嘴鸣叫，仿佛排列整齐的音符。

在远处，有潺潺清溪流下，于高低参差的山石间形成大小不一的瀑布，飞溅起雾蒙蒙的水汽，在日光的照耀下折射着七彩的光辉。

溪边几只仙鹿修长的腿微微屈着，伏低了修长的脖颈饮着溪水。

青草漫过河滩，星星点点不知名的花朵点缀其间，清风送来馥郁花香。

这周遭的一切，宛如仙境。无相宗的青君倒是个有品位之人，将青崖峰打理得如此优雅美好。

宋栀栀看到前方山间错落分布着几座茅草屋，微黄的茅草顶在浓绿的山林间格外显眼。

这应当就是属于修士的居所。

宋栀栀摸着下巴想了想，选了最中心、地势最好的那一间屋子。

“我要去那里。”她掂了掂手上的储物锦囊说道。

江影脑海中响起袁一溪临行前对宋栀栀的叮嘱——你寻一处偏僻处住着就好。

这也叫偏僻？

江影点了点头，径直往最角落的那一处院落走去。

却被宋栀栀扑过去，拽住了他的袖子：“江影，你去哪里？”

“袁一溪让你不要扰我清修。”江影握着她的手腕，把她的手从袖子上摘下来。

“我何时扰你清修？！”宋栀栀很委屈，“这院落外便是荒山野岭，若是有猛兽出没，破门而入将我吃了怎么办？”

江影领着宋栀栀往她挑好的院落走去：“青崖峰上没有猛兽。”

宋栀栀指着正在溪边饮水的小鹿：“若是那鹿半夜将我院门拱开，将我拱死了怎么办？你看那鹿角多长！”

江影顺着宋栀栀的目光看过去，那几只无辜小鹿被他的眼神吓得撒蹄子跑开，仓皇失措，险些滑倒在地上。

“已经（被我吓）走了。”江影冷漠无情地说道。

宋栀栀与他来到院落门口，她把着院门说道：“你要不要跟我住？”

“不——”江影开口，话还没说完，便被宋栀栀踮起脚抬起手捧住了脸颊。

宋栀栀双手捧住他的脸，手掌边缘贴着他完美的面部轮廓线，掌心冰凉。

“你说要。”宋栀栀盯着他的幽深红眸，打断他的拒绝。

开玩笑，这青崖峰这么大，外面就是原始森林一样的山林，她怎么敢一个人住，晚上睡觉不得吓死！

江影站直了身子，薄唇抿成一道无情的弧线。

他不想说。

因为宋栀栀有的时候真的很打扰他修炼。

他并不习惯身边有人。

他一向独来独往惯了。

宋栀栀踮着脚，捧着他的脸，觉得手有点酸。

二人对视着，沉默了很久。

宋栀栀觉得手太酸了，正准备收回手，想办法写剧情让江影答应自己。

就在此时，江影垂眸看着她，凉凉地开口：“好。”

他将宋栀栀捧着自己脸的手摘下，掌心抚至她的肩膀处，轻轻揉了揉。

她长久地保持一个动作导致他的手臂酸死了。

宋栀栀心满意足，来到清幽的小院之中，将自己带来的东西一件件从储物袋里摸出来，整齐地放好。

她朝江影伸出手道：“你有没有东西？我帮你放。”

江影想了想，把袖中藏着的一个黑色锦囊丢到宋栀栀手中。

他带的东西没有宋栀栀的那么繁杂，不过是一些日常衣物而已。

“你去修炼啊，待会儿又说我烦你。”宋栀栀催他。

江影的身子一顿，自觉走向偏院的房间，而不是主屋。

宋栀栀有些洁癖，一定要把居住的环境打扫得非常干净才满意。在沈家山庄时，有庄中人帮忙打扫，不用她亲自动手，这青崖峰除了她和江影，找不到第三个会说人话的东西，所以她只能自己动手。

整理完自己的东西之后，宋栀栀拿着江影的储物锦囊，蹑手蹑脚地推开他的房门。

江影果真在修炼，双目紧闭，没了平日凌厉冰冷的眼神，那张绝美的脸也顺眼了许多。

宋栀栀看到他周身有气韵缓缓流动，慢慢吞吐着天地灵气。

她果真没打扰江影。

宋栀栀打开了江影的锦囊，把里面的东西捞出来，准备帮他放好。

然后，她掏出了很多件款式都差不多的衣服，都是崭新干净的，可以直接放入衣柜中。

宋栀栀发誓自己没有窥探江影私人衣物的爱好，她只是随意一瞥。

结果她清楚地看到了江影一件黑色绣金外袍的衣襟处，有一个清晰的唇印。

是她的唇印。

宋栀栀偷偷地瞥了还在安静修炼的江影一眼，把这件外袍扯过来仔细观察。

外袍其余部分都是干净如新的，想必已经被清理过。

结果这坏东西只留下了她的唇印。

宋栀栀捧着外袍，想到了自己手机上曾经出现过的文字。

“今天口脂的颜色很好看，下次还可以蹭到我身上。”

宋栀栀的老脸一红，放下外袍，有意把衣襟处的唇印遮住，不看它。

趁江影没注意，她胡乱擦去衣襟上的唇印，将外袍塞进江影的衣柜里。

江影还是潜心入定着，周身灵气平缓安静地流动着，并没有注意到她的小动作。

宋栀栀弄好一切，这才回了自己的房间，准备休息一下。

在青崖峰的房间里，也备有记录日期的月轮，她转了转这铜制的小玩意儿，惊觉还有三日便是朔月日。

三日后，她又要承受那噬骨的疼痛。

宋栀栀垂下眼睫，心情低落。

但没有留给她伤春悲秋的时间，不久便有人踏足了青崖峰。

宋栀栀看到通知有客来访的法阵亮起红光，便知是无相宗里的弟子抵达青崖峰。

她连忙跑到院外迎接，那无相宗的弟子已经沿着林中小径走了过来。他身着一袭青衫，姿态挺拔，眉目俊朗。

“是宋姑娘吗？”这年轻的男弟子看见宋栀栀，登时双目发亮，目光就像在看大熊猫。

这位弟子名唤云书，在试练场的时候，他没有将宋栀栀这个罕见的普通人看仔细，方才正好有给青崖峰送日常必需品的任务传达下来，他可是花了大力气与师兄弟姐妹打了一架，才得到这个机会的！

“是。”宋栀栀受不了云书灼热的眼神，避开他的目光，只默默接过他手上的储物锦囊。

她原本想拿两份走，她知道一份是自己的，另一份是江影的。

结果云书把一个锦囊收了回去，只让宋栀栀拿走一个。他低声小心翼翼地对她说道：“还有一份是……是江前辈的。”

“我替你拿给他吧！”宋栀栀把两个锦囊都接了过来。

云书送完东西，与宋栀栀挥手告别。

在第三日的傍晚，宋栀栀独自托腮坐在椅子上，看着天际一轮红日缓缓坠落。

天色逐渐变暗，她皱着眉，感觉到身体深处已经升起刺骨的痛意。

待天色完全转暗，孤月细长模糊的轮廓出现在天际，宋栀栀才低下头，将额头抵在桌上。

她缩成一团，抵抗着来自四肢百骸的剧痛。

趴在桌上睡觉的球球第一次见这大场面，看着宋栀栀疼痛难忍的样子，登时惊慌失措，哇哇乱叫。

这疼痛本不是来自宋栀栀身体的异样，所以身为心魔的它也帮不了她。

球球伸出黑色雾气幻化而成的小爪子，挠了挠宋栀栀的手背。

宋栀栀没有叫江影，因为就算他在，他也只能说两句“加油忍着”而已。

江影自己都没办法阻止他体内朔月蛊虫的肆虐，只能任由这邪恶的小虫子折磨他数百年。

只是现在因为锁灵咒，这疼痛转移到她身上了而已。

已经有了两次经验，宋栀栀也没起初反应那么大了。

她扶着椅背站起来，准备自己一个人躺到床上抱着被子默默承受疼痛。

她站起身，因疼痛而踉跄了一下。

因为这日是朔月日，所以月光晦暗，室内昏暗，她也就没有发现房间里走进来一个人。

江影扯过她摇摇欲坠的身子，抱在怀中。

他低头看着她因剧痛而紧锁着的眉头。

“我没……什么大事……”宋栀栀的声音断断续续，因为一阵一阵如浪潮般的刺痛涌上她的喉头，令她说话困难。

江影冰凉的手指抚过她的脸颊。

沉浸在无边无际疼痛中的宋栀栀忽然愣了一下。

“你……”她卧在江影怀里，睁开眼望着他。

“怎么？”江影的嗓音没有平日的冷硬，尾音柔和了些。

“你再碰一下。”宋栀栀闭上眼，面颊微红。

说出这句话真的太羞耻了，但是该死的，她刚刚发现了一个很重要的问题。

那就是江影靠近之后，她身上来自朔月蛊的疼痛都减轻了许多。

江影抬手，将手掌覆在她的脑门儿上，修长的手指盖过她半眯着的眼眸。

她的眼角有泪，想必是因为疼痛。

他整只手都覆在她的脸上，冰凉的掌心贴着她的额头。

宋栀栀长吁了一口气，紧紧攥着的拳头慢慢松开。

江影抱着她，感觉到了自己体内朔月蛊虫的变化。

原本不安地躁动着，随时准备在他体内作乱的可恶蛊虫，在靠近宋栀栀的时候，变得安分了一点儿。

江影定睛看着宋栀栀头顶悠悠晃荡着的婆娑花，忽然明白了什么。

朔月蛊喜欢栖息在婆娑木上，婆娑花作为婆娑木的幼年形态，自然而然也有婆娑木的些许气息。

他日日以血浇灌婆娑花，浸染了鲜血的婆娑花，对朔月蛊虫也有致命的吸引力。

所以在靠近婆娑花的时候，他身体里的朔月蛊虫自然会安分许多，连带着宋栀栀承受的疼痛也少了。

宋栀栀睁开眼，看着江影，眼神莫名。

在江影反应过来这是怎么回事之后，她自然也很快想清楚来龙去脉。

这……这朔月蛊虫，也偏爱拈花惹草吗？

虫随正主！

宋栀栀想捶江影一拳，但她还是痛，虽然没那么痛了，可依旧没有力气，抬不起手来。

江影看着她，吐字清晰，声音清冽如碎雪：“宋栀栀，要我这么抱你一晚吗？”

宋栀栀半眯着眼，打量着江影的面庞。

她的视线很模糊，只看见他的那双红眸漾着勾魂摄魄的光。

她身体深处的疼痛已减缓了很多，她揽着江影的脖子，低下头，埋进他的胸口。

“要。”她低低地说了句。

江影抱着她的手臂更紧了些，她觉得自己的腰被他紧紧地箍着，快要不能呼吸。

她拍了一下江影冰凉的手臂，催他："松点。"

江影站定在原地，手上的力度松了三分。

宋栀栀觉得这样的姿势很奇怪，而且她很想睡觉，但是让江影抱着她睡觉似乎更奇怪。

她全身上下依旧透着隐隐的疼痛，但不剧烈，她尽力让自己忽略这痛感。

江影侧过头问她，微暖的气息落在她耳侧，仿佛晚风拂过。

"要睡觉？"他低声问。

宋栀栀还未回答他，便被他打横抱起，放到了床上。

在这个过程中，他还不忘紧紧搂着她的腰。

但他体内苏醒过来的朔月蛊虫远离了一点点婆娑花的气息，便又开始躁动起来。

宋栀栀身体一缩，皱起眉头。

江影只不过就远离了一点点，她便又痛了起来。

这朔月蛊虫就跟有病似的。

宋栀栀的手无力地拉着江影的袖子。

他俯身躺了下来，她背后一凉，他就躺在她身后。

宋栀栀背对着他，整个人被他抱在了怀里。

江影的眸光微闪，别开了目光。

宋栀栀躺在他的怀里，已经减缓了的疼痛，远不及她现在的紧张感来得强烈。

她低头看着江影环抱着自己腰的手，两只手掌交叉着落在他自己的小臂上，未曾触碰她肌肤半分，骨节分明的手指配上苍白的肤色，宛如艺术品。

宋栀栀扯着面前的被子，手指无意识地绞着锦被柔软的衣角。

好奇怪，她突然间睡意全无。

她身体僵硬，一动不敢动。

江影很安静，除了他冰冷的肌肤，宽阔的胸膛，浅浅的呼吸，宋栀栀几乎可以当他不存在。

宋栀栀想了想，决定跟江影聊聊天，来缓解此时的尴尬。

"以前，你也这么痛吗？"宋栀栀轻声问。

她的声音就像空中的蝴蝶，翩跹飞舞，轻轻落在江影的耳侧。

"是。"江影说。

"如果……"宋栀栀说，"如果有一个人抱着你，能不那么痛，你会让他抱吗？”

江影揽在她腰间的手缓缓上移，冰凉的指尖挑起她的下巴。

“宋栀栀，没有这样的人。”江影平静地说道。他咬字清晰，每一个字都像冬日屋檐落下的冰凌。

宋栀栀没有放弃，她就是很想知道这个问题的答案，所以锲而不舍地继续问。

“我都说如果了，就是如果，如果有这样一个人呢？”宋栀栀强调了“如果”二字。

江影的手指抚过她的脸颊，指腹掠过她的唇瓣。

宋栀栀的唇贴着他冰凉的指腹，又补了一句：“不许说没有如果。”

江影欲言的“没有如果”四个字被咽了回去。

他觉得宋栀栀的问题很没有意义。

但为了让她快些睡觉，他想了想还是回答道：“不会。”

宋栀栀看着窗外的夜空，眨了眨眼。

一种莫名的情绪从心底升起，她想，江影好像是有点惨。

就是那种……惹人怜爱的惨。

到底是经历过怎样的绝望，才能如此斩钉截铁地吐出“不会”二字。

他根本不相信希望。

宋栀栀鼻头一酸。

江影的指尖触到一丝微凉的湿意。

他疑惑了：“为什么哭？”

宋栀栀吸了一下鼻子：“我没有。”

江影把指尖的泪抹到她的脸颊上：“有。”

宋栀栀勉强地解释道：“还是很痛，所以哭了。”

江影揽着她腰的手收紧。

宋栀栀的背更加严密地贴在他的胸膛上。

一片平静，毫无波澜，他没有心跳声。

反倒是江影，听到了宋栀栀有节奏的心跳声，较平时略快些。

她还是很紧张。

周遭的一切已经很安静了，宋栀栀听到了自己暴露情绪的心跳声，如擂鼓，存在感极强。

“我想睡觉。”宋栀栀说，“但我睡不着。”

“你上次那个曲子，可以再哼一遍吗？”宋栀栀想到了江影之前给她哼过的奇怪调子的催眠曲。

江影愣了一下，答了声：“好。”

他的声音低沉好听，严格按照每一个音的高低哼出这首曲子，冰冷坚硬，没有丝毫感情可言。

但这曲子的音调很奇怪，每一个音符都有着助眠的效果。

宋栀栀的眼皮越来越沉，最终完全闭上。

不久之后，睡梦中的宋栀栀翻了个身。

她在他怀里转了个圈儿，伸手攀住他的肩膀，垂首埋进了他的胸膛。

宋栀栀做了一个梦。

她梦见她养了一只可以挼的小兔子，胸毛蓬松，脾气温顺，可以把脸埋进它的胸口使劲蹭。

宋栀栀不管是不是在做梦，但是不蹭白不蹭，所以她在梦中抱起兔子疯狂蹭。

江影看到她毛茸茸的脑袋在自己的胸口蹭了蹭，头顶那朵白色小花儿就落在他胸前那颗红色琉璃珠的下方不远处。

他一动也没有动，任由宋栀栀蹭着，并且在思考是否要将宋栀栀叫醒，阻止她越来越过分的行为。

江影的视线落在宋栀栀头顶的婆娑花上，用来转移注意力。

忽然，他的目光一闪，有些惊讶。

婆娑花的花瓣似乎感应到了什么似的，猛地伸长，想要攫取那颗红色琉璃珠。

江影轻飘飘地吹了一口气，将婆娑花吹开，把红色琉璃珠重新塞回怀里。

等到东方日出之时，朔月日完全过去，仿佛是为了报仇似的，整理好衣服的江影俯身，掐了一下尚在睡梦中的宋栀栀的脸颊。

结果又痛到了他自己。

江影抬手将纱幔放下，这才悄无声息地离开。

日上三竿时，宋栀栀醒来。

她的双手漫无目的地扑腾了两下。

“兔兔，我的兔兔呢？”宋栀栀喃喃自语，两只手抱了个空，猛地惊醒。

身边却没有人，江影早就离开。

宋栀栀起身，坐在床边上，有些失落地挠了挠蓬乱的头发。

她想起来自己昨晚没有更新剧情。

在前几天，她写了个“朔月日之前的这几天，青崖峰皆无客来访”以防止不速之客来到青崖峰，发现她承受朔月蛊疼痛的秘密。

如今朔月日过去了，或许会有新的意外发生。

宋栀栀如此想着，赶忙掏出了手机。

掏出手机的时候，连带着拿出了正在抱着手机睡觉的球球。

宋栀栀发现，球球似乎非常喜欢这个手机，平时手机放在储物锦囊中，球球也每天抱着手机乖乖待在锦囊里，如无必要，球球都不会抛弃手机出现在她面前。

宋栀栀把趴在手机上的心魔球球揭开，按亮了手机屏幕。

看到手机发光，球球马上凑了过来，在屏幕上指指点点。

在这只心魔球球的眼中，这只是一个会发亮的小玩意儿。

宋栀栀看着手机屏幕上已经出现的剧情——

昨夜，江影抱着宋栀栀入睡。

她双手紧紧地抱着江影，根本没有撒手。

宋栀栀：“……”

等等，她搂的不是兔兔吗？！

怎会如此？！

她拍了拍自己瞬间红起来的脸颊，迅速把手机页面往上划，掠过这段文字。

而在底下，已经出现了新的剧情——

穆尉明为门中大弟子护法完毕，成功护着他稳稳来到金丹期，这才想起要找江影复仇之事。

宋栀栀一惊，这才想起自己写了穆尉明被意外“绊住”，所以暂时没能找江影报仇的事情。

现在这么多天过去了，就算再有事，穆尉明应该也解决了。

她继续往下认真地看剧情——

待穆尉明护法完毕，打探江影的消息，却发现变了个天。

那个云鹤宗前来交流学习的小弟子，名唤岑长冬，着实是个藏不住事儿的主儿，偏偏此人为人热情，人缘极佳，迅速与无相宗许多修士打成一片，并且将江影所做之事宣扬出去。

岑长冬把江影在浮舟中做饭，提前查看浮舟情况，不计前嫌助沈昼恢复心神，帮助不相识的普通人逼出心魔等事迹，大加渲染之后，告诉了每一个他认识的无相宗弟子。一传十、十传百，许多无相宗的修士对江影也没那么厌恶害怕了。

穆尉明知道这个消息之后，又听闻江影已住入门中老祖青君曾居的青崖峰，无相宗以上宾之礼待之，登时怒不可遏，悲愤又无奈。

灭门之仇，他必须报！他前去武库之中，拿出自己的浊心剑，擦了一遍又一遍……

事不宜迟，他这日就要到青崖峰取江影狗命。

宋栀栀猜，若是穆尉明真的来了，江影肯定不介意直接将他杀了。

在无相宗里杀无相宗长老，他刚刚有所好转的口碑估计马上就崩塌。

宋栀栀不允许这件事发生，所以她不能让江影与穆尉明碰面。

但是穆尉明已经下定了决心，浊心峰又找不出第二位临近突破需要护法的弟子……

穆尉明应该是阻止不了，只能把江影给支开。

宋栀栀舔了舔唇，开始在手机上打字。

球球趴在手机旁边，露出一双黑豆眼看着宋栀栀飞快打字的手。

江影来无相宗，已有三四日，他未曾忘记交代韩潜帮他调查锁灵咒的眼睛图腾一事，这么多天都没有消息，所以江影决定离开青崖峰，去找韩潜问问情况……

宋栀栀写完这段有理有据的剧情，非常满意。

她刚收起手机，江影便出现在她的窗边。

宋栀栀书房的书桌正对着宽阔的窗台，可以看到院中的风景，颇为雅致。

现在变成江影质问她的窗口。

“我已说过，”江影的红眸定定地望着宋栀栀，闪烁着危险的光芒，“若有事，可以直接找我。”

宋栀栀没想到，她写这样的剧情，也能够被江影发现端倪。

她看着他，叉着腰，气呼呼，开始耍赖：“那你去不去？”

江影本有此意，但一直懒得去催韩潜，方才又是一股神秘的力量把他从修炼的入定状态扯出来。

这种感觉很熟悉，是宋栀栀的杰作。

她总是有一些奇奇怪怪的操作，他都习惯了。

“去。”江影垂下眼睫，冷冰冰地应了一句。

“那你快去！”宋栀栀担心穆尉明已经提着剑杀到青崖峰了，赶紧催他。

江影抬手，将宋栀栀从发间支棱起来的婆娑花捏着，把它塞进发髻里。

“走了。”江影丢下一句话。

语毕，他人已消失，估计是找韩潜去了。

宋栀栀松了一口气。

她坐在书桌前开始看一些话本闲书，度过无聊的时光。

如果有机会，她一定要去无相宗的藏书室看看，那里一定比沈家山庄的藏书室精彩。宋栀栀心中如是想。

她翻过一页手中的话本子，发出“哗啦”的声响，看到房间角落处的法阵亮起，提醒有客来访。

绝对是穆尉明。

宋栀栀气定神闲地看着书。

——穆尉明，你就来吧，反正江影不在，你打了个寂寞。

宋栀栀猜得没有错，闯入青崖峰的就是穆尉明。

穆尉明身着一袭青衫，样貌俊秀，眉目澄澈清明，看起来不像身负深仇大恨之人。

只是他手中持一柄浊心剑，其上萦绕着混沌之气，晦涩难明，但可以看出其中蕴含着极为强大的力量，望之令人心悸无比。

穆尉明是个通透之人，将仇恨信念都封入剑中，是为“浊心”，这样他的武器因为仇恨会变得无比强大，而他本人也不会因为恨意迷失心志，误入歧途。

他手中的浊心剑闪着微光，人已经踏入青崖峰的地界。

穆尉明以强大的神识横扫整个青崖峰，却没找到江影在哪里。

他暗自思忖，江影在灵祇神教时，常行暗杀之事，这一身隐匿功夫也是极佳，因此他藏起来了也说不定。

但是他可以分析出江影的藏身之处。

穆尉明将目光放到青崖峰正中心、地势最好最高的那处院落，两三座看似简朴实则内里精致的茅草屋共同组成这小院。

这是青崖峰中最好的一处居所……

而此时的宋栀栀根本不知道穆尉明胡乱分析，都分析出了些什么。

她拿口水润了一下手指，又翻了一页书。

方才穆尉明以强大神识横扫青崖峰的时候，身为心魔的球球已经敏锐地注意到了危险。

它伸出黑色雾气幻化而成的小爪子，摇了摇宋栀栀的手指。

“我知道青崖峰有人来，没事，不关我们的事。”宋栀栀不以为意，把球球推开，安慰了一句。

而此时，穆尉明已经无声无息接近了她居住的小院的上空。

穆尉明又开始分析，江影应当会选择住在青崖峰最好的院子里，他断然没有住在偏院房间的道理。

以江影这般霸道的性子，肯定会住在主屋中。

穆尉明握紧手中的浊心剑，眼中杀意迸现，他的师门被灭之仇，终于可以报了！

就算报不了，以江影嗜杀的性子，也定会将他给杀了，能让江影担上一个在无相宗杀害宗门长老的罪名，到时必定引动门中青君出关，为他报仇……

穆尉明心中一套计划已经明晰，只待出手一击，与江影对上阵来。

他俯身飞下，轻盈地落在宋栀栀的房门外，无声无息。

穆尉明铆足了气势，一脚踢开宋栀栀的房门，手中的浊心剑已然出鞘，带着势不可当的气势往前击出。

浊心剑势如游龙，锐不可当。

宋栀栀只听见“嘭”的一声巨响，她的房门直接被人踹开了。

她扭头，看到了正朝自己眉心而来的一柄浊心剑！

宋栀栀瞳孔骤缩。

在浊心剑出鞘的时候，穆尉明就察觉到了不对。

一踢开房门，他便被门内挂着的轻纱软帐糊住了半边脸，轻纱柔软，拂过他的耳侧。

而呼吸间闻到的是……是属于女子的香气。

等等！女子？

穆尉明看见坐在窗边书桌旁看书的宋栀栀，她青丝长至腰际，回眸时神色惊惧，眉心有着一点殷红朱砂。

然而他手中的浊心剑已然出手，退无可退。

穆尉明瞬间握紧了浊心剑，原本蓄势待发的体内法力被他强行逆转，收住剑势，瞬间经脉受挫。他内腑受伤，被自己的力量反噬，口中溢出鲜血来。

好在浊心剑的力量已经被强行削弱九分。

蹲在宋栀栀肩膀上的球球跳了出去，以极快的速度飞出，带出一串残影。

它将浊心剑接了下来，叼着锋锐的剑刃，引导着它往侧边飞去。

浊心剑击中宋栀栀身后不远处的墙壁，发出巨响，带起烟尘。

茅草屋上施加的稳固法术大受震荡，但好歹是青君亲手布设，房间只是摇晃了一下，并未倒塌。

宋栀栀被气浪掀起，往后疾退，后背贴到墙上，虽然毫发无损，但眸中依旧惊魂未定。

球球“扑哧”一声把浊心剑给吐了出去，宝剑立即回到它主人手中。

穆尉明看着宋栀栀，直接愣住了。

江影何时，变了个模样？

不对、不对，她根本不是江影！

宋栀栀到底是个没什么存在感的普通人，穆尉明根本不知道青崖峰里还住了个没有修为的凡人。

“你！”宋栀栀伸出手，把球球抓回手中，装作一副非常意外的样子，“你是谁？”

“我……”穆尉明被这姑娘一质问，看到她漂亮的面庞，登时话都说不利索了。

“我是来报仇的。”他坦荡地回答。

“你找我报仇？”宋栀栀指着自己的鼻子，快被穆尉明这个“憨憨”气死了。

干脆让他跟江影决斗算了。

“你是何人？”穆尉明收了剑问。

“我……”

——我姑且也能算你妈。

宋栀栀面对书中人物提出的这个问题，一向只有这个答案。

她心疼地看着被穆尉明踢破的房门，抬手将院子里的一只小白鸟给召唤了过来。

“袁长老，有人，有个不认识的人，提着剑把我的房门踹了！”她传音给袁一溪，直接告状。

穆尉明：“……”

——等等，你在干吗？！你快住手！

他不是来报仇的吗？现在怎么跟闯入女子闺房的登徒子一样？

而另一边韩潜的居所中，却是一派风平浪静。

韩潜摊开江影给自己绘制的锁灵咒图腾的图纸，负手而立，礼貌地问道：“江道友，你要我寻找线索的这个图腾，是不是与灵祇神教有关？我还是第一次见这样的图腾。”

江影冷冰冰地吐出一个字：“是。”

他话音刚落，一位韩潜的门中弟子闯了进来，极为惊慌地对韩潜说道：“师父，青崖峰出事了！”

江影登时站起身。

韩潜知晓青崖峰中还有一个宋栀栀，忙沉声问道：“何事？”

“穆长老提着剑，闯了宋姑娘的房间，把人家房门都踹破了。”弟子赶忙说明情况，“今日掌门不在，师父快去主持大局，解决此事。”

韩潜：“……”这叫什么事？

江影：“……”穆什么？你命没了。

听到这个消息，韩潜忙将画了锁灵咒图腾的纸张给收了起来。

他朝江影点了点头，恭敬地说道：“江道友，门中有事，先失陪了。”

韩潜一向很少管这些闲杂琐事，门中事务都是由掌门宁玺打理。

只是前几日，凌霄地界有异变，似有精怪妖魔出世，事情颇为棘手，所以宁玺带着沈昼去往凌霄地界调查此事。

掌门不在，门中若发生一些意外，只能前来禀告韩潜。

无相宗门规森严，门中修士一向守礼，像这种擅闯他人山头还破门而入的情况实在少见。

穆尉明是无相宗几位长老中最年轻的，虽然门中地位差不多，但他把韩潜等几位长老当作长辈对待。

韩潜对江影作了一揖，撩起衣袍，急匆匆地准备离开。

在他的印象中，江影对这种事不怎么感兴趣。

但江影抬眸，冷声开口，叫住了韩潜：“你们无相宗门中长老，闯了青崖峰？”

韩潜一惊，脚步停了下来，说话的语气非常心虚：“呃——好像是如此！”

糟糕！韩潜暗自思忖——青崖峰现在是江影的居所，穆尉明闯了青崖峰，再加上二人有旧怨，若是让江影也过去，恐怕穆尉明讨不了好。

韩潜心中还是更加向着自家宗门的人，江影灭了穆尉明师门，穆尉明想要报仇也情有可原。

“我一道去。”江影起身，高大的身影在韩潜身后笼罩了一道阴影。

江影揉了揉手腕，韩潜敏锐地感觉到了他不加掩饰的杀意，如山般沉沉地压了下来。

“江道友，我知你与尉明曾有旧怨，尉明先闯青崖峰，是他不对，我们亦会秉公处理此事。”韩潜无奈地说道，“但想要为师门报仇，是人之常情，希望江道友不要过多为难。”

韩潜不知该如何与江影解释此事，只当江影此时想起了与穆尉明的“旧怨”。

“旧怨？”江影冷冰冰地问了两个字。

他连穆尉明是谁都不知道，只当是个无相宗里不知礼数的登徒子。

“啊……”韩潜一边领着江影往外走，一边挠了挠头说道，“江道友，你在灵祇神教时，灭了素心派满门，你不记得了吗？穆尉明曾是素心派的门中弟子。”

“原来尚有一条漏网之鱼。”江影想起了此事，凉凉地说道，语气冷漠。

素心派他记得，曾是灵祇神教的眼中钉肉中刺。

韩潜的身子抖了抖，他有些慌。

江影怕不会准备把穆尉明给杀了吧？

若是如此，只怕他们无相宗，还是要与江影为敌了。

但是……韩潜又想了想，江影此前做过的事，看起来并不像残忍嗜杀、丝毫不讲道理之人。

他还是带着江影，一道往灵溪峰飞去，前去处理此事。

而此时的灵溪峰中，袁一溪忍不住抬手，敲了一下穆尉明的脑壳。

“尉明啊尉明，你要我如何说你！”袁一溪沉声喝道，看来是真的动了怒，“若不是人家身上有一只心魔，恐怕人已经死在青崖峰中了！”

穆尉明冷着脸，瞥了一眼乖乖坐在一边，低头小心翼翼喝着安神茶的宋栀栀。

“袁师姐，她还好好的。”穆尉明无奈地说道，“再说，我去青崖峰，是为了报仇，想必你也知道此事。”

袁一溪揉了揉太阳穴，只觉得头大如斗。她确实理解穆尉明的仇恨，不好因为这个原因苛责他。

但江影灭了素心派满门，当初只是因为灵祇神教的命令而已，他受灵祇神教控制，无法控制自己的行动，就算不想杀也要杀。

人与人之间的恩怨，就是一团乱麻，剪不断理还乱。

“袁长老……”宋栀栀放下手中的茶盏，唤了袁一溪一声。

现在冷静下来，她觉得穆尉明是有点惨，所以准备替他求一下情。

“栀栀，怎么了？”袁一溪凑过来问她。

宋栀栀正待开口求情，方才前去给韩潜传令的弟子已经飞奔回来。

“袁长老，我已通知韩长老前来，只是——”弟子看了一眼穆尉明，欲言又止。

“只是什么？快说。”袁一溪让他赶紧讲。

“江影也在韩长老身边，听闻此事，也要一道前来。”弟子说明这个消息。

“唉！”袁一溪觉得头更痛了。

宋栀栀听到“江影”二字，马上坐直了身子。

她将原本准备好要为穆尉明求情的话吞回肚子里。

宋栀栀转了念头，她希望无相宗惩罚穆尉明把他关起来，这样江影就不会与他碰面了。

“袁长老……”宋栀栀心道一声“对不起”了，幽幽地开口说道，“我……我还是很怕。”

“那时我正准备脱了衣服沐浴……”宋栀栀胡编乱造，“刚把腰带解开，就听见身后‘嘭’的一声巨响，好像是什么人破门而入，我刚回头，一柄剑就朝我飞过来了，幸亏有球球。”

“什么？他竟如此唐突！”袁一溪一拍桌子。

她觉得穆尉明实在是太鲁莽了，做事从来不问原委不做规划，只一门心思往前冲，如此心性，就算现在不出事，以后也会闯祸。

“是啊！”宋栀栀又抬头，猛地灌了一大口安神茶，“我……我都快吓死了！”

这个时候，她感觉到一直躲在锦囊里养神的球球伸出小爪子挠了挠她的手背。

宋栀栀低头看去——

她看见球球邀功似的将她储物锦囊里的一样东西推了过来。

在锦囊打开了一半的缝隙中，宋栀栀看到了启动之后正在亮着幽蓝色光芒的……传音球。

是跟江影联系的那个传音球。

宋栀栀都快窒息了。

这个球球怎么回事？净添乱！

江影都听到了些啥？

而此时，正与韩潜并肩飞着的江影目光骤然一闪，几句对话在他脑海中响起。

江影面上依旧一派平静，但他身旁的韩潜已经被吓了个踉跄。

韩潜觉得自己快要喘不过气来了，因为江影周身的气场实在是过于迫人。

他猛地扭头看江影，说话的语气被吓得虚浮：“江道友，怎么了？”

江影未回答他的话，只加快了速度往灵溪峰飞去。

灵溪峰中的宋栀栀不动声色地将手伸进储物锦囊，准备偷偷把传音球给关了。

结果一声剑鸣，穆尉明将手中的浊心剑拔出，双手奉上。

宋栀栀说的每一句话都很扎心，穆尉明自问一生从未做过违心之事，这次……确实是他被仇恨蒙了双眼，做了错事。

他看着宋栀栀，沉声说道："宋姑娘，此事是我不对，闯了你的闺房，害你名节受损，穆某愿意负责，娶宋姑娘为妻，此剑就是聘礼。"

宋栀栀："……"

——你在说什么鬼话？！

她被穆尉明这句话惊得手指头都不利索了，哆哆嗦嗦地将传音球给关了。

袁一溪听到这句话，差点没昏过去。

无相宗怎会收了这么一个大傻子来当长老，现在把他逐出宗门还来得及吗？

占了人家姑娘一次便宜，他居然还想占一辈子便宜。

臭男人。

烦死了。

袁一溪开口喝道："住嘴。"

穆尉明马上闭嘴，只望着宋栀栀，眼神很是抱歉。

据说他们凡人姑娘都是很注重名节的。

穆尉明将手中的浊心剑往前抬了抬。

宋栀栀惊恐地往后退——不、不、不！她不要这玩意儿。

袁一溪将宋栀栀护在身后，唤来身边弟子："尉明，此话不要再讲，宋姑娘不可能答应你此事，你如此说，只会让她更加难受。"

"你根本不知道错在何处。"她揉了揉眉心，"我等不到师兄给你定罪了，现在就去领罚吧。擅闯青崖峰是一罪，今日所言另加一罪，两罪同罚，去四象水镜中闭关思过，明年再出来，另加雷刑十道。"

"是。"穆尉明将浊心剑收起，乖乖领罚，只皱了皱眉，还有困惑，"所以宋姑娘——"

"莫再对她说话，再多言一句，雷刑加至一百道。"袁一溪柳眉倒竖，"宋姑娘根本不想你负责，你能负个什么责？都修炼几百年的人了，她还嫌你老呢，她只想看你被关在四象水镜中。"

袁一溪扭过头去看宋栀栀："是如此吧？我们无相宗门规确实如此。"

擅自在无相宗宗门内斗殴、寻衅滋事者须闭关思过，关押时间视事件大小而定。

宋栀栀点了点头，她听袁一溪说话，如闻仙乐耳暂明："是。"

穆尉明被灵溪峰的弟子领了下去，押送前去四象水镜中领罚。

他心中只叹此仇只能等从四象水镜出来之后再报了。

袁一溪坐在宋栀栀身侧，感到有些抱歉。

穆尉明刚被押走没多久，一股强大的气息席卷过灵溪峰上空。

袁一溪还以为是韩潜来了，忙走出会客厅迎接。

“师兄，我已先让他下去领罚了。”袁一溪冲那道气息喊道。

结果对上了一双危险的红眸。

“江道友，怎会是你？”袁一溪往后退了两步。

江影落在灵溪峰会客厅外的广场上，直接无视了袁一溪，大步走进厅堂内。

他抬眸望去，看见宋栀栀正坐在椅子上捏着球球，让那心魔球球发出“吱吱吱”的声音。

“他已去领罚了。”袁一溪对江影说道。

此时，韩潜才气喘吁吁追上了江影，落到袁一溪面前。

“尉明呢？”韩潜担心他与江影对上，忙问道。

“被我罚去四象水镜中闭关思过一年，再加十道雷刑。”袁一溪幽幽地说道。

“十道雷刑？罚得有些重了！这一道可是会削去修为的。”韩潜大惊，穆尉明应该罪不至此吧！

“他先擅闯了宋姑娘的房间，把人家吓得要死，若不是有球球，她可就丧命了，又在宋姑娘面前说些闯了她闺房，害她失了名节，他会娶她负责之类的鬼话。”袁一溪哼了一声说道。

“竟是如此！”韩潜沉声说道，非常惊讶。

他马上转过身唤来弟子，低声说道：“吩咐下去，再加十道雷刑，此事我会对掌门解释。”

袁一溪与韩潜刚交流完此事，便看到江影迈步走出厅堂。

“四象水镜在何处？”江影眼睫微垂，吐字冰冷。

“四象水镜只有无相宗修士才能进入。”袁一溪叹了口气。

把穆尉明关进四象水镜中，她何尝不是想要保护穆尉明那个憨小子？

江影抬眸瞥了袁一溪与韩潜一眼，两人神色微惊。

他……是真的动了杀意。

若是穆尉明离开得再慢一点，他现在恐怕已经死了。

这是多大仇？！

江影当真就对穆尉明这个当年的漏网之鱼有如此执念吗？

韩潜与袁一溪交换了一下神色，目光中都多了一层戒备。

结果他们只听见江影冷笑一声，讽刺道：“无相宗的待客之道，竟会如此。”

袁一溪一惊。她当然知道，在此情此景下，江影指的“待客之道”不是待他这个客，而是指待宋栀栀这个客。

他……他竟为了宋栀栀在打抱不平吗？！

如此，倒有些出乎她的意料。

“江道友……”袁一溪无奈地说道，“我们已经罚得很重了。”

韩潜拉过弟子，继续吩咐：“再加十道雷刑，共计三十道，两年不要给他出来。”

江影的杀气依旧未消。

直到宋栀栀抱着球球，走了出来，好奇地问道：“你们怎么一直在外面没有进来？”

袁一溪将她拉过来，小声地交代道：“江道友在为你打抱不平呢！”

宋栀栀：“……”

她扭过头，对江影甜甜地假笑：“那，多谢江公子了！”

“人也罚了，明日我派人去将你房间的门给修好，你先回青崖峰找另外的地方好生休息一下。”袁一溪拍了拍她的手背，安慰道。

宋栀栀乖乖地点了点头，应了声：“好。”

“不如我还是将灵溪峰打点一下，你搬过来住算了。”袁一溪对她柔声说道，“尉明会闯入青崖峰，是因为要找江道友报仇，我担心你……”

宋栀栀的脚在地上不情愿地动了动：“袁长老，灵溪峰中修士太多了。”

“唉，也是。”袁一溪轻叹一声，“那你先回青崖峰吧，你与江道友一块儿，不用离他太近，不会有什么事的。”

她拍了一下宋栀栀的肩膀。

宋栀栀顿时立正站直。

她听到了袁一溪说的“不用离他太近”这几个字。

自然而然，她想到了昨晚。

他们的距离，近得不能再近了。

宋栀栀的脸颊泛起淡淡的粉，她连忙转过身去，不敢让袁一溪发现。

袁一溪心细，早就发现她这小表情，她联想到了什么，有些忧虑。

宋栀栀不会是……喜欢江影吧？

说来也正常，是江影替她逼出心魔，将她从鬼门关拉回来的，于她有救命之恩。

江影除了浑身写着“生人勿近”，模样、身材都是极好的，宋栀栀是个普通人，根本感觉不到他周围的气场有多强大，光看样貌，她会喜欢江影可再正常不过了。

“栀栀……”袁一溪唤了她一声。

“嗯？”宋栀栀背过身，拍拍脸颊，不好意思地回答她。

“你……”袁一溪欲言又止，又不知如何说。

她顿了一下，才叹口气说道：“你跟着江道友回去吧！”

“好。”宋栀栀点头，提起裙子，奔了过去，跟上江影的步伐。

袁一溪看着她与江影离开的背影，无奈地揉了揉眉心。

“一溪，为何忧虑？”韩潜不明所以，开口问袁一溪。

“我怎么觉得……栀栀似乎有些心悦于江道友？”袁一溪说出了自己的担忧。

“竟有此事？”韩潜惊讶，“我没看出来。”

“你能看出个啥来？”袁一溪白了他一眼，“她会喜欢江影，情有可原。”

“修士中优秀的男子很多，江道友的性格，并不算太好。”韩潜负手说道，俨然一副老父亲的姿态，“他是无心之人，宋姑娘若当真心悦于他，恐怕会受挫。”

“确实，栀栀只是见的人少了，才会如此。”袁一溪灵光一闪，想出个办法来，“还是要让她多见见年轻帅气的男修士，开开眼界，如此，她也不会只将目光放在江道友身上了。”

“且不论江道友的性情，只是那皮相与修为，确实无人比得上。”韩潜摇了摇头说道，“宋姑娘若真的喜欢他，无异于飞蛾扑火。”

“唉，我这几日看看，门中有无优秀的年轻男修士，让他们多去青崖峰走动，让栀栀转移一下注意力。”袁一溪想到了解决办法。

“好，我看看我门下有没有合适的。”韩潜一拍掌心，与袁一溪的观点不谋而合。

而此时的宋栀栀根本不知道，瞎操心的袁一溪与韩潜已经暗中准备给她“相亲”了。

她跟在江影身后，偷偷踩他的影子玩。

两人回到青崖峰中，四下无人，江影停下了脚步。

宋栀栀蹭到他身边，偷偷拉住了他的袖子。

江影垂眸去看她束腰的腰带。

宋栀栀注意到他的目光，连忙将腰带上坠着的流苏撇到一边去。

“干……干吗？”宋栀栀支支吾吾地问道。

江影把她的手腕握着，将她拉了过来。

他的红眸直视着宋栀栀，低声问道：“今日你知道他会来青崖峰？”

宋栀栀目光闪烁，疯狂摇头。

江影单手捏住她的脸颊。

她这副样子，就是在说谎。

他俯身低头，带着微暖的气息拂过宋栀栀耳畔。

“宋栀栀，你支开我，就是在等他来？”他的语气平静，宋栀栀却能在这波澜不惊的表面下，感知到其中的危险暗涌。

宋栀栀不知道他是怎么得出这个结论的。

虽然他说的是事实没有错。

但从他口中说出，怎么……怎么多了一丝幽怨呢？

“我没有等他来。”宋栀栀如实说道。

谁知道穆尉明的脑袋不太好使，直接闯了她的房间，还险些把她当成江影给杀了。

“明知他会来，腰带都要解了？”江影问了她一个问题，语气越发危险。

宋栀栀快要晕过去了。

救命，这只是她编的，只是为了让袁一溪赶紧把穆尉明关起来，好让江影不要跟他碰上。

她当时在看书来着。

“我……”宋栀栀好委屈。

但这是她亲口说的没有错。

怪只怪，被江影听了个一清二楚。

她又不知如何解释。

宋栀栀迎上江影的目光，“我”了半天，只憋出来三个字：“你凶我？”

江影：“……”

——我凶你什么了？

“你不仅凶我，还不理我。”宋栀栀没听见江影的回答，反客为主，直接控诉。

江影无话可说，只低下头，将宋栀栀束腰的柔软腰带扯过来，又拉紧三分。

被他一拉，宋栀栀的肚子一紧，只觉得下午在灵溪峰喝的安神茶都要吐出来了。

“你还对我动手动脚。”宋栀栀气死了。

她将腰带从江影手中抽回来，推开他，大踏步走在前面。

宋栀栀有些委屈。她做了这么多，还差点被穆尉明给杀了，这不都是为了江影？结果这个坏东西不仅不领情，还凶她！

江影搞不懂宋栀栀。

他觉得在这件事上，本该是他占上风的。

但事实好像并不是如此。

江影抬脚，跟上宋栀栀的步伐。

宋栀栀见他跟了过来，直接跑起来，让他追不上。

江影的腿长步子大，气定神闲地走着便能追上正在跑着的宋栀栀。

宋栀栀闷头走着，根本不理他。

江影也没有主动开口，就这么并肩与她一道回了居所。

宋栀栀看到被砸坏了门的房间，头大如斗。

她走进自己的房间，把门口的纱幔放下，自顾自坐到窗台旁的书桌后，开始看书。

宋栀栀胡乱地翻着书，书页纷飞，她却一个字也没有看进去。

她看着眼前密密麻麻的文字，只觉得有些恼人。

宋栀栀在想，她这样是不是有些过分了？江影什么也不知道。

话也是她亲口说的。

她“啪”的一声将手中的书放下。

宋栀栀听见门外传来了嘈杂的声音，似乎什么东西在被搬动。

她扭头看门外，半透明的纱幔外，有一个人影。

是江影。

宋栀栀忍不了了，站起身，走到门口，掀起帘幔查看门外的情况。

她抬眸看去，便看到江影将原本被穆尉明砸得稀烂的门给复原了。

他抬着门，半张脸从门后露出来，红眸平静，幽幽地望着她。

宋栀栀明知故问：“你在做什么？”

江影的语气漠然：“修门。”

宋栀栀的手扒在门框上，盯着江影看，目光描摹过他高挺的鼻梁与俊逸的眉，还有那双摄人心魄的眼眸。

“江影。”宋栀栀轻声唤他。

“在。”江影一只手抬着门，很快回答她。

“我听说穆尉明与你有仇，所以我觉得他这几日会来，我怕他来挑衅你，你会把他杀了，与无相宗为敌，我就要与你一起亡命天涯了。”宋栀栀的语速飞快，将自己为什么要这么做的来龙去脉全部说给江影听，“我不要跟着你一起被人追杀，所以我不希望你杀了穆尉明——与他本人的生死无关，我只是不想你……不想你与那么多人为敌。”

“所以……我让你离开，好让穆尉明来青崖峰找不到人。”宋栀栀继续说，“我没想到，他居然把我的房间认成你的，直接闯了进来，我那时在看书，没有要沐浴也没有要解腰带。”

“后来我在袁长老那里听说，你也要过来，为了让他被罚闭关思过，不与你碰面，我便将此事夸大，让袁长老赶紧罚他。”宋栀栀望着他，跺了跺脚，解释道，“我没想到会都被你听了去！！也没想到穆尉明会说……会说那种胡话。”

第八章
我带你飞

宋栀栀说完后，眨巴着眼睛看着江影。

她两手放在门框上，不好意思地露出半张脸。

江影手里拿着刚修好的门，雕花木门遮住了他大半个身子。

他略微垂眸，长睫垂落，下午的明亮日光落在他的脸颊上，映照出如玉般的色泽。

“嗯。”江影低声应了句。

宋栀栀看不出他的情绪来，或许他根本没有情绪这种东西。

江影看着她，没有说话。

宋栀栀也盯着他的眼睛看，她很喜欢他的眼眸，深邃无垠，仿佛静水的湖。

江影看向宋栀栀的目光中没有起伏，平静而漠然。

两人就这么对视着，直到江影忍不住开口。

“宋栀栀。”他唤了她一声。

宋栀栀马上立正站直问道：“怎么了？”

“让让。”他已经等宋栀栀自己主动走开等了很久了。

宋栀栀看向一直稳稳被他抬着的门……

她尴尬了。

原来她把修门的地方给占了。

宋栀栀连忙后退两步，退到房间里，给江影让出地方来。

江影把修好的门安装到门框上，发出“咔”的一声。

他打开门，开关了两下，确认它可以正常开合。

宋栀栀看着这被修得完美无缺的门，心里想，一定不会有人修得比江影更完美了。

没想到这么一个大反派、大魔王，竟然会亲手修门，这让她感觉有些奇怪。

做完了事，江影这才拿出白绢，细细地擦去手上残留的尘灰。

宋栀栀坐在椅子上，双手搭在椅背上，静静地看着他。

江影没有急着离开去修炼，肯定还有话要对她说。

果不其然，江影踱步走了过来，目光未从宋栀栀的脸上移开。

宋栀栀被他瞧得有些不好意思，连忙侧过头，避开他的视线。

“我已说过多次，有事可以直接说。”江影的手指攀上她的下巴，把她的脸扳正。

他指的是宋栀栀擅自把他从青崖峰支开一事，若他还在，便不会让穆尉明闯进她的房间。

穆尉明恐怕在还没接近宋栀栀房间的时候，就已经死了。

“你不会答应。”宋栀栀说道，而且莫名其妙要江影不要杀一个无相宗的长老，总觉得怪怪的，“你是不是现在还想杀了他？”

“是。”江影诚实地道，并且已经在脑海内把杀穆尉明的流程过了一遍。

“下次不要用类似的方式强迫我做事。”江影的语气骤然危险了三分，周身气场冷了下来。

他讨厌这种身不由己的感觉。

宋栀栀想了想，觉得江影感到不舒服是正常的。

她这次也没有想到，她安排江影做如此顺理成章的一个动作，也会被他发现不对。

“对不起。”宋栀栀说。

江影轻轻地捏了一下她的脸颊，她感觉到面上传来了寒意。

“我看你下次还敢。”他说。

宋栀栀觉得他说得对。

她抬起下巴，对江影轻声说道：“那……那你又能拿我怎么办？”

江影想了想，发现自己确实不能拿她怎么办。

仿佛是为了找回场子似的，他抬手直接将宋栀栀束发的玉簪给抽了出来。

宋栀栀这日的发簪是玉质的，末端雕刻了一只小兔子，看起来活灵活现。

她的青丝垂落肩头，如缎般散开，从他苍白的手腕间倾泻而下。

婆娑花支棱起来，俏生生地立在她的头顶，鲜活可爱。

“若有下次，便将你头上那朵婆娑花的花瓣给拔了。”江影冷声道，他似乎只能用这个威胁宋栀栀了。

宋栀栀知道他不会这么做，于是拍拍他的手背道：“你修炼去吧！”

江影迈步走出宋栀栀的房间，确实是修炼去了。

宋栀栀一个人在房间里，转过身，挪到书桌旁，掏出自己储物锦囊里的手机。

连带着拽出一只抱住手机不放的球球。

宋栀栀想起了什么，把球球从手机上拔下来，捏着它的小肚子说道："球球，以后不许随便开我的传音球，你这样很过分，你知道吗？"

球球眨了一下如黑豆般的小眼睛，"吱吱"叫了两声，一副无辜的样子。

结果下一刻，江影凉凉的声音在宋栀栀的脑海里响起，仿佛兜头给她的脑袋浇了一盆雪水。

"开得好。"江影通过传音球对宋栀栀说道，语气毫无波澜。

宋栀栀看到储物锦囊里的传音球，不知何时又被球球打开了开关，泛着幽蓝色的光芒。

"江影，你怎么还替它说话？！"宋栀栀把传音球拿出来，放到嘴边，冲那边小声嘟囔道，"一个两个，都是坏东西。"

宋栀栀说完之后，马上把传音球给关了。

球球挥舞着黑色雾气幻化而成的小手，看起来很是兴高采烈。

而在另一个房间里，闭上眼正准备入定的江影眉头微微皱起。

他想到了一件事。

宋栀栀以前只说他是"坏东西"来着，不知何时却多了一个小小心魔与他相提并论。

江影如此想着，竟然入定失败了。

他强压下这个念头才成功进入放空状态，周身气韵轻盈地流淌着。

宋栀栀根本不知道江影那边在想些什么。

她把球球丢到一边，按亮了手机。

在灵溪峰时，她听说无相宗掌门宁玺带着沈昼去凌霄地界调查一些事，说是有些什么意外情况发生，似乎有精怪妖魔现世。

宋栀栀虽然在无相宗安全得很，一时没有什么情况发生，但她担心有什么事情，所以准备拿手机把"摄像头"开到宁玺与沈昼师徒的头顶上，看看凌霄地界到底是怎么回事。

按她对此界的了解，宋栀栀估算着宁玺与沈昼此时应该是到了凌霄边界的谭曲河，便在手机屏幕上打字——

此时的凌霄地界，距离无相宗最近的谭曲河畔……

谭曲河畔的天际出现两道御风而行的身影，为首的是气质儒雅温和的宁玺，而紧紧跟在他身后的正是沈昼。师徒二人在谭曲河边落地。

宁玺低头，看到原本流淌着纯净河水的谭曲河上方已经被黑气笼罩，河水颜色暗红，仿佛是血液的色泽，而河边堆积着累累白骨，有人的，也有妖兽的……

“似乎是谭曲河的源头出了问题，且溯流而上去看看吧！”宁玺扭过头对弟子沈昼说道，“昼儿，路上要小心。”

“要几日才能到谭曲河的源头？”沈昼不忍见此惨烈的画面，摇头轻叹，沉声问道。

“谭曲河自赤霞山而来，蜿蜒曲折，现在过去，我们一路上还要留意细心寻找有什么线索，还需五六日的时光。”宁玺负手而立，推算了一下需要的时间。

“事不宜迟，师父，我们出发吧！”沈昼行动力极强，很快飞身而上，朝谭曲河的源头而去。

师徒两人的身影，再次消失在远方。

宋栀栀看向手机上出现的这串文字，心下暗惊不知道出现了什么事情，才会让谭曲河出现如此惨状。

因为她写这本书，也只是写了个开头而已，后面的剧情还没来得及编，所以后面会发生什么事，她根本不知道。

宋栀栀能够做的，只是根据已经发生的事情，合理地续写剧情而已。

不过现在江影人在无相宗，凌霄地界的事情，无论如何都不可能把锅甩到他头上，宋栀栀没有非常担心。

宋栀栀知道自己可以想办法开上帝视角，强迫这本书说明谭曲河异变的真相，但这又要耗费神识。江影还在修炼，她不想打扰他，就辛苦宁玺与沈昼先去调查一下好了。

宋栀栀如此想着，便将手机给收了起来。

距离宁玺与沈昼到达谭曲河的源头，还有好几日，她还能再“摸两天鱼”。

宋栀栀乐得自在，又看了些好看的话本子，一天就这么过去。

次日，宋栀栀刚起床没多久，还在喝粥，便看到房间里法阵光芒亮起，提醒有客来访。

宋栀栀用勺子在白粥里搅了搅，抬眸望向坐在自己对面、面无表情的江影。

“有人来青崖峰了。”宋栀栀提醒他。

江影替她把碗碟收起："我马上要去修炼，你去看看。"

"好嘛……"宋栀栀其实也很懒，但她也知道让江影主动去迎接客人很离谱。

江影猫进房间里修炼去了，房门关得紧紧的，任谁从门口经过，也不会知道偏院的房间里还住了个江影。

宋栀栀慢腾腾地走出小院，来到青崖峰外围。

远远地，便看到为首的一个高挑身影朝她招手。

宋栀栀眯起眼，看到青崖峰林中的小溪尽头朝自己招手的人是岑长冬。

岑长冬！

在宋栀栀的眼里，他就是人间大喇叭。

他来做什么？而且似乎他身后还跟了三个别的修士，其中一个是宋栀栀见过的云书。

"岑公子、云公子。"宋栀栀走上前去，唤了两个认识的人，再对另外两个不认识的男修士点了点头。

等等，她怎么觉得场面有点不太对。

这……这……这……来青崖峰的四个男修士，怎么都是气质不俗的帅哥，各有特色，修为不低，什么类型都有。

宋栀栀没见过这场面，直接愣住了。

而此时的袁一溪在灵溪峰中，垂首喝了口茶，扭头看向坐在一旁的韩潜，柔声说道："我暂且先唤了四个弟子前去帮她修门，培养培养感情，看看栀栀能不能移情别恋。"

而这边的青崖峰中，宋栀栀说话都结巴了。

"你们……你们来青崖峰做什么？"她望向最为熟悉的岑长冬，神色疑惑。

"给你修门呀，宋姑娘！"岑长冬探头望向宋栀栀居住的院子，"你的房间门不是被穆长老弄坏了吗？"

岑长冬话音刚落，便有另一人搭腔道："是我师父。宋姑娘，真是抱歉，我师父以前不是这样的。"

修真界中的修士大抵都用了驻颜之术，若不报出年纪辈分，谁能想到面前这个金丹修为的白衣帅哥是穆尉明的弟子呢！

从外貌看，他们的年纪都差不多。

宋栀栀打量了一下这声称是穆尉明弟子的白衣帅哥，她不好意思主动问他名字，暂且就称作"小白衣"好了，估计他就是刚被穆尉明护法度过金丹期的弟子。

而另一位不认识的男修士，身着一袭青衫，神色阴郁些，看起来沉静可靠，又是另一款帅哥。

宋栀栀暂且给他起个外号叫“小青”。

“宋姑娘，现在去修门吗？”云书凑过来，柔声问道。

宋栀栀挠挠头，拒绝了：“门已经修好了呀！”

“宋姑娘，你能自己修门？”几人不敢相信，异口同声地问道。

他们打量了一下宋栀栀，娇娇小小，看起来不像是能修门的样子呀！

“是江公子帮我修的。”宋栀栀如实相告，“就是顺手而已。”

“我就说江大哥是个好人，你们竟然不信！你们看，连宋姑娘坏了的门他都会帮忙修！”岑长冬简直就是江影的首席“迷弟”，连忙接着宋栀栀的话说道。

“没想到。”云书与小白衣一道摇了摇头，神情有些惊讶。

有事实摆在眼前，他们也相信了岑长冬说的话。

小青看起来矜持些，只略微颔首，末了又轻声问宋栀栀道：“宋姑娘，可要出青崖峰玩？”

宋栀栀一向不爱外出，出了青崖峰又要接受一群修士的围观，她受不了。

于是她下意识想要拒绝。

岑长冬走上前去，把手搭在小青的肩膀上，吹嘘道：“袁长老嘱咐我们要多多带着你玩，尽量融入无相宗，就像我一样。”

确实，乍一眼看去，谁也不会知道岑长冬其实是云鹤宗过来无相宗学习交流的外来弟子。

“今日游仙圃那边新送来了一批灵兽，是柔云兔，皮毛比寻常兔子更加柔软些，性情也更温顺，只是肉不好吃，一般当作宠物驯养。”小青把岑长冬热情搭在自己肩膀上的手甩下来，对宋栀栀解释道，“我们提前通知了游仙圃那边的师姐，可以带你过去看看灵兽，如果有喜欢的，便带一两只攻击性不强的回青崖峰养。”

宋栀栀很喜欢兔子，最好是红眼睛白毛皮的那种小兔，她绝对喜欢。

在可爱灵兽的诱惑下，宋栀栀的脚挪了挪：“我……要不还是去吧！”

“游仙圃下午开放。”云书解释道，“我们下午过来带你去如何？”

宋栀栀点了点头，觉得出去玩玩也不赖，他们如此热情好心，她也不好拒绝。

“好！”她说道。

“那宋姑娘，下午见。”小白衣朝宋栀栀挥挥手，又忽然凑过来低声问她，“宋姑娘，我师父真的想要将浊心剑给你赔罪？他曾说那把剑是要传给我的。”

“呃——”宋栀栀一愣，看到小白衣的神色有些失落，便安慰他道，“穆长老没准有好多把一样的浊心剑，更何况，我也没收。”

“那就好。”小白衣走得最迟，他追上岑长冬等人的步伐，讨论他们待会儿是不是要去演武场中切磋道法。

宋栀栀看着这几个人消失在天际，一头雾水，总觉得怪怪的。

有一种，不花钱就去了某种非法会所的感觉。

她当然不知道袁一溪的“相亲计划”，从头到尾她只认清了他们四个人的脸，勉强能跟他们的名字对上号。

宋栀栀满脑子想的都是下午能去撸兔兔，运气好的话还能抱一只回来。

她兴高采烈地跑回自己的小院子。

宋栀栀觉得此事要跟江影说一下。

虽然她不知道为什么要说，但她就是想要告诉他。

她敲了一下江影的房间门，动作很轻。

“江影——”宋栀栀趴在门边上，轻声唤他。

“进。”江影的声音在房间里响起。

宋栀栀推门，走了进去，将自己的衣摆扯了扯，模样有些心虚。

不就是要跟着四个帅哥去看兔子，她有什么好心虚的！

“我下午要出青崖峰。”宋栀栀抬头对江影说道，“去那个什么游神——”

“游仙圃。”江影冷声提醒她。

“对，游仙圃，去看那里新养的灵兽。”宋栀栀点点头说道。

不对……她猛地回过神来，江影是怎么知道这地方的？

江影半倚在椅子上，目光望向宋栀栀腰间挂着的储物锦囊。

宋栀栀低头看到储物锦囊里的球球把打开了的传音球给拱了出来，似乎在邀功。

“球球——”宋栀栀忙将传音球关了，塞回锦囊。

不知道球球是什么时候开的，但江影应该把他们的对话都听清楚了。

“那我下午去了哦！”宋栀栀凑近江影，轻轻扯了一下他的衣袖说道，“你一个人在青崖峰修炼，要注意安全。”

江影：“……”

——你注意安全还是我注意安全？

“去。”他对宋栀栀说，吐字简洁。

虽然他答应得不是非常情愿，但他没有理由阻止宋栀栀。

宋栀栀听到他答应了，虽然明知并没有让他点头的必要，但还是很开心。

就是没来由觉得开心。

她在傻乐。

宋栀栀轻手轻脚地退出江影的房间，为他带上门：“那我先回房间去洗个澡换套衣服，下午就出发。”

“好。”江影幽深的红眸盯着她瞧。

宋栀栀把门给关上了，兴冲冲地回了自己房间。

她左挑右选，挑了一条好看的裙子，是淡紫色的，底色很柔很淡，布料柔软似云，摸起来手感不错。

宋栀栀哼着歌儿，把衣服带上，跑到房间里的屏风隔断后洗澡，白蒙蒙的雾气伴随着淡淡的皂角气息弥漫在房间的一角。

就在她泡着澡的时候，房间里无声无息地出现了一个人。

高挑颀长的身形，黑底绣金的衣袍，还有那生人勿近的气息。

江影冷漠的视线扫过正趴在桌子上抱着传音球玩的球球。

球球睁大黑豆般的小眼睛，看着江影“吱吱吱”地叫了好几声，不知道是在问好还是在提醒宋栀栀。

江影伸出手，修长的手指把球球拈起来，它又“吱”地叫了一声。

他苍白的指尖无情地一弹，这由黑色雾气组成的心魔球球便骨碌碌滚到宋栀栀的床上，直接昏过去，跌进床上的被子底下，根本看不见了。

如果此时江影敢说话，他一定是冷冷地说了一声“滚”。

球球晕乎乎地失去意识，江影想要拿捏它，还不是轻而易举。

江影周身灵气流动，运起法力，施展法术。

只一眨眼的时间，他人已消失。

桌上的传音球旁——原本球球蹲着的位置，多了一只新的“球球”。

一模一样的黑色雾气组成的毛茸茸身子，与原来的球球几乎看不出差别。

出卖他的，是毛茸茸身子上的那双眼睛。

暗红幽深，仿佛一对没有光泽的红宝石。

是江影的眼睛。

红眼睛的小黑球坐在书桌上，小爪子把宋栀栀的传音球扒拉过来看了一眼。

传音球没有打开，内里关着的那只用来传音的风荧蝶也状态稳定。

江影把宋栀栀的传音球推开，转过身看着镜子里的自己。

不得不说，他的化形法术非常高超，每一根由黑色雾气构成的絮状丝线都与球球本尊一模一样。

只是……

他眨了眨眼，那双红色眼眸尤为显眼。

江影球球蹦了蹦，细小的法力气流在他周身流窜，但没办法将他的眼睛变成和球球一样的黑色。他用尽了力气，也只能让眸色更深些，若不仔细看，看不出来。

他放弃了，施展化形法术的时候，就算这法术再完美，也会留下本人的一些特征。

江影球球端正地坐在桌子上，等着宋栀栀出来，丝毫没有真正球球的懒散状态。

宋栀栀将挑好的衣裙换上，外衫随意地披着，手中拿着一条干净的毛巾搓着沾湿的发尾。

她略歪着头，一边擦头发，一边走出了隔断的屏风。

江影球球听见她的脚步声，转过身去看她。

只看了一眼，他又转了回去，背对着宋栀栀。

反正是在自己房间里，宋栀栀也没注意太多，披在肩头的外衫从肩头垂落，挂在臂弯处，露出白皙圆润的肩头，几点水珠顺着光洁的肌肤缓缓滑落。

宋栀栀走到书桌前，好奇地看了一眼江影球球。

她觉得现在球球有些奇怪，明明传音球就在它身边，它怎么能忍得住不去打开？

“球球？”宋栀栀戳了一下江影球球。

江影球球没有理她，连头都没有回。

宋栀栀敏锐地察觉到了这一点，又戳了一下球球的后背：“你怎么不理我？”

这一天天的，连只心魔都跟江影似的了。宋栀栀心里想。

江影球球转过身，看着宋栀栀，视线又不小心落在她半露着的肩头上。

江影球球忍无可忍，跳了过去，把宋栀栀外衫的一角用黑色雾气幻化而成的小爪子抓着往里扯。

一只小小的毛球，力气当然不大。

宋栀栀注意到了江影球球的小动作，便将胳膊往上一甩，把衣服穿好。

“谢谢你啊，球球！”宋栀栀对他说。

江影球球不会“吱吱”叫，只能坐在桌子上，静静地看着宋栀栀。

宋栀栀看它这状态，觉得这心魔球球好像是抑郁了。

她坐到梳妆台前，把自己散落的发尾梳顺，今晨江影给她梳好的发髻她没有动，因为散了她自己很难再梳回去。

江影球球不知道什么时候爬到了梳妆台的镜子旁边坐着，还是沉默地看着宋栀栀。

宋栀栀当然不会去注意一只心魔球球在做什么，就算现在江影球球爬到她身上来，她都可以当作没事。

她摸出了一个青瓷盏，小心翼翼地打开盖子。

淡淡的花香沁入鼻腔，青瓷盏里是一汪淡红柔婉的口脂，这颜色江影曾亲口说过好看，而且是实话。

宋栀栀很喜欢用这个颜色，所以她顺手又将这个色号拿出来用了。

她的食指往青瓷盏内探去，正打算挖出一些，这小小的容器就已经被踢开了。

江影球球从镜子旁跳下来，黑色雾气幻化而成的小球球一脚把这个容器踢进梳妆匣里。

宋栀栀：“……”这球球怎么回事？

她将球球抱过来，捏了捏，觉得这日球球的手感格外不错，最近天气有些热，这心魔球球身上凉凉的，手感更好了。

江影球球整个球被宋栀栀握在手里，左捏右搓，却又无法反抗。

他只能僵着身子，任由宋栀栀的手在他身上摸来摸去。

宋栀栀捏够了，便将江影球球放到一边，将青瓷盏盖上，又找了另一个颜色凑合着涂。

弄完这一切，宋栀栀看着镜子里的自己，确认头顶上的婆娑花一点都不会露出来，这才放心地站了起来。

她将外袍的束带仔细系好，把放在桌上的传音球放进储物锦囊里，看了看时间，也快到岑长冬他们与她约好的时候了。

宋栀栀把江影球球抱起来，又捏了几下。

她的指尖抚过他的身体，黑色雾气幻化而成的小爪子舒服地张开。

江影球球躺在宋栀栀的掌心里，低头下意识地蹭了一下她的手心。

宋栀栀觉得掌心很痒。

她有些疑惑，因为这只心魔球球变得非常安静，吱都没有吱一声。

她洗澡之前，球球明明还很活泼呀！

宋栀栀把江影球球抱在怀里，暗自思忖着等从游仙圃回来就去找江影问问，让他帮忙看看这心魔球球出了什么毛病。

她抱着江影球球走出门，被江影无情扔在床上的真正球球这才从装死状态恢复过来。

它在宋栀栀床上手舞足蹈地“吱吱吱”叫了好几声，一个球在无人的房间里玩了起来。

宋栀栀出发之前，准备去跟江影说一声。

所以她来到江影的房间门口。

躺在她怀里的江影球球有些紧张，毛都竖了起来。

宋栀栀敲门，唤了几声：“江影，江影？”

没有人回答她，因为江影根本就不在房间里修炼，而是躺在她的怀里。

宋栀栀猜测江影应该在认真修炼，她也不好过多打扰，于是她象征性地打了招呼道：“江影，我出发了！”

不知何时爬到她肩头蹲着的江影球球在她看不见的地方点了点头。

宋栀栀来到青崖峰外等着，不多时，天际出现四道光芒。

江影球球蹲在宋栀栀的肩膀处，眯起了眼睛。

他在传音球中听到了四个不同的男声，还不敢确认，结果亲眼一见，竟然真的是四个。

穆尉明的弟子小白衣刚突破金丹期，意气风发，飞在最前面，纯白的衣袂飘扬，俊逸如仙。

他率先降落在宋栀栀面前，潇洒收剑，对宋栀栀笑道：“宋姑娘久等了。”

蹲在宋栀栀肩头的江影球球毛都竖了起来，看起来非常蓬松。

宋栀栀点了点头，客气地说道：“也不算很久，刚刚出来。”

随后岑长冬几人也一起过来了，四个人围在宋栀栀旁边叽叽喳喳地问好。

宋栀栀一一回复，江影球球蹲在她肩头，那冷如寒霜的视线随着宋栀栀问好的方向移动。

他的目光存在感太强烈，以至于岑长冬忍不住搓了一下手上的鸡皮疙瘩道：“宋姑娘，今日你的这只心魔看起来有些不对劲。”

宋栀栀抬手搓了一下江影球球的脑袋：“他好像是抑郁了，等会儿我回来便叫江——”江影帮我看看。

这句暗示两人关系不一般的话差点被宋栀栀随口说出来。

“便奖励它一些吃的，没准就开心了。”宋栀栀死活把自己的嘴瓢给拽了回来。

岑长冬点了点头，而一边一直沉默着的小青伸出手来，掌心里躺着几颗糖。

他看起来性情沉静，也最为细心，听到宋栀栀说要给球球东西吃，便找了些糖准备给球球吃。

宋栀栀替江影球球对小青道了声谢，把糖纸剥开，喂到江影球球嘴边："球球，你吃不吃？"

江影："……"

——我没受过这委屈。

宋栀栀的手探过来，江影球球在她的手下左挪右闪，身法轻灵，誓死不吃。

奇了怪了，宋栀栀知道球球平时喜欢吃些零嘴，但此时它如此躲着，令她觉得更加不对劲了。

她尴尬地把小青给的糖收了回来，对小青歉然一笑："球球它好像不吃，那就我吃了吧！"

宋栀栀没有浪费食物的习惯，便张嘴准备将糖送入口中。

糖刚送到嘴边的时候，唇边一道寒气闪过。

原本誓死不吃糖的江影球球弹了过来，从宋栀栀口中夺食，黑色雾气幻化而成的小爪子在她的唇瓣上轻轻掠过。

宋栀栀嘴唇微颤，觉得这气息有些熟悉。

但她的注意力马上被江影球球吸引过去。

这个黑色毛球将小青的糖塞进嘴里，嘎嘣嘎嘣嚼了两下，直接吃了下去。

宋栀栀："……"这个球好生奇怪。

她愣了一下，好在小青看着球球微笑，缓解了尴尬。

"宋姑娘，它吃了开心便好。事不宜迟，我们还是出发前往游仙圃吧！"他说道。

宋栀栀点了点头。吃了糖的江影球球坐在她肩头，看着小青的目光平静，一副安静乖巧的模样。

青崖峰地势高，宋栀栀还在愁自己怎么下山，云书便一脚踏上了自己的飞剑道："宋姑娘要坐我的飞剑过去吗？"

宋栀栀能蹭别人的车当然不会自己走，正准备点头道谢，小白衣便冲过来一屁股把云书挤开："宋姑娘，我金丹修为，是我们中间修为最高的，不如乘我的飞剑！"

他话音未落，岑长冬便抬手召唤出了一个微缩版刚好坐得下两个人的浮舟："宋姑娘，来无相宗一路上都是我在驾驶浮舟，你应当坐我的浮舟更习惯些。”

宋栀栀觉得岑长冬说得对，又准备向他走去，一直沉默着的小青温声开口对她说道：“不如与我一道御风而行。”

这话戳中宋栀栀的爱好了，她只有在长澹的时候被江影带着飞过，那次还没过瘾呢！

“那我——”宋栀栀向小青走去，最终准备答应他。

一直蹲在她肩头的江影球球飞了起来，一双由黑色雾气幻化而成的巨大羽翼展开，足足有一丈宽。

黑色羽翼迎风招展着，小小的爪子引动强横的法力，轻松抓着宋栀栀的肩膀，带她飞了起来。

宋栀栀腾空而起，有了上次在长澹被江影带着飞的经验，她也没有很怕，反而非常兴奋。

宋栀栀惊喜地抬头看着江影球球：“球球，你还会这招？”

江影：“……”

——那个球不会，我会。

四位年轻帅气的男修士惊讶地叹了一声，目光齐齐聚焦带着宋栀栀飞向天空的心魔球球。

他们这才想起，宋栀栀身边还有一只修为堪比元婴修士的强大心魔，就连穆尉明的攻击都能挡下。

修士总是很容易被强大的东西吸引，登时，他们看向宋栀栀头顶心魔球的目光都带上了一丝羡慕。

岑长冬驾驶浮舟的时候，都觉得有些索然无味。

呜呜呜，宋姑娘的大翅膀心魔球球真的是太拉风了！

宋栀栀被江影球球带着，飞在最前面，速度不快不慢，又刺激又不会让人感到害怕。

她感受着迎面而来的风，深深地吸了一口气，只觉得浑身轻盈，酣畅舒爽。

雾气幻化而成的巨大黑色羽翼在她头顶展开，上下扇动着，带起强劲的气流，小小一个心魔球球在这华丽翅膀的遮挡下，几乎要看不清楚。

江影球球做这种事游刃有余，只是他抬眸看向远方的视线，带着一丝莫名的光芒。

远远地便能看到游仙圃的轮廓，占地极大，根据不同灵兽的栖息环境，划分了不同的区域，山水地貌、气候条件各不相同，就像一个个小世界。

有的区域豢养的灵兽极具攻击性，非常危险，宋栀栀当然不能靠近。

她的目的地是游仙圃中部偏西的一片草原，温和无害的食草灵兽被饲养在这里。

宋栀栀在空中眯起眼，看到前方有两位看起来温柔漂亮的女修士朝自己招了招手。

江影球球带着她降落，稳稳落地，巨大的黑色羽翼合拢，化为雾气，消失不见。

他又变回了乖乖蹲在宋栀栀肩头的一只平平无奇的黑色毛球。

如此张扬招摇的飞行方式，马上使来迎接她的两位女修士齐齐凑了过来。

“是栀栀姑娘吗？”一位白衣的漂亮女修士唤了她一声，“我是虞晓，她是白露寒，袁长老让我们带你在游仙圃玩。”

说罢，两位女修士便一左一右过来挽住了宋栀栀的手。

而此时的灵溪峰中，袁一溪往嘴里送了块糕点，扭头对韩潜说道：“我已想过，若栀栀不好意思与男修士交流的话，与女修士也是可以的，反正……不要老是将注意力放在江道友身上就好。”

韩潜点了点头：“确实，若她真喜欢江道友，没有可能得到回应，肯定是会伤心的。”

江影球球根本不知道，他有四个男情敌，还多了两个女“情敌”。

他坐在宋栀栀的肩膀上，靠着她修长的脖颈，安静地当一个球。

站在宋栀栀右边的虞晓柔声问她：“栀栀姑娘，方才那对黑色的大翅膀呢？是不是灵兽？看起来很漂亮。”

宋栀栀“啊”了一声道：“是我的心魔，原本是韩长老禁锢着的那只，阴错阳差被我驯服了。”

白露寒捂嘴惊讶了一声：“原来是那只离魂心魔，我们都听说过它，它身上还有个有趣的故事。”

“是吗？”宋栀栀从肩膀上摘下江影球球，上下其手，又揉又捏。

她觉得球球这么安静沉默也挺好的，像江影，凉凉的，手感不错，让她更爱捏了。

“四舍五入”就是在捏江影。

宋栀栀把江影球球从头捏到脚，仿佛在报自己被摸花儿之仇。

白露寒看着她手上的心魔球球，笑了笑：“是的，有空把这个故事说给你听，可以借我捏捏吗？”

这个心魔球球看上去真的是太可爱了，她们从来没见过长这样的心魔，跟个毛线团似的，任由主人搓圆捏扁，也不反抗。

宋栀栀的手指在江影球球的肚皮上停顿了一下，把他塞进了储物锦囊："心魔危险，我没有修为，也不知如何控制它，它今日似乎有些抑郁，连叫都不会叫了，要不还是……别看了？"

若放在平时，宋栀栀肯定会欣然让她们摸一下，毕竟她也主动给袁一溪摸过球球。

但就是这一次，她不想。

可能是因为球球这天状态不太对，看起来病恹恹的吧！

宋栀栀心中如此解释。

见宋栀栀收起了心魔球球，两位女修士点了点头，觉得宋栀栀说得对，这么危险的玩意儿也不好随便给外人碰。

正巧，被落在后面的四位男修士也飞了过来，她们这才想起正事来。

"去看柔云兔吧，是前几日刚刚送到无相宗的！"虞晓朝岑长冬四人招了招手，唤他们过来，"这种灵兽很稀少，只有二十余只，就在前面。"

宋栀栀跟着他们走过去，故意走得慢了些。

她担心把球球放到储物锦囊里之后，它又擅自打开江影的传音球，这传音球传的音是直接在脑海里响起的，就算想装作没听到都不行。

江影应当在认真修炼，还是不要打扰为妙，宋栀栀知道江影对修炼有多么热衷。

她的手伸进储物锦囊，在锦囊宽阔的内部空间里摸索着。

她在找传音球和球球。

捞了半天，只捞到了传音球，宋栀栀确认了一下没打开，松了口气。

她又开始捞球球。

但江影球球的身法灵动，一根毛都没有让宋栀栀碰到。

江影球球算是明白宋栀栀为什么不太愿意让他摸花儿了。

他被宋栀栀又摸又捏的时候，也感觉……怪怪的。

所以他在储物锦囊里开始躲。

宋栀栀没捞到他，慌了，忙唤了一声："球球？"

一只冰凉的爪子搭在了宋栀栀的指尖上。

宋栀栀手疾眼快，捏着它的爪子，拽了出来。

江影球球又躺在她的掌心了，被拿捏得明明白白。

宋栀栀把他捧着，放到脸颊边蹭了一下说道："我们球球真乖，没有动传音球。"

江影球球："……"

他僵着身子，一动不动，又被宋栀栀重新放到肩膀上。

这个时候，那几位年轻修士已经趴在栅栏边，看着在栅栏内蹦蹦跳跳的柔云兔们，伸出手去逗弄。

就算是岑长冬等几位男修士，见到这般可爱的小东西，也忍不住伸出手去摸摸柔云兔的背毛。

虞晓见宋栀栀落在后面，忙回身唤她："栀栀姑娘，快过来看。"

宋栀栀走到圈养柔云兔的栅栏边，看了一眼这些小兔子，眼神都直了。

这些红眼睛的小白兔宛如一团团云朵缀在草地上，毛质柔软轻盈，蓬松无比。

就像是她朔月日那天晚上梦见的兔子一样，是她的"梦中情兔"了！

宋栀栀忍不住伸出手去，抱了一只起来，揉揉它的脑袋。

柔云兔呆呆的，就躺在宋栀栀怀里，嘴里还嚼着草。

等到真正上手抱的时候，宋栀栀才觉得不太一样，虽然怀里的柔云兔很可爱，但还是她梦中的那只更加合心意些。

可能梦中那只兔子的毛没那么软，眼睛没有柔云兔那样亮晶晶，但宋栀栀还是更加喜欢梦里那只。

她抱着兔兔坐在草地上挼，暂时打消了要抱一只回去养的念头。

虞晓与白露寒对她说着柔云兔的来历，游仙圃的草原上一派安静祥和的气氛。

"柔云兔是修士后天培育的灵兽品种，性情温和，毛质柔软，每年只集中在春夏交际的某一天掉毛，其余时间不会胡乱掉毛，非常适合作为宠物饲养。"虞晓拿着几根青嫩的草，喂着怀里的兔子，"但柔云兔的存活率很低，数量稀少，所以只有一些大宗门才养得起，寻常地方根本见不到它的影子。"

白露寒把这小兔子抱起来，柔云兔蹬了蹬腿："就连我们无相宗，也只是这几天才找了几只来养。"

宋栀栀一边轻轻地摸着怀里柔云兔的脑袋，一边感觉到自己脸颊边寒气加重。

江影球球望着宋栀栀怀里的柔云兔，兔兔被他的眼神一吓，便挣扎着从宋栀栀怀里跳出去。

宋栀栀抬手拍了一下江影球球的脑袋。

这个时候，一直在一旁沉默的小青凑了过来，把逃跑的柔云兔给抓了回来，递给宋栀栀。

"宋姑娘，你的心魔球球怎么了？"小青看了江影球球一眼。

“他状态不太对。”宋栀栀说。

宋栀栀指的“状态不太对”是指江影球球太凶了。

“嗯。”小青望着她，眼底积淀着沉郁的光。

宋栀栀被他眸中一闪而过的阴郁吓到，待再认真看的时候，他又与平时一般沉默温和了。

“温师兄！”虞晓唤了小青一声，关心道，“你这几日看起来情绪不太好，可是有什么事？”

在午后阳光中，小青回眸望了虞晓一眼，柔声道：“虞师妹，无事——”

而这个字的尾音骤然拉长，最终变为尖厉的嘶吼。

宋栀栀被这突如其来的意外吓得猛地后退了好几步，退到虞晓身边。

江影球球一时没站稳，从她肩头滑落，滚到她胸口处。

江影球球的毛瞬间爹了起来。

而宋栀栀与其他人都没来得及注意这只心魔球球在偷偷害羞。

因为真名为温明泽的小青站在阳光下，眼睛、鼻孔、口腔与耳朵，均冒出了黏腻的黑色液体，液体逐渐把他的身体覆盖，他似乎被什么妖魔占据了身体。

他笑了一声：“这元婴修为的心魔已被我解决，今日你们都将葬身此处。”

宋栀栀一听温明泽这句话，连忙把趴在自己胸口处的江影球球给拿起来。

肯定是那颗糖有问题！

但此时温明泽浑身上下散发着强大可怖的气息，朝她冲了过来。

九道黑气荡出，朝宋栀栀几人袭了过来，誓要夺走他们的性命。

他们死定了！不过是几名金丹修为上下的弟子，还有一个普通人，岂不是任他拿捏！

温明泽知晓，在这里唯一对自己有威胁的就是宋栀栀肩膀上那只相当于元婴修士的心魔。

他已提前准备足以引起神识混乱的咒法附在给球球吃的那几颗糖上。

这对普通人不起作用，并不算毒药，但对以神识作为主要存在方式的心魔有摧毁性的伤害。

方才温明泽可是亲眼看着那个黑色毛球吃下了糖。

现在正是他出手的好时机，无相宗几位杰出的后辈弟子都聚集在此处，一旦出手，便能将他们一网打尽。

宋栀栀还未反应过来发生了什么事，便看到九道黑气朝他们飞了过来，激荡起令人心悸的气浪。

她对于修真界的法术很迟钝，往往感觉不出什么法术厉害什么法术不厉害，但即便是这样，在此时也能惊恐地察觉到这九道黑气远远超过他们六人能够抵挡的极限。

宋栀栀从未想过在平静的无相宗还能发生这种事，毕竟按照她写小说的原计划，一直在搞事的明明是江影才对。

江影没有搞事的话，修真界应该非常和平才是！

在这一瞬间，宋栀栀的脑袋很乱。

但就在此时，一直被她握在手里的“球球”忽然发生了变化。

九道黑气已经迎面而来，带着果决的杀意，宋栀栀忍不住闭上了眼睛不敢看。

幽蓝色的光芒一闪而过，江影球球变成了江影。

他伸手，身子甚至没有怎么移动，只是挡在了宋栀栀面前。

为了不让别人看出他们的关系，江影还掩饰性地往无相宗其他几人身边移了移，顺带帮他们拦了下来。

九道黑气无法突破江影的屏障，落在江影身前三尺处，消散得一干二净。

此时的温明泽全身上下已经完全被黑色的黏腻液体包裹，从黑色液体间露出的眼睛看着江影，神色惊恐。

温明泽死死地盯着江影，再次冲着他的要害发起攻击，在千钧一发之际，江影无情的红眸淡淡一扫，如寒芒出鞘。

久未活动筋骨的冥昭离手，那狭长的柳叶小刃仅有四寸余长，比温明泽更加强横的杀气散开，让在场的所有人都喘不过气。

他们的修为实在太低，这等级别的交锋，即便只是余波都叫人受不了。

被黑色液体包裹着的温明泽发现自己的脚仿佛被钉在了地上，动弹不得。

此时，冥昭已然来到他眼前。

没有犹豫，这柄柳叶小刃果断地没入温明泽的脖颈。

这一切发生在电光石火间，只一眨眼的工夫，原本还在嚣张狂笑，想要将众人置于死地的怪物温明泽就这么死了。

临死前他张着嘴，想要说话，但说不出话来。

宋栀栀没见过这等诡异场面，登时感到有些反胃。

江影将冥昭收回，看着地上温明泽丧失生气的身体，用白绢细细地擦拭着冥昭的刀身。

宋栀栀看着自己空空如也的手，愣了一下，忽然反应过来自己手里的黑色毛球已经消失不见。

啊这……

草地上几只柔云兔蹦蹦跳跳着，跑远了。

事发太快，无相宗几位弟子这才反应过来。

虞晓奔了上去，将几只逃窜的柔云兔给拽了回来，放进原来的栅栏中。

所幸这些小家伙智力很低，非常迟钝，才没有被这情况惊吓到。

“我……我去禀报师……师父！”白露寒瞥了一眼地上温明泽的身体，扭过头去，不忍再看。

白露寒的师父就是袁一溪，不管现在发生了什么事，他们也没时间表示惊讶，尽快禀报门中长老才是关键。

说罢，她人已飞向灵溪峰。

江影站定在原地，离宋栀栀不远不近。

此时游仙圃中陷入了一瞬间的尴尬。

温明泽为何会突然变成这样？

他又为何会突然攻击同门？

江影……为何会突然出现，把他们救下？

所有的事情，都超出了他们的预料。

宋栀栀缓过神来，这才敢偷偷去打量躺在地上已经死了的“小青”。

她看了一眼，那尸体太过诡异，还是令人感到恶心，所以她马上收回了目光。

岑长冬很快从震惊中回过神来，走上前来对江影行了一礼道：“江大哥，虽然不知您为何突然出现在这里，但还是多谢相救！”

江影高大的身子微微一顿。他的表情漠然，漂亮的红眸望向远方，并没有回答岑长冬的话。

只是为了避嫌，顺便而已。

云书与小白衣虽然也有些惧怕江影，但还是大着胆子，凑过来道了声谢。

岑长冬率先走到温明泽的尸体旁，俯身查看他脖颈处被冥昭所伤的断痕。

“没有血迹。”岑长冬面对这种事，声音很冷静。

小白衣与云书也凑过来查看，认同了岑长冬的说法：“确实很奇怪，他看上去在那些黑色液体从七窍流出的时候，就已经死了。”

“所以他身上的血去了哪里？”岑长冬满脑子想着这种奇奇怪怪的问题。

几个人叽叽喳喳，讨论了半天，没讨论出结果来。

江影站在一旁，实在听不下去了。

太蠢了。

“黑色液体，就是他的血。”江影的声音如冷冽的泉，流淌过所有人耳侧。

“那为何明泽会……会这样？”岑长冬抬头，惊讶地看着江影。

就在这瞬间，站在江影身后的宋栀栀看着地上温明泽的尸体，瞳孔骤缩。

“他——”宋栀栀出声提醒。

但已经晚了，地上那流淌着的黑血宛如有了生命一般聚集成型，朝离它最近的人冲了过去。

离温明泽尸体最近的是穆尉明的徒弟小白衣，他与温明泽关系好，看到如此异变，一时之间没有反应过来。

黑血朝他身体袭去，若这玩意儿再碰到修士的身体，谁也不知道会有怎样的后果。

江影抬手，指尖幽蓝色的光芒再次亮起。

几道法术光芒闪过，形成牢笼，将那团黑血牢牢关押在牢笼中。

原本还准备暴起伤人的黑血在牢笼里左突右冲，无法突破。

这小小牢笼掉落在地上，滚了几圈。

没了黑血的覆盖，温明泽的尸体变得苍白无比。

而后在所有人的注视下，它变成腐水，没入大地中。

被冥昭击中的身体，最终的结局就是这样。

所有人都知道，出了问题的就是那团将他全身包裹的黑血，此时这可怕的玩意儿还在江影的牢笼中关着。

“你们见过这种东西吗？”岑长冬呆呆地问了句。

所有人都沉默了。

就连江影漠然的目光中也带上了一丝惊讶。

他见多识广，但也没有见过如此诡异的东西。

宋栀栀在一旁看着，不敢吱声，她想找个机会打开手机看看到底发生了什么事。

但现在人太多了，她没有机会。

她走上前来，虞晓将那些柔云兔照顾好之后，这才注意到她的存在，忙唤了一声道：“栀栀姑娘，你是不是吓坏了？”

宋栀栀点了点头。

她看着温明泽尸体原本躺着的地方，不久之前明明还活生生的一个人，就变成了这副模样，连尸骨都没有留下。

虞晓从怀里掏出了一瓶安神的玉露递到宋栀栀面前：“栀栀姑娘，先喝一点安安神，无相宗此前还未出现过这种事，待会儿等袁长老过来了，我们便带你回青崖峰。”

这种事，他们都有共识，不会让一个普通人参与进来。

宋栀栀接过玉露，对虞晓笑了笑，道了声谢：“多谢虞姑娘！”

她按捺下躁动的心弦，喝了一口玉露，甜甜的，味道不错。

喝完之后，她朝江影的方向凑了过去。

虞晓叫住她：“栀栀姑娘，那里危险，你还是不要靠近为好。”

宋栀栀想到了一个理由：“江公子在那里，没事的，方才他救了我们，你们都道谢了，我还没有，理应过去道谢才是。”

“也是。”虞晓点了点头。

宋栀栀走过去，看了江影一眼。

注意到她的靠近，江影垂眸看了看她。

两人对视了一瞬，宋栀栀此时还有很多问题要问江影。

但她不急，可以回青崖峰之后慢慢问。

现在她要想办法，在不引起别人注意的情况下，把藏在草叶下的那片风荧蝶残翅给捡起来。

“多谢江公子了！”宋栀栀轻声对江影说道。

江影看着她略带些不安的眼眸，想到了不久之前他身为心魔球球的时候她的所作所为。

他的眼眸幽深，愣了一瞬，竟然忘了此时还有旁人在场，直接点了点头。

此时，岑长冬的大嗓门骤然响起。

“江大哥，你这就不地道了！我们向你道谢你怎么理都不带理的？宋姑娘随便说了一句，你就点头？”他的声音如惊雷般在众人耳边响起。

“江大哥，我看你是不是喜欢宋姑娘啊？”末了，他补了一句，大胆地质问道。

宋栀栀一听，忙回过头去看岑长冬。

喜欢……个屁。

他能喜欢就有鬼了。

江影连心都没有，怎么可能喜欢呢？

宋栀栀觉得岑长冬很离谱，觉得这人肯定是为了报浮舟上没有分他吃面之仇。

江影的目光落在岑长冬的脸上，红眸中杀意骤起。

此人知道得太多了，该杀。

岑长冬没有注意到江影的杀意，而是小声地问宋栀栀：“为何江大哥独独应了你的道谢？”

宋栀栀：“……”

——因为他答应，每次我说话他都会理我。

她挠了挠头，不好意思地道：“岑公子，因为我长得比你好看。”

“而且江大哥为什么会突然出现这里？”岑长冬疑惑，“对了，宋姑娘，你那只心魔呢？它不是被泽明下了毒吗？快快拿出来，我们帮你看看还能不能救。”

宋栀栀：“……”这心魔球球就是你江大哥。

她摇了摇头，掩饰道：“它昏过去了，好像没有什么大碍，我也不敢贸然去碰它，等韩长老有空再去给我看看吧！”

岑长冬与宋栀栀说了一通话，愣是什么东西都没问出来，他还在傻乐。

“没事就好。”他让宋栀栀先远离这里，“宋姑娘，这里危险，你先离开。”

“嗯。”宋栀栀敛眸，乖巧地应了一声。

天际好几道光芒闪过，应当是几位无相宗的长老带着前去禀告情况的白露寒过来了。

江影懒得与这些人扯皮，方才发生了什么事，所有人都看到了。

他转过身，黑色大氅在地上宛如墨色般流淌而过。

下一瞬间，他已经消失，连个招呼都懒得打。

宋栀栀看到江影离开了，低头看了一下地上，再没有什么可疑的东西遗留。

她对岑长冬点了点头，小声道：“岑公子，袁长老带了好些人过来，这里……这里应当没有我什么事吧？”

岑长冬看着江影消失的地方，还有些懊恼，暗自低声说道：“哎呀，这江大哥怎么救了人就走，我还没来得及找长老他们夸他呢！”

他听到宋栀栀的声音，忙对她说道：“可要我驾驶浮舟送你回去？”

宋栀栀摇摇头：“我认得路，自己回去就好，岑公子还是留在这里说一下刚刚发生的事吧！”

岑长冬看着她，点了点头。

宋栀栀赶紧溜，她急着回去看手机，确认到底发生了什么事。

游仙圃的人大多因为方才的意外，都往饲养柔云兔的地方聚集过去，所以宋栀栀走在路上，一个人都没有碰见。

她不想真的走回去，于是手想要往储物锦囊里掏，把传音球掏出来。

此时，她身后一道寒气掠过。

宋栀栀下意识挺直了脊背。

江影站在她身后，伸出手，按住了她伸向储物锦囊的手。

宋栀栀抬头看他，他已经走到她身侧。

“你……”她启唇，想要问些什么，但又不知道从哪里开始问才好。

什么温泽明突然黑化成谜之生物试图把他们都杀了这种事，她可以自己去看剧情，用旁观者的视角看，清晰理智得多。

宋栀栀现在比较关心江影到底是什么时候变成球球的。

江影看着她睁大的眼，它们仿佛幼犬的一般清澈，能够从她的眼神中清晰地读出她心中所想。

“不要问。”他一句话堵死了宋栀栀接下来的发言。

宋栀栀踮起脚，抬手大着胆子在江影的脸颊上捏了一下。

“怎么变了心魔球球之后，变得那么软了？”宋栀栀换了个角度问他。

江影把宋栀栀的脸颊拨开，但没有拂开她的手，任由她捏着。

宋栀栀问他那个黑血一样的东西是什么。

“那个东西，我从未见过。”江影坦诚地说道，“在温泽明产生变化之前，我未曾察觉到。”

就连他替宋栀栀吃下去的那颗糖，他都没有发现不对，不然在去游仙圃之前，温泽明就应该丧命了。

“近日还是不要离开青崖峰。”江影带着她往青崖峰飞去，叮嘱她。

宋栀栀在空中，扭过头来，朝他眨眨眼说道：“你今天变的那个翅膀，很好玩很好看，我还想要。”

江影冷声回答她：“不要。”

那不过是他为了适应心魔球球的形态，幻化而成的翅膀，他想带着宋栀栀飞行，不用如此大费周章。

现在他们脚下，连一丝气流的痕迹都看不到。

但宋栀栀就是很喜欢这种花里胡哨的东西：“你再变一下。”

“不。”江影冷着脸拒绝。

“那我自己走回去。”宋栀栀对他说，挣扎着要甩开他握着她的手。

江影看着她，幽深的红眸里是一片平静。

他抬手，大掌在宋栀栀的肩膀上按了一下。

宋栀栀感到一股冰凉的气息从自己的肩膀流至整个背部，仿佛冰凉的山溪流水，除了冷了点，还有点舒服。

“哗”的一声响，宋栀栀感觉到自己背后展开了两道阴影，似乎有什么东西附着到了她的脊背上。

她回头，看到两道法术光芒幻化而成的翅膀出现在自己身后，迎风招展着，流光溢彩，闪着幽蓝色的光芒，非常好看。

江影牵着她的手腕，默不作声，继续带着她往前飞。

宋栀栀很兴奋，频频回头看背后的大翅膀。

她偷偷地戳了一下江影的手背。

“在。”江影应她。

“要粉色的，换个颜色。”宋栀栀说。

江影没有说话，又是一道气息掠过宋栀栀身后。

幽蓝色翅膀变成了粉色的，明艳可爱。

宋栀栀又戳了一下江影：“换个白色的。”

“……”江影烦死她了，只求这段路再飞快点。

但宋栀栀身后的翅膀还是在他的控制下，又换了个颜色。

过了一会儿，宋栀栀又腻了，想换颜色，才刚开口，背后马上一凉。

江影扭过头，垂眸打量着她，眼神变得有些无奈。

瞬间，宋栀栀背后的翅膀变成了七彩的，每隔一会儿就会自己换个颜色，很是绚丽。

宋栀栀背着一对七彩大翅膀回了青崖峰，这才心满意足。

落地的时候，她的脚刚一碰到地面，背后的翅膀便化为万千点光芒，消失不见。

宋栀栀回头看着消散的光点，感到有些可惜。

但没关系，下次可以让江影再给她变一个类似的。

宋栀栀与江影并肩一道走回所居的小院，随口说道：“估计过没多久，袁长老他们就会来青崖峰询问情况。”

“你要解释你是怎么会突然出现在游仙圃的。”宋栀栀想到了这件事，提醒江影想一个靠谱的理由。

江影的答案果然不出宋栀栀所料：“不解释。”

任凭他们问便是，反正他有不回答任何人问题的资本。

宋栀栀垂下头，想了想，她还是要安排好后面的剧情。

免得他们又怀疑江影是背后主使者。

到时候江影嘴笨又不爱说话，有口难言了怎么办？

于是宋栀栀将手放在房门上，回过头对江影说道：“你是不是要去修炼了？”

“是。”江影答道。

“为什么那么爱修炼？”宋栀栀困惑这个问题很久了。

“要活下去。”江影看着她疑惑的表情，给了一个很简单的回答。

宋栀栀一愣，忽然理解了江影的意思。很多人都想杀他，在灵祇神教时他与无数人结了仇。

所以他如果想要活下去，就要保证自己比其他人更强，比所有人的修为都要更高，这样才能保证自己性命无虞。

有的时候，一个天生拿了反派剧本的人，梦想就是如此朴素又简单。

宋栀栀不知说什么好，只点了点头，轻声说道：“那你去吧！”

在进门的时候，宋栀栀听到身后的江影提醒她，语气还是冷漠平静。

“那个球在床上。”他说。

他确信把心魔球球丢宋栀栀的床上了，待会儿她回房找不到那玩意儿估计还要闹。

宋栀栀应了一声，走进房间，把门关好。

她刚抬头，就看到真正的毛球球整个都埋进了她的首饰盒里，亮晶晶的珠宝首饰围绕在它身侧，它看起来很是沉迷的样子。

宋栀栀拎着它的脑袋，把它提了出来。

球球“吱吱吱”叫了好几声，冲宋栀栀手舞足蹈，似乎在说它一个人在家玩耍也很快乐。

宋栀栀现在开始怀疑它是不是故意装作被江影打晕了。

她捏了捏球球，这玩意儿发出熟悉的“吱吱”声。

宋栀栀想了想，忽然觉得还是江影球球手感更好些，更有弹性。

她放下这个黑色的心魔球球，来到书桌前，打开手机开始查看剧情。

手机里的视角还停留在凌霄地界的谭曲河上方，是宁玺与沈昼师徒前去调查情况的地方。

宋栀栀看到上面已经出现了一段文字——

几日后，宁玺与沈昼一道抵达谭曲河的源头，这里是赤霞山，曾经风景秀丽，山清水秀，灵气充沛，是一块适宜修炼的风水宝地。

但当他们目睹赤霞山的惨状时，都不约而同屏住了呼吸。原本清澈的河流已经干涸，只余下焦黑的河床，树木不知为何枯萎，焦脆的树叶落在地上，踩在上面发出沙沙的响声，方圆近千里之内，竟然没有一只活物，不论是灵兽或是人类，全都变为累累白骨。

赤霞山的情况，竟然比谭曲河还要糟糕百倍。宁玺见此情景，在悲痛之余还带着震惊。究竟是什么导致了这样的情况？就在此时，沈昼眼尖，看到死去的大地上出现了冒着黑气的裂缝。

“师父，那裂缝是什么？”沈昼执剑而立，连忙问道。

宁玺顺着他的目光看去，看到赤霞山树林下的大地已经破裂，有滚滚带着邪气的黑色浓烟往上冒。

“若是杀戮之气过重，这片大地就会死去。”宁玺解释，“世界能够承载的破坏力是有上限的，数千年前我们与灵祇神教那一战，已经令此界灵气匮乏、脆弱无比，而江道友前不久灭了灵祇神教之后，血流成河，怨气冲天，灵祇圣城也出现了这样的情况，原本繁荣的圣城崩塌下沉，变为墟渊，再不可能孕育出生命。赤霞山是出现了与灵祇圣城类似的情况，这种变化是不可逆转的，并且会慢慢往外扩张侵蚀，若与其他墟渊相连，此界危矣。”

沈昼听完，大为惊讶，连忙飞身而下，查看大地上那毫无生气的裂缝：“那么究竟是什么，让这里的所有生灵全都死去？”

他仔细观察，看到大地上裂缝周围冒出的黑气，似乎形成了一个图腾的模样，是一只眼眸的形状！

“灵祇？”沈昼大惊失色，他没有想到灵祇神教灭亡，他的母亲段天月死去之后，还能够看到有关灵祇神教的东西，“师父，快过来看！莫非与灵祇神教有关？可灵祇神教不是已经消亡了吗……”提及此事，他的语气有些不对，因为他又想起了身为灵祇神教忠实信徒的母亲。

“灵祇神教是灵祇神教，灵祇是灵祇，神教不过是打着神明灵祇的旗号行不端之事，见到这图腾你也不用惊慌。”宁玺沉声安慰他，“我们将这个图腾记录下来，回无相宗后慢慢研究。”

沈昼替宁玺画下那黑气形成的图腾模样，画着画着却感到有些不对劲，他唤来宁玺问道：“师父，这图腾虽然也是一只眼睛的形状，但与灵祇神教的教徒标志不甚相同，倒像……倒像是江道友让韩师叔调查线索的图腾！”

“什么？”宁玺凑过来仔细一看，发现沈昼没有说错，“这不正是江道友身上所中蛊毒的图腾吗？”

师徒二人陷入了震惊之中……

宋栀栀看到剧情在这里戛然而止，心道这手机自己码的字还学会卡章了，比她自己写的还好些。

她本想强制要求手机继续把这段剧情写下去，但明显现在更加紧迫的是无相宗宗门之内发生的事。

宋栀栀一定要把控好舆论，让大家不要瞎怀疑揣测，怀疑到江影头上。

于是她将视角转到无相宗的游仙圃中——

与此同时，无相宗的游仙圃内，已经聚集了无相宗的大半长老与弟子……

韩潜俯身低头，查看被江影制作的牢笼关押住的那团黑血。

“这笼子是谁做的？”韩潜看着这编织精密的幽蓝色笼子，它牢牢关押着邪恶躁动的黑血。

“是江大哥。”岑长冬回答。

“若不是关住了这妖魔，你们恐怕都要丧命此处。”韩潜面露担忧之色，“这黑血中包裹着一种未知的妖魔，它会吸收人全身的精血，控制他人身体行动，直至寻找到下一个宿主，才会抛弃原来的躯壳。”

“是什么妖魔？”袁一溪问，在这方面，韩潜比较在行。

“确认之后会为它命名。”韩潜把笼子与黑血一道拿了起来，“我带回去研究。”

“温师侄……”他欲言又止，神情有些悲伤。

“他已经死了，身中冥昭，尸体没能留下。”岑长冬说道。

“近日他可有去什么地方？”韩潜沉声问道。

“说来也巧，掌门与沈师兄不是去了凌霄地界调查异变之事吗？”云书想了一会儿回答道，“这消息是曾在凌霄历练的温师兄带回来的。”

“他去过凌霄的哪里？”袁一溪追问。

“应当是谭曲河的源头赤霞山。”云书答。

“这个妖魔应当就是在那个时候附身的。”韩潜答，“等掌门师兄与沈师侄归来之后，再行商议。”

袁一溪点了点头，想了想，细心的她忽然想到哪里有点不对。

“今日江道友怎如此凑巧，就出现在了这里？”袁一溪问。

而在青崖峰的宋栀栀，看到袁一溪此言，深吸了一口气。

她会怀疑，是正常的，毕竟江影没有任何道理会出现在那里。

宋栀栀想了想，决定让这天的当事人发言帮江影辩护。

江影自己懒得辩解，她让别人替他说便是。

宋栀栀的手指在手机屏幕上飞快打字——

听完袁一溪的疑问之后，小白衣与白露寒走上前来，行了一礼说道：“我们前几日已经察觉到温师兄有些不对，或许是温师兄踏足青崖峰时，江前辈就已经察觉到不对，暗中跟随，以防止出现意外，小岑不是说他其实人特别好吗？！”

岑长冬也凑过来帮腔道：“袁长老，您不会怀疑是江大哥自导自演了此事吧？按时间推算，温师兄在赤霞山历练的时候，江大哥还在浮舟上与我们朝夕相伴呢！”

宋栀栀写完这两段话之后，在游仙圃中的几人，果然按着她所写的内容发言。她写下的对话贴合人物性格也符合逻辑，并没有被系统红字收回。

紧接着，手机屏幕里出现了一串文字，包含了袁一溪的心理活动，令宋栀栀倒吸了一口冷气——

“也是，是我唐突了。”袁一溪揉了揉自己的眉心，似乎刚从一种迷茫的状态中苏醒过来。她方才不知为何，脑海中就莫名其妙冒出了“可能是江影自导自演”这样的大胆念头，现在被几位弟子一提醒，她才觉得这念头有多么离谱。

宋栀栀看到了在书里呈现的第三视角描述中，袁一溪脑海中是突然冒出了怀疑江影的念头来。

她的手指在手机屏幕上焦躁地摩挲着，一旁的球球凑过来，推了推她的手指。

宋栀栀发现了一件事，她方才在操控无相宗弟子的言行，而冥冥之中，在看不见的地方，另外有一股力量在对袁一溪做着类似的事，目的却完全相反。

宋栀栀只有在刚来这个世界的前几天，经常会犯错，写下不符合客观事实的剧情，然后被系统狠狠教育。

但后来她很少出现这样的状况，因为她已经发现了自己书写剧情的“边界”。

所有即将发生的事情，都具有概率性，有很多种可能摆在眼前。她身为作者拥有的力量，是将不确定的事情变为确定，而不是将不可能的事情变为可能。

比如，江影没有心，那么他不可能爱上任何人，那么在他会做的所有事情中，没有“爱上一个人”这个选项。

一个人晚上想要吃灌汤包、鸭血粉丝或者是他很讨厌吃的香菜。

即便他很不喜欢香菜，吃它的可能性很小，但宋栀栀可以让他吃香菜，因为即使概率很小，也有可能发生这样的情况。

但宋栀栀没办法写他去吃一颗子弹，因为他吃了会死，子弹也不是食物，他吃子弹是不可能发生的事。

每个人脑海中会闪现的念头，一瞬便有万千，只要稍加引导，便很容易影响一个人的好恶。

宋栀栀现在似乎有些明白：为何有如此多的人痛恨江影；为何江影抵达沈家山庄，什么事都没做，沈珉已惧怕痛恨他至极，甚至能够召集起一批与江影有仇之人埋伏他；穆尉明为何会如此冲动上门，以至于忘记自己无相宗长老的身份。

他们难道不知道江影此前所做之事都是灵祇神教控制的吗？他们知道，但人的的确确是死在江影手上，找他报仇也情有可原。

冥冥之中，有着某股力量暗中引导着，把这种情绪放大了。

让仇恨江影的人愈加仇恨他，让与江影毫无瓜葛的人惧怕他，直至把他逼到绝路上，众叛亲离，孤独死去。

宋栀栀的手紧紧攥着，脑海中浮现了“灵祇”二字。

看来此界神明当真存在，而这位灵祇，要江影去死。

宋栀栀紧攥着手机，眯起眼，面上却不露声色，神明是神明，无处不在，她不会暴露自己已窥探到些许真相。

这盘棋还未下到最后，现在是她占上风，该急的是灵祇。

宋栀栀解决完游仙圃之事，确认无相宗的人已经完全打消怀疑江影的念头之后，这才抱着手机想起了宁玺与沈昼在赤霞山的发现。

他们在大地裂缝上发现的图腾，与锁灵咒的图腾一模一样？

这都叫个什么事，怎么会那么复杂？

宋栀栀抱着头，趴到桌子上，苦恼无比。

球球跳到她头顶上，“吱吱吱”地叫了好几声，似乎在安慰她。

宋栀栀心想：必须想办法调查出赤霞山变成那种惨状的原因，不然搞不好锅又要被甩到江影身上。

她欲哭无泪，万万没有想到自己居然跟此界第一背锅侠锁死了。

而且江影此时还傻傻地一个人在隔壁修炼，以为自己只要足够强大，就能够活下去。

宋栀栀以手托腮，暂时还不想写剧情去窥探真相，因为这是“付费内容”，要消耗神识。

有的时候一个球球不够，还要江影来凑，最后搞得她和江影都累得要死。

无相宗的人，应该会帮忙挖掘出一些线索，到时候结合已知的线索来解锁付费内容，会更加容易。

宋栀栀如此想着，却发现天色已晚，天际一轮红日沉沉地垂着，霞光落在窗外，晕出朦胧微暖的光芒。

她摸了一下肚子，有些饿，到饭点了。

无相宗每日统一提供给各峰的伙食很基础，并不算很美味，弟子多的山头，比如灵溪峰，门中弟子云书、白露寒等的厨艺就非常不错，经常会下厨给尚未能完全辟谷的师弟妹准备美味佳肴。

宋栀栀站起身来，想了想，什么远处赤霞山的异变或者是迷茫未知的未来，都不及等会儿的一餐饭来得真切踏实。

她觉得江影实在是太惨了，身为作者的她有些内疚，于是突发奇想决定给江影煮个晚饭，给他个惊喜。

宋栀栀查看厨房里的食材，里面是两个鸡蛋和一把青菜，和一块不知道什么动物的肉，这个世界的常见肉类一般来说都挺美味。

当然，只是江影煮得比较美味。

宋栀栀抱着篮子，肩膀上的球球跳来跳去，很是兴奋。

她坐在厨房的小板凳上，看着冰凉的炉灰，陷入了沉思。

平时见江影下厨，连腰都没有弯过，动作潇洒优雅，不多时就能煮好饭菜。

现在轮到她自己来，竟然卡在第一步。

她不会生火，毕竟她以前厨艺的巅峰就是用电磁炉煮泡面。

宋栀栀肩膀上的球球跳了下来，小小的身子在地上滚动，试图把干柴塞进炉灶里。

看着球球的动作，宋栀栀悟了。

这小玩意儿都看不下去了，在教她。

宋栀栀抓起干柴，一股脑儿塞了好几根进去，直到球球“吱吱”叫了一声提醒她够了。

“然后呢，火呢？”宋栀栀理所当然地叉腰问自家宠物下一步应该怎么做。

球球被她捏在手里，黑黑的脸颊鼓起。

而后“扑哧”一声，一团小小的火焰从球球口里“呸”出来，飞进炉灶里，蓬勃地生起了火。

宋栀栀看江影做过那么多次面，就算再傻也能看得懂流程了。

放水入锅，等开，然后把面放下去。

宋栀栀虽然动作生涩，但也没做错。

锅里的水“咕噜咕噜”烧开了，宋栀栀将厨房里常备的面条找出来，数了两人的分量，一股脑儿丢到锅里。

面被丢进水中，把烧开的水溅起来，溅到宋栀栀的手腕上。

但她浑然未觉，因为根本不是她被烫到。

宋栀栀没有发现，开始把洗净的菜叶丢下去，然后是切好的肉丝，形状不一，每一块的卖相都非常抽象。

她用“能吃就行，好不好看不重要”这个理由安慰自己。

她把食材都放进锅里之后，目光放在灶台边的调料罐子上。

是要放盐的，她想。

调料罐子上都标有名称，宋栀栀没拿错。

她打开盐罐，斟酌不出分量，秉承着越多越好的原则，在罐子里挖了一大勺。

此时她身后一阵寒凉气息拂过。

一只冰凉的手按住了宋栀栀准备往锅里撒盐的手。

“你在做什么？”江影凉凉的声音在她身后响起。

不知何时，他已经走进厨房里，来到宋栀栀身后。

江影垂眸看着锅里翻滚着的形状不规则的肉片，神色莫名。

这分量，明显不是宋栀栀一个人能吃得下的。

“做饭啊！”宋栀栀很兴奋，抬头看着江影，“你怎么不修炼了。”

江影：“……”因为刚刚感觉手被烫到了。

这个女人真的好笨，麻烦死了。

“不要放那么多，没做好我不会帮你吃。”江影没回答宋栀栀的问题。

他握着宋栀栀的手腕，带着她拿着勺子的手轻轻地抖了抖。

分量正好的盐被抖落锅中，没入沸腾着的面汤里，勺子里还剩下大半。

“不够吧……”宋栀栀根本掌握不了分量。

“够了。”江影把她手里的勺子抽出来，重新放回盐罐里，封装好。

过了一会儿，锅里的青菜肉丝面终于熟了，宋栀栀推开江影：“我自己来。”

她不要江影来接手自己已经做好的“事业”。

江影退到一边，沉默地看着她。

在锅里升腾起的雾气中，宋栀栀的侧脸朦胧，带着温暖柔和的烟火气。

宋栀栀很快便将两碗面装好，特意给江影的碗里多放了一些肉。

她将两个面碗放在锅边。

为了防止宋栀栀再用两只手捧这两个滚烫的面碗，江影走上去，一只手一个，先把两个面碗端到桌上。

宋栀栀没有阻止他，因为她还要煎两个荷包蛋。

这比煮面难多了。

宋栀栀手忙脚乱，打下第一个蛋的时候，一不小心掉了几块小蛋壳进去都没有发现。

江影受不了了。他走上前去，单手磕开一个鸡蛋放入锅中，从愣住的宋栀栀手中接过锅铲。

宋栀栀看他单手打蛋直接看呆了，修长的手指握着鸡蛋宛如艺术品，一套动作行云流水，还能有这种操作？

江影熟练地翻面，不多时，一个完美的荷包蛋被他放到盘子里。

他把装着荷包蛋的盘子塞到宋栀栀手里。

然后他自己把宋栀栀煎的荷包蛋端起来。

宋栀栀坐在餐桌边，与江影面对面坐着。

她对面是冷漠且冰冷的江影。

宋栀栀看着江影面前那个卖相并不算太好，甚至有些焦，上面还有鸡蛋壳的荷包蛋，有些不好意思。

“要不我吃那个？”宋栀栀搓搓手，试探性发问。

“我吃。”江影把那个破荷包蛋送入口中。

宋栀栀好感动，因为江影竟然真的愿意吃她煎的破荷包蛋。

下一刻，江影抬眸看着宋栀栀，在傍晚的光线中，他的红眸中闪着微芒。

他说话的语气平静，仿佛在陈述一个事实：“你吃可能会被毒死，我不会，所以还是我来吃。”

第九章
永不背叛

宋栀栀看了看江影碗里那个煎焦了的荷包蛋，觉得他说得对。

她埋头吃面，觉得味道还行，并没有那么糟糕。

宋栀栀一边吃，一边脑袋里却塞满了方才在手机里看到的剧情。

最后那大地上的裂缝与诡异出现的图腾，为什么会与锁灵咒的图腾一模一样？

宁玺与沈昼应当没有看错的可能性，那么赤霞山究竟发生了什么？

宋栀栀觉得自己嘴里的面都不香了，绝对不是因为她煮得不好吃。

她用筷子夹起一根面条，小口地吃着，还在思考赤霞山的事。

江影鲜少在宋栀栀眼中看到智慧的光芒，现在见到她这副模样，他有些意外。

他将宋栀栀煎的那个破荷包蛋吃完，想了想，还是平静地说了一句："面要冷了。"

宋栀栀这筷子面条险些送到鼻孔里，被江影一提醒，抬起头，不好意思地看着他。

"我想……"宋栀栀小心地斟酌着语句，她想消耗神识查看关于赤霞山的"付费内容"。

但每次神识消耗一空的痛楚都是江影承受，上次还要他借一些神识过来给她用，所以她也不好意思三番五次强行查看书里没有出现的内容。

"你不想。"江影果然拒绝她了。

宋栀栀遭到他拒绝，反倒松了口气，只是还有些心绪不宁，一副心不在焉的模样。

江影把她煮的面全部吃完，抬头看了她一眼。

他顿了顿。

半晌，冷冷的声音响起："你要做什么？"

宋栀栀摸出自己的手机，反正上次也被江影看到了，她也没必要藏着掖着。

"我想像上次那样，动用神识，做一些事。"宋栀栀答道。

江影看了她手中的金属物件一眼，神情漠然。

"要多少？"他问宋栀栀需要多少神识。

宋栀栀还没开始看，也不知道这次的"付费内容"需要消耗多少神识。

她摇了摇头说道："不知道。"

江影薄唇微抿着，拉成一条冰冷的弧线。

他抬手挑起了宋栀栀的下巴，让她正视着自己。

宋栀栀感受到下巴处传来的冰冷触感，她看着江影，眨了眨眼睛。

"你很了解我。"江影的语气无比平静。对于大多数事情，他是不在意的，但这一次，他觉得有些不公平，"但我不了解你。"

宋栀栀从哪里来，究竟是什么人，为什么有着能够控制他人行动的力量？

江影的心中一直存着这样的疑问，只是这些疑问于他而言，并不重要，但若寻得机会，他会问。

宋栀栀略微睁大眼看着他，仿佛幼犬一般澄澈的眼眸里是惊慌失措的情绪，还带着一丝歉意。

这些情绪被江影尽收眼底，连那一丝歉意他也没有放过。

江影的红眸深处闪过一丝困惑，宋栀栀为何会对他感到抱歉？

宋栀栀想，江影说得对，她现在做什么都没有告诉江影，江影甚至不知道她的真实身份。

但是她敢跟江影说吗？

宋栀栀咽了一下口水，小心翼翼地发问："你曾说，你的一生遭遇，是天命要如此，是吗？"

江影不知宋栀栀为何会问这个问题，但还是点了点头："若果真天命如此，灭天便是。"

无形的命运要堵着他所有的出路，那么他也要杀出一条血路来。

然后……活下去，不要死。

江影心中如此想。

宋栀栀打了一个哆嗦。

完蛋了，江影前半生的遭遇就是她写的。

算了，算了，还是不能告诉江影，不然就算江影不杀她，那以后肯定也不肯给她煮饭吃了。

江影的红眸微眯，闪着危险的光芒。

他捏紧了宋栀栀的下巴："你还未回答我的问题。"

宋栀栀迎上他的目光，瞎扯："江影，你知道吗？"

"知道什么？"江影问她。

"对一个人的所有一切感到好奇，是恋慕的开始。"宋栀栀理直气壮，臭不要脸，"所以，你是不是喜欢我，你才问我这么多？"

江影与她对视着，那幽深红眸中闪过莫名的光。

他不懂感情是什么，宋栀栀如此说，莫非代表着真是如此？

"并未。"他说，"你应该知道，我是无心之人。"

"感情可以培养，心也可以找回来嘛！"宋栀栀说，"你的心在哪里？"

江影望着她，没有说话。

许久，他开口，声线平静无波："不知。"

宋栀栀心想：怎么可能会有人忘了自己的心放在哪里呢？他肯定是在掩饰。

毕竟如果他的心回来了，那么他冷漠如坚冰的防御可就有了弱点。

有了心，不仅会爱人，会萌生感情，亦会愧疚，会不安，会对曾经做过的事情感到后悔。

宋栀栀把他挑着自己下巴的手挪开，低头小声地支支吾吾道："江影，我……我……"

江影没有催她，等她慢慢说。

宋栀栀心想，自己的目的总归是要对江影说清楚的："你或许会死在未来某一天。"

"或许。"江影深知即便如此修炼，增强自己的实力，但他处处树敌，未来会有那么一天也说不定。

"我不希望你死。"宋栀栀说，"我可以救你。"

江影问："凭你'一窍不通'的经脉？"

"别骂啦！"宋栀栀低下头，小声地说道，声音细细的。

随着她垂头的动作，发髻间藏着的一朵小白花儿探出头来，只是这婆娑花看起来并没有那么精神，反而有些无精打采的样子。

这朵花儿清楚地反映了宋栀栀的情绪。

宋栀栀语无伦次："我可能救不了你，因为我真的没有很厉害。"

她只是一个十八线网文写手，写的东西都没几个人看，更没有什么伏笔千里运筹帷幄的能力。

现在她明白了一件事，目前她与江影面对的最大敌人就是此界的神明，那么他们又该如何用凡俗之躯与之抗衡？

“但我会努力试一试。”宋栀栀抬起头，看着江影说道，“试一试，总是没有错的。”

毕竟事情也没有糟糕到极点，她还是可以写剧情的，冥冥之中那个操纵一切要把江影逼上绝路的所谓神明，并没有比她厉害多少。

江影看着她，还有她头顶那朵鲜活的花朵。

宋栀栀从头到脚，都蕴藏着一种蓬勃的生命力，就像所有生命都拥有的心脏一般，永不停歇地跳动。

只要一息尚存，便永远向前进。

但他早已没有了心，胸腔之中，一片空荡荡。

江影无法理解宋栀栀，但他与宋栀栀有一样的目的。

活下去。

“好。”江影回答她，牵起了她的手，领她来到书桌前。

澎湃的神识注入宋栀栀的身体，宋栀栀觉得自己的身体都快要飘起来，以江影的修为，一瞬间能够释放的神识力量极其强大。

再多的神识力量，宋栀栀都能接住。

她敛息屏气，低头在手机上慢慢打字：“赤霞山异变出现的原因……”

这串文字出现在手机屏幕上，而后，马上便如同淡开的墨色一般即将消失。

宋栀栀死死盯着屏幕上的文字，内心在呐喊着“不要消失，我要知道真相，你给我说。”

一瞬间，她感觉到自己全身上下的力量被抽空，身子一软，直接倒在江影怀里。

她没有失去意识，只是没有了力气罢了。她还是盯着手机里的文字，命令它说出真相来。

江影的眉头微皱，他的脑海深处传来河水干涸般的剧痛。

但他的神识力量还是源源不绝地供给到宋栀栀的身体里，强大的气流鼓荡开，灌满整个房间。

一直蹲在宋栀栀身边的球球也伸出黑色雾气幻化而成的小爪子，按在宋栀栀眉心的朱砂痣上，元婴修为的心魔能够供给的神识力量没有任何保留，完全注入宋栀栀的身体中。

若是寻常人，一瞬间接受如此丰沛的神识力量，早就神识紊乱，爆体而亡了。

但宋栀栀只是靠在江影的怀里，看到她写下的那句话后面慢慢出现了文字——

赤霞山异变出现的原因……

山河已崩毁，死而复生，腐血尚存。

两月前，赤霞山的谭曲河源头，不再流出清澈的河水，而是涌现如黑色血液般的液体，这些黑血凝而不散，结为实体，是为妖魔。

黑血凝结而成的妖魔，不同于此界曾经出现过的任何一种妖类。它们没有人性，无法沟通，残忍嗜杀，所过之处，寸草不生。它们夺取动物血肉，吸食植物汁液，所以赤霞山一带白骨累累，寸草不生。

将赤霞山一带破坏殆尽之后，此地煞气过重，大地崩塌，下沉为墟渊，死去的大地上空飘散着黑气，化为“灵祇泪”，这是神明的眼泪，为饱受摧残的山河垂泪。

破坏赤霞山的黑血妖魔，已……

这后面似乎还有文字要出现，但宋栀栀却猛地感觉到脑海深处传来久违的剧痛。

宋栀栀没空再去管剧情，只抓着江影的手臂，抬头看着他，却发现他平时永远冷漠的脸庞此时看上去无比苍白。

他如同她自己一般，已经将神识耗尽了，所以她也品尝到了神识耗尽的痛楚。

即便神识几近干涸，江影的手却还是按在宋栀栀的肩膀上，尽力为她输送最后一点点神识力量。

“不要了……”宋栀栀轻声说，音量细若蚊蚋，“头很痛。”

江影听到了。

他很久都没有感觉到如此虚弱了，是久违的身体不受控制的感觉，很累。

宋栀栀也很累，已经变成毛饼的球球早就昏过去了。

区区一小段窥探天机的剧情，竟然让二人一球都几近虚脱。

江影转过身，下意识揽过宋栀栀的腰，带着她倒在了一旁的床上。

宋栀栀的头抵在江影胸前，同样神识力量被耗尽的她，已经没有力气再动弹一下了。

她闭上眼，心想还是睡一觉为妙。

江影抱着她柔软的身子，她头顶那朵小花儿探出来，不远不近地立在他面前不远处。

两个人都沉沉睡去。

宋栀栀陷入了一个无比真实的梦境。

她还是梦见了那只比柔云兔略大些的红眼睛兔子，她大着胆子扑过去，揉了揉它柔软的胸口。

现实中，宋栀栀的手抚上了江影的胸膛，如果此时江影还醒着，一定会把她的手挪开。

宋栀栀一边挼兔兔，一边想，这只兔子比柔云兔大了些，外表倒是一模一样，但是细节不一样。

它的兔子毛更硬些，没有那么柔软，那双红眼睛也没有柔云兔那么温柔无害。

柔云兔和这只兔子给宋栀栀的感觉就像……就像正品和盗版的区别一样。

宋栀栀不介意这是只盗版兔，她在梦里尽情地挼着，不放过这只有梦中相逢的机会，又是亲又是抱，挼了一个过瘾。

就在她挼到忘乎所以的时候，她感觉自己的脸颊上泛起凉意，似乎有人拍了拍她的脸颊。

“宋栀栀，收敛一点。”是江影的声音。

江影早宋栀栀一点儿醒过来。

刚睁眼，江影就看到宋栀栀闭着眼，头在他脖颈间蹭了蹭，然后抬起头，在他耳后吧唧亲了一口。

江影：“……”

他身体僵硬，一动也没有动，不知为何，脑海中又想起了昨晚宋栀栀一本正经对她说的话。

“你知道吗，对一个人的所有一切感到好奇，是恋慕的开始。”

江影沉默着，如妖似魅般的面庞还是一片漠然。

宋栀栀在梦里又开始动手动脚，江影忍不下去了，只能抬手拍了拍她的脸颊，把她叫醒。

其实宋栀栀的睡眠很浅，所以被他冰凉的手一拍，她就猛然惊醒过来。

她睁眼，看到江影近在咫尺的脸，还有她在梦中搭在他身体上的手……

“我……”宋栀栀下意识开口，语气困惑，“我的兔子呢？”

江影的目光沉了下来，眯起眼盯着宋栀栀，眼神危险。

原来她是梦到了……兔子。

不是他。

江影感觉到些许的烦躁。

他对宋栀栀说："改天给你抓。"

宋栀栀想了想说："不是柔云兔那样的，要更大些，更糙些。"

"那就是不修边幅还不节食的柔云兔。"江影回答她。

宋栀栀点了点头，觉得江影说得有些道理。

她感觉到自己整个人都窝在江影的怀里，连忙挣扎着想要退出去。

"你这个坏东西，趁我睡觉的时候耍什么流氓？"宋栀栀质问他。

江影："……"

——你在骂你自己吗？

他看着她，沉默着没有说话，只淡淡地"嗯"了一声，当作回应。

宋栀栀手忙脚乱地从床上爬起来。

她放在身侧的手冷不防摸到了昨晚还在看剧情的手机。

是冰凉金属的触感，随着这冷锐的触感从掌心蹿到脑门，宋栀栀才想起来昨晚在他们神识耗尽之前发生了什么。

她、球球、江影，他们所有的神识力量全部耗尽，才看到了那么一串不知所云的文字。

什么死而复生，腐血尚存，黑血祸乱赤霞山，把整个赤霞山给破坏殆尽。

导致崩塌的大地如灵祇圣城一般下沉为墟渊，黑气缭绕形成图腾……"灵祇泪"？

这是什么玩意儿？宋栀栀寻思着自己写文的时候，没写过这种设定的东西呀！

这个世界还有什么惊喜是她这个作者不知道的？

宋栀栀把手机拿起来，索性也不掩饰了，盘着腿坐在床边往上滑动着屏幕查看昨晚好不容易看到的付费内容。

江影侧躺在床上，单手托腮，墨色长发垂落在枕头上，就这么静静地看着她。

宋栀栀心想，昨晚是江影出了大部分的力气，他有理由共享信息。

她一字一顿，将手机里昨晚出现的内容读给江影听。

宋栀栀的声音很轻很柔，在清晨的阳光里，仿佛跳跃的音符。

江影看着她的侧脸，等她说完。

"破坏赤霞山的黑血妖魔，已……"宋栀栀念完最后一句话，"然后就没了。”

“你要做的，就是看这个？”江影沉声问她。

宋栀栀点了点头，她觉得事到如今，没必要隐瞒自己有这个能力。

只要不跟江影说她就是狗作者就好了。

“是，我可以看。”宋栀栀歪着头，对他眨了眨眼说道，“这是我的能力。”

“温明泽身上那妖魔，就是赤霞山的。”江影的薄唇中吐出冰冷的话语，“它已经扩散开了。”

宋栀栀焦急地问道：“它为什么会出现呢？”

最开始的那一句“山河已崩毁，死而复生，腐血尚存”她没看懂是什么意思。

“你没受过重伤吗？”江影问她。

而后，他马上自问自答：“你没有。”

“一个人的身体若有很深的伤口，在治伤的时候，若不使用法术，那么就要先将腐肉与瘀血剔除，或是让它们结痂剥离，伤口才能完全愈合。”江影说，“或许，此界也是如此，在愈合的过程中，难免会产生腐肉与瘀血。”

“就是……你是说，这个世界曾经受过伤？”宋栀栀皱起眉头问道。

“激烈的战斗自然会导致此界震荡，几千年前的七宗十二派共同讨伐灵祇神教，便是一场浩劫，从此此界灵气变得无比稀薄，许多上古法术失传，因为毫无修炼的环境。”江影回答了宋栀栀的疑问。

宋栀栀不禁惭愧。江影比她这个作者还懂，这个大背景设定是她写的，但她早就忘得差不多了。

“那可怎么办呢？”宋栀栀托腮，神情苦恼。

“与我何干？”江影的语气漠不关心，“自有名门正派去操心此事。”

“可是……”宋栀栀欲言又止，她总觉得不太对劲，这后面似乎还掩藏着她看不到的真相。

江影冰凉的指尖贴上她的唇，让她不必再说。

“天塌下来，你也死不了。”他对宋栀栀说，勉强安慰了她一下。

这样简单的一个小脑瓜，若是天天想些复杂的问题，江影觉得宋栀栀总有一天会愁死。

宋栀栀张嘴咬了他的指尖一下，还是皱着眉。

江影觉得她像小狗。

他的指尖拂过她温暖的脸颊，来到她的眉心。

冰凉的指尖慢慢地将她眉心的褶皱抚平，微微流连过她眉心那点朱砂。

“我还是很愁。”宋栀栀想，这么危险的事情，总是要想办法去解决的。

江影见不得她这个表情，便提醒她一件事：“昨晚入睡前，你未沐浴。”

宋栀栀一惊，思绪还是牵挂在乱世横生的妖魔上：“那我待会儿去，但是我现在要先发愁一下。”

江影见此事转移不了她的注意力，沉默片刻，终于妥协了：“若这个麻烦找上门来，我会解决。”

宋栀栀得了他这句保证，眼睛登时亮了起来。

“那行吧！”宋栀栀的心情这才好起来，很快从床上跳下来，对江影说道，“你先出去，我要洗澡。”

她果然还是很在意这件事。

江影起身，整理了一下衣袍。

就在此时，房间里提醒有客来访的法阵亮起了光芒。

“走了。”江影丢下一句话，人已经消失，他要去看看来者何人。

宋栀栀觉得有些累，洗过澡后便爬上床，继续睡觉。

而此时青崖峰外的袁一溪已有些等不及了，正准备进去青崖峰直接寻找江影的时候，他人已经出现在青崖峰外侧。

“何事？”他冷声问袁一溪。

“江道友，此次前来，是为道谢。”袁一溪朝江影尊敬地行了一礼，礼貌地道。

江影看到此次是袁一溪来寻他，其实有些意外，因为以往都是韩潜自告奋勇。

似乎感觉到了江影的意外，袁一溪柔声解释道：“韩师兄在研究那黑血妖魔，暂时抽不开身，所以这次是我过来。”

江影的神情冷漠，只略微颔首当作回应。

“救我门中弟子的谢礼，我已经备好，下午便会送来青崖峰。”袁一溪似乎还有话要说。

江影站定在原地，身姿挺拔，他懒得等袁一溪站在原地纠结，转身便要离开。

袁一溪想了想，还是大着胆子叫住他：“江道友，您对那黑血妖魔，有何见解？”

江影想了想，还是将已知的信息告诉无相宗一二为佳，免得他们宗门的人三番五次前来打扰。

“黑血与凌霄地界的赤霞山有关，死去的那人不是刚从赤霞山附近回来吗……”江影叙述的语气平静，逻辑清晰，有理有据，“如此妖魔现世，其后必有隐情，与此界平衡不无关系。”

袁一溪听完他的话，若有所思，眉头紧锁，似乎有所领悟。

她又真心实意地行了一礼，对江影道谢：“江道友所言有些道理。等掌门师兄与沈师侄归来之后，我自当再一同查阅文献，找出真相，解决此事。”

江影没空听她说这种客套话，她话还没说完，他就已经离开，回青崖峰中的小院修炼。

接近正午的时候，睡了回笼觉的宋栀栀才醒过来。她从床上爬起来，将长发拨到一边，白嫩的脚在地上摸索了一下鞋，这才站起来伸了个懒腰。

宋栀栀这一觉无梦，睡得很香。她很少做梦，但进入这个世界之后，她总会做梦，而且都梦到了那只不修边幅还不节食的红眼睛兔子。

虽然他们的眼睛都是红色的，但宋栀栀不可能将兔子与江影联想到一起。

她打了个哈欠，看到窝在书桌上睡觉的球球，这个黑色的心魔球球昨晚同样神识力量耗尽，变成一个又扁又瘪的毛饼，像一个没了气的气球。

睡了一夜恢复，球球总算看起来圆润了一些，只是还在睡着，看来还需要养精蓄锐。

宋栀栀没有去打扰球球，准备自己去洗个澡。

坐进浴桶后，她想了想，要不还是拿出手机瞧瞧有没有什么意外情况发生？

宋栀栀如此想着，自己刚用干毛巾擦去水珠的掌心已经多了一个精致小巧的手机。

她打开屏幕，发现手机上已经多了一串文字，是江影与袁一溪的对话。

袁一溪来这里的目的，与宋栀栀猜想的差不太多，主要是为了道谢，顺便打探一些情况，毕竟江影是亲手将那黑血妖魔给制伏的人，他想必对这玩意儿也有所了解。

出乎宋栀栀意料的是江影竟然主动告诉了无相宗有关黑血妖魔的情报，正是昨晚他们合力探查出来的些许真相。

宋栀栀本来也想寻找一个合适的契机，让无相宗知道这件事，但苦于找不到机会。

结果江影居然主动说了！

宋栀栀很是欣慰，从江影之口把这个信息传出去再合适不过，但她知道，以江影的性子或许根本懒得关心这件事。

江影向她强调过很多遍，不要干涉他的行动，她觉得既然他自己也能察觉到不对劲，她就不会再写剧情强迫他做什么。

所以宋栀栀这次也没要求他告诉无相宗，但他自己主动说了，这令她感到非常开心。

宋栀栀抱着手机兴奋了一下，然后便注意到了袁一溪与江影对话中字里行间透露出的信息。

袁一溪说韩潜正在研究黑血妖魔的习性……

宋栀栀皱起了眉头，她在沉思，从一个作者的角度来说，如果韩潜是主人公，她绝对不会让韩潜如此顺利地研究出这黑血妖魔究竟是什么东西，它的弱点是什么。

韩潜遇到危险的概率很大。

宋栀栀马上从浴桶里起身，披上衣服，来到书桌前。

她捧着手机，在屏幕上打字——

此时，韩潜所居的潜渊谷中……

韩潜正在研究黑血妖魔的习性，他将江影制作的幽蓝色笼子拿起来，尚未死去的黑血妖魔在牢笼里左突右冲，试图挣脱束缚。

首先要研究的，就是这黑血妖魔的构成，他究竟以什么东西为食，成长与繁衍需要的东西是什么。

韩潜对于毒物妖魔很有研究，已经有了一套检测的办法。他将关着黑血妖魔的幽蓝色笼子放入一个闪着光的复杂法阵中，来自自然界的不同能量形成光束，刺激着黑血妖魔的躯体。

接下来需要观察的，就是这黑血妖魔究竟吃什么。韩潜原以为它是吸食血肉的，但温明泽的尸体在未被冥昭的毒溶解时，是完好的，那么它究竟以什么为食？

许多束不同的光灌输注入黑血妖魔的躯体，竟然都被吸收了。韩潜大惊失色，这才感觉到有些不对劲……

宋栀栀看到这句话出现，拍着桌子猛地站起身。

韩潜面对这未知的邪恶妖魔，果然要出事。

她摸过桌上的传音球，打开开关。

宋栀栀直接唤了江影一句：“江影，去韩长老的潜渊谷。”

她还没等江影回答，便语速飞快地抛出自己的理由说服江影：“韩潜研究黑血妖魔，出事的可能性很大，锁灵咒的线索还需要他帮忙寻找，在蛊毒咒法这一块，你也不及他研究得专而精，他不能死。而且若是那黑血妖魔将他吞噬，扩散到整个无相宗，麻烦可就大了，到时候无相宗沦陷，我们去睡大街吗？”

传音球传递的声音是在江影脑海中响起的。

在宋栀栀说出第一句话的时候，江影就睁开了眼，红眸平静。

等宋栀栀说完，他起身，推门走出。

江影对宋栀栀说了一句话，语气异常平静。

“宋栀栀，你也不必说如此多。”江影的嗓音依旧如浮冰碎雪般寒凉，“我去。”

说罢，他人已经消失，朝潜渊谷而去。

宋栀栀把传音球给关了。

她抱着手机，摩挲着这金属玩意儿冰凉的屏幕。

直至此刻，她忽然明白了一件事。

如果目前的情况是她与冥冥中那位看不见的神明“灵祇”在博弈对抗，那么此界中，除江影之外的所有人，对于她与灵祇来说，都是随时会倒戈的棋子。

唯有江影，是宋栀栀手下永不叛变的最忠诚的棋子。

他们之间有以生命相连，绝不能违背的最高契约。

宋栀栀还是有些不放心，又拿起手机，在屏幕上打字，将“摄像头”切到潜渊谷。

江影只有在孤身一人的时候，才会敏锐地察觉到这“摄像头”的存在，若是身边有旁人，干扰太多，他发现不了。

宋栀栀输入“江影很快抵达了潜渊谷”。

此时的潜渊谷一片寂静，韩潜喜静，性子孤僻，谷中弟子甚少，此时他们都分散在偌大的山谷中修炼，韩潜一人在主殿中研究黑血妖魔。

韩潜发现黑血妖魔将所有光束都吸收的时候，便已经发现了不对，但已经晚了，这黑血妖魔并不是只能与修士的身体相融，这些注入幽蓝色笼子里、代表不同能量的光束，同样也能够成为它移动的媒介。

就仿佛是往一个牢笼里放了几根水管，把里面的水引了出来，黑血妖魔沿着光束，从几乎不可能突破的牢笼中冲了出来，并且直直朝着韩潜袭去……

韩潜眼见着那黏腻恶心的黑血朝自己席卷而来，仿佛虚空中张开的大嘴要将他吞吃入腹，连忙大手一挥，释放出防护法阵，暂时拦下了这黑血妖魔。

此时的韩潜虽然可以保证黑血妖魔不会伤自己分毫，但不能保证他能够完好地保护住潜渊谷的弟子，除非他能像江影一样用牢笼束缚住这黑血妖魔。

韩潜看到黑血妖魔已经朝着主殿外逃跑，大惊失色。这妖魔仿佛有智商，能够知道此时做什么才是最好的选择。

他追了上去，一道又一道致命的法术朝黑血妖魔身上挥去，但都仿佛泥牛入海，丝毫反应也没有，这妖魔似乎还更壮大了一些。

不同的妖魔有不同的习性，只有知晓了弱点之后才好抓捕，面对如此邪恶棘手的妖魔，韩潜束手无策。

就在他追悔莫及，心灰意冷之时，这黑血妖魔一路以极快的速度往殿外飞去，但就在快要突破大殿门口的时候，被拦了下来！

江影出现在潜渊谷主殿门外，身影颀长，拉出一道修长的影子。他站定在门口，望着殿内神色灰败的韩潜，目光漠然。

那黑血妖魔似乎也见过江影的厉害，不敢与他正面交锋，忙转身疾退，准备先攻击韩潜。

但就在江影不动声色间，那幽蓝色的法术光芒已经脱手，以极快的速度往黑血妖魔的方向飞了过去。

与此同时，冥昭亦已然出手，仿佛闻着腥味的猫，寻着黑血妖魔而去。

幽蓝色的法术光芒组成牢笼，将黑血妖魔重新关了进去。

狭长的柳叶小刃没入黑血妖魔的躯体，发出了“咕叽”声，切割搅动着这污秽恶心的妖魔。

瞬间，冥昭破体而出，黑血妖魔被切割成细小的碎片，最终化为腐水，没入大地中，一丝痕迹也没有留下。

就算是如此诡异的妖魔，也敌不过冥昭一刀，在强大的力量面前，众生平等。

这一切只发生在电光石火间，江影抬手，将冥昭收了回来，用白帕细细地擦拭刀身上的污秽。

直至此时，他才有空抬眸看韩潜。

他修长苍白的手指抚过冥昭锋锐纯黑的刃，冷声问道：“韩长老，只有这一只？”

韩潜看着眼前的一切，愣住了，被江影冰冷的声音一刺激，这才如梦初醒。

他长叹一声：“就这一只，是温师侄身上那只，我原本只是在研究它的习性，没想到这妖魔的特性出乎我的意料。”

江影漠然地看着他，终究还是提醒了一句：“这是全新未知的妖魔，还需慎重。”

韩潜朝江影深深地行了一礼，先道了声谢：“多谢江道友相救。”

说罢，他又抬眸望着江影，目光有些疑惑：“江道友……为何会出现在这里……”

江影沉默不语。他总不能说是家里那个麻烦的宋栀栀让他来的吧！

当然，此时的宋栀栀也看到了韩潜的这句疑问，她敏锐地发现了不对。

江影如此恰巧出现，确实不对劲，不能排除韩潜此时怀疑是江影自导自演这一切的可能性。

宋栀栀想了想，她要让韩潜完全感激信任江影。

她决定在后面有关于韩潜的想法与揣测冒出来之前，先安排好剧情——她抬手，在手机屏幕上飞快地打字。

韩潜心中思忖着，江影定然是知晓这黑血妖魔凶恶诡异，所以在今日袁一溪上门道谢时候，知道了他——

宋栀栀写到这里，发现手机突然变得很卡，果然是有什么力量在阻止她。

她面上不显，她知道或许在看不见的地方，灵祇正在观察着自己。

宋栀栀觉得装傻挺好，她暂时不想暴露自己已经发现了灵祇的存在。

神明什么都能看得见，唯有人心识不得。

于是她抓起手机在桌上敲了敲，小声嘟囔了一句："这个手机是不是内存满了，怎么这么卡？"

然后趁冥冥中的灵祇被她这句话唬住，一时不敢再过多干涉，马上将剩下的语句输入进去——

知道了他今日会在潜渊谷研究这黑血妖魔，江影担心此妖魔危险，他会出现意外，所以提前赶来，以防意外发生。他心想江影果然是个面冷心热还细心的好人。

心中如此想着，韩潜开口对江影说道："江道友可是因为今日一溪师妹与你说了我在研究这妖魔，所以才赶来帮助我？"

江影听闻此言，暗暗轻哂一声，只觉韩潜自作多情。

宋栀栀看到手机上出现这句话，忍不住托腮，撇起了嘴，开始苦恼，这个傻江影，现在干脆承认就好了呀！

他沉默了很久，半晌才略抬了抬下巴应了一声："算是。"

韩潜长吁一口气，看向江影的目光充满了感激与敬佩。若今日不是江影，就算他自己不遭殃，潜渊谷中的弟子也会有伤亡。他对江影的印象又好了几分，初见时，他确实没有想到江影竟是这样的人。世道就是这样，好人为善是理所当然，而恶人若偶尔做了好事，便更显动人些。

他与江影又道了几声谢，直到江影果断告辞，冷漠地离开，这才回去继续记录方才观察到的黑血妖魔的形态与习性，留下更多的文字资料。

宋栀栀看到这段剧情最后一串文字出现，尘埃落定，这才长吁了一口气。

这一局，她略占上风。

她将手机丢到一边，方才打字那么快，她感觉自己的手都要抽筋了，更加累的是心神上的消耗，仿佛脑子里的思绪都被抽空了。在短短的一段时间里，她思考的东西与细节极多，而且落笔成谶，不可更改，心理压力也极大。

一直蹲在一旁看宋栀栀的无影手打字的球球本来都看呆了，发现她靠在椅子上一脸虚弱，这才凑过来，黑色雾气幻化成的小小爪子按在她眉心的朱砂痣上，为她供给神识能量。

宋栀栀充了一点电，精神了些许。她支棱起来，又开始思考接下来的剧情怎么走。

而此时，房间里法阵亮起，她感觉到江影回来了。

她连忙起身，跑过去打开房门，看到冷漠地站立在院子里的江影。

他走到院子里引了山溪的青竹筒前，伸出手在山泉水下。

他的手指苍白修长，骨节分明，好看得如同艺术品一般。

江影正在洗手，即便他手上没有任何看得见的污秽，他也要细细地将手上的血腥气洗干净。

宋栀栀轻声唤他："江影。"

江影抬眸看着她，在午后阳光下，他俊美绝伦的面庞上也有了些许温暖光辉。

"怎么样了？"宋栀栀明知故问，"韩长老那边，是不是有了些情况？"

"我将那妖魔杀了，它的习性不明，留下或有祸患，还是先解决为妙。"除了修炼，江影一向是个很懒的人，能出手一次，他就不会选择出手第二次。

"没事，赤霞山一带，应该还有很多，到时候有足够的样本可供韩长老研究。"宋栀栀对他说，"等无相宗掌门他们回来，就能确认这妖魔与赤霞山的完全一样。"

"嗯。"江影淡淡地应了一声。

他不知道宋栀栀一天天都在操心些什么。

宋栀栀双手攀在门框上说："你的手很干净。"

"有血气。"江影任由那山泉水流淌过他的手背，"怕你吓死。"

就在此时，提醒有客来访的法阵亮起，宋栀栀想起下午袁一溪说会派人送谢礼过来。

江影走出门去应付来客。

在青崖峰外等着的是岑长冬，他自认为与江影相熟，所以主动揽下了这活计。

等了许久，他看到江影走来，连忙招了招手：“江大哥。”

江影其实非常反对岑长东这种随意认大哥的行为，他走上前去，瞥了一眼岑长冬。

岑长冬被他冷冰冰的眼神吓到，退了两步，但还是勇敢地送出自己手里的储物锦囊：“江大哥，这……这是无相宗给您的谢礼，说是多谢您出手拦下那黑血妖魔，救下无相宗弟子。”

江影本不想接，只想赶紧把岑长冬打发走。

他站定在原地，一动也没有动，正准备冷声拒绝，身后却传来脚步声。

宋栀栀假装路过，凑了过来：“岑公子、江公子，你们在这里做什么？”

岑长冬憨厚地挠头说道：“我替无相宗给江大哥送谢礼呢，为了谢他出手救门中弟子。”

宋栀栀想了想，马上说道：“如此说来，江公子也算是救了我，我也须备一份谢礼才是。”

“宋姑娘，你一个普通人，有什么东西自己留着便是，倒也不用麻烦。”岑长冬说道，“倒是我，也寻了个小玩意儿要给江大哥，谢救命之恩。”

“是什么？”宋栀栀双眼发亮，下意识发问。

“是送江大哥的，宋姑娘你也要看吗？”岑长冬问。

宋栀栀想了想说道：“快让我开开眼界。”

若是什么好玩的东西，到时候她可以找江影借来玩。

岑长冬从怀里掏出一个熠熠生辉的小玩意儿，宋栀栀眼尖，发现这是一个浮舟的微缩模型，小巧精致，看起来是能容纳两三人的那款。

“是模型吗？”宋栀栀问。

“是真的，等到要使用时注入灵力就能放大，变成真正的浮舟。”岑长冬骄傲地解释，“我有三辆，这是全新没有使用过的，江大哥这是救命之恩，我这谢礼也不能寒碜。”

宋栀栀瞧着他手里那个浮舟模型，眼神都直了，这可是真的浮舟哎，岑长冬真大方。

江影用余光看她，还是一派漠然模样。

沉默许久，他对岑长冬说：“那便收下了。”

他从岑长冬手中接过小小的浮舟与无相宗存放谢礼的储物锦囊。

只收岑长冬的谢礼难免不妥，引人怀疑，要收便一起收了。

岑长冬将东西送了出去，完成任务，松了一口气。

他的目光转向宋栀栀："宋姑娘，对了，过几日要不要去灵溪峰玩？有袁长老在，保证安全。"

宋栀栀有些纠结，她懒得出门。

岑长冬又补了一句道："云书师兄亲自下厨，会做些好吃的招待你，他说了，若是你不来，他就不做了。我也想吃，要不你就去吧，到时候我负责送你回来。"

宋栀栀早就听闻灵溪峰的云书厨艺极佳，在美食的诱惑下，她动摇了。

她的脚在地上悄悄地挪了挪："要不……要不就去吧，我也有几日没有见过袁长老了。"

"好，那就一言为定！"岑长冬当着江影的面把宋栀栀约了出去，还朝她挥手告别，"到时候我会来带你的。"

"嗯。"宋栀栀大大方方地点了点头，看着岑长冬跨上浮舟。

准备驾驶浮舟离开的岑长冬听见身后传来江影冷冷的嗓音，险些从浮舟上跌下去。

"灵溪峰中聚集如此多低辈弟子，能保证没有妖魔混入其中？"江影启唇，冷声问道。

岑长冬愣了一下："有袁长老在，应当能主持大局，就算有妖魔也不怕。"

"看来消息还没传开。"江影冷笑一声，"韩潜已在这妖魔身上碰了壁。"

"竟如此穷凶极恶？"岑长冬大惊，"那江大哥您的意思是？"

江影瞥了一眼站在身侧朝自己无辜眨眼的宋栀栀，冷冷地开口："我也要去。"

"江大哥，您竟然如此热心，主动保护我们！"岑长冬大喜过望，连忙从浮舟上跳下来，朝江影行了一礼，很是感激，"您能来，我们求之不得，只是怕打扰您清修，不敢主动邀请罢了！"

江影垂眸看了他一眼，有些惊讶。

他原以为他们惧怕他，会不让他前去，他威胁的台词都准备好了。

没想到他们竟然如此欢迎他。

和宋栀栀在一起久了，他连这点威慑力都要没有了。

烦。

江影略微颔首，转过身去，准备离开。

岑长冬又跳回浮舟，风驰电掣地离开了青崖峰。

宋栀栀提着裙子，步入林中，跟上江影的步伐。

"江影，慢点！"宋栀栀跟在他身后唤他。

江影的步子慢了下来，等宋栀栀追上他，来到他身侧，与他并肩走着。

宋栀栀拿肩膀碰了一下他的手臂："岑长冬给你的浮舟长什么样？"

江影把收下的微缩版浮舟抛到宋栀栀手上。宋栀栀打量着手里这个小巧玲珑，发着微光的小玩意儿。

"你会开吗？"宋栀栀问，她觉得这个东西很拉风。

"会。"江影答，如此简单的飞行法器，他亲自驾驶，能比岑长冬熟练更多。

"什么时候带我坐坐？"宋栀栀扯了扯他的袖子问道。

江影指尖在宋栀栀手里微缩版的浮舟上点了点，它马上悠悠地从宋栀栀手上飘了下去，然后落地，越变越大，直到变为正常大小。

他坐上浮舟，唤宋栀栀坐到后座上："来。"

宋栀栀的嘴张成了"O"字型，心想这玩意儿是不是就跟摩托车差不多。

她非常兴奋，侧着身子坐了上去。为了防止自己掉下去，她伸出双手，从后面紧紧地抱住了江影的腰，双手绕在他腹部。

"走、走、走！"宋栀栀的下巴搭在江影的肩膀上，唤他，"不要飞太高，在林子里就好，太高万一被别人看到不好。"

江影以自身法力催动浮舟往前行驶，在这飞行法器的尾部带出一条曼妙的气浪。

宋栀栀"哦"了一声，坐在浮舟上被江影载着腾空而起。

这种感觉，跟被江影带着飞或者是戴着大翅膀飞是完全不一样的，就像是在现代社会里骑着摩托车直接飙车上天的那种快乐！

又解锁了一种飞行方式的宋栀栀双脚在空中踢了踢，纯白的衣裙荡开一圈柔美的弧线。

而被她紧紧抱着腰、正在驾驶浮舟的江影却面无表情。他驾驶浮舟的速度其实很慢，慢悠悠地向前晃着，往青崖峰正中心的小院而去。

这画面，就像两个成年人坐在儿童玩具车上用乌龟爬的速度在开，开车的那个人觉得好丢脸，所以一直面无表情，而坐车的那个人还在傻乐，以为自己在坐豪车。

江影驾驶着灵舟，继续往前，此时的他无比后悔告诉宋栀栀自己会开这玩意儿。

这一段对于江影来说非常煎熬，对于宋栀栀来说非常快乐的路程很快就结束了。

宋栀栀从车上跳下来，一脸的意犹未尽，她下次还想坐。

江影把浮舟收了起来，它又变成一个小巧玲珑便于携带的微缩版模型。

他一本正经地对宋栀栀说："这是一次性的。"

宋栀栀信了，并且在心里觉得岑长冬很小气，送人只送一次性的。

她跟着江影一道走进院子，忽然想起来江影还收了无相宗的谢礼，连忙搓搓手问道："无相宗给你的谢礼，可以看看吗？"

江影把无相宗送来的这个储物锦囊抛到宋栀栀手上，轻描淡写地道："给你了。"

宋栀栀没想到江影居然这么大方，忙跟着他走进房间，认真地说道："我帮你拆。"

江影坐到一旁，准备入定修炼，隐隐有柔缓的灵气围绕在他的全身。

"可。"他惜字如金。

宋栀栀把储物锦囊里的东西倒了出来，第一眼看到的就是好几件材质不俗的衣服。

是黑色的，正是江影常穿的颜色。

宋栀栀把无相宗送的几套衣服拿出来。她知道这些衣物都不是在外边随便就能买到的货色，肯定是用了什么上好的织物裁剪而成，有什么防身、自清洁的效用。

宋栀栀对于可以防身的法衣不感兴趣，但对可以自清洁的功能很向往。之前在长澹，江影给她买的衣服虽然已经是城中最好的那一批，但长澹修士不多，所以能够自动清洁衣物上脏污的法衣也只有几件，款式也很简单。

她图这几件法衣不用洗，所以穿的频率很高，就是嫌弃款式少了些。

宋栀栀替江影把无相宗给他的衣服叠好，放到一边，并道："无相宗给你送衣服了，很好看，很衬你的气质。"

江影睁开红眸，看向宋栀栀的目光淡淡的："嗯。"

宋栀栀疯狂地暗示："款式也非常好看，裁剪合体。"

"嗯。"江影干巴巴地应她。

"我也有几件，但是都穿旧了。"宋栀栀终于明白了，旁敲侧击是没有用的，要直说，"所以——"

江影："……"想要就直说。

他平静地说道："买。"

宋栀栀听到他说出了这个字，终于满意了，于是一边帮他整理东西，一边提出建议："那我们今晚去买好不好？"

无相宗附近依附了许多中小宗门，修士众多，有些散修居于山下，也形成了热闹繁华的城市，比沈家山庄所在的长澹城更加热闹有趣。

宋栀栀前几日就想去看看了，但无奈她一个人不好离开无相宗，自己孤身一人又容易遇到危险，所以才一直窝在青崖峰中。

如果江影能陪她一起去，她非常开心。

“好。”江影回答她，宋栀栀的这个要求并不过分。

宋栀栀心情甚好，恨不得现在就抱着江影的脖子，在他脸上亲一口。

她又从无相宗送的储物锦囊里掏出了好些法宝与灵材，满室宝光荡漾。这每一件，拿出去都是价值连城的宝物，就这么被无相宗大大方方地送给了江影，看来无相宗对江影的好感度极高。

宋栀栀知道，若不是她及时写下了剧情，防止灵祇从中作梗，那么无相宗门中难免会有人怀疑到江影的头上。

等到宁玺与沈昼十几日后带着他们在赤霞山查到的消息回无相宗，特别是那个与锁灵咒图腾一模一样的什么“灵祇泪”，估计还会在门中掀起一阵风浪。

到时候，她与灵祇之间估计又是一场无形的恶仗……

宋栀栀觉得自己要抓紧这几天的平静时光，把该玩的都玩了。

她替江影把所有东西一一收拾好，分门别类放回储物锦囊中，这才离开了。

宋栀栀心想：跟江影偷溜出去玩，要穿得好看些。

于是她打开衣柜，在里面精挑细选，让蹲在一边的球球帮她看。

“粉色的可以吗？”宋栀栀从衣柜里抽出一条自己很少穿的衣裙，由于这条裙子设计太烦琐，她一次也没有穿出门过。

球球两只黑色雾气幻化而成的小爪子交叉在胸前，表示不太行。

宋栀栀想着这心魔也是个女的，品位肯定不差，于是接受了它的意见。

她将粉色的衣裙塞了回去，又抽了一条嫩黄颜色的，看上去清新亮丽。

宋栀栀将它在自己身前比画了一下，很满意。

她问球球道：“要不就这个颜色？嫩黄在晚上会更显眼一点，万一我一不小心走丢了，江影还能快些找到我。”

球球在桌上弹跳了一两下，小声地“吱吱”了两声，表示有些同意。

宋栀栀将这条裙子往旁边一抛，让它进入备选区。

又挑了好几条出来，宋栀栀摸着下巴，在各色衣裙中挑选，最后还是将那条淡紫色、外罩轻纱的裙子拿了起来。

“就紫色的吧！”宋栀栀纠结许久之后，还是决定穿这个颜色的。

结果突然间，一个冷冷的声音在她脑海中响起，差点没把她吓得跳起来。

“白色的。”早就被传音球吵醒的江影暗中听了很久，本想等到宋栀栀自己发现然后主动关上传音球的他忍不住开口说了句话。

宋栀栀马上将控诉的目光放到球球身上，球球不好意思地把储物锦囊里已经被打开了的传音球给顶了出来。

“不要白色的！”宋栀栀擅长跟江影唱反调，“你就是想骗我跟你穿情侣装！”

江影：“……”

他的声音淡淡的：“没有。”

他只是单纯觉得这个颜色简单一些，宋栀栀穿什么颜色，跟他有什么关系？

“你就有，上次我洗澡你给我送衣服，我让你送条蓝色的，你故意给我带了条主色调是白的，只有花边是蓝的！”宋栀栀还记得上次那事。

江影：“……”

如果宋栀栀不说，他都快忘了那件事。

江影沉默片刻，无话可说，只冷冷地对宋栀栀说道：“还有事吗？”

他在催宋栀栀赶紧将传音球关了。

宋栀栀拿起传音球，冲另一边的江影说道：“没有了。”

她将传音球关上，把它塞进球球摸不到的匣子里，防止这小家伙再乱动。

球球坐在桌上，垂着头，看起来非常委屈。

宋栀栀抬手戳了戳它的小脑袋，以示安慰。

球球发觉宋栀栀原谅了自己，兴奋得“吱吱”叫了好几声。

宋栀栀抱着衣裙，走到屏风后换衣服。

过了片刻，她走了出来，看着镜中的自己，一袭白裙，清丽柔婉，眉心一点朱砂痣红得鲜艳，竟有些出尘谪仙的味道了。

江影的眼光倒是不错，这白色最是无尘圣洁，很衬她。

宋栀栀气鼓鼓地坐在梳妆台前，将不久前被江影球球踢到匣子里的口脂拖出来。

她打开青瓷盏的盖子，用食指挖了一点淡红的口脂出来，在唇边细细地描摹上色。

宋栀栀涂完之后，抿着唇，对着镜子“啵”了一声，确保上色均匀。

她起身，将球球与传音球一同塞进储物锦囊中收好，白色衣裙在绣花鞋面上旋出一朵漂亮的花儿。

宋栀栀看着窗外，夕阳西沉，月上柳梢，已是傍晚时分。

也差不多该出发了。

她推门，走出门外。

江影已经等在院中。

宋栀栀抬眼，看着江影，杏眸中闪过诧异。

江影为何不……不穿他最常穿的颜色了？

宋栀栀看到他穿了一袭灰青色的长衫，在月光下晕出朦胧的色泽来，仿佛淡淡的烟雾，衬得他更加高贵俊美。

这个颜色……与她方才原本选中的那条淡紫色的裙子最是相配，相互映衬，配色和谐。

但是……就是……

宋栀栀低头看着自己最终还是换了的白裙子，抬头无辜地看着江影，朝他得意地眨了眨眼。

傻江影，失算了吧！

江影凝眸看着她身上的白裙子，目光淡淡的，并没有太大的情绪起伏。

宋栀栀走上前去，自觉地挽住他的手说道："我们走吧！"

江影抬手在宋栀栀的面上一抹，在她脸上施展了易容法术，毕竟他们要去的地方离无相宗不远，若是被人认出来就麻烦了。

宋栀栀只感觉到自己面前清风拂过，她眨了眨眼。

下一瞬间，她已经被江影揽住了肩膀，紧接着便是一阵天旋地转。

宋栀栀抓紧了他的手臂，失重感传来，令她非常没有安全感，待睁开眼的时候，他们已来到无相宗山门下的热闹城市中。

江影选择在一处无人的小巷落地，从这个幽暗的小巷往外看去，可以看到街道上灯火通明，用灵石供给能量的街灯成片地亮着，将人潮汹涌的街道照得亮如白昼。

宋栀栀下意识地拉住了江影的手指，街上人那么多，还都是修士，她怕自己走散了。

江影没有将她的手撇开，只是放慢了点脚步，等她追上来与自己并肩走着。

宋栀栀的手很暖，掌心是属于人类的温度，但他的手无论握了多久，都还是冷的。

他们牵着手，没入了街道上的人潮中，看起来似乎与周围的常人没有什么太大区别。

宋栀栀抬头看，远处有烟火绽开，似乎为了庆祝什么，无比绚丽，将夜空装点得无比梦幻。

当然，她没忘了来这里的目的："我们要去哪里买衣服呀？"

江影领着她走向城里最大的几家成衣店，他对于女子衣物这些没有什么概念，等到了之后让她随意挑便是。

宋栀栀跟着江影走进一家店，从外面看，这家店的匾额都冒着仙气，内里陈列的衣物设计精巧，并且有光芒环绕，质量虽比不上无相宗送江影的那几件，但也差不太多。

可能是因为东西贵，所以店里人很少，宋栀栀怀疑江影是故意挑了一家没人的走进来。

一见有客来，店里的老板娘便迎了上来。她的修为不低，已是金丹往上的修为，挽着轻纱，容貌秀美。

仙女老板娘打量了一下宋栀栀，立刻看出她身上并无修为，有些讶异。

但她面上不显，只唤了声道："是这位姑娘还是这位道友要买衣服？"

她的目光又转向江影，更加惊讶了，即便他已经施展了易容法术，但那周身的气场掩盖不住。

老板娘开这成衣店也有百年了，来来往往的客人见了许多，但如江影一般给人如此压迫感的修士，在她的印象中，不出三人。

这一对组合，当真奇妙。

宋栀栀走上前来，大大方方地道："我要买！"

无相宗已经送了江影那么多东西了，他近期应该是不用买衣服了。

说完，宋栀栀便在陈列衣裙的柜前挑选着，江影站在她身后三步远的地方，很沉默的样子。

仙女老板娘走到她身边，介绍她手上拿着的衣服的优点与特色。

"这是满月坊的修士寻雪山龙蚕丝，亲手编织的布料，刀枪不入，水火不侵，能够抵挡金丹以下修为修士的全力一击。"她对宋栀栀说道。

宋栀栀看到这条蓝色裙子肩膀处绣的一朵大花，摇了摇头说道："这件衣服肩膀上的花，我不太喜欢。"

仙女老板娘："……"这个是重点吗？

宋栀栀看中一条天青色的裙子，将它抽了出来，细细端详胸口处的绣花，觉得很不错。

仙女老板娘好心提醒道："这条不及上一件用料珍稀，防身的效果也大打折扣。"

宋栀栀犹豫了，试探性地问道："那它能自己洗吗？"

这修士的衣服，带有自清洁的法术已经是基础配置了，结果宋栀栀还问这种低级问题。

看来她是真的对修士的世界不太了解。

仙女老板娘对宋栀栀温柔地笑了笑，说道："姑娘，当然可以。"

宋栀栀兴奋地把它抱在怀里："那我去试试。"

仙女老板娘领着宋栀栀去屏风后的试衣间，一边走一边低声问她："小姑娘，外面那公子，可是你道侣？"

宋栀栀抱着衣服的手一僵，一时之间不知该说什么好。

说是吧，可又确实不是。

她红着脸，支支吾吾了半天，说不出话来。

仙女老板娘看她这样子，抿唇一笑，已然会意。她将手搭在宋栀栀的肩膀上，把她推进试衣间："我不过问问而已，现在的修士大多忙着修炼，能抽出时间陪道侣来慢慢选衣服的少之又少。你先去试试吧！"

而此时的江影坐在店内前厅的椅子上，似乎听到了她们的对话，又似乎没听到。

他安静地坐在那里，望着远方，目光漠然。

宋栀栀换好了衣服出来，对着镜子转了个圈，很满意，这布料穿上身比之前穿的感觉好了很多。

她看了一眼坐在一边的江影，问他："好看吗？"

江影扭过头来看着她，美人明眸皓齿，巧笑倩兮，在店内华光流转的灯光下更显得明媚可爱。

他沉默着，对着宋栀栀点了点头，算是回答了她的问题。

宋栀栀扭头对老板娘说道："那就这件，我再看看别的。"

她又继续挑了好几条不同颜色款式的，从来不问这衣服的防身效果几何，只关心它好不好看。

看到宋栀栀如此挑选，仙女老板娘有些惊讶。寻常修士若是在店中挑衣服，一般都当防身法宝购买，由于价格昂贵，一次也就选购一两套，能够穿很久。

结果这姑娘……竟然真的把它当作寻常装饰衣物挑选了。

再看向那随她一道来的沉默男修士，见这姑娘挑了这么多，竟然还是如此平静，连眉头都没有皱一下。

这难道就是别人家的道侣吗？仙女老板娘一边为宋栀栀包装起她挑好的

衣服，一边如是想。

江影走过去替宋栀栀付钱，一袋沉甸甸的灵石被放在柜台上。

他又拿起方才宋栀栀在店里第一次摸过的那条裙子，这确实是这家店里最好的一件了，只是宋栀栀嫌弃这条裙子肩膀上绣着的大花。

江影把这套衣裙也拿过来，冷着声终于说了一句话："这件也带走。"

宋栀栀本来站在门口处，早就瞄上了街道远处售卖的一些美食，听见江影如此说，连忙回过头说道："这件我不太喜欢。"

江影还是把那件一起带走了，一同装在小巧的储物锦囊里。

他朝她走了过来，将精致的锦囊挂在她伸出的手腕上。

宋栀栀被江影握着手腕，走了出去。走了两步，她还是觉得有些浪费钱，那件她虽然喜欢其余部分的设计，但肩膀上的花儿着实不好看，俗了些。

她在江影耳边絮絮叨叨地道："那件我不是非常喜欢啦，那个花太丑了，在店里我都不好意思说，我怕老板娘打我。"

江影沉默片刻，终于开口了："可以帮你改。"

宋栀栀再次震惊。江影怎么什么都会，连改衣服都会。

他唯一不会的，是不是就是爱上一个人？

宋栀栀的步子略慢了些，她跟在江影身后，看着他高大的背影，沉默不语。

江影的掌心拢着她的手，见她不走了，便回过头来看她。

宋栀栀看到江影的侧脸在月光与灯火中，描摹出一道极为优美的轮廓，那摄人心魄的双眸似乎在诱人沦陷，面庞似蕴着泠泠的银辉。

她的心猛然动了一下，仿佛航行在浪潮中的船忽然触了礁，自心底漾上甜蜜又酸涩的心绪。

若退去令人闻风丧胆的名声与外壳，江影无疑是一个极富魅力的人。

这样的他，她会喜欢，也……也不奇怪吧？

宋栀栀略微瞪大了双眼，脑海中忽然冒出了这个念头，令她感到有些羞涩与恐惧。

不行的，宋栀栀对自己说，喜欢一个没有心的人，是没有结果的。

"怎么了？"江影定睛看着她，红眸中没有任何情绪的起伏，声音低沉好听。

完了，他说一句话，都似乎能挠到她心底去。

宋栀栀低下头，掩下心里升起的莫名情绪，如蝶翼般的长睫垂落，说话的声音很小："我走得有些累了，脚后跟被磨破了，你背我好不好？"

江影一下子就看出，宋栀栀在骗他，他根本没感觉到脚后跟在痛。

他默不作声，走上前去，将宋栀栀稳稳地背了起来。

宋栀栀趴在他宽阔的背上，两只手搭在他的肩膀上。她的手腕处还挂着装着新买衣物的储物锦囊，这个不过一个拳头大小的小小锦囊是明艳的粉色，用红绳系着，挂在她白皙的手腕上晃晃悠悠的。

江影背着她走在街边，远处的夜空还在一朵又一朵地绽开烟花，各种颜色都有，将沉默的夜空装点得璀璨华丽。

宋栀栀抱着江影的脖子，轻声问道："为什么天上一直在放烟花？"

江影想了想，回答她："因为要庆祝些什么，生辰或是其他的。"

宋栀栀想，这些修士还挺浪漫，能整这些活儿。

江影误解了宋栀栀的意思，扭过头来问她，凉凉的唇擦着她的手臂而过。"宋栀栀，你也想要吗？"在月色与绽放的烟火中，他问道。

宋栀栀低下头，还是抱着他的脖子。

她摇了摇头说道："我不要。"

江影托着她腿的手往上抬了抬，防止她滑落下去。

宋栀栀低头，将下巴抵在他的头顶上，问道："那你想要吗？"

江影很快回答她："不想。"

宋栀栀继续问："喜欢什么颜色的？"

江影："……"

他顿了半晌，勉强敷衍了一下宋栀栀的这个问题："白色。"

"为什么不是黑色的呢？"宋栀栀问他。

"黑色的烟花在夜里看不出来。"江影觉得宋栀栀这个问题好傻。

"你看，你都在考虑能不能看清的问题了，你还是想要的。"宋栀栀得意地说道。

江影被宋栀栀摆了一道，只干巴巴地"嗯"了一声，便没有再说话。

他自然是从未期待过为他绽放的烟火，他甚至觉得放这种完全无用的东西有些蠢。

宋栀栀在他背上，略微直了直身子，心念一动，手中已经出现了手机。

她按开屏幕，看到手机上出现了一串描述这晚之事的文字——

江影带着宋栀栀去无相山下买衣服的这一天晚上，正巧附近某个宗门掌门的独女过生辰，于是夜空中绽放了各色烟火。

宋栀栀眨了眨眼，思考了一下，接着这段剧情写下去——

负责燃放烟火的修士们，在库房的角落发现了一批白色的烟火。虽然庆祝宗主之女生辰的烟花已经放完了，但既然多了一些，就拿出来一道放了，也免得积压在库房中。

她单手在手机屏幕上打字，写完了这段话。

而此时，一直在天际绽放的烟火已经平息下去，似乎已经燃放完毕了。

宋栀栀将手机收起，又重新趴到江影的背上，小声地在江影耳边说："烟花不放了。"

江影稳稳地背着她，"嗯"了一声。

"庆祝生辰的烟花已经放完了。"宋栀栀朝江影的耳侧吹了口气，"接下来，要放我给你的了。"

江影一直向前走着的脚步一顿。他停了下来，似乎有些疑惑。

"是白色烟花，你挑的。"宋栀栀轻声说。

而就在此时，已经沉默下来的夜空似乎又有浪潮掀起，远处烟火绽放的响声传开，一朵又一朵晶莹绚丽的白色烟火在如浓墨般的夜空绽开。

宋栀栀果然没有说错，说是白色的，就是白色的。

江影抬眸看向天际接连不断绽开的纯白花朵，幽深的红眸中映照出烟火的光芒，罕见地似乎有了光辉。

他双手依旧稳稳地架着宋栀栀的腿，说话的声音低沉。

"好看。"他说道。

这句话和着烟火绽放的巨响一道说出，有些模糊，但宋栀栀还是听清楚了。

她垂下头，将下巴搭在他的头顶上，轻轻地叹了一口气。

"江影。"宋栀栀唤他。

"在。"他答。

"锁灵咒若解了，你还会杀我吗？"宋栀栀双手绕在他的脖子上，问了一个很久之前已经问过的问题。

江影沉默了很久，久到宋栀栀以为他打算假装没听到这个问题。

没得到江影答复的宋栀栀甚至有些小窃喜，因为没有答案，于现在的他而言，便是最好的答案。

但在长久的空白过后，宋栀栀的这点小小的喜悦被打破。

江影的声音传来，仿佛一柄冰刃："会。"

单单一个字，斩钉截铁的语气。

这个回答也在宋栀栀的意料之中，但亲耳听到，她还是极轻极轻地叹了口气。

"那……那你就不要想我会帮你解开锁灵咒了。"宋栀栀抬手捶了一下江影的肩膀。

江影背着她，一步一步往前走。他轻哂一声，道了一句："傻子。"

宋栀栀双手捧着他的脸说："不可以说我傻。"

江影任由宋栀栀的指尖攀着自己的脸颊与下巴："你知道我是无心之人。"

所以为什么要问这个问题，来自讨没趣呢？

"那你找回来。"宋栀栀气死了，开始胡言乱语。

"找不回来了。"江影对她说。

一颗能够感受情感，能够产生喜怒哀乐与柔软爱意的心，已经不在他身体里了。

他的胸腔之中，一片空荡荡，永远也听不到蓬勃的心跳声。

"你拿出这颗心的时候……"宋栀栀试探性发问，她或许能从江影的只言片语中找到那颗心的蛛丝马迹，"你感觉很绝望痛苦吗？"

江影想了想，他闭上眼，去探寻模糊记忆的最深处。

"并未。"他的声音很平静，亦很真诚，没有丝毫欺骗与作假，"我或许是开心的。"

这是他此后一潭死水的情感体验中，最后一次感受到的亮色风景，这是最后一口甜蜜的糖。

宋栀栀想，或许是现实经历太苦，只希望没有心去感受这一切，他才会在将心取出的时候，感到如此快乐。

江影的过去到底是有多绝望痛苦，才会令他如此决绝地抛弃他的心呢？

她低下头，在江影耳边轻声说："对不起。"

音量小到连她自己都要听不清。

但江影听到了："为何？"

宋栀栀有些心虚与手足无措，随口扯了个别的话题："我其实脚后跟根本没有磨到，我只是不想走路了，才叫你背我。"

江影背着她的手没有松："嗯。"

他早就知道了。

"那你还背不背我？"宋栀栀问。

"背。"江影答。

"你为什么对我这么好？"宋栀栀觉得江影真的是个坏东西，他就是故意的。

故意诱惑她这个没谈过恋爱的无知纯情少女。

江影想了想，没想出个答案来。

他其实并不是很惧怕宋栀栀把自己弄伤来威胁他，又或者，应该这么解释，他与其说是在担心她弄伤自己传递给他痛感，倒不如说是更加担心她本人受伤。

很奇怪的一个答案，但它就是如此清晰地在江影的脑海里出现。

于是，仗着他现在背着宋栀栀，宋栀栀看不到他的脸，他说谎了。

“你威胁我的办法多得很。”江影冷声答道，“所以不用等你威胁我，我先答应你便是。”

宋栀栀很委屈，她没想到江影居然是这么看自己的。

“你与我说过之后，我便没有再强迫过你了。”宋栀栀咬咬牙说道，“你竟然把我看作一个女恶霸！”

“没有。”江影否认，他不觉得宋栀栀是女恶霸。

“坏东西、坏东西、坏东西！”宋栀栀在他耳边连说了三遍。

“回去了。”江影背着她走过一处小巷，此时已经很晚了，热闹的街上人潮都退去许多。

宋栀栀被他弄得没了脾气，垂头丧气地抱住他说道：“好，那你要抓好我，不要把我甩飞了。”

江影点了点头：“嗯。”

转瞬间，天旋地转的感觉传来，宋栀栀觉得自己又冲进了甩干模式的洗衣机。

她紧紧地抱着江影，趁着混乱，低头狠狠地在他肩头咬了一口。

江影背着她停在了她的房间里。

他站定在原地，看向宋栀栀房间里的那面大镜子，它把两个人的身形清晰地映照出来。

灰青色长衫衬得他气质超脱凡尘，而被他背在背上的宋栀栀正双手抱着他的肩膀，一口咬在他的肩头。

江影一只手往后托着她的大腿，抽出一只手来。

他对着镜子，拍了一下宋栀栀的脑袋，将她的发丝拍散，婆娑花从中探出头来。

这朵婆娑花已经成长了许多，似乎早上那三滴更加新鲜的血液起了效果，这日它长得格外快。

只是不知要等到何时，才能脱胎变为婆娑木。

江影唤她：“下来。”

宋栀栀咬得牙根发酸，却还是没能在他的肩膀上留下一个牙印。

她松开嘴，从江影背上跳下来，头顶的婆娑花也俏生生地跳跃了一下。

江影的目光放在镜中的那朵小白花儿上。

他下意识地抬手，想要触一触，却被宋栀栀拦了下来。

“今日浇过了！”宋栀栀转过身去，背对着他，“我要收拾一下睡觉了。”

江影有件事还没忘：“方才那套衣裙给我，我帮你改。”

宋栀栀从储物锦囊里将那条蓝色的裙子拿出，放到江影手上，还有些不放心：“不会改得更丑吧？”

“应该不会。”江影单手拿着衣裙推门离开了。

宋栀栀一个人洗了澡，换了干净衣物，爬上床，打开手机查看了一下宁玺与沈昼师徒的进度。

他们还在路上，此时正在距无相宗几千里外的客栈里歇息，还有几日才会回到无相宗。

确认没有别的意外情况发生，宋栀栀这才将手机丢到一边，抱着被子准备睡觉。

关上灯之后，她望着漂亮的帘幔想，上一次与江影在同一张床上睡觉，她还做梦了。

她一向少梦，但每次靠着江影都会做梦，非常奇怪。

宋栀栀如此想着，闭上双眼，沉沉睡去。

而同一个院子的另一个房间里，江影房间里的灯火燃着，他将宋栀栀很嫌弃的那条蓝色衣裙摊在桌上。

瞬间，冥昭已经出手，这极富煞气的柳叶小刃竟然在江影的控制下，精准地将衣裙肩膀处的花朵裁切下。

完成这一系列操作之后，冥昭飞出，将燃起的灯火扑灭，结束这盏灯的性命，这才安分下来。

是夜，在同一片夜空下，有人在睡觉，有人在拿着冥昭给某人改衣服。

而在另一个人的梦乡中，却出现了熟悉的雾气，像是段天月梦中灵祇降临时的场景，如梦似幻，又充满了圣洁的光辉。

于朦胧雾气的尽头，一双眼睛睁开，是灵祇的眼睛。

在此人的梦境中，灵祇竟然现出了身形，灵祇朝梦中人遥遥一指，启唇说了句什么，仿佛神谕。

灵祇神教曾是此界最大的势力，灵祇的信徒，远远不止灵祇神教中人。

这位梦中人，亦是。

宋栀栀这一夜睡得很香，没有做梦。

等她醒过来的时候，发现江影不知何时已经将改好的衣服放在她的床头。

宋栀栀拿起来看了一下，衣裙肩膀处最令她感觉违和的花朵被裁去，整条裙子干脆利落了不少。

她顺手便将这条裙子给换上了，推开门走出院子的时候，她看到了江影。

宋栀栀有些惊讶，不禁低头拢紧了自己手里的裙子。江影昨日才给她改完，她这日就如此迫不及待地穿起来了，是不是有些奇怪？

她站定在原地，没想到江影走了过来。他抬手，将她肩膀处一不小心留下的一个线头给拔了。

宋栀栀一惊，忍不住朝后退了两步。

江影抬眸望着她，幽深的红眸中还是没有任何情绪。

宋栀栀想了想，还是开口说道："你以后可以……可以不用老是跟着我。"

江影问她："是谁跟着谁？"

宋栀栀知道，是自己比较喜欢跟着江影，但她不想这样了。

越来越靠近江影，万一……万一真的喜欢上他了怎么办？

江影又没有心，怎么可能会跟她两情相悦？

"那我以后不跟着你了。"宋栀栀说，"你自己修炼去吧，我不吵你。"

江影只道了声"好"。

他抬手，将宋栀栀的脑袋捧了过来："先浇花儿。"

宋栀栀睡了一夜刚醒，头发还是披散的，头顶那朵婆娑花从发间探了出来。

她在江影胸膛间埋着头，特意隔开了些距离，没有完全碰着他。

没想到江影的手将她的后脑勺一按，她的额头贴到了他的胸膛上。

真安静啊，宋栀栀想，当真一丝心跳也无。

指尖痛感传来，三滴血很快接连不断地滴进宋栀栀头顶的婆娑花里。

宋栀栀的脸红了，但又想尽力掩饰。

江影将她的下巴抬了起来，冰冷的掌心在她的脸颊上轻轻地拍了拍："宋栀栀，若想听假话，我也可以说。"

宋栀栀捂住耳朵："我不想听假话。"

江影把她的身子朝房间的方向扳了过去："梳头。"

宋栀栀坐在梳妆台前，任由江影为她梳着头，满头散落的青丝被他一一绾起，盘成曼妙婉约的发髻。

她撇着嘴，听到自己胸腔里越来越快的心跳声，雀跃又悸动，即便他只是站在她身后，不远不近的距离，为她梳着头，她都觉得开心又甜蜜。

这是一种前所未有的感受，宋栀栀知道这是一种名为“喜欢”的情感。

她身为这本书的作者，应当对作为反派的江影深恶痛绝才是，她怎么能……怎么能喜欢他呢？

宋栀栀瞧着镜中的自己，歪着头眨了眨眼，心底的跳跃越发明显。

江影冰凉的手按住她的脑袋：“莫动。”

方才因为宋栀栀歪了头，他绾起的一丝墨发从指缝间落下，他又要重新梳。

宋栀栀的脑袋一动也没有动，只轻声对江影说：“你有的时候，也可以跟我说说假话。”

反正江影说什么，她都是信的。

江影又拍了一下她的脑袋，将一支束发的白玉簪插入发间，将发髻点缀得更加生动。

“好。”他答应了。

宋栀栀想了想，又开口说道：“或者离我远一点，也是可以的。”

“嗯。”江影低低地应了一声。

“过几日无相宗掌门与沈昼就回来了，门中应当不会那么危险，我就自己一个人去灵溪峰了。”宋栀栀说。

无相宗里帅气年轻的男弟子那么多，云书还会做各色美食，比江影煮的清汤面好多了。

她又为什么老是喜欢待在江影身边？想想觉得确实没有必要。

“好。”江影一边对她说，一边想着自己在前不久刚答应她有的时候可以对她说假话。

待最后一朵珠花被放在宋栀栀的鬓边，江影收回了手。

宋栀栀转过身，将他推开：“你去修炼。”

江影非常干脆地转过身离开了。

宋栀栀摸出手机，偷偷在上面打字：“江影喜欢宋栀栀。”

一旁的球球不知道她在写些什么，只是呆呆地歪着头看着她上下翻飞的手指。

手机屏幕上闪过久违的系统警告红字：“注意，偏离人设预警，已收回偏离关键词。”

干巴巴的两个人名停留在手机屏幕上，非常碍眼。

宋栀栀将手机一丢，整个脑袋趴在桌上，神情落寞。

日子一天一天地过去，其实也与平日没有什么太大区别。

宁玺与沈昼回到无相宗的那一天，宋栀栀早早地便在书桌前坐好，并且将手机给摸了出来。

她提前将视角放到宁玺与沈昼的身上，随时观察着二人的动向——

距离无相宗掌门宁玺与他的亲传弟子沈昼去往凌霄地界的赤霞山调查异变，已经过去了十余天，归来的师徒二人已经来到无相山脚下。

宁玺手中拿着一个玉瓶，精致小巧，内里却灌满了黏腻恶心的黑色血液，正是江影在无相宗收服并杀死的那种妖魔。这师徒二人在凌霄地界也抓到了许多，怎奈这妖魔生命力极强，分布范围也广，他们一时无法完全消灭，只能选择先带些样本回无相宗研究。

此去凌霄，让这师徒二人怀着更多的疑问归来，黑血妖魔究竟是因何出现，而那大地裂缝上出现的眼睛图腾又为何与江影拜托他们寻找的蛊毒线索一模一样？这些问题困扰着他们，还要等回宗门之后再想办法找出答案。

回到门中，无相宗的正殿里已经站满了人，大多是门中长老，韩潜朝宁玺走来，寒暄片刻后便开始报告无相宗这几日发生的事情。

韩潜先说了穆尉明因仇闯青崖峰一事，宁玺听闻，沉默不语。倒是沈昼知道是宋栀栀险些被穆尉明误杀之后，皱起了眉头，无奈地说道："穆小师叔当真是……真是有些唐突了！"

宁玺沉吟片刻说道："再给他加二十道雷刑，关入四象水镜的时间延长一年。"

韩潜点头称是，将掌门的命令传了下去。

说完琐碎之事，宁玺与韩潜等人的表情才严肃了起来，他们准备开始讨论关键问题了。

"我在无相宗／凌霄地界发现了一种妖魔——"韩潜与宁玺异口同声道。

宁玺抬手示意韩潜："韩弟，你先说。"

韩潜将黑血妖魔附身在温泽明身上妄行不轨，将无相宗低辈弟子一网打尽之事说出，顺带把江影出手救人，制伏妖魔，后来又亲自来到潜渊谷救他一事说明。

宁玺听完，长叹一声道："我无相宗确实又欠他一些人情了。"

"韩弟，你说的黑血妖魔，可是这个？"宁玺将关押黑血妖魔的白玉瓶亮给韩潜看，"江道友说得没错，我在赤霞山发现了它们，数量很多，并且有向外席卷的趋势，非常棘手。"

"正是。"韩潜将他收集来的黑血妖魔的残骸给宁玺看，"此妖魔非常狡猾，寻常手段关押它不得。”

“若是让它如此肆虐下去，此界恐遭大难。”悲天悯人的宁玺叹了口气，“韩弟，你曾将一个眼睛形状的图腾交给我，让我调查它的线索，我在赤霞山死去的大地裂缝上，看到了一模一样的图腾。”

“江道友说那是他身中蛊毒的图腾标志……”韩潜皱眉说道。

“江道友只是给了你这么一个图腾，它到底是什么东西的标志，他可以隐瞒，毕竟事关性命。韩弟，你觉得他会将这图腾的底细告诉你吗？”宁玺摇头轻叹，还是觉得其中有猫腻。

宋栀栀在手机里看到宁玺说出这句话的时候，便马上坐直了身子。

她苦心经营江影在无相宗里的好形象，只需要一些小事，这好形象便会毁于一旦，那不知在何处的神明灵祇，时时刻刻观察着可以利用的细节，然后放大众人心中的怀疑。

宋栀栀正准备在手机上打字，但是宁玺说话的速度很快，似乎怕被什么东西打断。

灵祇当真是急了，竟然露出如此大的破绽。

宋栀栀在手机里看到了宁玺说出的话——

宁玺沉声说道：“这黑血妖魔，你说江影告诉你它的出现与此界失衡有关？他可能一不小心说出了真相。”

“自数千年前七宗十二派联手与灵祇神教一战之后，此界再没有什么大规模死亡的事情发生，近期唯一发生的，便是江道友出手摧毁了灵祇圣城，煞气过重，原本是修炼宝地的灵祇圣城也下沉为荒芜的墟渊。”宁玺说出自己的猜测，“不知你们看过地图没有？这灵祇圣城与赤霞山，刚好以无相宗为中心遥相呼应，相互对称。灵祇圣城被毁，黑血妖魔现，几乎出现在同一个时间点。”

“此界确实因杀戮过重失衡，至于为何失衡，这原因昭然若揭。”宁玺的话语掷地有声。

宋栀栀盯着手机屏幕，只感觉到指尖有些抖。

好有道理！宁玺说得有理有据，连她……连她都要信了。

不！她不能信，此事绝对与江影无关，就算所有人都不相信他，她也要相信他。

宋栀栀颤抖着手，脑海里的念头飞速地转动并且分析着。

现在的情况，就好似她与灵祇站在了辩场的两端，现在灵祇利用辩手宁玺摆事实讲道理，一阵疯狂输出，就为了把黑锅甩在江影的身上。

宁玺的推测很有道理，甚至宋栀栀自己都想过，是不是真的与江影灭了灵祇神教有关。

但只要她想过这个可能，那就想过驳斥它的办法。

宋栀栀在手机屏幕上飞快地打字，察觉到可能会有事情发生的球球跳到了她的脑袋上，随时准备充电——

而此时，站在一旁一直默默听着掌门与长老对话的沈昼却突然走上前一步，行了一礼，开口冷静地说道："师父、韩师叔，我有一事不明。"

"何事不明？"宁玺问他，似乎有些疑惑。

"师父您说赤霞山与灵祇圣城遥遥相对，呈对称之态。但是换一个别的地方，寻另一个中点，不也是对称吗？"沈昼的思路清晰，江影曾亲手救他，并且付出了不可知的代价才把他从鬼门关拉回来，他不信江影是导致这一切的罪魁祸首，"黑血妖魔的存在，不是非常像人身上伤口溃烂后产生的腐肉与瘀血吗？若说真有什么事情导致此界失衡震荡，几千年前七宗十二派讨伐灵祇神教一战，才是真的惊天动地吧！数千年后因那一战此界灵气稀薄，修行困难，我们到现在还在承受那一战的余波影响，这黑血妖魔倒更像是那一战的产物。"

"况且……"沈昼继续说道，"灵祇神教虽承神明灵祇正统指点，但——"

宋栀栀还想继续码字，但手机又像上次一样卡住了，这次卡顿的情况更加明显，她字都打不出来了。

她的手指在屏幕上飞快地动着，却没能再打出一个字来。

宋栀栀抬起头，心中的气涌了上来，她死死地盯着手机屏幕，心道：你不给我打字也要给我打。

随着她这一强烈意愿的输出，她感到了熟悉的神识力量被抽走的感觉。

手机又开始"丝滑"起来，只是打下的每一个字都缠绕、消耗着她自己的神识力量。

球球在宋栀栀消耗神识力量写作的时候，适时伸出了小爪子，按在她眉心的那点朱砂上，源源不绝地输送力量。她继续打字——

"但灵祇神教势大，行事霸道不讲理，门中高阶信徒多行不端之事，这世上许多凶险恶毒的蛊毒咒法，不都是灵祇神教研究出来的？！"沈昼咬着牙说道，他又想起了自己的母亲，"我们无相宗是当年讨伐灵祇神教的七宗十二派里为首的宗门，前两年也一直在谋划寻求机会讨伐、瓦解灵祇神教。江道友不过是做了我们未来会做的事情，就算这黑血妖魔是因毁灭灵祇神教而起，他若不灭，我们无相宗自然也会想办法灭，归根结底，这个后果，绝对不能让他一人承担，不能将所有过错推于一人身上。”

打完这些字，宋栀栀感觉全身的力量都被抽空了，而精疲力竭的球球早已瘪成一个毛饼，有气无力地趴在她的脑门儿上。

宋栀栀感觉到自己的双手有些无力，但还是握着手机，查看新出现的剧情——

听完沈昼的话，宁玺如梦初醒。他恍然惊觉自己方才的想法有多么极端，他一边唾弃着灵祇神教，一边又在不经意间做了与灵祇神教一样的事。他长叹一声，拍了拍沈昼的肩膀，算是认同了那些话，心道自己的炼心修行还不到家。

“是我极端了。”宁玺的声音有些虚弱，“此事还需好好调查，江道友能将那黑血妖魔彻底杀死，在灭魔一事上，我们也需多多仰仗他，以后质疑的话，我不会再提。”

宋栀栀看到这串文字出现，这才长吁一口气，埋头直接趴在书桌上睡了过去。

然而，就在她身后不远的房门，不知何时被打开了。

江影并没有掩饰自己开门的声音，早在宋栀栀动用神识力量的时候，他就已经感应到并且赶了过来，只是宋栀栀要全神贯注操控神识力量写出剧情，并没有注意到他已经打开了门。

他的手掌放在门边上，苍白的手指修长，贴着黑檀木的雕花。

江影看向宋栀栀的目光深沉，红眸中是她垂落青丝的后脑勺。

他看到宋栀栀的手不断在那金属小物件上跳动着，不知在做什么。

但是她的神识力量在不断被消耗，连带着心魔球球的那一部分。

江影本来静静地看着她，等她什么时候神识耗尽，他便出手。

但宋栀栀这次没有把神识消耗一空，她精准控制着将神识剩下了一点，这样江影就不会感觉到神识耗尽的头疼了。

宋栀栀疲惫不堪，所以直接趴在桌上睡去。

江影秉承着宋栀栀曾对自己说的“离我远一点”这句话，看她真的睡着了，他才走上前去。

他将趴在宋栀栀头顶上睡觉的球球毛饼撇到桌上，再将她手里握着的手机抽了出去，放到一旁。

宋栀栀紧皱着眉头，她的脑子已经运转至极限。

江影俯身将她抱了起来，她不轻不重，正好是落入他怀中有着轻巧存在感的重量。

她卧在江影的怀里，脸颊贴在他的胸膛上蹭了蹭。

江影抱着她从书桌往床榻走去，走得很慢，他自己也不知道为什么。

他将宋栀栀轻轻地放到了床上，抬手将她脚边的衣裙掀起，把她的绣鞋给脱了下来。

宋栀栀的身体一触到柔软的锦被与床，下意识翻了个身，把被子给抱住了。

她的侧脸埋在枕头里，鬓边的珠花硌得脑袋疼。

江影把她束发的簪子抽出，发髻散开，婆娑花从其中立了起来，似乎察觉到江影的靠近，这朵花儿看起来俏生生的，很开心的样子。

而江影没有碰它，手指绕开婆娑花，默默地把宋栀栀装饰在鬓边的珠花给摘了下来。

他抬手抚上宋栀栀的面颊，将她紧锁的眉头抚平，又抱着她的身子将碍事的外袍脱下，挂到一旁的衣架上。

江影做完这一切，替宋栀栀拉上锦被，这才直起身子，来到梳妆台前，把从她头上拿下的首饰放进妆奁中。

他一句话也没有说，只是在离开的时候，伸出了手，幽蓝色的光芒一闪，缠绕到宋栀栀床头的帘幔上，将帘幔松开放下。

江影离开了，他的一举一动都悄无声息。

所以等到宋栀栀醒来的时候，甚至没有发觉江影曾经来过，是他把她抱上的床。

宋栀栀翻身坐起，靠在床榻上，望着朦胧帘幔外的沉沉月色，挠了挠头。

鞋子与外袍是脱了的，首饰也都摘下了，就连床边的帘幔都放下了。

若真是江影来了把她抱上的床，应当不会如此细心吧？

宋栀栀挠了挠头，想着应该是自己爬到床上的，只是睡太久忘记了。

她看到趴在书桌上休养生息的球球已经膨胀起来些许，想来也是恢复了一些。

现在天色已晚，她应该继续睡觉。

宋栀栀在被窝里翻了个身，看着轻纱帘幔上垂下的流苏在夜晚的风中摇摇晃晃。

她有点想江影了，虽然早上才见过，但又似没有见过。

她将头埋进枕头里，在枕头下方摸索了一下。

她摸出传音球，为了防止球球随便把它打开，她将它藏到了枕头底下。

宋栀栀把传音球拿了出来，放到手上把玩，它是关着的，幽蓝色的光芒并没有亮起。

她看着传音球上漂亮的金属镂空纹路，白皙的指尖无意识地摩挲着它。

宋栀栀将它放到嘴边，对着没有打开的传音球，轻声说了句："江影……晚安。"

语毕，似乎怕被发现，她做贼似的马上将关闭着的传音球给塞回枕头底下。

宋栀栀翻了个身，满脸通红，埋进枕头里，闭上了双眼。

而此时她的房间外，还站着一人。

夜已深了，本应是修炼的时候，但这晚的江影罕见地没有入定修炼。

他发现自己闭上双眼，却没办法安静下来入定，入定时的状态非常重要，若是存了别的思绪，便很容易走火入魔。

江影没有修炼，只是来到了院中，不远处便是宋栀栀紧闭着的房门。

他抬眸看着沉默夜空中挂着的一轮孤月，脚步不由自主地朝宋栀栀房间的方向移了过去。

江影告诉自己，他只是过去看看宋栀栀的状态如何，是不是又一不小心消耗了她的神识力量。

但临开门的时候，他放在门框上的手却顿住了。

宋栀栀说过的每一句话他都记得。

她亲口说过让他离她远一点。

江影无法理解宋栀栀想要触碰却又不敢迈出一步，只能对着喜欢的对象发发小脾气的少女心思，他只知道她若是说了，他照做便是。

所以除了每日必要的见面，他没有主动找过宋栀栀，她这几日当然也没有主动来缠着他。

留给他修炼的时间多了很多，入定需要的时间却越来越久。

江影觉得可能是哪里出了问题，但他始终找不到原因。

所以他站定在宋栀栀的房门口，迟迟没有推门进入。

在这里，六识敏锐的他可以清晰地听到房间里的动静。

风声、衣料摩挲声，她翻身的动作声，还有她身上动人的心跳声……

以及宋栀栀在床上翻来覆去许久之后，对着传音球说的那一句"江影，晚安"。

江影听到这一句话之后，不知为何，全身轻松了许多，连动作都轻快了些。

江影转身回房，一边走，一边用传音法术对宋栀栀说话。

"晚安。"他说。

他又补了一句："宋栀栀，传音球忘记开了。"

这两句话，凉凉的，如纯白色烟花，在宋栀栀的脑海里炸开。

第十章 情之一字

宋栀栀原本已经闭上眼睛，静下心准备睡觉了，突然被江影这么一唤，他的声音在她的脑海里炸开烟花，她猛然睁开了双眼。

她瞪着天花板，深深地吸了一口气。

然后她动作迅速地把传音球重新从枕头底下摸出来，上上下下查看了一番，确认它确实是关着的。

如果是关着的，那么江影……江影怎么能听到她方才说的话呢？

宋栀栀感觉到自己的脸颊发烫，似乎什么藏了很久的小秘密忽然被江影发现。

江影他怎么能这么……这么坏呢？！还偷听她说话！宋栀栀心中如此想着。

她想来想去，还是打开了传音球的开关，对着传音球的那边唤了一声："坏东西。"

江影应了一声："嗯。"

"你为什么偷听我说话？"宋栀栀虽然脸颊通红，但仗着自己现在整个人埋在被窝里江影看不到，所以说话的语气格外理直气壮。

"没有。"江影答，他说话的声音很坦然也很平静，"我是在门外听见的。"

听力太好不能怪他。

宋栀栀想，江影为什么会半夜来她门口，不会是在谋划路线等着锁灵咒解了以后好把她解决了吧？

"我都说……"宋栀栀深吸一口气，鼓起勇气说道，"都说让你离我远一点了。"

江影很快就回答了她的问题："我在门外，没有进去，很远了。"

宋栀栀觉得他对距离有什么误解。

“为什么半夜偷偷来我门外？”宋栀栀轻声问他。

这个问题，江影也不知道答案，所以沉默了很久。

宋栀栀只能听到传音球的那端传来他浅浅均匀的呼吸声，很轻很安静，没有那悸动的心跳声。

她想，为什么当初在写江影这个人物的时候，要写他已经没有心了呢？

但是这个念头、这个设定就是突然浮现在她的脑子里，并且逐渐被完善放大。

宋栀栀曾经觉得这是一个绝妙的灵感，但她现在觉得这个设定真是该死的鸡肋。

没有心，人要怎么活下去呢？一点儿也不符合客观事实。

“说呀……”宋栀栀的声音轻轻的，在柔软的夜色中回荡着，催他说出答案。

江影对她说：“不知。”

这是一个非常诚实的答案，但不是宋栀栀想要听到的答案。

她又低声说了一句：“坏东西，以后不要来了。”

“好。”江影回答。

“这个‘好’是真话还是假话？”宋栀栀问。

“假话。”江影对她说。

宋栀栀瞪大眼，江影这两个字，似乎落在了她的心底，触动着柔软的心弦。

她对江影说了一声：“我真的睡觉了。”

“嗯。”江影回答她，他的回答永远那么简单，让宋栀栀不知道他到底是不是在敷衍。

宋栀栀把传音球给关了，塞进枕头底下，仿佛在藏着什么珍宝。

她原本是仰躺在床上的，现在她很快翻身侧躺着，将平铺开来盖在自己身上的锦被拽了一个角过来抱着。

宋栀栀将脸埋在柔软的被窝中，她想，他真的很可爱。

第二日便是宋栀栀约好与岑长冬一起去灵溪峰玩的日子。

本来江影与岑长冬说好他也要一道去，但今晨江影给她浇完花儿梳头的时候，她看着镜子里的自己，问了江影一个问题。

“江影，无相宗掌门已经回来了，灵溪峰应当是安全的，你要不还是留在青崖峰修炼？”宋栀栀问他。

江影手中拿着玉梳，宋栀栀柔软的长发从梳齿间落下，纷纷扬扬，掠过掌心的时候，有些许痒意。

“好。”他答，吐字清晰低沉，声音依旧很冷。

宋栀栀看着自己头顶的这朵小花儿，被江影以绾起的几缕发丝包围着藏入发髻之中。

它要何时才会长大呢？宋栀栀想。

“可以给我梳个好看点的吗？”宋栀栀提出要求。

江影还是答：“好。”

然后他给她梳了个样式最简单的发髻，连选择发饰的时候，也挑了最朴素的那款。

宋栀栀看到那支没有丝毫装饰的白玉簪被江影从妆奁中取出，终于忍不住了。

她抬手拽住江影手腕上垂下的袍袖，撇撇嘴：“我想戴那支上面有铃铛的。”

“这支好看。”江影理直气壮地回答她。

“哪里好看了？”宋栀栀秀眉微挑，如幼犬一般清澈可爱的眼眸露出诧异来。

“简单是美。”江影一本正经地解释。

宋栀栀抬起头看他，只能看见他弧线优雅的下颌线与修长诱人的脖颈，看见他性感的喉结微动。

她想，江影就是故意的。

于是宋栀栀将梳妆台上用的次数最多的青瓷盏给拉了过来，打开瓷盖，内里盛着色泽清淡的浅红色口脂。

就是她最常使用的那个颜色，因为江影曾经亲口说过这颜色好看。

他还……他还故意将落了这个颜色唇印的衣服留下来，没有把痕迹清洗掉。

宋栀栀正准备抬手挖出些许淡红色的口脂，手腕却先被江影冰凉的手握住了。

“这个不好看。”他说，声音凉凉的。

宋栀栀还想动，但江影已经把盖子盖上了，将青瓷盏推了回去。

他重新拿了另一个颜色的过来。

江影的动作很快，在宋栀栀没有反应过来的时候，就已经将盖子打开，将另一个颜色的口脂给挖出些许。

他的指腹沾了些暗色的口脂，轻轻地在宋栀栀的唇上掠过。

宋栀栀看着镜中的自己，唇瓣微颤，因为他的手是冰冷的，所以指腹摩挲过她嘴唇的时候，存在感格外强烈。

江影一只手搭在她的肩膀上，另一只手亲自为她涂上了另一个颜色的口脂。

他的手法虽然有些生涩僵硬，但也算不上笨拙，因为上一次他在当江影球球的时候，就已经趴在镜子旁仔细观察过了。

江影有样学样，将口脂均匀地涂抹在宋栀栀的唇上。

宋栀栀一动也没有动，就这么看着他对着镜子为自己涂上口脂。

待涂完之后，江影收回了手。

宋栀栀对着镜子抿唇，将色泽均匀抹开。她的模样好看，不论涂何种颜色的口脂，都是好看的，只是略显气质不同罢了。

这个色就这个色吧，其实她无所谓涂什么颜色。

宋栀栀将桌上的白帕拿起，递给江影，一句话也不说。

江影接过，将指腹上残余的口脂擦干净。

宋栀栀看着镜中的他，他动作优雅缓慢，白帕上印上一抹红痕，娇艳得很。

“好了。”宋栀栀说，“我要换衣服。”

江影垂眸看着她的后脑勺，忽然想起了什么。

他转过身，看到昨晚他亲自给宋栀栀脱下的外袍还挂在床边的衣架上。

这件外袍是他亲手改过的那套蓝色衣裙里配套的。

江影动作迅速，将衣架上宋栀栀的外袍给扯了下来，纳入臂弯之中。

宋栀栀本想继续还穿这件的，没想到江影先她一步，将外袍给收走了。

“我要穿！”宋栀栀坐在椅子上，扭过头对江影说道，语气轻轻柔柔的，更像在撒娇。

江影回答她的理由依旧非常充分：“这套衣裙我还没改完，还需要再改改。”

宋栀栀心想他分明已经改得很好看了，哪里还有改的必要？

他就是不想让她穿而已！

当真是又坏又小气。

宋栀栀冲他说了一句：“坏东西，小气鬼！”

江影只微抬下巴，对着她点了点头，红眸依旧宛如一片平静的湖。

“嗯。”他应下宋栀栀的话。

江影转身出门了，门关上，发出“咔嗒”的一声响。

宋栀栀寻了一件新的穿上，反正她衣服多得很，不缺江影收走的那一件。

她挑了个与此时淡雅的妆容与发型配套的裙子，换好出来之后，这才心满意足。

每日打扮得美美的，她的心情就特别好。

宋栀栀歪着头，对刚从书桌上爬起来，伸出爪子揉眼睛的球球说道：“好看吗？”

球球猛地点点头，主动跳到宋栀栀的肩膀上，“吱吱吱”地叫了好几声。

宋栀栀抬手抚摸了一下球球的脑袋，把这只心魔球球翻来覆去捏了好几遍，确认它是软的，还会叫，是真球球，而不是江影假冒的。

她又将枕头底下的传音球给摸了出来，放到随身携带的储物锦囊中。

这储物锦囊精致小巧，也是素色的花纹，并不显眼，平日与什么衣服都能搭配。

宋栀栀估摸了一下时间，也快到她与岑长冬约定的时候了，于是推开门准备先去青崖峰外围等着他。

刚打开门，就看到江影还站在院中，他负手而立，静静地看着院子小塘内默默开放的莲花。

他的视线放在水面上的白色莲花上，却一直在关注宋栀栀房间里的动静。

等到宋栀栀推门出来的时候，他听到了那扇被他亲手修过的门发出开关的声音，便转过身来。

宋栀栀站立在门口处，静静地看着他，长睫纤密宛如小扇子，在脸颊上投下一片阴影。

她没有任何修为在身，但她有着天生便很容易讨人喜爱的模样。

“我要出发了。”宋栀栀的肩膀上站着球球，她对江影说道。

球球坐在宋栀栀的肩膀上，对着江影手舞足蹈，似乎在炫耀着什么。

宋栀栀从他身侧走过，轻盈又芬芳的栀子花香弥漫在他的鼻翼间。

他抬脚，跟上了宋栀栀。

宋栀栀感觉到他的靠近，停了下来，扭过头，直视着他漂亮幽深的红眸。

“你去修炼呀！”宋栀栀催他。

“嗯。”江影回答她。

但他的身子依旧没有动，只是站定在原地，静静地望着宋栀栀，眼眸深沉。

“你想做什么？”宋栀栀见他没有回去的意思，便开口继续问。

“我也想去。”江影对她说。

宋栀栀听到他说出这冰冷的四个字，愣了一瞬。

她站在院门口，差点就脱口而出说了声“好”。

但不行，宋栀栀对自己说。

哪有两个人成天待在一起的道理呢？

他又不喜欢她。

“我也想去。”

本应是如此惹人欣喜的四个字，但从他口中说出来，就仿佛陈述事实一般冰冷无情。

“我要自己去，你也嫌我整日缠着你，让你没法修炼。”宋栀栀认真地对他说，“现在正是修炼的好时候。”

江影心想：宋栀栀说得对，他应当是担忧宋栀栀若再遇到危险，连累到他自己，才想要跟着一起去。

而不是因为一些别的原因。

但是，遇不遇得到危险，又与她这日梳什么发型、涂什么颜色口脂、穿什么样式的衣服有什么关系呢？

江影微微皱起了眉头，觉得有些困惑，这是没有心的他永远也无法理解的问题。

他对宋栀栀点了点头，说了声“好”，然后看着她离开。

等待会儿再暗中去看看，江影如是想着。他并非没有在无相宗里来去自如的能力。

江影没跟着她了，宋栀栀的心情并没有轻快起来。

她在青崖峰外围寻了处干净的青石坐下，等到岑长冬出现在她的视线中，她的心情才好了些。

岑长冬驾驶着浮舟，悬停在宋栀栀头顶不远处的天空中，朝她兴奋地挥了挥手：“宋姑娘，让你久等了。”

其实岑长冬来的时间比约定的早了些，只是宋栀栀更早到而已。

岑长冬发现只有宋栀栀一个人在这里，却不见江影，有些失望。

他从浮舟上跳下来，垂头丧气地问道：“江大哥呢？”

“他今日不来了，应当是感悟到什么修炼上的关窍，所以没空去了。”宋栀栀挠了挠头，胡乱想了些理由搪塞过去。

岑长冬本就对江影真的会赴约没有抱太大的希望，所以很快便相信了宋栀栀的说辞，并且将浮舟召唤下来，停在宋栀栀面前。

“江大哥不来就不来了！”岑长冬唤宋栀栀坐到后座上，“我们出发便是！”

宋栀栀侧着身坐了上去，淡青色的衣裙在风中掠过一条曼妙的弧线，轻盈美丽。

她与岑长冬隔了些距离，一只手抓紧了浮舟侧旁的把手，防止自己掉下去，并未像与江影同乘浮舟一般，紧紧地抱着前面那人的腰。

岑长冬感觉到她坐在自己身后，脸倏地红了，修道这么些年，第一次有……有女子坐在离他如此近的地方。

“走吧！”宋栀栀唤了他一声，神色平静大方，并未有什么羞赧姿态。

岑长冬驾驶着浮舟往前飞，宋栀栀看着自己的裙摆在风中荡开一朵花。

不多时，二人抵达灵溪峰。袁一溪早就等在灵溪峰的正殿里了，这几日她因为黑血妖魔现世一事，忙得焦头烂额，也就这日能抽出时间来休息一下。

远远看到宋栀栀过来了，她连忙站起身来，朝宋栀栀招了招手。

宋栀栀小跑着奔了过去，来到袁一溪身边。

袁一溪的模样有些憔悴，想必是因为近日与无相宗的其他几位长老探讨消灭黑血妖魔一事，有些劳累了。

“栀栀，你也在无相宗住了一段时间了，可还习惯？”袁一溪拉着宋栀栀的手坐下，柔声问道。

宋栀栀点了点头道：“习惯的。”

“上次在游仙圃，那个妖魔有没有吓到你？”袁一溪想起了什么，连忙问道。

“没有吧，我还没看清是什么，它就死了……”宋栀栀回答她。

其实来到这里之后，她害怕的阈值越来越高，上次附身在温明泽身上的黑血妖魔，并没有让她十分恐惧。

“此妖魔棘手，恐怕我们将会陷入苦战之中。”袁一溪叹了口气。

宋栀栀看着她憔悴的神色，忍不住开口说道：“我虽然没有修为在身，什么也做不了，但有帮得上忙的地方，我一定帮。”

毕竟她这里明面上还有一只元婴修为的强大心魔。

“但愿不要到向你求助的程度。”袁一溪无奈地笑道。

这个时候，宋栀栀有过几面之缘的云书端着一盘糕点以及几碗甜品走了上来。

宋栀栀礼貌地唤了声：“云公子。”

云书点了点头，将做好的糕点与甜品端了上来，搓搓手说道：“宋姑娘可要尝尝？”

无相宗是修炼门派，就算是提供给不能辟谷的年轻弟子的吃食也大多简单清淡，所以很多门中弟子为了满足自己的口腹之欲，会自己学习下厨，云书就是其中的佼佼者。

宋栀栀看着青瓷碟里码放着的几只兔子形状的绿豆糕，还有看起来滑嫩可口的冰酥酪，觉得云书有当厨师的天赋。

她终于知道岑长冬为什么天天喜欢往灵溪峰跑，还总爱缠着云书与白露寒一道修炼比试了，因为人家的厨艺实在太好了。

宋栀栀拈了一块绿豆糕入口，冰凉软糯，味道清新不甜腻，当真是好吃极了。

即便是已经辟谷的袁一溪，也抬手拿了块尝了尝，并且夸奖云书最近厨艺又精进了几分。

“修仙一途，并不囿于某一种修炼之道，你可以多多钻研厨艺，没准日后也能有所建树。”袁一溪对弟子点评道。

云书得了师父的夸奖，更加高兴，又端了好几盘过来分发下去，与门中弟子打成一片，并且认真记录口味上的反馈。

袁一溪将冰酥酪推给宋栀栀，并且小声地说道：“栀栀，这个好吃，你尝尝。”

宋栀栀早就馋这玩意儿了，立即拿勺子舀了一口入口。爽滑浓香，甜甜的奶香充斥口腔，再加上此时是夏日，天气炎热，这冰过的酥酪味道更好。

她很快就解决了一碗，并且舔了舔唇，不好意思地对袁一溪说道：“袁长老，还想吃。”

袁一溪把自己的那碗推给她，并且嘱咐她不要吃多了，免得闹肚子。

宋栀栀一边吃，一边点了点头：“好。”

等等……闹肚子……她忽然警觉。

这几天似乎是……是她来月事的日子！

宋栀栀放下碗，摸了一下自己的肚子，觉得有些不太妙。

而此前不久的青崖峰里，江影被宋栀栀赶回房中，闭上眼准备入定，但始终没能完全静下来。

他红眸沉静，漠然地看着远方，估算宋栀栀此时已经抵达灵溪峰。

江影决定现在就隐匿身形去灵溪峰看看，他以前就是搞暗杀的，隐匿的能力无人能及。

他出门，来到院子里，院子池塘里的莲花静静地开放着。

这是一潭静水，但就在此时，水面上泛起微微的波纹，周遭却无风。

是什么……引得水面上有了涟漪？

江影站在阳光下的身姿修长，仿佛日下的一道阴影。他抬眸望向空中，红眸微眯，手中冥昭已然出现。

他的周身放出了久违的杀意，沉沉的气场压也压不住。

在天际的虚空之中，已然破开一道裂缝，似乎有什么庞然大物破开虚空，正准备冲出来。

江影抬眸，警觉的神经已经紧绷至极致，他已经很久没有感受过如此强大的压力了。

因为虚空裂缝之后的那人，修为并不弱于他。

天空中的那道裂缝越来越大，一柄轻灵秀气的剑轻轻地将它挑开。

虚空之中，隐隐现出一人的身形，是一位少年模样的剑修，青衫潇洒，姿容俊秀。

他的眼眸并不像他的年纪一般深沉老气，反而泛着可爱活泼的灵气，大道至简，他已经突破年龄心态的桎梏。

来人正是无相宗闭关修炼不知道多少年的老祖宗青君。

他破开虚空，从修炼的独立空间里走出，执着剑，便看到了青崖峰里的江影。

修为在同一境界的两个人目光相触，便感觉到了对方的压迫力。

青君朝江影微微一笑，笑容青涩柔和，但他没有收剑，周身内敛的气息中酝酿着剑意，仿佛蛰伏的兽。

他在警惕，只要江影有所动作，他便会出手。

这黑衣的少年郎，周身散发的邪气令他感到忌惮。

江影眯起眼，红眸捕捉到青君的每一个动作，呼吸放得极轻，仿佛是害怕吓到猎物的猎手。

此时日光清透，二人之间的空气似乎都停止了流动。

只要有一人有所动作，便会打破这气氛紧张的对峙，一场不可避免的战斗一触即发。

而此时江影的指腹微微摩挲过冥昭的锋刃，红眸如兽般骤缩，他打算先出手。

就在此时，他的腹部一阵剧痛传来，绞着他的小腹。

江影眉头微皱，紧绷的气氛瞬间松懈。

他往后退了半步，人已经消失。

而此时，在灵溪峰的宋栀栀察觉到情况不对，连忙将手中的冰酥酪给放了下来。

她附耳过去，对袁一溪小声说明了情况。

袁一溪听闻，忙给她的身子施展了个暖身的小法术，唤她先去灵溪峰一处清幽的小院歇息。

宋栀栀点了点头，提着裙子离开，幸好这衣裙有随时清洁的功能，这才免了尴尬。

她的身体好，月事都是准时的，也不会腹痛，所以前两次都平静地过去了。

但刚刚她忘记日子快到了，再加上近日神识力量运用过度，还熬夜了一两次，所以提前了一两日，她又吃了冰镇的酥酪，更是雪上加霜。

宋栀栀的步子迈得很小，她在思考一个问题，现在她都已经感觉到身体有些不适了，所以江影那边……

一想到这个问题，她就不敢再细想下去，连忙拍了拍脸颊，只盼着这次并不会很严重，江影并不会察觉到。

不然他替她肚子痛这种事……也太……太“那个”了吧！

宋栀栀想着想着，忍不住脸颊发烫，赶紧加速走进灵溪峰的客房中。

灵溪峰很大，就算是待客用的房间也宽敞精致。宋栀栀入了房中，还是觉得手脚冰凉。

她决定先去房间里休息，一开门，便看到江影等候在门后。

宋栀栀看到江影微躬着身子，平日没有什么表情的面庞上可见隐忍的痛楚。

嘶，看来是真的很痛，宋栀栀想。

她觉得自己有罪，因为她现在想的居然是幸好痛的不是她自己。

竟然还有点小窃喜。

“你受伤了？”江影问。

“我没——”宋栀栀正打算对江影解释，但还未等她说完话，江影已拉着她的手腕，将她拉入怀中。

江影的动作很快，手掌探至她的腹部，冰凉的掌心贴在她的肚子上，马上把袁一溪给她施放的暖身法术驱散。

在这一瞬间，江影的小腹感受到的痛楚加重三分。

宋栀栀抬手拍了一下江影的手腕，将他的手推开：“你先不要碰我。”

这个人全身上下都冷冰冰的，现在靠近她，简直就是在加重她的不适。

“我看看伤口。”江影把下巴搭在她的颈侧，放低了些许音量，就连尾音都柔了几分。

他在哄宋栀栀。

“没有伤口。”宋栀栀对他说。

“我知你这几日与我闹脾气。”江影对她说，“但那晚你问我什么，我便答了什么，并无半句虚假。”

宋栀栀听到他“并无半句虚假”这几个字，轻轻地吸了一口气，闭上了眼，长睫轻颤，挣扎着要从他的怀中退出来。

“但受伤要说，不必隐瞒。”江影难得将语气放软了些许，尾音平缓。

“我说我没有——”宋栀栀扭过头，两只手把江影的脸颊捧着，让他正对着自己。她看着他摄人心魄的红眸，一字一顿地认真说道：“我是来了月事，身体不适是正常的，只是今日不慎吃了冰凉的东西，才会小腹绞痛，所以你不要再抱着我了，越冷越难受。”

江影的小腹还在痛着，他微微皱着眉，并没有理解宋栀栀说的“月事”是什么。

但转瞬间，他的身体已不再冰冷，法力流过全身，周身的温度高了些许，刚好就是宋栀栀感觉舒服熨帖的温度。

宋栀栀没有再挣扎，只安静地窝在他怀中，头枕着他的胸膛，一句话也没有说。

“可以疗伤吗？”江影的声音平静，微微挑起的眉尾含着隐忍的痛楚。

在他小腹处翻江倒海的痛楚总算安静了些许。

“你可以……就是……”宋栀栀支支吾吾地道，“施法让我的小腹热……热一些，应该就不会那么痛。”

“嗯。”江影抱着她，下巴抵在她的肩膀处，轻声应了句。

宋栀栀觉得自己现在是蛮舒服的，不痛不累，甚至还能站起来蹦蹦跳跳。

但前几日她朔月蛊发作的时候，江影陪了她一晚上，现在她也不能那么无情地将他抛下。

江影一面自己痛着，一面还要施法帮宋栀栀暖肚子，当真是忙极了。

宋栀栀窝在他怀里，身子蜷缩着，长睫如蝶翼般轻颤。

她一点儿痛楚都没感觉到，现在这么被江影轻轻缓缓地按着肚子，舒服熨帖，她都要睡着了。

“去榻上躺着？”江影问了一声，疼痛已缓了许多，他并非不能忍受痛楚之人。

“不。”宋栀栀斩钉截铁地说道。

江影抬手抚摸了一下垂在胸前的发丝，没有再说话，他鼻翼间弥漫着宋栀栀身上那又轻又软的香气。

他决定之后有空便去查查所谓“月事”究竟是何种恼人的疾病。

两个人没有再说话，只余下安静的呼吸声与衣料相触的声音，催人入眠。

宋栀栀半合着眼眸，长睫轻颤，渐渐地，她靠在江影的怀里睡了过去。

时间慢慢地过去，在临近黄昏之时，她被敲门声惊醒。

袁一溪手里捧着一碗红糖姜茶，敲响了宋栀栀的门。

“栀栀，在吗？我让人给你煮了碗红糖姜茶，你喝不喝？”袁一溪在门外轻声唤道。

宋栀栀猛地睁开双眼，坐直了身子，扭头看自己身后一脸冷漠的江影。

糟……糟糕，这次江影要怎么藏？

江影感受到的疼痛已经消退得差不多了。

宋栀栀从他怀里跳了下来，只觉得全身上下都舒展活泛了不少。

她先提高了声音回应袁一溪：“袁长老，我在卧床休息，等我起床给你开门。”

语毕，她便推着江影的肩膀，把高大的他塞到了衣柜里。

江影其实可以在不引起袁一溪注意的情况下藏起来，但宋栀栀既然已经推着他，他便没有再动，只乖乖地被她塞进了衣柜里。

他在黑暗的衣柜里静静地看着宋栀栀，那双红眸格外美丽。

宋栀栀抬眼与他对视着，忽然觉得他就像一只乖巧安静的红眼睛兔子。

但很快，她又被自己的这个比喻逗笑了。

开玩笑，江影可是大反派大魔王，怎么就像乖乖软软的兔子了？

要像，也是她自己像才是！

宋栀栀用嘴型对他说了句“不要动”便反身将衣柜门关上了。

她安排好之后，这才走上前去给袁一溪开门。

袁一溪站在门口处，手里捧着一碗热乎乎的红糖姜茶，微笑地看着宋栀栀。

宋栀栀伸出手，乖巧地接了过来。

她正愁没有这个喝。

“谢谢袁长老！”宋栀栀轻声应了句。

袁一溪忽然想起了什么，对宋栀栀道：“我能进去坐坐吗？”

宋栀栀当然不会拒绝她，侧身让她进了房间。

宋栀栀与袁一溪在青檀木小桌前面对面坐着，宋栀栀的面前摆着一碗冒着热气的红糖姜茶。

袁一溪用小勺子将红糖姜茶搅了搅，推给宋栀栀道：“喝吧！”

宋栀栀点了点头，秀气地抿了一口，等袁一溪开口说话。

她既然说要进来坐坐，那么必然是有什么话题要与自己讨论了。

“栀栀。”袁一溪托腮看着宋栀栀，“你……”

她的语气有些犹豫，欲言又止。

宋栀栀咽下嘴里的姜茶，温暖的汤汁一路暖到了胃里。

“袁长老不必犹豫，直说便是。”宋栀栀当然猜不到袁一溪要说什么。

袁一溪轻咳一声，以手掩唇，不好意思地说道：“栀栀你来无相宗这么久，似乎并没有与我们门中哪一位修士有什么接触。”

“我在青崖峰里每日就看看书，很少出门。”宋栀栀回答，她并不是一个很喜欢社交的人。

“无相宗里年轻帅气脾气好的男修士，很多吧？”袁一溪笑着对她说。

“是挺多。”宋栀栀的脑海中闪过很多叫不出名字的男修士的脸。

“那有没有看上的？可以与我说。”袁一溪见这日宋栀栀也并未与他人多接触，担心她真的是喜欢江影，眼里容不下他人，这才急了。

“没有。”宋栀栀将一勺红糖姜茶送入口中，声音有些含糊，“我不过一介凡人，又怎么能与他们这些修士交流？到时候我老死了，他们还能活很久呢！”

“你喝的红糖姜茶就是云书熬的。”袁一溪提醒，“延年益寿、永葆青春的方法很多，传功、灵药等方法都可以让凡人拥有与修士一般漫长的生命，在这点上，你倒不用担心。”

宋栀栀一时语塞，也不知说什么好。

她微垂着头，手里的白瓷勺碰着瓷碗，发出清脆的响声。

“栀栀，有一事我已想问你很久了。”袁一溪见她这副少女羞涩的模样，猜出了些许，这才开门见山地问道，“你是不是……心悦于江道友？”

宋栀栀一惊，手中的白瓷勺滑落，发出“叮当”的碰撞声。

这一声瓷器相撞的声响，掩盖了一旁衣柜里传来的异动。

“我……没有吧！”宋栀栀轻声说。

但在心里她对自己说：宋栀栀，你在骗人。

“当真没有？”袁一溪瞧着她，笑了。

“没有呀！”宋栀栀瞪大眼，直视着袁一溪的目光，但她那双澄澈无瑕的眼眸还是出卖了她。

“江道友于你有救命之恩，再加上他确实皮相、实力都是上乘，你喜欢他也不无道理。”袁一溪对她柔声说道。

"只是栀栀，你要知道，他是无心之人，不可能会对你的喜爱之情有所回应。"袁一溪轻叹了一口气说道，"你若喜欢他，便是在飞蛾扑火，你知道吗？"

"我知道这个道理。"宋栀栀回答。

她忽然觉得心下泛酸，她哪里会不知道这个道理呢？

可感情这个东西，它就是会不受控制地滋长蔓延开来。

"修炼至接近化神之阶的门槛，人间情爱已经是修道之途上的羁绊。"袁一溪定睛看着宋栀栀，与她解释道理，"书籍有记载，突破化神之阶的修士，与神明无异，而作为神，自然是不需要心的。江道友想必也是为了追求极致的力量，所以将自己的一颗心割舍，这也是修炼的一种途径，无情无爱，修炼起来自然突飞猛进，不然他为何短短不到三百年，便有了如此实力？"

"我知道。"宋栀栀只轻声说了三个字。

"我今日前来，只是为了劝你，就算你不打算与别的男修士交流交流，转移一下注意力，也小心别陷得太深。"袁一溪朝她眨了眨眼，"情之一字，最是磨人，还是千万不要碰好。"

宋栀栀鼓起了脸颊，她知道袁一溪说得对。

于是她点了点头，对袁一溪说道："谢过袁长老对我说这番话。"

"但我确实是……不喜欢江公子的。"宋栀栀望着眼前的袁一溪，一字一顿地说道。

她的吐字清晰，语气笃定，音量提高了几分。

这句话不是要说给袁一溪听，而是要说给此时在衣柜里的江影听。

房间里的衣柜很沉默，一点儿响动都没有发出。

袁一溪望着宋栀栀笑了："你呀，也不必如此——"

"倔强"二字未说完便被宋栀栀打断了。

"袁长老，确实如此。"宋栀栀对着她摇了摇头。

"好，那就不说了。"袁一溪抬手摸了摸她的脑袋，"你今日的发型很好看，有一种简约美。"

宋栀栀心想：这是江影故意梳这么简单的。

"没想到栀栀你如此心灵手巧。"袁一溪是个聪明人，知道再说宋栀栀喜欢江影，会让她感到窘迫，于是换了个话题，"这个发型需要在后方将几束发丝扭转，包入发髻之中，看似简单，但操作是有些复杂的，若无人帮我打理头发，我自己一个人可梳不出来这样的发型。"

宋栀栀一呆。她没想到这个发型梳起来这么麻烦，只有另一个人帮忙梳才能弄好。

“你太厉害了。”袁一溪夸她。

任袁一溪的想象力再丰富，她也想不到这个发型是出自江影之手。

“也就一般般。”宋栀栀挠着头，有些不好意思，她梳头的手艺可能还不如袁一溪呢！

“改日可以教教我你是如何一个人梳出来的吗？”袁一溪柔声问宋栀栀。

宋栀栀：“……”

——你是不是在为难我？

但她也不能拒绝袁一溪，于是，她只能无比艰难地点了点头。

“我待会儿需要找人送你回青崖峰吗？”袁一溪忽然想起了什么，开口问道。

“不用啦，我自己慢慢走回去就可以了。”宋栀栀小声地回答她。

因为她知道江影会带她回去。

“好——”袁一溪笑着说，“我知你不太喜欢麻烦他人。”

她话音刚落，脑海里便收到了韩潜的传音。

“一溪，快来无相宗主殿，青君大人出关了，掌门正召集门中长老一同去迎接。”韩潜的声音沉沉的，有些急促，又暗含着兴奋。

“青君大人闭关这么多年，不论我们如何召唤他都没有理会，怎么今日——”袁一溪捂嘴惊讶，却像是忽然想到了什么，“他应当是感应到了黑血妖魔现世，所以心系天下，出关来帮助我们的吧？”

“应当是，一溪，你先过来便是。”韩潜沉吟片刻，又对袁一溪小声地说道，“今日你可在无相宗里见过江道友？”

“并未。”袁一溪回答。

“青君大人言说他闭关而出之时，在青崖峰中与江道友曾见了一面……”韩潜说道。

袁一溪惊讶：“竟没有打起来？”

“他说看到江道友仿佛受了伤似的，放弃对峙，忽然退开，不见踪影。”韩潜解释道。

“会有这样的事情发生？江道友为何会受伤？”袁一溪百思不得其解。

“无事，江道友之事容后再议。”韩潜通知完毕之后，便切断了联系。

袁一溪朝宋栀栀歉然一笑：“门中有事，我先行离开。栀栀，你自己随意便可。”

语毕，她人已走出门去，甩袖飞向空中，飞行的速度极快，身影消失在天际。

宋栀栀站定在门口，目送着她离去。

不知何时，宋栀栀身后已笼罩上一片高大的阴影，江影站到了她身后。

他的手从她身侧掠过，将房门关上。

宋栀栀转过身，抬头看着江影，关心地问了一句："你还疼吗？"

这句话从她口中问出，怎么听都觉得有些奇怪。

江影漂亮的红眸望着她，无声地摇了摇头。

其实是疼的，小腹处依旧传来绞着般的疼痛。

他神色淡漠，望向宋栀栀的目光依旧与往常一般冰冷无情。

宋栀栀却能敏锐地感觉到他的状态并不是非常开心。

她不知说什么，只抬手揉了一下自己的小肚子。

江影走过去，来到桌边，将放在桌上剩下的小半碗红糖姜茶拿了起来。

宋栀栀唤他："我还要喝的。"

江影修长的手指拈起白瓷勺，舀了小半勺送入口中，是微辛的甜。

"我也会煮。"他尝了下味道，扭过头，对宋栀栀平静地说道。

宋栀栀望着他，呆呆地"哦"了一声。

她又不好意思真的麻烦江影给自己煮。

现在麻烦江影得越多，没准他全都记仇记下来了，等锁灵咒解开之后一并奉还。

于是她朝江影伸出手，轻声道："剩下的给我，我要喝完。"

江影略抬了抬下巴，静静地看着她，于静默的光线中，他的红眸泛着微光。

他将手里的碗紧紧地拿着，小腹处依旧是挥之不去的痛楚。

江影仰头，没有将红糖姜茶还给宋栀栀，反而抬手将剩下的小半碗红糖姜茶全部饮了下去。

带着微微辛辣的甜蜜汤汁流淌过口腔与喉咙，他性感的喉结上下滚动。

"凉了，喝了不太好，回青崖峰我给你煮。"江影对她如是说道。

宋栀栀的脑袋微垂着，说话的音量很小很软："那就不喝了。"

江影走上前去，握住了她的手腕。他的掌心是温热的，因为一直有法术的波动流窜于他的全身，维持着他的体温。

宋栀栀的手上下甩了甩，却没能将他的手甩落。

"回青崖峰？"她无奈，只能扭过头望着他。

"青崖峰……"江影的声音顿了一下，终于想起自己在赶来宋栀栀这里之前，在青崖峰顶部的空间裂缝上看到的那位强大剑修。

“怎么了？”宋栀栀好奇地问他，语气疑惑。

她没空用手机看剧情，自然不知道江影在青崖峰已经与青君打了个并不算友好的照面。

而此时，韩潜的传音适时在江影耳边响起：“江道友，您现在在何处？”

江影回答他的语气冰冷：“不在青崖峰。”

“方才您在青崖峰之巅看到的修士，是我无相宗里久未出关的那位老祖宗，名为青君，他不问世事，所以不认得您。”韩潜在听完青君与他提起江影之后，不禁在心头捏了一把汗，幸好没有打起来，“幸好江道友您大度，没有出手，十分抱歉。”

“嗯。”江影凉凉地应了一声，并没有因为韩潜的恭维而产生情绪的波动。

“江道友，是这样的，青崖峰乃青君大人闭关之前的居所，已经几百年未曾住人了，因为您喜爱清净，不喜外人打扰，所以让您暂住在青崖峰中，但他出关之后，自然要回到青崖峰居住。”韩潜的语气小心翼翼的，“不知江道友您是要继续住在青崖峰，还是来我潜渊谷中暂居？”

无相宗的每一处山头都很大，就算住了上千人都不会相互打扰，即便如此，韩潜还是前来征求江影的意见，问他是否愿意与青君同住在青崖峰，毕竟这两人可是险些要打起来了。

江影对青君没有什么特别好的印象，实力相近的两个人难免会相互忌惮，若是能离开，他自然不会拒绝。

他沉吟片刻，正待答应韩潜的话，传音小虫的那头便传来了袁一溪的声音。

“师兄，你忘了青崖峰还有栀栀吗？”袁一溪轻声提醒。

“哦，对！”韩潜连忙扭头问青君道，“师祖，青崖峰还有一位凡人女子，她应当不会打扰到您清修吧？”

青君原本静静地听着他们对话，听到韩潜忽然询问他的意见，便笑了笑说道：“小韩，我都可以，与江道友一同居住可以，与什么凡人姑娘同住也行，再多十人都无妨，只要给我个屋子住就好了。”

韩潜闻言，松了口气，却听见江影传音给他，声音低沉。

“我继续住在青崖峰。”江影忽然意识到一件事，他离开很容易，但宋栀栀是不便离开的。

“啊……”韩潜的语气惊讶，他以为按照江影的性子定然会选择搬离青崖峰，他还想着等江影来到潜渊谷后，可以向江影请教道法。

“您若不介意……”韩潜欲言又止，语气有些疑惑。

“不。”江影回答得很快，并且将传音切断了。

宋栀栀听着几人的对话，愣了一下，脑袋有些乱，她没想到连闭关多年的青君都出关了。

她在写这个人物的时候，只是把他当一个背景板人物提了一嘴，没承想这个属性是千年宅男的青君竟然也会出现。

他突然出关的原因究竟是什么？

“走。”江影见宋栀栀微蹙着眉，似乎在思考问题，便拍了一下她的脑袋让她回过神来。

“你不去潜渊谷吗？”宋栀栀问江影，她也以为按照他的孤僻性子，他会选择去潜渊谷，毕竟韩潜的山头也很清净，没有什么人。

“不去。”江影垂眸瞥了她一眼，“你不便跟着我一道离开。”

宋栀栀想了想，觉得也是，于是便抱紧了江影的手臂，让他带着自己回青崖峰。

传送法术启动，一阵天旋地转之后，二人在青崖峰的小院落地。

他们所居住的地方只占了青崖峰的一隅，连十分之一的地盘都不到。

宋栀栀在院子里徘徊，很发愁：“你要不要搬去别的地方？万一被那个青君发现你跟我住在一处怎么办？”

她想江影听闻这个消息一定非常开心，毕竟一开始就是她闹着让江影与自己住在一起的。

“你不怕猛兽出没了？”江影闻言，扭过头，静静地望着她。

“青崖峰没有猛兽。”宋栀栀原本以为是有的，但住了这么久，她发现确实没有。

“不怕鹿深夜将你的房门拱开？”江影又问，语气平静，没有任何威胁的意味。

“这么多天了，它们没有拱过。”宋栀栀看着他，轻声说道。

江影沉默了。

宋栀栀说得确实没有错，若青崖峰里再多一人，很容易发现他们二人的关系。

他现在还是先搬离为妙。

但他……就是不想。

宋栀栀见他沉默，伸出手下意识想要拽一下他的衣袖，引起他的注意，但又马上缩回手。

江影没有想明白自己为何不想搬出这里，他只是转过身去说道：“我给你煮姜茶。”

宋栀栀摆摆手说：“我好多了，不用喝了。”

“我肚子还疼。”江影言简意赅。

“那就喝吧！”宋栀栀小声地说道，妥协了。

江影走进厨房，宋栀栀一个人坐在小院的石桌旁，托着腮。

她把手机摸了出来，准备看看那位名为“青君”的传说级别人物到底为什么突然出关。

球球抱着她的手机，被她一同拽了出来，蹦蹦跳跳地落在她的肩膀上。

宋栀栀打开手机，短短一天之内，屏幕上已经多出了许多文字——

青君出关之时，于青崖峰之上看到了江影。两个人静默地对峙，气氛紧绷，似乎即将发生战斗。

但江影的眉头微皱，退了两步，不知为何突然离开了。

青君并没有去寻找他的踪迹，他先去寻了无相宗掌门宁玺。

在见到宁玺时，宁玺正在给沈昼传授道法，见到青君，师徒二人皆惊，起身恭敬行礼。青君并不是注重礼数之人，只点了点头算是接下这礼，便直接说到了正题：“你们在赤霞山发现异变，一种奇特的黑血妖魔已经现世？”

“是！”宁玺听完青君的发言之后，忙回答道，“师祖，您已知晓此事？”

“我在闭关，但亦有关注外面情况，那黑血妖魔曾试图入侵无相宗，但被人拦了下来，对吗？”青君的神色凝重。

“是，正是您在青崖峰遇见的黑衣修士。”宁玺解释，“他名唤江影，曾是灵祇神教养着的杀手，许多正道宗门的人死在他的手上，但他是受灵祇神教控制，后寻得机会，将灵祇神教消灭了。”

“灵祇神教已灭？”青君微微讶异道，“当年我七宗十二派联手也未曾将之消灭。”

“他身负天通十二脉，修炼不到三百年，已有您的修为。”宁玺轻叹，“再加上他修炼的功法暴烈，又剖出自己的心，修炼之途上心无旁骛，实力突飞猛进也并不意外。”

“若他与我无相宗还算友善，也算我们多了一份助力。”青君说话的声音很冷静，“我此次出关，是为了消灭黑血妖魔，此物棘手，还需联合其他门派一同出击，灵祇神教好歹是此界第一大势力，百足之虫死而不僵，或许还有信徒潜伏，我们也需小心。”

“是。”宁玺躬身对青君行了一礼，“师祖，目前我们的精力还需放在消灭黑血妖魔上，对吗？”

“是的。”青君仗剑而立，笃定地答道。

宋栀栀再往下看，后面的内容便是青君与无相宗的修士寒暄，安排一些琐事。

她握着手机，这才意识到那黑血妖魔有多严重，连这种传说级别的人物都因为它出关了。

它究竟是因何出现，又该如何消灭呢？

宋栀栀想来想去，也没想出答案来，直到球球的小手推了推她的手臂，她才回过神来。

算了，不想了，宋栀栀摇摇头，决定不去想这种伤脑筋的问题。

抬起头，江影正站在她身后，手里捧着一碗热乎乎的红糖姜茶。

“喝。”他将手里的碗放下，搁在石桌上发出清脆的声响。

宋栀栀愣了一下，便将这碗姜汤舀了一勺送入口中，味道竟然真的比云书做的要更好些。

怎么说呢，云书做得其实也不差，只是江影煮得没那么甜，而宋栀栀正巧就喜欢不那么齁甜的东西，江影版本的刚好符合她的口味。

她舔了舔干涩的唇，对江影说道：“好喝。”

江影低头瞧着她在风中的身影，看起来有些冷的样子，他想到了什么。

他抬手将自己的外袍解开，脱下来披到了宋栀栀的身上。

宋栀栀低头看着自己碗里的褐色姜茶，它隐隐能照出模糊的人影来。

“你其实可以不用……对我那么好的。”宋栀栀垂着头，小声地说道。

“那还我。”江影的手指在她身上披着的外袍上一提，假装要把外袍收回来。

外袍很暖和，因为这天江影的身子是暖的，不是因为他的身体变暖了，而是他一直在使用法术维持温度。

宋栀栀将他的外袍领子拽着，低声地说了句：“不要。”

江影松开了手，却还是看着宋栀栀。

以往若是没事做了，他便会回房修炼，但他这一日没有。

仿佛在怕一不注意，宋栀栀就会跑了似的。

宋栀栀喝红糖姜茶的速度很慢，动作也很秀气，一小口一小口地抿着。

她觉得江影很奇怪，平时就对她爱搭不理的，现在她不理他了，他反而变了个样。

世间男人大抵如此，没有心的男人也不例外。

“我不喜欢你。”宋栀栀没有看他，只低着头说道。

"我知道。"江影回答，声音平静又冰冷。

宋栀栀一直不喜欢他又如何，他从未在意过某一个人对自己的好恶。

喜欢或是不喜欢，都无所谓。

他从头到尾，只想活下去而已。

"你为什么这样？"宋栀栀抬起头，鼓起勇气迎上他的目光，挑眉望着他。

"什么样？"江影问她。

"为什么对我这么好？"宋栀栀问。

江影看着她的眼睛，又沉默了，整个人站定在原地，完美又安静，仿佛一尊没有感情的塑像，许久许久都没有说出话来。

宋栀栀看着他，明明心里泛着酸，莫名的情绪涌上心头，但还是被他的样子逗笑了。

江影现在就像一个遇到超出设定程序范畴问题的机器人，由于没有办法回答上他理解之外的问题，所以直接死机了。

没有心，就那么快乐吗？

宋栀栀抬手，抚上他的胸膛，掌心传来热热的温度，却还是没有心跳的律动。

"你没有心，你不知道？"宋栀栀仰起头，对他轻声说道，"你的心，到哪里去了？"

江影却还是望着她，安静地摇了摇头。

他不知道。

"我要去睡觉。"宋栀栀对他说，"睡一觉起来，肚子应该就不疼了。"

江影看着她走进房间，他站定在原地，等了许久，这才拿着宋栀栀放在自己手里的碗走回厨房。

真奇怪，宋栀栀这一日问的问题，他一个也没能答上来。

宋栀栀走进房间，反手关上门，后背抵在门上。

球球从她的肩膀处跳到她的手上，在她的掌心挠了挠。

宋栀栀把球球放到书桌上，爬到了床上。她身体不适是真的，浑身软软的，只想好好睡一觉。

她侧躺在床上，把手机点亮，在屏幕上无意识地打字——

江影……

江影……

这两个字被她输入了两三次。

她又输入："江影的心在……"

手机屏幕上没有出现任何文字，这又是付费内容。

宋栀栀有一种直觉，就算她用尽她、球球，还有江影的所有神识力量，都没有办法得到这个问题的答案。

因为她一开始写下的设定就是“江影的心在所有人都不知道的地方”。

她没想到自己身为作者，写下的文字效力竟然这么大，这个“所有人”，连江影自己都包括进去了。

这是一个永远被埋藏的秘密。

宋栀栀的指尖愤愤地敲着手机屏幕，发泄了一下，但很快又振作起来。

她不打算解开锁灵咒了，因为江影在解开之后真的会杀她。

她就是这么自私，一定要用这种方式让江影与她绑定。

但现在出现了新的问题，此界肆虐的黑血妖魔不知什么底细，这玩意儿连青君都能惊动，想必危害极大。

宋栀栀知道自己有书写剧情的能力，这个能力不能只被用来给江影一个人铺设剧情，她既然拥有如此强大的能力，就要担起身为作者的责任来。

人家被黑血妖魔夺去的是性命，而她只是动动手或许便能够帮上忙。

宋栀栀在手机屏幕里输入：“此时，青君与宁玺正在无相宗主殿中议事。”

后面果然出现了剧情，“摄像头”又被移到无相宗主殿中——

“听说你们寻了一只黑血妖魔，将其关押在玉瓶中？”青君垂首擦拭着手中的长剑。

青君手中的长剑很奇特，白森森的锋锐剑身中部有一段裂痕，似乎被折断过，剑柄以桃花木雕刻，剑柄末端还生长出一枝鲜活的桃花枝丫，一朵桃花盈盈盛开。

此剑名为“桃花折剑”，看似普通，实则凝聚青君数千年的修炼心血，威力无穷。

“是。”宁玺将怀里的玉瓶取了出来，瓶里关押着一只他们抓获的黑血妖魔。

入侵无相宗的那只已经被江影杀死，他们手上这只活的是在赤霞山附近抓获的。

青君将玉瓶打开，那只黑血妖魔“咕噜咕噜”发着邪恶的叫声，从玉瓶里冲了出来，速度极快，在主殿上方盘桓着，寻找可以附身的猎物。

桃花折剑一挑，轻松将黑血妖魔一分为二，断口整齐光滑。

瞬间，两阵一模一样的“咕噜”声响起。黑血妖魔被这柄世间罕见的神兵斩断，这妖魔竟然没有死，而是分裂成了两个完全一样的个体！

它难道杀不死吗？

那么江影又是如何将它杀死的？

青君见此情状，不急不恼，桃花折剑又出手，形成一个剑阵，笼罩着黏腻光滑的黑血妖魔，剑阵一起，光华盛放，千万道剑光冲黑血妖魔飞去，将之斩成数不清的碎块。

更加可怕的情况出现了，黑血妖魔在这一瞬间分裂成千百个单独个体，一道发出了刺耳可怖的“咕噜”声，响彻整个主殿。

直到这个情况出现，青君才有些慌了，手中桃花折剑收拢，攻击的剑阵变幻阵型，将黑血妖魔尽数收拢，重新关押进玉瓶之中。

这无数个小小的黑血妖魔流淌进玉瓶里，挤挤挨挨，令人感到恶心。

“你们收服它的时候，也是如此？”青君又惊又疑，收了桃花折剑问道。

“是。”宁玺揉了揉眉心，非常无奈，“将它们收进玉瓶后，过了一段时间它们就融合成一个单独的个体，我们在路上一共收服了四五只，没想到它们也能融合成一个大的。”

“已经是四五只的融合体便如此棘手，若是在赤霞山产生的黑血妖魔全都聚集在一起，我们要如何抵挡？”青君敏锐地意识到事情的不对劲，“真的杀不了它？”

“江道友杀了一只。”韩潜将收集起来的黑血妖魔残骸奉上。

青君仔细查看，发现这块残骸毫无生气，确实是被彻底杀死了。

那江影到底是何人，竟能如此轻描淡写地将这棘手的妖魔诛杀？

“可以唤江道友前来共同商议此事吗？”青君握着手中的剑问道。

“江道友心善，应当会过来——”韩潜如此说着，却发现无相宗主殿里用来与其他宗门联系的水镜上出现了巨大波纹。

“是距离无相宗三千五百里的极衍门！”宁玺操控水镜，联系上极衍门。

这水镜是连通所有与无相宗交好门派的法器，连接上的宗门能够共享宗门里的画面，实时将发生的事件转播给其他宗门，免去信息差的困扰。

水镜上的画面极其可怕，从赤霞山蔓延开的黑血妖魔已经将极衍门占领，这是极衍门的门主在情急之下，冒险将传送信息的水镜打开，就算他们死在这里，也要将这个异变的消息传递出去。

“宁宗主——”极衍门的门主在水镜前瞪大眼，捂着自己胸口处的伤口，他的一只手已经被黑血妖魔啃噬干净，而另一只黑血妖魔从他的胸口穿心而过，他的生命力正在急速流逝，虽然一时半会儿死不了，但也无法抵挡这黑血妖魔了。

而他的身后，是许多弟子共同筑起的防御法阵，摇摇欲坠，法阵光芒之外，几只巨大的黑血妖魔粘在石壁上，正朝这里发起冲击。

“是它们？”宁玺扑到水镜上，却无法及时赶到救援，面上出现绝望之色。

“是。”极衍门门主的声音气若游丝，“它们……没办法杀死，吞噬越多的人，力量便越强大，我们要拼死把它们关在这里，不能让它们逃出去吞噬更多的人，它们不能杀，只能关——”

“无相宗，要谨记这一点。”极衍门门主一字一顿地说完，身子便软倒在水镜前，好几位弟子齐齐回头看他。

就在此时，他们一齐筑起的防御法阵被破，巨大黑血妖魔沿着石壁冲了进来，黏腻光滑的一大坨黑血似乎马上就要将这里的所有人吞噬。

宁玺屏住呼吸，捂住了胸口，如此惨剧发生在他眼前，他却无能为力。

青君死死握住了剑，恨不得现在就冲进水镜里，将这些肆虐的黑血妖魔一一诛杀。

但就在此时，意外发生，极衍门还活着的人藏身的山洞上方的岩壁龟裂开来。

一声轰然巨响，山洞上方的岩壁碎裂，无数块山石砸了下来，垒成一道高墙，将黑血妖魔与极衍门人隔开，石墙一丝缝隙也没有留。

极衍门剩下的人，包括门主在内，全部被突然落下的山石保护在山洞的尽头，而黑血妖魔刚好就被关在了外面。

山洞的出口，早已被极衍门的人堵死，于是那几只黑血妖魔只能徒劳撞着石壁，亦出不了山洞。

宋栀栀从床上猛地坐了起来，因为过度紧张害怕，她的掌心汗津津的，手里的手机险些要滑落。

手机里是她刚打下的文字——

极衍门剩下的人，包括门主在内，全部被突然落下的山石保护在山洞的尽头，而黑血妖魔刚好就被关在了外面。

宋栀栀看到极衍门的人都安全了，这才松了口气。

她定睛看着自己手机里的文字，瞪大了双眼。

只要再晚一秒，她少写一个字，这黑血妖魔便会冲过来，把极衍门的人屠杀殆尽。

而此时无相宗里通过水镜看到这一幕的人都无比惊讶。

黑血妖魔的强大诡异他们是知道的，但方才那突然断裂落下的岩壁更加令人惊惧。

到底是怎样的一种力量，能够让极衍门里坚不可摧的山洞岩壁开裂，落下如此多的巨石，而且恰恰好就垒成一道墙，连一丝缝隙都没有？

要知道，这黑血妖魔只要有一点点的缝隙，就可以如流水一般爬过。

但这些石头，就是如此严丝合缝地垒上了。

神迹也不过如此！

“竟有此事？”宁玺沉声说道，声音惊诧。

那边极衍门还清醒着的弟子扑过来，趴到水镜上，冲无相宗的人唤道：“可是……可是青君大人出手？”

“并非。”青君无奈摇头，“我也没有这般能力。”

能够操控千里之外的山石岩壁下落的能力。

若是他在现场，用剑阵精细控制着这些石头的方向，是能够做得一样完美，但速度可没那么快。

这些石头，就仿佛知道自己该落向哪里一般朝下坠落，是无数未知概率的美妙统一。

确实是神迹。

“门主昏过去了，我们的法力不够水镜支撑太久，我们虽然被无奈困在了这里，但也能喘息一二。我们先去将门主救醒治疗，你们若有能力，便来极衍门将我们救出。”极衍门的弟子分析了一下情况，冷静地说道。

“好。”宁玺郑重地点了点头。

极衍门的人就算在垂危之时，也要将他们所掌握的消息传递给无相宗，想必是无比信任无相宗，他们也不能辜负了这份信任。

水镜的联系被切断，无相宗主殿里的人表情瞬间垮了下来。

“非常棘手。”青君手执桃花折剑，捏了捏眉心说道，“它们能够吞噬修士壮大力量，聚则合为一体，散而不死，若放任下去，迟早将此界的修士全部吞噬。”

“更加可怕的是，我们还没找出完全杀死它们的办法，除了——”青君的神色凝重，脑海中浮现了江影的面庞。

那模样不过二十岁出头的少年郎，周身邪气重得很。

青君不是无相宗里这些活了几百上千岁的小年轻，无心之人还存有善心，他是不信的。

青君在很多年以前，遇修行瓶颈、无法突破的时候，也曾想过将自己的心取出来。

修炼一途，主流观点认为修士必须心无旁骛，无情无爱，才能更加接近化神之阶。

所以将自己的心取出，也能算作修炼的捷径。

但在他将心取出的那一刹那，他感受到了如死亡般冰冷的绝望感。分明六识敏锐，但他看周遭的世界，都似乎没了颜色，听周遭的声音，都仿佛无意识的梦呓。

取出心之后，他就像整个人沉进了没有尽头的深海里，永远在下坠，周围是冰冷刺骨的海水，将所有感官的反应封存。

没了心的人，就像封进璀璨琥珀里的昆虫，看似鲜活可爱，但包括时间在内的所有外物，都无法再触动他了。

说它像死亡，它却比死亡还更加可怕。

青君马上就把心安回去了，从此不再动走捷径的念头。

他不相信没有心的江影能有什么善恶正邪之分。

但是……现在似乎只能求助他了。

青君无奈地叹了一口气，对宁玺道："能请江道友过来吗？"

"韩弟？"宁玺唤了韩潜一声。

韩潜对江影的印象就是他虽然脾气古怪，却还是乐于助人。

所以他将传音的小肉虫放了出去。

小肉虫一拱一拱地来到江影的房门口，韩潜的声音传过来。

"江道友，您在吗？"韩潜小心翼翼地问道。

江影闭着眼，看似在修炼，其实根本无法入定。

他不打算回韩潜的话。

如无必要，他根本懒得搭理无相宗的人。

这个"必要"等于宋栀栀让他搭理。

睁开的红眸又闭上，江影的神情漠然，根本没有理会韩潜。

宋栀栀通过手机，早就看到韩潜联系不上江影了——

韩潜没有得到江影的回应，尴尬地挠了挠头说道："江道友这个时候，应当是在修炼，要不我们晚点再联系他？"

"此事也急不得。"青君将沈昼唤来，"昼儿，你先带上几位无相宗弟子，去往极衍门将他们门中剩下的活人救出，被困住的黑血妖魔暂且别动，等到我们找到完全杀死它们的办法之后再解决。"

"是。"沈昼领命，退出无相宗主殿。

宋栀栀看到无相宗里的剧情告一段落，收起了手机。

她从床上坐起，准备去找江影。

她用脚在地上摸索了一下，套上鞋，挠了挠乱蓬蓬的头发。

她看到自己衣架上挂着的江影的外袍，将它拿了下来，披到身上。

反正都是要去找他的，就顺便穿过去，一并还了。宋栀栀如是想。

她走过院子里的回廊，脚踩在青竹底座的走廊上，发出“嘎吱嘎吱”的响声。

宋栀栀轻轻地敲了敲江影的房门，轻声唤道：“江影，你在吗？”

江影早在宋栀栀走在回廊上的时候，就已经发现了她的靠近。

他睁开双眸，低声说道：“不在。”

宋栀栀直接将门给推开了，赌气似的说了一句：“你在。”

江影靠在椅子上，托腮静静地望着她。

宋栀栀搬了另一把椅子过来，与他面对面坐着。

“你……”宋栀栀搓搓手，眉毛挑高，略抬起眼睛看着他。

“说。”江影伸手将宋栀栀的下巴抬起，指尖不是冰凉的，而是带着暖意。

“那个黑血妖魔……”宋栀栀启唇，开门见山地道，“你是怎么杀的？”

“用冥昭戳一下就死了。”江影的语气轻描淡写。

“冥昭这么厉害？”宋栀栀挠挠头，不敢相信。

江影的指尖微挑，将她的脸颊抬高了些，让她直视着自己。

“是我厉害。”他一字一顿地对宋栀栀说。

宋栀栀睁大眼，听着他说出这句话，他语气虽然平静沉稳，却带着一丝不易察觉的……幼稚的小骄傲——只在她面前展现。

“无相宗找你，”宋栀栀说，“你怎么不理他们呀？这样你要如何让他们帮你找——”

宋栀栀的这句话戛然而止，因为一直以来她劝说江影搭理无相宗的理由就是无相宗可以帮他找锁灵咒的线索。

但在不久之前，她才决定绝对不会帮江影找锁灵咒的线索，她怕江影真的在锁灵咒解开之后将她杀了。

“怎么不说了？”江影看着她纠结又无辜的眼眸，她看起来仿佛一只正在胡乱思考的狗狗。

宋栀栀没话说了，她现在的思绪有些混乱。

她自己明明一开始就是想要跟江影合作把锁灵咒解开，然后她去写她该写的剧情……

“你理不理他们呀？”宋栀栀没话讲，便将话题强行扯回来。她抬手下意识地扯着江影的袖子，但又马上觉得不妥。

“不理。”江影侧过头去，不再直视她的目光。

“可是……”宋栀栀抿了抿唇，头顶那朵婆娑花焦躁地摇了摇花瓣。

江影的视线落在宋栀栀头顶的小白花儿上，静静地看着这朵反映宋栀栀情绪的小花儿。

“我可以强行让你去的哦！”宋栀栀软声软气地威胁他。

江影：“……”

他对宋栀栀说：“不行。”

宋栀栀垂下了头，她内心是很不想用这招的。

但江影的脑中其实已经形成一个计划了。

他轻轻地吹了吹宋栀栀头顶的那朵小白花儿，让她打了个哆嗦，握着他的手臂抬起头来。

“去可以。”他倾身，那张诱人沦陷的俊美面庞贴近宋栀栀，长睫险些要触到她的肌肤。

宋栀栀呆呆地望着他漂亮的红眸，有些惊喜：“真的吗？”

“要答应我一件事。”江影双手捧着宋栀栀的脸颊，让她的眼神不要躲闪。

“什么事？”江影会要她答应什么事呢？

“要理我。”他对宋栀栀说，语气如往常一般冰冷。

宋栀栀愣了一瞬间，因这三个字感到非常惊讶。

在惊讶之余，她的头一不小心往前磕了一下。

她的唇正正好掠过了他的唇畔，这一瞬间，似乎有细小的电流在两个人间流窜而过。

宋栀栀顿时坐直身子，伸出手下意识地抹了一下自己的嘴唇。

江影看着她的动作，喉头滚动。

“好。”宋栀栀说。

她想，江影真的是个坏东西，要杀了她还要她天天理他。

“我去无相宗主殿。”江影得到宋栀栀的回应，马上起身，将宋栀栀外面披着的他的外袍提起来，“衣服还我。”

宋栀栀冷不防被他抽走了衣服，有些冷。然而他已经将他床上从未动过的柔软锦被扔到她怀里。

她裹紧小被子，看着江影消失——他应当是去往无相宗的主殿了。

宋栀栀懒得再走动了，转过身爬上江影的床，裹着被子盘腿坐在床上。

她摸出了手机，开始查看起无相宗主殿里的剧情——

韩潜联系江影无果后，与青君在主殿中继续讨论制伏黑血妖魔的方案，但就在此时，一个人影出现在主殿门口。

是江影。他周身的气场依旧冰冷，缓步迈入主殿之中，冷声问道："何事寻我？"

"不知江道友是如何杀死黑血妖魔的？"韩潜将他们的发现与请求一并说给江影听。

江影听完，无相宗的请求在他的意料之内，他会答应前来，自然已经有了自己的谋划。

他低沉的嗓音在无相宗大殿中回荡："当初请求我救沈昼时，我记得无相宗还剩下一个条件尚未应允我。"

"是如此。"韩潜与宁玺齐声说道，"您的第一个条件是寻那蛊毒线索——我们正待跟你说我们的发现，而第二个条件便是要了无相宗的客卿长老令牌。"

"第三个条件我已想好，若帮我做到第三件事，这黑血妖魔，我会尽力协助你们剿灭。"江影说话的声音很平静，逻辑清晰，开给无相宗的条件也很诱人，甚至有些出乎无相宗众人的意料——他们原本只是想知道江影杀死黑血妖魔的办法，并未奢望他会出手相助。

"江道友！"这次连青君都被他这句话惊到了，"您的条件是什么？"

江影略抬了抬下巴，无情又冰冷的唇中吐出一句话。

"帮我找到，我的心。"他如此说道。

"您……"无相宗几人一齐深深地吸了一口气，不敢相信。

帮他找到……他的心？

但江影看起来是如此冷漠无情，似乎就是一副不需要心的样子，他要心来做什么呢？来感受曾死在他冥昭之下的那些亡魂的谴责吗？他杀了那么多人，还能够如现在一般平静淡定，就是因为他没有心。若他的心回来了，或许也会觉得良心不安吧……

"您确定？"韩潜愣了许久，大着胆子直视着江影的眼眸问道。

"确定。"江影的语气平静，还是一派漠然模样，似乎对能否找回心不是非常在意。

但是江影主动说出他想要找回心，这句话就足够诡异了。

惊讶归惊讶，江影开出的条件非常诱人，无相宗众人正需要江影的帮助来剿灭黑血妖魔，所以不论这个要求多么出乎意料，他们也只能应承下来。

"江道友，为您找心当然可以。"宁玺沉思片刻，决定对江影说明情况，"但您自己也不知道心在何处，我们就更加不知道了，我们只能保证在无相宗和与我们交好的门派能够触及的情报范围之内，为您寻找线索。”

“心是一种能够感知、处理、输出情感的器官，如果实在没能替您找到您原来的心，我们也会为您尽力搜寻替代品。”宁玺的语速平缓，将所有可能出现的情况告知江影，“江道友，我们无法保证一定能够替您找到您原来的心。”

“可以。”江影启唇说道，声音依旧如同没有波澜的湖面一般平静。

帮助无相宗剿灭黑血妖魔，不过举手之劳，用这么一点行动去换一个渺茫的希望，似乎是一个划算的买卖。

“好。”宁玺知晓江影是重诺之人，答应下来的事情便不会违背，所以他对江影行了一礼，算是将这件事答应下来。

他走上前去，对江影说明这黑血妖魔的特点，以及它们最棘手的地方。

“你用冥昭便将这黑血妖魔诛杀了，对吗？”青君手执着玉瓶，朝江影走来，“江道友，能否借冥昭一观？”

江影掌心出现那柄纯黑的柳叶小刃，将它抛到青君面前，不过是一把兵器而已，其上淬着剧毒，甚至算不上非常神妙的法器。

只是这冥昭之上缠绕了太多亡魂，导致它有着令人闻风丧胆的威名。

青君将桃花折剑放于案几之上，与这柄一看就是不俗神兵的桃花折剑相比，冥昭朴素了许多。

但当那柄柳叶小刃入手，就算是淡定如青君，他也忍不住惊呼一声：“真是一把好兵器！”

“江道友，是你亲手打造的吗？”青君的指腹轻轻摩挲过冥昭的锋刃，刀上蕴着暗沉的淡光，这样的色泽能够令它在黑暗中轻松藏匿起来，出其不意击杀对手。

这柄柳叶小刃虽然小，但每一处的结构都十分稳固，这意味着它的硬度极高，能够轻松斩断世间大部分防身法器。

而且，制成冥昭的原材料，不过是最普通的黑陨铁、赤辰砂，加上随处可见的星辰晶石，但这些原材料以最完美、最具韵律的配比调和而成，使这些普通的材料组合达到了稀世灵材的效果。不……就算是使用稀世灵材来制造冥昭，可能也达不到如此强大的效果，不同灵材的碰撞，就是能产生美妙的巧合。

连这刀身的结构，每一处线条，每一个雕饰，都完美无瑕，就算是世间最厉害的炼器师，也无法制造出这么一柄完美的兵器。

精准、完美、超脱凡尘，这是青君对冥昭的评价。

“不是。”江影回答青君，依旧惜字如金。

“您可知这冥昭之上，蕴含着规则之力？”青君轻轻地舞动冥昭，让它在半空中划出如暗夜般的一道弧线。

青君是剑修，对兵器之道的研究，天下无人能出其右，他能够看出许多神兵宝器上蕴藏的秘密。

连它们自己的主人都不知道的秘密。

江影看着青君手上的冥昭，沉默地摇了摇头。

他一直以为是刀刃上淬了毒来着……

“凡触碰到冥昭锋刃的所有东西，都会死去，这是这柄神兵上蕴藏着的规则力量，这是铁律，无人可以违背，所以身中冥昭之人除非断尾求生，否则迟早会死去，尸体化为腐水，再无复生的可能。”青君望向冥昭的眼眸已经亮起了光，面对如此神兵利器，他不向往是不可能的，“江道友，您就是靠他击杀了黑血妖魔？”

“我以冥昭击中潜渊谷的那只黑血妖魔，将其从中割开，它并未分裂，直接死去。”江影缓缓迈步，走到无相宗主殿内的一处椅子旁坐了下来，“我不知你们为何奈何它不得。”

江影其实很不理解无相宗为什么将黑血妖魔渲染得如此可怖，不就是戳一刀的事情？

“或许……”青君微微蹙眉，“我们应该试一试。”

如果真的是因为冥昭的作用，那就麻烦了，冥昭只有一把，他们也不可能次次找江影借来使用。

青君将关押黑血妖魔的玉瓶打开，从里面倒出了其中一只尚未融合的黑血妖魔。

这只暂时得了自由的黑血妖魔刚刚挣脱束缚，便在无相宗金碧辉煌的主殿上方盘桓，发出邪恶又可怖的“咕噜”声。

除青君之外的无相宗众人皆退开去，不敢靠近那黑血妖魔，以防一着不慎，被它附身。

江影抬眸静静地看着在无相宗主殿内盘桓的黏腻黑血妖魔，即便此物如此恶心，他的目光依旧漠然，这世上根本没有什么东西能够让他有情绪的起伏。

青君在征得江影同意之后，操纵冥昭，让它飞了出去，操作从容顺滑，虽然没有江影亲自动手来得迅速精准，但也自有一派风格。

不愧是修为接近化神之阶的修士，完全陌生的法器到了他的手上，也能轻易发挥出大部分妙用。

冥昭从青君手中飞出，在半空中划出一道俊逸潇洒的弧线，直接击中那只得意扬扬的黑血妖魔的正中心。

瞬间，冥昭将黑血妖魔从中切割开，黑血妖魔一分为二。

令人意想不到的情况发生了，这一只黑血妖魔如同此前出现过的情况一般，被砍成了两只，可怖恶心的“咕噜”声交错响起。

“竟会如此？！”青君难以置信地看着眼前的景象。

他确信他看到了冥昭之上蕴含着的规则之力，而他的推测是冥昭的作用能将黑血妖魔杀死。

但是从目前的情况来开，真相并非如此。

江影看到黑血妖魔并未死在青君操纵的冥昭之下，略微挑了挑眉，有些讶异。

他的推测也与青君一般，但他没想到，击杀黑血妖魔的关键不在冥昭上，而是在他身上。

江影抬手，轻描淡写地一挥手，几点幽蓝色的光芒从他的掌心飞出，仿佛深渊中的萤火一般，它们朝着分裂成两只的黑血妖魔身上击去。

幽蓝色的光芒看似梦幻美丽，却致命，它们探入黑血妖魔的身体，毫不留情地把它们一分为二。

在所有人意料之内却依旧让人惊讶的情况发生，这两只黑血妖魔身中江影放出的法术，马上颓然地倒在地上，失去了生气，如同江影在潜渊谷击杀的那只一般。

“不是因为冥昭？！”观看过江影击杀黑血妖魔两次的韩潜率先开口，语调提高了一些，含着无比的诧异，“可是师祖您不是说冥昭上确实蕴含着必杀的规则之力吗？”

“我们研究得到的结果，不是说这黑血妖魔是世界受创之后，在恢复途中产生的‘腐血烂肉’吗？或许它们已经死了，所以冥昭不起作用，至于它们为何只会死在江道友的手上，还是个未解之谜。”青君微微皱着眉头说道。

江影放在身侧的手微微挑了挑，冥昭乖乖地回到他的手上。

此时，无相宗众人的目光已经聚焦在了他身上。

这是第一次，如此多的人注视着他，眸中没有害怕、厌恶、憎恨的情绪，而是带着期许、敬佩与艳羡的光芒。

“江道友，您自己知道为何吗？”青君将桌上的桃花折剑拿起，柔声问道。

江影依旧是漠然地摇了摇头，很多事情在他的脑海中是一片朦胧的模糊，仿佛迷雾一般，永远也找不到答案。

“无事，此事急不得。”青君的心态很好，他可以慢慢等待答案水落石出，“我们先思考、研究几日，若我们真的没有办法复制江道友您的能力，可就要麻烦您先去将极衍门的那些黑血妖魔诛杀了。”

黑血妖魔自赤霞山而起，在短短一段时间里便蔓延开，分布范围甚广，光凭江影一人击杀，也不知要剿灭到什么时候。

“可以。”江影冷淡地答道。

他既然答应了无相宗会帮助他们剿灭黑血妖魔，那么去极衍门诛魔，也是他的分内之事。

语毕，江影起身，黑底金纹的衣袍在地上如墨色般掠过。他准备离开，回青崖峰。

青君迎了上去，似乎对江影很感兴趣：“江道友，我与你一道回青崖峰，可以吗？”

江影的声音冷冷的：“不可以。”

说完，他人已走出了无相宗主殿，但青君仍执着桃花折剑追了上来。

青君承认，他之前对江影有误解，韩潜曾言江影面冷心热，他还不相信，但听闻江影想要拿回心之后，他倒是对江影非常感兴趣起来。

究竟是因为什么，能够让抛弃了自己的心那么多年的人，突然想要拿回来呢？

宋栀栀一直在青崖峰中，她卧在江影的床上，裹着锦被看着手机里的内容。

在看到手机上文字出现江影要无相宗帮忙找到他的心之时，她瞬间愣住了。

如此清晰的几个字“帮我找到，我的心”，轻描淡写的一句话，却仿佛叩击在她的心上。

宋栀栀难免会猜想，江影突然想要拿回他的心，或许是因为她……

应当是的吧。宋栀栀对自己说。

他没有爱人的能力，但是现在，他想要拥有这种能力了。

思及此处，她忍不住窝在被窝里偷偷笑了起来，背一拱一拱的。

球球跳到她的脸颊侧边，手舞足蹈地“吱吱吱”叫了好几声，似乎也在替她庆祝。

宋栀栀躺在被窝里，一边看着无相宗里接下去发生的剧情，一边想，她或许可以暂时原谅江影说解了锁灵咒就要杀了她这件事。

无相宗主殿里接下来发生的剧情也很精彩，每一步都出乎意料，但宋栀栀只是随意扫了一眼，心里还是一直在想江影对无相宗提出的要求。

这无相宗能替他找到心吗？如果实在没有，能有一颗替代品的话也不是不行……

宋栀栀一直在反复思考着这几个问题，直到她看到手机上写江影就要回来了，而青君会跟他一道走。

她这才从床上懒洋洋爬了起来，翻身坐起。

宋栀栀摸出随身携带的传音球，将它打开，这是近几天来她第一次主动联系江影。

“江影……”宋栀栀重新趴回床上，对江影说道，“你是不是跟那个青君一路回来？”

江影的目光直视前方，根本没有搭理一直不远不近缀在他身后的青君。

他没有回答宋栀栀的话，因为青君不比旁人，就算他的声音压得再低，对方也能敏锐地捕捉到。

宋栀栀不是傻子，她听见江影没有答话，便知道他此时应当与青君在一道走着。

“你不理我的话，你就是跟青君在一块儿，我知道。”宋栀栀将传音球放在嘴边，轻声说道，“你跟他一起回来的话，要小心不要让他来你的房间。”

江影：“……”他怎么可能让别人到自己的房间？

宋栀栀真是个傻子。

他没有答话，表情漠然，目光悠远，任由宋栀栀娇娇嫩嫩的声音在他脑海中响起。

“因为我刚刚懒得走回去，所以在你房间里睡觉了。”宋栀栀打了个哈欠，“不能被别人看到。”

江影一愣，宋栀栀那句“在你房间里睡觉了”回荡在他的脑海里。

他不知为何，忽然回想起了宋栀栀方才来他房间时的模样，半趿拉着的绣鞋，露出细白的一双脚踝来，头发蓬乱，从发丝间探出一朵纯白的小花儿，身上还随意披着他放在她身上的外袍，完全是一派不设防的样子。

而现在这样的她，就躺在他的床上……

江影向前飞行的步伐一乱，耳尖微微红了起来。

由于他飞行的步调乱了，所以青君追了上来，与他并肩而行。

“江道友——”青君扭过头看着江影，正待找个话题，他敏锐的目光却捕捉到了江影微微红了的耳尖。

青君宁可相信江影的耳尖天生便是红的，也不敢相信像他这样无情的人居然也会害羞。

宋栀栀对江影说的话，只有江影能听到，所以青君无论如何也想不到，江影竟然是因为一个女孩子普普通通的一句话而红了脸。

“你……”青君欲言又止，却马上装作没看到一般将话题移开，“你拥有能够诛杀黑血妖魔的能力，是因为你没有心，还是有别的原因？”

“是不是因为没有心，你们大可以将自己的心取出来试试。”江影的声音很冷，还是一副漠然高傲的模样，丝毫不知道耳朵已经出卖了他自己。

“也是。”青君沉吟片刻，苦笑一声，也觉得他的猜测无理。

江影能够诛杀黑血妖魔，应当是他有别的特殊之处。

江影没有搭理青君，他不是傻子，在发觉只有他才能杀死黑血妖魔，而不是因为冥昭的威力之后，他已经反应过来他究竟是哪里特殊。

是他的血，那隐隐蕴着金色光泽的神血。

他不会将此事主动告诉无相宗，这是他最大的秘密。

而这个秘密，也只在宋栀栀面前展露过。

江影宁愿奔赴此界的每一个角落，将所有散落各地的黑血妖魔一一诛杀，也不愿意告诉外人他拥有神血一事。

他选择了隐瞒。

青君一路跟着江影回到青崖峰，在得知江影就居住在青崖峰最中心的院落之后，好脾气的青君主动来到了青崖峰离那里最远的一处居所。

江影忌惮他，他又何尝不忌惮江影？

实力相近的两个人，还是不要靠得太近为妙。

青君在青崖峰外与江影行礼告别，独自一人乘着桃花折剑，去往青崖峰另一处偏僻的居所，将距离拉得很远。

江影回到与宋栀栀所居的院落里，径直走向自己的房间。一推开门，宋栀栀果然躺在床上睡觉。

她来了“月事”，据她所言是会感到身体不适好几日，需要好好休息。

其实江影直到现在，小腹处还是有着隐隐的痛楚，只是没有那么剧烈罢了。

此时已近黄昏，快到吃晚饭的时候了。

江影自己辟谷无事，但他想着宋栀栀总是要吃饭的，于是他走上前去，推了推她。

宋栀栀其实是在装睡，她睁开眼，侧躺着对江影眨了眨眼，在黄昏朦胧的光线中，她的眼睛亮晶晶的，像黏人的小狗。

“吃饭。”江影抬手将她的被子掖紧了些，俯身对她冷冷地说道。

宋栀栀翻了个身，还是有些困：“我不想吃。”

这天喝了两份味道不尽相同的红糖姜茶，她饱得很。

她的声音很轻，似乎在撒娇。

江影拍了拍她的脸颊，第一次感觉到她的脸有些凉，因为他的手是热的。

宋栀栀翻了个身，想继续睡觉，她方才光顾着看剧情了，没来得及睡觉。

江影怀疑她要赖在他这里一晚上了。

但他还是要修炼的，他已经好几日不曾正经修炼过了。

宋栀栀在他床上睡觉的位置非常刁钻，正好睡在靠近床沿的位置，连一点空地方都没有给他留下。

江影的手掌拍了拍宋栀栀的脑袋：“睡进去点，我要修炼。”

宋栀栀的身子往里面不情不愿地挪了挪，给他留出一处狭长的位置来。

江影身材高大，挤在宋栀栀勉强让出的这么一小块地方里修炼，难免局促，显得有些可怜巴巴。

但他还是盘腿坐在了那一小块地方，闭上眼睛，周身灵气流淌，马上就要入定。

宋栀栀在暖黄的烛火中看着江影轮廓完美的侧脸，有一搭没一搭地与他聊天。

“只有你能杀死黑血妖魔。”宋栀栀的推测与江影的一模一样，如果不是因为冥昭，便是因为江影的神血，“是因为神血，对吗？”

“应当如此。”江影回答。

宋栀栀叮嘱他：“这个秘密可要藏好了。”

身怀神血，会引起多少人的觊觎，还不得而知。

“嗯。”江影长睫垂落，静静地应了一声。

他又闭上双眼，打算继续修炼。

但宋栀栀又打断了他。

她拿膝盖轻轻碰了碰他的腰部，江影本来就半个身子快要在床外边了，被她这么一推，险些没栽倒下去。

江影单手撑住身体，稳住自己的身形。

他扭过头去，看着宋栀栀藏在被窝下露出的半张脸颊，她眼里透露着一丝得逞的狡黠。

还是把她丢回她自己的房间，江影如此想。好几天没有被她骚扰的他这才想起这只“小狗狗”有多磨人。

“宋栀栀，我要修炼。”江影的声音如浮冰碎雪般，在温暖的夜色中响起。

宋栀栀朝他抬起了下巴，嘴角微微弯起，竟有些诱惑人的情态，说话的声音带着一丝不易察觉的小高傲。

“叫我栀栀。”她对江影娇声说着，她的声音很软，仿佛挠进耳朵的羽毛，却是命令般的肯定句。

此时，在这个科技制造的虚拟梦境之外，一切如常，窗外汽车鸣笛声与细碎的交谈声交织后又飘散在阳光中。

宋栀栀家里很安静，只听得到时钟嘀嗒声，也许是此时梦境中这一声呼唤太过熟稔，她僵在身体侧边的手指动了动。

她在梦里说道：“叫我，栀栀……”

与她并肩的江影似乎听到了这声呼唤。

他顺着她说了：“栀栀。”

江影的手亦是动了动，在瑰丽梦幻的梦境海洋里，现实就像一座孤岛，他的指尖也挪了过去，与宋栀栀的交叠在一起。

在两人共同的梦境里，他们终于要携手，面对即将来临的困难……

番 外
兔子、胡萝卜与心

自从上次在游仙圃中遇到了那诡异的黑血妖魔，宋栀栀一直记挂着被豢养在那里的柔云兔，也不知道这些小家伙们有没有受到惊吓。

所以，寻了个空，宋栀栀托岑长冬去游仙圃问问那些柔云兔现在过得好不好，想着没准能找到个机会撸兔子。

很快岑长冬便给了她答复，传音过来说道：“宋姑娘，游仙圃里的柔云兔好得很，还生了小兔子，你还要去看看吗？”

宋栀栀觉得小兔子定然比大兔子来得更可爱些，于是兴奋地说道：“可以呀！”

她与岑长冬约好了日子，上一次她还没摸两下兔子就被黑血妖魔带来的意外打断，这一次她要摸个过瘾。

现下无相宗的人还在研究黑血妖魔的特性，准备研究充分之后再拜托江影去极衍门救人，所以这些日子江影也就在青崖峰中安静地修炼。

宋栀栀知道上一次江影偷偷变成了球球跟着她一起去了游仙圃，也幸好是因为他去了，才拦下了黑血妖魔。这一次，她还想让江影陪着她一起去，主要是江影变成球球的样子实在太可爱了，她还想抱。

于是，宋栀栀摸出传音球，将开关打开，对着传音球“喂”了好几声。

“江影……你在吗？”宋栀栀坐在书桌后，看着窗外的落叶轻盈地飘落。

“在。”江影的红眸微睁。他正在修炼，被宋栀栀叫醒了。

“游仙圃的柔云兔生小兔子了。”宋栀栀开始旁敲侧击。

“不感兴趣。”江影的回应冷冷地在宋栀栀的脑海中响起。

“我已经跟无相宗的人约好准备去看那些小兔子了。”宋栀栀自顾自地说下去，“江影，你要不要和我一起去？”

江影沉默片刻，还是答道：“去。”

“那你还能……变成那个……球球吗？”宋栀栀瞬间来了兴致，马上兴奋地提出建议。

“不变。”江影冷冷的声音在她脑海里响起。

宋栀栀失望地轻叹一口气：“唉，那我只好让岑公子明日来青崖峰带我去游仙圃了。”

她觉得有些可惜，但既然江影拒绝了，她也不好再继续坚持。

结果，就在她快要把传音球关上的时候，江影的声音又传来。

“明日等我。”江影丢下这么一句话。

宋栀栀在内心欢呼一声，因为这句话四舍五入等于江影已经答应了。

次日，她洗漱完毕，正坐在梳妆镜前思考自己应该梳个什么发型的时候，敲门声响起。

这敲门声把宋栀栀惊醒，她连忙扭过头去，而躺在梳妆台旁的真球球还不知道它又要面对惨遭主人抛弃的悲惨局面。

宋栀栀开了门。她此时还没有梳头，长发披散着，头顶上那朵婆娑花看起来鲜亮可爱。

江影沉默地看了她一眼。他不知道宋栀栀为什么非要去看那几只无趣的兔子，但他也不好阻止她的个人活动。

于是，他只能站在宋栀栀身后，看着镜中的她，给她梳了一个最普通的发型。

当然，他的举动引起了宋栀栀的不满。她抬手把江影手中的玉梳拦下，轻声抱怨道：“这么普通的发髻，兔子看了会不会嫌弃我？”

“不会。”江影把一支银簪缀在宋栀栀的发间。

宋栀栀觉得江影在哄她，但她自己又梳不出来，只能勉强顶着这么一个简单的发髻出门。

在她准备出发的时候，一直躺在梳妆台旁睡觉的球球兴奋地睁开了它的黑豆眼，乖巧地蹦到了她的肩膀上。

宋栀栀看向站在一旁一脸平静的江影，伸出手来，挠了挠球球的脑袋。

“今天不带你一起去！”宋栀栀安慰球球。

球球盯着面无表情的江影打量着。它算是明白了，像上一次一样，它又要被江影取代位置了。

有所不同的是，这一次宋栀栀也知晓内情。

球球很委屈地从宋栀栀的肩膀上跳了下来，在书桌上蜷缩成小小的一团。

宋栀栀捏了一下它毛茸茸的身子："回来的时候给你带好吃的。"

而此时，一直沉默着站在宋栀栀身边的江影已经消失。幽蓝色的光芒一闪，他变成一个黑色的毛绒球，与球球长得几乎一模一样，只是眼睛的颜色不同。

江影球球跳到了宋栀栀的肩膀上——也就是真球球方才一直待着的地方。

宋栀栀顶着江影球球，开心地出门了。刚走出院子，她就忍不住把江影球球从肩膀上摘下来，放在手心里捏了好几下。

江影球球本来没有反抗，因为他天真地以为，宋栀栀会摸两下就作罢。

结果宋栀栀越来越过分，他只能出声提醒。

"别摸。"他冷冽的声音传来，宋栀栀立即住手。

宋栀栀觉得江影很小气，连摸一下都不让她摸，但她还是乖乖地把江影球球放回头顶上。

如上次一般，江影球球的背后幻化出一对黑色的大翅膀，带着宋栀栀在高空飞行。

习惯了这样的高度，宋栀栀也没有很害怕，一路来到游仙圃，一人一球稳稳地落地。

而岑长冬早已等候在这里，见到宋栀栀便迎了上来："宋姑娘，没想到你这只心魔还能带着你一道飞，看来下次你来灵溪峰玩，我也不用特地去接你了。"

宋栀栀想，她可遇不到江影每次都乐意带着她出门，于是偷偷地拍了拍蹲在自己肩膀上的江影球球的脑袋。

"柔云兔呢？"宋栀栀跟着岑长冬一道走进游仙圃，一边走一边问道。

"在那里！"岑长冬伸手指了指，语气有些失望，"这些小的柔云兔胆子很小，畏生得很，宋姑娘你今日过来可能抱不到了。"

"我去试试。"宋栀栀跃跃欲试。

管理游仙圃的无相宗弟子虞晓正坐在草地上，拿新鲜的灵草叶子逗弄着这些出生没多久的小兔。由于虞晓每日饲养兔子，身上带着柔云兔熟悉的气味，所以这些白茸茸的小家伙纷纷围在了她的身边。

宋栀栀满怀希望地跑了过去，还没等她提起裙子跨进围栏里，这些宛如白团子一般的柔云兔便四下散开，聚集成团缩在角落里。

其实宋栀栀并不遭动物嫌弃，相反大部分灵兽都对她非常友好，唯有这柔云兔特殊，或许这与柔云兔是人类修士后天培育的物种有关系。

“它们小时候就这样，胆子可小了。”虞晓对宋栀栀抱歉地笑了笑，“要不是我每天给它们吃的，它们也不搭理我。”

宋栀栀盘腿在草地坐了下来，一只手撑着绵软的草地，江影球球安静地站在她的肩膀上。

“上次遇到黑血妖魔的柔云兔还好吗？”宋栀栀想到了自己来这里的目的。

“还好、还好，兔子哪里懂这些？”虞晓让宋栀栀放宽心，“它们连小兔子都生了，一点儿也不受影响。”

“我去抱两只成年的过来给你玩。”虞晓把手里的灵草叶子丢到那些躲在一旁的小柔云兔们中间。

她站起身来，拍了拍裙子上的草叶，往另一个围栏走过去。

宋栀栀一个人坐在原地，眼巴巴地看着缩在一边不敢靠近的小兔子。

她本来想把蹲在肩膀上的江影球球摘下来摸两下当作安慰，结果，从肩膀摸到脑袋，却没摸到江影球球。

这个坏东西，估计已经预见到她的计划，先跑开了。

宋栀栀四下寻找江影球球的踪影，这才注意到他不知何时已经跳到了草地上，黑色的毛茸茸身子在地上滚过去。

“江影，你做什——”宋栀栀惊恐地注意到江影球球朝围栏角落里缩着的几只小柔云兔靠近了，他不会是想对这些可爱的小兔子做些什么吧？

然而，江影只是还记得自己对宋栀栀的承诺。

宋栀栀问他兔子会不会嫌弃她，他信誓旦旦地对她说不会。

江影球球靠近了这些小小的柔云兔，奇怪的是，平时那些人类修士见到他都惧怕得很，这些以胆子小著称的柔云兔却没有逃跑。

相反，它们对江影球球很感兴趣，竟然大着胆子一步步靠了过来，三瓣嘴微动，似乎想要嗅一下江影球球身上的气味。

江影球球本来打算用暴力“胁迫”这些傻兔子跑到宋栀栀的怀里，但这些小柔云兔竟然不怕他，而且，这些兔子看他的表情分明就像在看……同类。

宋栀栀眼睁睁地看着那些惧怕自己的小兔子朝江影球球靠近。她不敢相信，还有一些酸——小兔子，你们醒醒，在你们面前的可是许多人类修士都惧怕的江影大魔王啊！

江影球球成功用自己的身体诱惑了一群小柔云兔跟着他走，毛茸茸的红眼睛黑球球在前面滚着，白乎乎的柔云兔在他身后排成一队跳着。

最终，在宋栀栀惊讶的目光下，江影球球蹦到了她的怀里，爬上她的脑袋顶上卧着。

而小柔云兔们也傻乎乎地扑到了宋栀栀的身上，她瞬间被意外的幸福包围。

此时，江影的声音适时地在她头顶响起：“我说了，它们不会怕你。”

宋栀栀这才反应过来原来江影是过去给她“勾引”小兔子去了。

然后，她就开始很认真地摸着这些小兔子，当然，这些亲昵的举动让蹲在宋栀栀头顶上的江影球球感到有些后悔。

不久之后，虞晓一左一右地抱着两只成年的柔云兔走过来，却看到宋栀栀已经被许多小兔子包围着了。

她惊讶地说道：“栀栀，看来这些小柔云兔很喜欢你呢！”

宋栀栀心虚地笑了笑，顺带把一只想要顺着她胳膊爬到头顶上的小柔云兔给摘下来。

这些小兔子哪里是喜欢她，分明是想要跟着蹲在她头顶上的江影球球。

在游仙圃愉快的一日很快过去，宋栀栀抱着这些小兔子依依不舍。

倒是虞晓看到她有些舍不得的样子，好心地提醒道：“栀栀，你如果喜欢，可以带两只回青崖峰。”

宋栀栀双眼放光，正待答应，一直懒洋洋躺在她头顶上、看似睡着了的江影球球挠了挠她的脑袋。

他传音给她，声音清冷：“我不会做兔子的饭。”

宋栀栀自己当然怕把这些娇气的小家伙给养死，于是只能放下兔子，拒绝了虞晓的好意。

要离开游仙圃的时候，虞晓还带着宋栀栀去看了他们在灵植园子里栽种的蔬菜。

在规划整齐的灵植园里，有着一丛丛的萝卜缨子，绿油油的，看起来分外可爱。

“这也是我们师门新培育的品种，这胡萝卜吃起来很甜。”虞晓到园子里拔了几根出来，放在篮子里，递给宋栀栀，“要不把这个带上吧？”

宋栀栀接了过来，虞晓絮絮叨叨地跟她介绍：“炖汤、清炒，或者生吃，都可以。”

“谢谢！”宋栀栀点点头，“我回去（让江影煮给我）吃！”

到游仙圃游玩了一天，宋栀栀被热情的无相宗修士招待，带了许多东西回去。

在青崖峰的厨房里，宋栀栀坐在桌边等吃的。她把虞晓给的胡萝卜拿出来，翻来覆去地研究。

“江影，我想吃这个。”宋栀栀把萝卜送到江影的面前。

此时的江影正低垂着眼睫，默默地做饭。听见宋栀栀的要求之后，他瞥了这胡萝卜一眼。

在游仙圃里，那些小柔云兔仿佛看同类的眼神回放在他的脑海中。

江影不觉得他像兔子，所以他拒绝了宋栀栀要吃胡萝卜的要求：“下次做。”

“可是下次做就不好吃了吧？！”宋栀栀很失望。她听虞晓说生吃也可以，于是自己到一旁去给胡萝卜削皮切块。

宋栀栀在低着头切胡萝卜的时候，看着这红彤彤的颜色与水灵的露水，突发奇想，用刀把胡萝卜切成了不同的形状。

她下意识地雕刻出了一个心形的胡萝卜片，把切下来的边角料塞进嘴里，发出“嘎吱嘎吱”的声音。

宋栀栀拈着这个心形的胡萝卜，偷偷地拽了一下江影的衣角。

“怎么？”江影扭过头来，一双红眸静静地注视着宋栀栀。

宋栀栀看着他漂亮的红色眼眸，忽然笑了，这样看起来，江影确实像一只小兔子。

“吃吗？”她把这块心形的胡萝卜片送到江影嘴边，笑眯眯地问道。

“我自己切的。”宋栀栀补了一句。

江影犹豫了一下，将这片心形胡萝卜咬住，清甜的胡萝卜被他嚼出小小的“嘎吱”声。

“你知道我刚刚给这片胡萝卜切的是什么形状吗？”宋栀栀开口问道。

“什么？”江影垂眸看着宋栀栀，语气依旧漠然。

“是心形。”宋栀栀踮起脚来，与他的视线平齐。

她认真地对江影说：“江影，你一定会有一颗心的。”

（上册完）